Ottilie Wildermuth

Perlen aus dem Sande

Erzählungen

Ottilie Wildermuth

Perlen aus dem Sande
Erzählungen

ISBN/EAN: 9783743625617

Hergestellt in Europa, USA, Kanada, Australien, Japan

Cover: Foto ©Andreas Hilbeck / pixelio.de

Weitere Bücher finden Sie auf **www.hansebooks.com**

Perlen aus dem Sande.

Erzählungen

von

Ottilie Wildermuth.

— · · oo❦oo · —

Stuttgart.
Verlag von Adolph Krabbe.
1867.

Echte Perlen wachsen tief auf dem geheimnißvollen Grunde des Meeres, und der Taucher, der diese Schätze der Tiefe heraufholt mit Gefahr seines Lebens, giebt Gesundheit, Lebenslust und Lebensblüthe daran, um den kostbaren Gewinn.

So gefährlich erworben sind nun die Gaben nicht, die ich hier biete, und es kann vermessen scheinen, daß ich doch wage, sie Perlen zu nennen. Nicht an gewaltige Klippen, nicht an die Gestade des unermeßlichen Meeres hat mich mein Lebenspfad geführt, er gieng an den grünen Ufern des Neckars entlang, und es ist heute zum erstenmal, daß ich von ferne am Ufer des blauen Horizonts wie einen Silberstreifen die Nordsee schimmern sehe: und so hat auch mein inneres Leben nicht allzu viel von schwerem Leid, keine gewaltigen Kämpfe und schmerzlichen Konflikte zu tragen gehabt, wie ich denn schon vor Jahren sagen mußte, als ein Albumblatt zum Gedächtniß eines berühmten Feldherrn von mir gefordert wurde:

> Des klaren Neckars frieblich Rauschen
> Umtobte nicht der Völker Streit,
> Und nur von Ferne konnt' ich lauschen
> Dem Flügelschlag bewegter Zeit.

Aus der Meerestiefe also vermag ich keine Perlen zu bieten.

Aber es werden auch Perlen im Flußsande gefunden, und wenn sie nicht glänzend genug sind für ein Königsgeschmeide, nicht werthvoll genug, um sich als Hausschmuck auf ferne Geschlechter zu vererben, so erfreuen sie doch wohl des Finders Auge und Herz, weil er kaum gehofft hatte, im Sande noch Perlen zu finden.

Solche Perlen habe ich nun all mein Lebenlang gerne gesucht: Perlen der Freude aus dem Sand ungünstiger Geschicke, Perlen menschlichen Werthes aus dem Sande farbloser, unerquicklicher Verhältnisse, und es sollte mich freuen, wenn, was ich gefunden, auch von Andern als des Suchens werth erkannt würde.

Eine der Annahmen über die noch nicht erklärte Entstehung der Perlen ist: daß Sandkörner von außen in die Schale der Perlenmuschel einbringen und die Inwohnerin drücken; um den Druck weniger schmerzlich zu machen, umkleidet sie das Sandkorn mit weichem Saft, der nach und nach fest wird, und so die Perle bildet.

Solche Körner, die schmerzen und drücken, fallen wohl in jedes Herz und Leben; möge jedem die milde Kraft gegeben werden, sie umzubilden zu edlen Perlen.

Meldorf, in Holstein.
Im Juni 1867.

Ottilie Wildermuth.

Inhalt.

Aus trüben Wassern.

Ein Lebensweg.

Adele an Ida.

Schloß Rhönek, 10. April ...

Wieder daheim! Oder wieder draußen? Weiß ich denn
so recht, wo ich daheim bin? Doch nein, ich will nicht un=
billig gegen meine alte, liebe Heimath sein, wie düster auch
die grauen Mauern aussehen, wie trüb und verstimmt, ach,
zu Zeiten mein Vater ist. Meine Heimath ist's doch! Das
Epheu an der alten Thurmmauer und die wilden Rosen an
dem verfallnen Gartenzaun und mein Erkerstübchen, das weit
hinausschaut in unser herrliches Land; — das alles ist doch
noch mehr mein eigen, als das zierliche grüne Kabinetchen bei
der Tante, in dem noch die Schachteln mit den Sommerhüten,
die Sonnenschirme, die Mückenfenster und allerlei Dinge für
die schöne Jahreszeit verwahrt werden, wo es auf der Straße
rasselt mit Wagen bis tief in die Nacht, so daß man nicht
einmal gemüthlich plaudern und träumen kann; es wäre ja
nicht recht, zu klagen, wenn die gute Tante mir mutterlosem
Kinde ihr Haus öffnet, aber ich darf meinem guten, lieben
alten Raubnest, wie Du's nennst, doch nichts zu leibe ge=
schehen lassen.

Weißt Du, wie ich mir vorkam, als ich heut früh aus
meinem Erkerstübchen hinausschaute? Denkst Du noch an die

ſchönen Mährchen von Muſäus, die Du erbeutet haſt von
dem alten Doktor, der in Eurer Manſarbe wohnte? Es iſt
ſchon lange her, und Deine Mutter meinte nachher, es ſei
unnöthig, daß wir die ſchon geleſen, — ſie waren aber ſo
ſchön! weißt, von der türkiſchen Königstochter, und von der
Waſſernixe, die dem Kind den hölzernen Apfel ſchenkte, wo
ſeidne Gewänder herausquollen? Was mir aber einfiel, das
war die Geſchichte von dem alten Grafen, der ſeine drei
ſchönen Töchter nach einander an einen Bär, einen Adler
und einen Wallfiſch verkaufte, und die von dieſen wilden Ge=
thieren in Rittergeſtalt heimgeholt werden. Weißt noch? da
lebt die Eine im Wald in der Bärenhöhle, die Andre auf
dem Felſen im Adlerneſt und die Dritte tief im See in einem
gläſernen Haus. Nach ſieben Tagen, ſieben Wochen oder
ſieben Monden erwacht die Dame jedesmal in einem herr=
lichen Schloſſe, wo ihr Gemahl ſie als ſtattlicher Ritter be=
grüßt, mit dem ſie in Glanz und Ehren lebt, bis die Friſt
verlaufen iſt, und ſie aufwacht in der Bärenhöhle oder auf
dem Adlerhorſt.

Nun darf ich zwar nie in einem ſo grauſigen Schlupf=
winkel erwachen, aber faſt ſo himmelweit verſchieden kommt
mir's vor, wenn ich wieder hinunterſchaue auf den blauen
Fluß und hinaus wandle in unſer Wäldchen, ſtatt unſerer
Spaziergänge im Schloßgarten, den geraden Weg hinauf und
zweimal um den See.

Zwar läßt mich Fräulein Tobler auch hier nicht gern
allein gehen, doch drückt ſie manchmal ein Auge zu, weil ſie
ſelbſt ſo ungern an Bergen herum ſteigt, aber ſie ermahnt
mich, ich ſoll Dich hieher einladen, es ſei dann anſtändiger.
O bitte, komm bald, liebſte, beſte Iba, es wird dann erſt
recht ſchön! laß Dir's nicht bange ſein, als ſei es hier zu

trübselig, es ist so schön, ach, so schön jetzt braußen, und dann ist ja die Nachbarschaft; die alte Frau von Ellingen hat uns schon eingeladen, und Herr von Marliz, der hat einen eignen Kahn! Ob mein Vater uns viel begleiten wird, weiß ich nicht, er sitzt wieder fast den ganzen Tag im obern Zimmer und macht Berechnungen, welche? weiß ich nicht; es müssen ganz geheimnißvolle Sachen sein, etwa wie bei Wallenstein, er sagt mir's nie. Nur hie und da, wenn Frau Schenk, unsre Haus= hälterin, so bitterlich klagt, wie es im Schloß überall fehle, wie die Pumpe im Hof nicht mehr gehe, wie alle Tonnen und Körbe schadhaft seien, da spricht er räthselhafte Worte, wie noch Ueberfluß und Glanz bei uns einkehren werde, und wie er das alte Schloß wieder herrlich herrichten lasse. — O, das muß noch wunderschön werden! Bis jetzt will mir's nicht recht gelingen, den Vater aufzuheitern, und in den Bü= chern, da erheitern doch immer die Töchter ihre Väter! aber wenn er so selten kommt und so finster drein sieht, besonders wenn man ihm Briefe bringt — dann vergeht mir der Muth und ich bin ganz still.

Auch Fräulein Dobler ist meist etwas trübselig, ich möchte wissen, was die auf dem Herzen hat? Bitte, komm nur bald, liebe Iba, miteinander sind wir dann immer lustig; o Du glaubst's nicht, wie schön jetzt die Welt ist! Komm bald zu
Deiner
Abele.

Mein Bruder Ubo ist aus der Pension zurück, die sich aufgelöst hat, ein unbändiger Bursch, der sich lieber im Stall bei den Reitknechten verweilt, als bei Fräulein Dobler, die sich alle ersinnliche Mühe mit seinem Unterricht gibt.

Ida an Adele.

16. April ...

Ja, ja, ich komme bald, und ich freue mich sehr, beson=
ders auf das Kahnfahren mit dem Herrn v. Marliz, aber
ansehen darfst Du mich dann nicht, sonst muß ich lachen,
bekanntlich ist seine Nase schief, da sieht er denn von einer
Seite ganz sanftmüthig und von der andern schalkhaft aus,
Du darfst dann auf die zahme Seite sitzen.

Kommen kann ich noch nicht gleich; Frau v. Feber, die
immer zu spät dran ist, gibt jetzt erst ihren Ball, sie würde
mir's nimmer verzeihen, wenn ich wegbliebe. Du weißt ja
die schauerliche Geschichte von diesem Winter, wo ich mit
Lieutenant Soben tanzte und Lieutenant Gröben trat ihn auf
den Fuß, und das war gewiß nur in der bösartigen Absicht,
ein Duell herbeizuführen; o, wie viel Mühe hat mich's ge=
kostet, das zu hintertreiben, wie viel schlaflose Nächte! wenig=
stens weiß ich, daß ich den Nachtwächter ein paar Mal zwölf
Uhr rufen hörte. Wenn nun Einer gefallen wäre! Ich hätte
ja mein Lebenlang keine Ruhe mehr bekommen. Da hoffe
ich, auf dem Ball der Frau v. Feber soll's vielleicht zu einer
Versöhnung kommen, wenn ich etwa mit Gröben den ersten
Walzer tanze und mit Soben aus der Tour, — o Abele, es
ist gar zu mühselig und künstlich, sich durch die schwierigen
Verhältnisse der Welt durchzuwinden! Man sagt von dem
sorglosen Glück der Jugend und wie schwere Sorgen habe ich
so jung schon getragen!

Will sehen, wie sich das Geheimniß mit Deinem Vater
noch löst; diese Sommerreisen, auf die er Dich nie mitnimmt
und von denen er oft so verstimmt zurückkehrt, dieser kleine
Unbekannte, der hie und da auf Eurem Schlosse einspricht

unb mit bem er sich einschließt unb von bem bie Volkssage allerlei schauerliche Dinge vermuthet, — ich sage Dir, es ist zu interessant unb wenn man nächsten Herbst hier ein wenig bavon rebet, eh bie Bälle anfangen, glaub's nur, bann bekommst Du Tänzer genug, auch wenn Du kein so sonnengolbnes Haar unb so bunkelblaue Augen hättest, „bas Erbe ihrer englischen Mutter", wie bas so interessant lautet! So ein armes Men= schenkinb, wie ich, bessen Vater aus Karlsruhe unb bessen Mutter aus Durlach stammt, kann bagegen gar nicht auf= kommen.

Nun, Du Kinb ber Räthsel, soll auch bie Fräulein Dobler noch geheimnißvoll sein? Wie Jemanb, ber eine un= glückliche Liebe gehabt, sieht sie eigentlich gar nicht aus; ber Mensch, ber sich in sie verliebte, hätte gar nicht auf's Aeußere gesehen, ober müßte sie sich gewaltig veränbert haben.

Besieh sie einmal genau, ob Du in ihrem Gesicht noch Spuren ehmaliger Schönheit finbest, bas gehört sonst bazu; ich gestehe, mich mahnt ihr Aussehen immer an einen alten baumwollenen Regenschirm, — ferner gib acht, wenn sie allein ist, ob sie aus einem Kästchen getrocknete Blumen holt, ober eine Haarlocke in Seibenpapier gewickelt, unb lange barüber weint, bas sinb so Kennzeichen einer ehmaligen unglücklichen Liebe. Wenn ich zu Dir komme, wollen wir's schon heraus= bringen!

Aber ich hoffe, Ihr unterhaltet noch einigen Verkehr mit ben Leuten im Stäbtchen unten, so ganz von altem Ephen unb wilben Rosen können wir boch nicht leben. Unb ben ungeschlachten Burschen, Deinen Ubo, kann Fräulein Dobler allein nicht überwältigen, ba muß Dein Vater einen Hofmeister nehmen, bas wäre immerhin ein Wechsel; schwärme zwar nicht mehr für bie Hofmeister, seit meine Tante v, Ellerhausen einen hatte, der im Winter einen blauen Flaus trug und beim Abendbrod Käse aus seiner Tasche zog, den er sich selbst besorgt, um es zu würzen.

Weißt, in unsrer Puppenstube war erst eine etwas schiefe Puppe, die den Papa der kleinen Familie vorstellte; als Tante Minna einen hübschen neuen Papa wixte mit einem Schnurrbart und Jabot, da wurde der alte Papa zum Hofmeister begradirt, er machte sich auch ganz gut in dieser Eigenschaft, nur hatte er den fatalen Umstand, daß er immer Kleie aus seinen Füßen verlor, weil sein Körper etwas defekt war; seither habe ich eigentlich eine etwas klägliche Vorstellung von allen Hofmeistern.

Denk', ich habe erst entdeckt, daß unsre Putzmacherin, die heute da ist, um der Mama Hauben herzurichten und mir eine reizende Ballcoiffüre verfertigt, daß die eine leibliche Cousine Deiner trübseligen Fräulein Dobler ist; will sehen, ob ich ihre nähere Bekanntschaft machen und bei der Gelegenheit das dunkle Geheimniß entdecken kann, das auf der Vergangenheit der Gouvernante ruht. Denk', ich kann's noch nicht glauben, daß sie sollte eine Liebesgeschichte gehabt haben, höchstens wie unser Stubenmädchen; die schrieb in letzter Zeit so viel Briefe. „Nannette,“ sagte meine Mutter, „ich hoffe, daß du keine Liebschaft hast; du weißt, ich leide das nicht in meinem Hause.“ „Ach nein, Frau geheime Hofräthin,“ sagte das Mädchen feuerroth, „ich, — ich habe freilich eine Liebschaft, aber nur eine, wo der Herr nichts davon weiß.“

Nun, fang nicht auch so eine an, Abelchen; ich komme so bald ich kann, aber Du schreibst mir doch vorher noch einmal? In alter und junger Freundschaft.

Deine

Ida.

Adele an Ida.

24. April ...

Die Welt wird schöner mit jedem Tag,
Man weiß nicht was noch werden mag;
Das Blüh'n will gar nicht enden.

Jetzt komm, liebe Ida, o jetzt komm! es ist so schön hier, daß es gar nicht schöner mehr werden kann, und doch wird's alle Tage noch schöner. Du weißt ja mein kleines Gärtchen an der Schloßmauer? in dem blühen schon Primeln und blaue Gartenvergißmeinnicht, und es ist so wunderschön, in der Mauerlücke zu sitzen und hinausschauen in die weite Welt! O Ida, ich möchte doch wissen, wo wir wohl in zehn Jahren sind! Mit Fräulein Dobler ist's dasselbe, sie ist immer trübselig, und ich stelle ihr doch so schöne Sträußlein in ihr Zimmer; ich bin wirklich begierig, was Du von ihrer Jugendgeschichte erfährst, sie muß schon Schweres gelitten haben.

Ubo ist gegenwärtig ganz zahm und ordentlich, er hilft mir in meinem Gärtchen und will mit dem Knecht eine Laube machen an mein Lieblingsplätzchen bei der Mauerlücke, da ziehen wir denn das Epheu von der Mauer herüber, — das sieht so ehrwürdig aus! Der neue Hofmeister, der seit einigen Tagen hier ist, hat ganz guten Einfluß auf ihn, er ist selbst noch jung und weiß ihm schöne Seemannsgeschichten zu erzählen, — er stammt aus Schleswig. Nun, schöner ist er gewiß, als unser trauriger Herr Hofmeister Zwieseler aus der Puppenstube, der Dir das Vorurtheil gegen seinen Stand eingeflößt hat! Er hat so sanfte, edle Züge, eine schlanke, männliche Gestalt und etwas sehr Ernstes in seinem Wesen. Fräulein Dobler erfuhr im Pfarrhaus, daß er ein eigenthümliches Unglück hat. Er ist nämlich zum Prediger gebildet,

hat schon ein Examen gemacht und Stellen gesucht, so oft er
aber versucht zu predigen, so versagt ihm die Stimme und
wird so leise, daß ihn niemand versteht. So bekommt er
natürlich keine Stelle, jetzt ist er freilich noch jung; aber wie
das werden soll, wenn er älter wird und immer älter, und
er soll fortwährend Hauslehrer bleiben? — O, ich kann oft
nicht sagen, wie er mich dauert!

Bei uns, da spricht er verständlich, laut gerade nicht,
seine Stimme ist tief und weich, ganz wunderbar ange=
nehm und klar in jedem Wort. Ich sitze gern mit meiner
Arbeit daneben, wenn er Ubo Lehrstunden gibt, man lernt da
doch immer etwas, er hat jetzt der Fräulein Dobler den Ge=
schichtsunterricht abgenommen, den theile ich nun mit Ubo,
freilich sollte ich mehr wissen als der Knabe, aber, — ich
kann's wohl brauchen, alles noch einmal anzufangen.

Nun, ich will sehen, ob aus Deinem Kommen noch Wahr=
heit wird! Aber, liebe Iba, das mußt Du mir versprechen,
daß Du mir den Hofmeister, — Jessen heißt er, — daß Du
ihn nicht auslachst und nicht über ihn spottest; ich meine zwar,
man könne das gar nicht, aber Dir ist alles möglich; hast
Du ja doch dem Herrn Institutsdirektor einen Ballorden mit
einem Amor drauf hinten an den Rockkragen geheftet; ist heute
noch ein Glück, daß es nicht entdeckt worden ist! Sieh, Du
darfst es wirklich nicht, darfst ihn auch nicht necken mit dem
leise Reden, das ist ja gerade so traurig, — und er hat auch
gar keine Eltern mehr.

Der Vater spricht selten mit ihm, weißt Du, und ich
bin auch immer in Sorge, er könnte irgendwie verletzt wer=
den; Du kennst ja die Art und Weise meines Vaters, ich
glaube, er sieht stolzer aus als er ist, und doch ist es viel=
leicht nur jenes Geheimniß, das auf seiner Seele lastet, was

ihn oft düster und abstoßend macht, aber, wer ihn nicht kennt, könnte doch alles für Stolz halten.

Der kleine Mann ist auch wieder da gewesen; niemand weiß, woher er kommt, und was er bei'm Vater will, mir aber ist er ganz unheimlich.

Nun aber, auf Wiedersehn! nicht wahr, liebe Ida? Immer und immer

Deine

Abele.

N.S. Bring' auch hübsche Bücher mit, wenn Du hast oder entlehnen kannst, besonders Gedichte; Herr Jessen liest so wunderschön vor, freue Dich nur, bis Du es hören kannst!

———

Ida an Abele.

2. Mai ...

Nun wird's ganz gewiß wahr, daß ich komme, ich sende als Pfand schon meinen Koffer voran, darfst ihn aber nicht öffnen; ja so, Du hast ja den Schlüssel nicht!

Der Ball hatte sich nämlich noch etwas verspätet und — denke nur, Soben konnte erst nicht kommen! ich weiß nicht gewiß, hat ihn wirklich sein Pferd geschlagen oder war's nur eine fürchterliche boshafte Intrigue von Gröben. Da konnte ich so recht empfinden, was das Leid der Liebe ist, mußte immer an den Vers von Göthe denken:

Schön in Kleidern muß ich kommen;
Aus dem Schrank sind sie genommen,
Weil es heute Festtag ist.
Niemand ahnet, daß von Schmerzen
Herz im Herzen
Grimmig mir zerrissen ist.

Ich hatte nur halb Freude beim Tanzen, denn natürlich, tanzen mußte ich doch! mein Cotillontänzer berief mich ein paarmal über meine Zerstreutheit.

Heute aber höre ich, daß Soben nicht gefährlich verletzt ist und bald wieder ausgehen kann.

Ueber das Schicksal der Fräulein Dobler hat mir die Putzmacherin gebeichtet. Die weiß alles auf's Genaueste und erzählt sehr in's Detail; ich habe die tragische Geschichte zu Deiner Erbauung niedergeschrieben, da wir auf Schloß Rhönek wohl kaum so viel ungestört beisammen sind, daß ich Dir's in Ruhe erzählen könnte, und die Geschichte ist zu köstlich; weißt, wir haben als Kinder oft beschlossen, daß wir später Romane schreiben wollen, das soll nun mein erster Versuch sein; um eine passende Ueberschrift fehlt mir's, ich nenne sie eben einfach:

Die Liebesgeschichte eines armen Tropfen.

Fräulein Dobler ist eigentlich ihr Lebenlang ein armer Tropf gewesen. Früh verwaist, wurde sie durch die Fürsorge eines Onkels um halbes Kostgeld in einer Töchterpension unter= gebracht, ein klösterliches Leben ohne Freude, ohne Wechsel, keine fröhlichen Ferien; sie wurde von früh auf da reichlich benützt und beschäftigt und hat wahrscheinlich nie gewußt, daß sie jung gewesen ist. Erst beim Tod der Vorsteherin ist ihr eingefallen, daß sie auch einen Ausflug in die Welt wagen könne; das Alter hatte sie dazu, ich glaube, sie war nahe an dreißig. Zum Verblühen hatte sie wohl keine Gelegenheit gehabt, denn sie hatte nie geblüht.

Sie fand eine Stelle in der Familie eines wohlhabenden Arztes auf dem Land. Schlecht behandelt ist sie, glaub' ich, dort nicht worden, aber auch nicht gut; sie hat sich wohl bald mit leiblicher Zufriedenheit in die unbeachtete Rolle gefunden, die ihr zugetheilt war und verschwand als fünftes Rad am Wagen, sobald man ihrer Dienste nicht bedurfte. Der ganze Ton im Hause muß ein höchst unerquicklicher gewesen sein.

Da war's denn einige Erfrischung, als der älteste Sohn des Hauses von der Universität und einer Reise nach Wien zurückkam, um sich daheim auf's Examen zu präpariren, ein etwas massiv gestalteter, sehr blühender junger Mann. Glaube nicht, daß er gerade in die Tiefe der Wissenschaft eingedrungen war, aber er war meist guter Laune und zum Plaudern aufgelegt, erzählte Studentengeschichten, neckte sein klägliches Schwesterlein und brachte durch schlechte Witze die Tischgesellschaft zum Lachen. Es war wohl dazumal schon verwunderlich für Fräulein Dobler, sich selbst lachen zu hören.

Vieler Artigkeit hatte sie sich gerade auch nicht zu rühmen von dem jungen Mann; „ja so, Sie sind auch da," sagte er, wenn er bei Tisch sich vor ihr bedient hatte, und wenn er sie aus Versehen auf den Fuß getreten, so rief er „oha!" statt weiterer Entschuldigung, — aber Fräulein Dobler war nicht verwöhnt und konnte trotz des Mangels an Galanterie dem Jüngling nicht feind sein.

So war sie eines Abends allein zu Hause, als Wilhelm besonders freudig aufgeregt heim kam und ihr im Triumph sein eben erhaltenes Doktordiplom zeigte; seine Augen leuchteten wie nie. „Da sehn Sie," rief er, indem er das riesige Blatt entfaltete, „was das für ein elephantenmäßig großes Tischtuch ist! und," fuhr er zutraulich fort, indem er sich neben sie setzte, „es freut mich erst noch ungeheuer, daß ich Sie allein treffe; hören Sie, ich glaub', daß Sie's sehr gut mit mir meinen, ich halte Sie für ungeheuer gutmüthig und Sie glauben gar nicht, wie wohl mir das thut, wenn ich spüre, daß man's so gut mit mir meint." Immer heller

leuchteten seine Blicke, immer näher rückte er der verlegenen
Fräulein Dobler, der so etwas in ihrem Leben noch nicht
vorgekommen war, immer eifriger versicherte er sie seines
Wohlgefallens. „Und hören Sie,“ begann er auf's Neue,
„ich sag' Ihnen, auf Jugend sehe ich nicht, auf Schönheit
auch nicht; meine Frau Mama, die jetzige meine ich, ist ein=
mal jung und schön gewesen, und jetzt hunzt sie meinen Vater;
ich sage Ihnen, eine gutmüthige Person, die den Leuten ordent=
lich Bescheid gibt und die freundlich ist, auch wenn ich ein
Bischen spät heimkomme, die wäre mir ganz recht und auch
schön genug.“

Fräulein Dobler in immer steigender Verlegenheit meinte,
Spätheimkommen sei einem Arzte ja gar nicht übel zu
nehmen . . .

„Nun sehen Sie, das freut mich ungeheuer,“ fuhr der
zuthuliche Jüngling fort, „ich habe noch gar nicht so gewußt,
wie Sie so liebenswürdig sind, und Christiane heißen Sie?
der Name hat mir immer ungeheuer gefallen, lassen Sie sich
nur nicht Nane nennen. Wenn ich mich, was bald geschieht,
als Praktikus setze, — Sie hätten ganz gewiß auch nichts
dagegen, Frau Doktorin zu werden?“

„Gegen den Wunsch Ihrer Eltern? . . .“ erwiederte
stockend und ganz rathlos Fräulein Dobler.

„Oh, den Wunsch meiner Eltern!“ rief Wilhelm wieder,
„sehen Sie, um die brauch ich mich nur auch gar nichts zu
bekümmern; ich bin mündig in einem Jahr und habe ganz
eigen großmütterlich Vermögen, da kann ich heirathen von
Stund an; und, hören Sie, gegen einen Hund im Hause
würden Sie gewiß nichts haben? das gehört eigentlich in
ein Doktorshaus; vom Chaischen, da könnten Sie ja auch
profitiren . . .“

Fräulein Dobler wußte in Wahrheit nicht mehr, was sie sagen sollte, und als die Eltern mit dem Elischen heimkamen, eilte sie auf ihr Zimmer, um nachzudenken über das Erlebte, als sie die Kleine endlich zur Ruhe gebracht.

Es muß ihr wohl wunderbar schnell gekommen sein, daß sie dem Jüngling so rasch eine solche Neigung eingeflößt. War auch ihr selbst noch nicht eingefallen, bisher eine zu ihm zu fassen, aber — das erste Wort der Liebe wiegt schwer (wirst's auch noch erfahren, Abelchen!), selbst wenn's etwas spät kommt.

Auch konnte sie sich selbst nicht verhehlen, daß der Jüngling jünger sei als sie, — aber es fielen ihr allerhand Exempel ein von derartigen Verbindungen, die doch glücklich ausgefallen waren. War ja die berühmte Rahel sechzehn Jahre älter gewesen als ihr Gemahl, und sie zählte höchstens fünf Jahre mehr als der junge Doktor. Gegen den Willen der Eltern wollte sie's freilich nicht erzwingen, aber was sollten sie am Ende dagegen haben?

Etwas roh und formlos hatte er seine Zuneigung ausgesprochen, aber als eifriger Mediciner hatte er bis jetzt wohl noch nicht viel Gelegenheit gehabt zu feinerer Ausbildung; sie wollte ihm an den Abenden vorlesen, — in lauter Bildungsplanen schlief Fräulein Dobler ein und schaltete im Traum als Frau Doktorin im eignen Haus und fuhr im leichten Chaischen hinaus in's Land, so daß sie zum erstenmal erst erwachte, als die kreischende Elise ein andres Röckchen begehrte.

Sie hatte nach langer Wahl das blaue Thibetkleid angelegt, das sie sonst nur Sonntags trug, und ihre Scheitel tiefer gekämmt, und ging zum Frühstück hinüber in stiller Verlegenheit, — denn wie sollte sie dem jungen Mann be-

gegnen, wie seinen Eltern, nach der bewegten Scene von
gestern? Die Verlegenheit war ihr erspart, der Doktor war
schon ausgegangen, der Jüngling war noch gar nicht da, was
sie wunderte, doch dachte sie, auch er wird sich fassen müssen.
Sie zögerte etwas lange beim Frühstück; als endlich die
Stunde der ersten Lektion schlug und sie sich langsam erhob,
da trat die Magd ein: „der junge Herr läßt bitten, daß die
Frau Doktorin hinüber kommt; ich glaube, er hat etwas auf
dem Herzen," setzte sie mit pfiffigem Lächeln hinzu. Die Dok=
torin ging, Fräulein Dobler vergaß die Lektion, ihr Herz
klopfte laut: ja wohl wird er etwas auf dem Herzen haben!

Nach einer langen Viertelstunde, während welcher Fräu=
lein Dobler die Geraniumstöcke am Fenster sorgsam von allen
welken Blättern reinigte und die kleine Elise alle Frühstück=
bröbchen aufaß, kehrte die Frau Doktorin zurück. „Elise,
Kind, geh auf die Lehrstube," befahl sie, „bitte, Fräulein Dob=
ler, bleiben Sie noch einen Augenblick," bat sie diese, die mit
hochklopfendem Herzen und niedergeschlagenen Augen sich nieder=
setzte; wie tief sie erröthete, konnte man nicht wohl sehen,
weil ihr Gesicht allezeit etwas bräunlich war.

„Der dumme Bursch, der Wilhelm drüben," begann die
Mama, „ist in einer rechten Verlegenheit. Er hat gestern
Nachmittag mit seinen Freunden so eine Art Doktorschmaus
im Ablergarten gehalten, und Sie wissen ja, wie's da zu=
geht . . ." Ach, woher sollte Fräulein Dobler wissen, wie's
bei Doktorschmäusen zuging! „Und der Mensch kann eben
den Wein nicht vertragen," jammerte die Frau Doktorin, „er
macht da die allerdummsten Sachen, ein gewöhnlicher Rausch,
wo sie johlen und schreien und nachher schläfrig werden, wäre
mir fast lieber; aber unser Wilhelm, der sonst so ungeschlacht
ist, wie Sie wissen, der bekommt auf einmal ein liebreiches

Gemüth, wenn er zu viel hat, und macht sich an die Frauenzimmer. So hat er einmal seiner Hauswirthin zu Heidelberg,
einer Schusterswittib mit drei Buben, einen förmlichen Hei-
rathsantrag gemacht; wir haben nachher unsre liebe Noth gehabt, bis wir die Frau zufrieden gestellt.“ Fräulein Dobler
blickte noch nicht auf, aber heiß war ihr nicht mehr, es über-
lief sie eiskalt.

„Nun fürchtet der dumme Gesell,“ fuhr die Doktorin
fort, „er habe gestern Abend auch an Sie allerlei Unsinn hin
geredet, von dem er natürlich heut nicht mehr recht weiß; er
sieht erbärmlich aus und schämt sich jämmerlich und will sich
gar nicht sehen lassen vor Ihnen. Ich habe ihn getröstet und
ihm gesagt, daß Sie eine vernünftige Person seien, der's im
Traum nicht einfalle, ein Geschwätz von so einem unvergoh-
renen Buben für Ernst zu nehmen, aber er hat Recht, daß
er sich schämt, er soll heut hinüber laufen nach Gabelstein zu
seinem Onkel, da kann er seinen wüsten Kopf verlüften; mein
Mann kann so etwas nicht leiden, auch wenn er diesmal ein
Auge zudrückt, weil's mit dem Doktorwerden gelungen ist.“

Ja, das war ein kurzer Traum gewesen, vielleicht kindisch, aber nicht göttlich schön. — Eine Weile hatte sich Fräulein Dobler noch mit dem Gedanken getragen, es sei vielleicht
alles eine Intrigue der Mutter, der die Heirath nicht angenehm sei, aber der junge Herr hielt sich beharrlich von ihr
fern, und später sah sie ihn wieder in völlig unbefangener
Lustigkeit, nur ihr selbst gegenüber stumm und verlegen, und
sie mußte diese letzte Illusion aufgeben. Der Austritt aus
dem Hause des Doktors ist ihr nicht erschwert worden.

<hr>

Nun, ist das nicht eine tragische Geschichte, dieses Liebes=leid der Fräulein Christiane Dobler?

Aber liebstes Kind, mit Eurem Hofmeister, da kommt mir's eine gefährliche Sache vor! muß nur selbst kommen und in eigner Person nachsehen, daß Du mir nicht dumme Sachen machst! Wenn ich mir Deinen Vater vorstelle, der mir, sei nicht böse, Herzchen über dem Vergleich, immer erscheint wie so ein alter düsterer Raubgraf aus einem Ritterroman, und einen armen Kandidaten, der das Auge erhebt zu seiner schö=nen Tochter! Ich glaube, er wäre im Stande und ließe ihn an den Schweif eines wilden Rosses binden, oder was solch alte furchtbare Potentaten alles für grausige Dinge ausgeson=nen haben.

Schreiben kannst Du mir schon noch einmal, denn acht Tage steht's immer noch an. Dann aber umarmt Dich

         Deine

                 Ida.

Adele an Ida.

                 6. Mai . . .

Nun, liebste Ida, das ist nun der aller=allerletzte Brief vor Deiner Ankunft, und ich würde den vielleicht nicht schrei=ben, wenn ich Dich nicht bitten wollte, daß Du doch ja, wenn Du da bist, in Gegenwart der Fräulein Dobler keine Anspielungen machst auf ihr trauriges Geschick.

Du hast es ja ganz anschaulich und komisch erzählt; ich zweifle, ob die Putzmacherin noch alle Gespräche so wörtlich berichtet hat, — aber siehst Du, gerade das kommt mir so unsäglich betrübt vor dabei, daß es so lächerlich ist, daß nie=mand davon singen und sagen kann.

Es wundert mich nicht mehr, daß sie so trübe und ver=
drossen war alle Zeit und ich meine, ich müsse erst recht gut
und freundlich gegen sie sein, um ihr's zu vergüten. Daß
sie mich nicht so an einem fort erzogen hat, wie andre Gou=
vernanten thun, das danke ich ihr gerade; hart oder eigent=
lich unfreundlich ist sie nie gegen mich gewesen, und ich habe
dann um so mehr in Gedanken an meine liebe, schöne Mutter
gelebt, die ich so kurz gekannt.

Ich meine oft, liebe Ida, die Liebe, wie sie so in Ge=
dichten und Geschichten lebt, die gebe es auf der Welt gar
nicht mehr, oder hat es sie nie gegeben. Ich weiß, daß mein
Vater der Tante Hofräthin ihre bürgerliche Heirath nie ver=
geben hat; darum dachte ich, das werde doch eine Liebeswahl ge=
wesen sein, und ich wagte einmal sie darum zu fragen. „Na,
das nicht gerade mein Kind,“ erzählte sie mir, „siehst Du,
wenn ich auf unsrer alten Stammburg sitzen geblieben wäre
und hätte auf einen Baronen gewartet, da hätte ich einge=
räuchert werden können wie ein's der alten Kamine dort dro=
ben und zuletzt einfallen. Mein Vater war gestorben, der
Deine, der als Halbbruder auch gerade kein Recht hatte über
mich zu verfügen, war auf Reisen, da meldete sich mein
Mann, der mir die Geldgeschäfte hatte besorgen helfen, als
Freier. „Ein Spatz in der Hand ist besser als ein Pfau
auf dem Dache“ dacht' ich, und sagte ja; muß auch gestehen,
daß sich mir nicht einmal auf dem Dache ein Pfau präsen=
tirt hatte. Ob mir's Dein Vater verziehen, das weiß ich
nicht; trutzig ist er fast immer gewesen.“

Siehst Du, das ist die Herzensgeschichte meiner Tante
sie kommt mir fast noch trauriger vor, als die der Fräulein
Dobler.

Bei meiner Mutter, da ist's wohl Liebe gewesen, daß sie

mit dem düstern Fremden," — ich kann mir meinen Vater nie jung und heiter denken, — über's Meer gezogen ist; — ich weiß so wenig von ihr. Schön ist sie gewesen, das sagt mir ihr Bild und meine Erinnerung, und zart und lieblich; die Tante sagt mir auch nicht viel von ihr, und alles in ihrer trocknen, nüchternen Weise: „ja, sie war eine zarte, schöne Dame, vornehm gewöhnt; ich glaube, mein Bruder hat im Wunsche, sie nichts vermissen zu lassen, gar zu viel gebraucht. Verwandte hatte sie, so viel ich weiß, gar keine, wenigstens hat man keine gesehen, sie werden in der Schweiz von Glet= schern heruntergefallen sein, wie das Engländern öfters pas= sirt." Das ist alles, was ich von meiner Mutter erfahren, denn Vater spricht nie von ihr; und ich habe oft eine solche Sehnsucht nach ihr!

Wegen Herrn Jessen darfst Du nicht Sorge haben, und ich bitte Dich, mach', wenn Du da bist, keinen Scherz, keine Anspielung, die mich oder ihn in Verlegenheit bringen könnte! Er lebt so still für sich, dem fällt es gewiß nicht ein, an ein Mädchen zu denken, am wenigsten an

Deine

kindische Abele.

Candidat Jessen an Gustav Leising.

Schloß Rhönek, im Mai ...

Da also sitzt Dein „Pechvogel", der diesmal wirklich aus der Rolle gefallen zu sein scheint; auf einem Schloß am Neckar, so romantisch, als wir nur geträumt in den halbwüch= sigen Knabenjahren, wenn wir in der Dämmerstunde Fou= qué's Zauberring gelesen. Ein wunderschöner Sitz in Wahr=

heit, mit allen Eigenschaften einer mittelalterlichen Burg aus=
gestattet, — graue Thürme und Zinnen, ein wunderliebliches
Burgfräulein und ein finsterer Schloßherr, der in den alten
Prunkgemächern des Schlosses haust, — der junge Erbe, der
meiner Obhut anvertraut ist, der hat gerade nichts Mitttel=
alterliches an sich, das ist ein Bursch, wie sie wohl zu allen
Zeiten gewesen, — gutmüthig, etwas roh und wild daneben,
aber er ist mir von Herzen anhänglich, und ich habe ihn lieb
gewonnen.

„Und bist Du nun zufrieden?“ wirst Du fragen. Die
Frage ist zu allen Zeiten, von allen Menschen schwer zu be=
antworten. Ich lebe in der Gegenwart, ich freue mich des
herrlichen Landes, in dem ein freundliches Geschick mir wenig=
stens einen temporären Beruf angewiesen und — lache, wenn
Du willst, ich darf es wenigstens nicht hören, — ich sonne
mich im Lichte der schönsten blauen Augen, die ich je gesehen. —
Sei still und predige mir nicht, rede mir nicht von meiner
aussichtslosen Lage, von dem unseligen Bann, der auf mir
liegt und der mir den Eintritt in den Beruf wehrt, der
mein Leben und meine Seele ausfüllen würde, — ich weiß
alles, mehr als Du mir sagen kannst, und habe mir zum
Lieblingsmotto die Worte erkoren:

Die Sterne, die erreicht man nicht,
Man freut sich ihrer Pracht,

und ich bin glücklich in dieser stillen Freude.

„Und wie heißt der Stern?“ fragst Du wieder; nun,
außer dem Grafen und seinem Sohn weilt hier das einzige
Töchterlein des Hauses, — Abele, beschreiben kann ich sie
nicht, es ist die verkörperte Anmuth und Lieblichkeit, so recht
wie eine süße, tiefe Melodie, — ich kann nicht viel Worte über

sie machen, „die Sterne, die erreicht man nicht,“ man schildert sie auch nicht, man läßt ihr mildes Licht nur tief, tief in's Herz hinein scheinen.

Das anmuthige Kind ist nicht ganz und immer in diese alte Veste gebannt, sie bringt den Winter bei einer Tante in der Stadt zu; sie ist vielleicht in ihrem Sein und Thun wie ein anderes heiteres, junges Mädchen, aber es liegt ein süßes ungelöstes Räthsel in diesen blauen Augen, um diesen weichen Mund. Warum sollt' ich ihrer begehren? kann ich nicht meine stille Freude an ihr haben, wie an allem Reinen und Schönen? Udo, mein Zögling, ist kaum dreizehn, drei Jahre vielleicht wird er meiner Leitung noch bedürftig sein, ehe er in ein Gymnasium tritt, — drei schöne, selige Jahre, — soll ich nicht glücklich sein und die Augen schließen vor der Zukunft? Oder vielmehr, — soll ich nicht diese Zukunft in die Eine starke Hand legen, die mich bisher so wohl geführt und die nun diesen klaren Sonnenschein in mein Herz leuchten läßt?

So denke denn auch einmal nicht mit Bedauern an mich; glücklich wage ich mich nicht zu nennen, aber zu klagen habe ich nichts mehr.

Dein

Theodor.

———

Fräulein Dobler an ihre Schwester.

Im Juni ...

Du weißt schon lange nichts von mir, liebe Mine, ich wollte auch warten, bis ich die Söckchen für Deinen Karl fertig gestrickt; sollte der einstweilen zu groß geworden sein

dazu, so nimm sie für das Rickchen, wird nicht zu lang an=
stehen, so kann sie der kleine Fritz brauchen, und der andre
kleine Nachfolger wird auch nicht zu lange auf sich warten
lassen.

Sonst weiß ich Dir nicht viel mitzutheilen von meinem
Leben. Du, in Deiner engen Mansardenwohnung, wo an
jeder Wand eine Kinderbettlade steht, mit dem schmalen Eß=
tisch, wo die Leute so nah beisammen sitzen, daß immer eins
warten muß, bis das andre den Löffel in den Mund gescho=
ben, — Du denkst Dir's freilich wunderbar schön, auf einem
Schloß am Neckar zu wohnen; die Herrlichkeit ist aber so
groß nicht. Die Zimmer sind nicht sehr bequem im Schlosse,
die Bedienung ist auch mangelhaft, und daß der alte Graf
ein hochmüthiger, finsterer Mensch ist, der außer der kurzen
Begrüßung bei der Ankunft im Frühling kein Wort für mich
hat, — das weißt Du. Abele, mein Zögling, die ist freilich
ein liebes Kind und hat mir eigentlich noch keinen Verdruß
gemacht, wenn sie gleich an geordnetem Lernen nicht viel
Freude hat, und wenn auch ihre leichtsinnige Freundin, die
Iba, sie hie und da zu kleinen Unarten angestiftet hat. Ubo,
der wilde Junge, ist jetzt etwas zahmer, seit er einen Hofmei=
ster hat, und ich bin froh, daß ich den Bengel nicht mehr
unterrichten und hüten darf. Hätte nicht geglaubt, daß Herr
Jessen, der neue Hofmeister, dem Burschen gewachsen wäre;
er sieht so timid aus, aber er hat doch große Gewalt über
ihn, er weiß ihn gut zu unterhalten, steigt in den Freistunden
mit ihm an den Bergen herum und legt Sammlungen von
Steinen, von Moosen und Gräsern mit ihm an; das unter=
hält den Jungen und macht ihn auch gefügig zum Lernen.
Herr Jessen ist sehr artig in seinem Benehmen, er liest auch
schön vor; seltsam, daß er nicht predigen kann, da versagt

ihm jedesmal die Stimme, und beim Vorleſen iſt ſie doch ganz wohltönend.

Die Tante in Karlsruhe meinte, es ſei gefährlich, einen jungen Hofmeiſter ſo auf ein Schloß zu ſenden, wo er faſt allein ſei mit einem jungen ſchönen Mädchen. Ich kann nicht glauben, daß da etwas zu fürchten iſt. Wie ſtolz der Graf iſt, das hat er auf den erſten Blick ſehen können, und ſie weiß auch, wie ſo gänzlich ausſichtslos der junge Menſch iſt, der ja nicht einmal auf eine gewöhnliche Pfarre hoffen darf; dem Kind ſteht ja die Welt und das Leben noch weit offen, zumal wenn der Graf ſo reich iſt, wie man nach ſeinen kur=zen Andeutungen oft glauben ſollte, obwohl man im Haus nichts davon ſieht, und auch mein Gehalt, wie Du weißt, nicht beſonders groß iſt.

Viel beiſammen ſind die jungen Leute eben auch nicht, nur Eine Lektion theilt ſie mit dem Bruder bei dem Kandi=daten, und da bin ich immer zugegen, ebenſo Abends, wo der Graf den Udo mit ſich nimmt zum Ausreiten, und wo Herr Jeſſen uns vorliest; an warmen Abenden im Gärtchen. Ich meine überhaupt, es ſei eine Einbildung der Romanſchreiber, daß Schloßfräuleins und Hofmeiſter ſich ineinander verlieben, oder gar heirathen, es iſt mir kein ſolcher Fall bekannt. Das kam ſchon vor und iſt höchſt natürlich, daß die Erzieherin und der Hofmeiſter nach näherer Bekanntſchaft ſich haben ver=ſtehen lernen und ſich verbunden haben; das iſt ja auch viel ſchicklicher und zweckmäßiger. Du meinſt natürlich nicht, Mine, daß ich da an mich ſelbſt denke, ich weiß ſchon lang, was von den Männern zu halten iſt; es war nur eine Be=merkung.

Doch, ich vergeſſe, daß Du nicht Zeit und Luſt haſt, ſo lange Briefe zu leſen, aber wenn man ſo allein ſteht auf der weiten Welt, so hat man doch hie und da das Bedürfniß sich auszusprechen.

Das wilde Ding, die Ida, ist jetzt hier, da ist in nichts keine Ruhe und Ordnung.

Nun, ich hoffe, daß Ihr Alle gesund seid, grüße die Kinder und Deinen Mann; Deine

treue Schwester

Christiane.

Ich lege meine alte Brille bei; sei so gut, und laß mir durch Deinen Mann eine besorgen, zwei Nummern schärfer als die alte. So muß ich jetzt steigen und das Alter kommt allmälich, wäre mir gleichgiltig, auch sterben wollte ich meinetwegen heute noch, wenn ich auf der Welt nur Einmal glücklich gewesen wäre, — nur ein einzigmal.

————

Ida an Abele.

Juli . . .

So schnell ist sie vorübergegangen, die schöne romantische idyllische Zeit, die ich wieder auf Eurer reizenden Höhe habe verleben dürfen! Ich versichre Dich, es ist mir wie ein Traum, wenn ich jetzt das Fenster öffne und unsre weiten, sonnenheißen Straßen vor mir sehe und denke mir dagegen Dein stilles, schattiges Gärtchen und die tiefe, weiche Stimme, die uns Schillers bezaubernde Dramen vorträgt. Daß wir diesmal weniger Verkehr mit dem umliegenden Adel und mit dem Städtchen gehabt, habe ich gar nicht vermißt, und das war sehr edelmüthig von mir, denn Du mußt gestehen, daß der Kandidat für andre Menschenkinder nur ein halbes Auge hat, für Dich womöglich viere.

O liebe Adele, wenn ich nicht diesmal Mama ins Bad begleiten dürfte, und nicht noch so gar viel Zurüstungen zu machen hätte, — nicht ein einziges meiner vorjährigen Kleider kann ich tragen, ohne die Ermel zu verändern, und Du weißt, in der Stadt hält man nicht viel auf Negligés und in dem Bad, so früh Morgens am Brunnen ist das eine Hauptsache, — ja, was wollt ich denn sagen? ja so, wenn all diese Geschäfte nicht wären, und Du verargst mir das nicht, wenn nicht das Erkranken Deines Udo mich etwas ängstlich gemacht hätte, — ich bin nun einmal so zartnervig, — ich würde mich wohl den ganzen Sommer nicht haben losreißen können.

Ist Dein Vater schon abgereist auf seine geheimnißvolle Tour? Hör', ich glaube, das Geheimniß ist so groß nicht, er wird einfach in ein Bad reisen und sich's wohl sein lassen, ich meine auch, es habe ihn einmal einer unsrer Bekannten in Homburg gesehen. Was sollte er sonst thun? Zu geheimen diplomatischen Sendungen braucht man ihn schwerlich, nimm mir's nicht übel, geheim genug wäre Dein Papa schon zu einem Diplomaten, aber nicht höflich genug, er nimmt ja auf keinen Menschen in der Welt Rücksicht.

Wenn Du ihn nur diesmal begleiten könntest! ich fürchte immer, bei Deinem Bruder brechen die Pocken noch aus oder Scharlach, da wärst Du doch lieber vorher fort; Fräulein Dobler wird ihn schon versorgen, und die braucht nicht mehr zu fürchten für ihren schönen Teint.

Und eine andre Gefahr, mein Herzchen, noch größer als Blattern und Scharlach bedroht Dich! Du weißt wohl, was ich meine, wenn Du mich auch noch so unschuldig anguckst! Meinst Du, ganz ohne Gefahr werden zwei so junge Menschenkinder von so schwärmerischer Natur, wie Du und Herr Jessen, inmitten des schönsten

Frühlingswetters auf einem alten Eulennest zusammensitzen? Meinst Du, ich habe nicht verstanden, warum der timide Kandidat, der nicht einmal laut predigen kann, mit solchem Feuer und Pathos las von

> Der Liebe heil'gem Götterstrahl,
> Der in die Herzen schlägt und trifft und zündet.

Und warum ein gewisses Fräulein mit so hellem Erröthen und mit so lichten Blicken empor schaute, als er Thekla's Worte deklamirte:

> Du standest an dem Eingang in die Welt,
> Die ich betrat mit klösterlichem Zagen ...

weiß gerade nicht weiter auswendig und habe keinen Schiller da, — Du wirst's sicher wissen.

Ein Unsinn freilich ist's, denn es würde sich ja da nicht von einer simpeln Mesalliance handeln, die man in unsern Tagen nicht mehr so hoch anschlägt, — es handelt sich von einer puren Unmöglichkeit, und ich hätte in meinem Leben nie geglaubt, daß ich Dir noch Vernunft predigen müßte, die Du sonst allezeit die Brave warst.

Aber das muß ich gestehen, hübscher, viel hübscher ist der Kandidat als ich mir gedacht, insoweit ist es verzeihlich, aber auch nöthig, daß Du fliehst.

Höre, ermuthige ihn nur einmal zu predigen, Eurem Pfarrer drunten wird's nicht unlieb sein, gib Acht, wenn er Dich zur Zuhörerin hat, dann geht's sicher; wie konnte er so feurig lesen in Deiner Gegenwart!

Deine Frau Tante hat mich auch ausgefragt über den neuen Hofmeister, „ein ganz blöder, stiller junger Mensch" sagt ich ihr; die braucht nicht alles zu wissen; bedank Dich bei mir, Abelchen!

Und nun adieu, ich habe schauderhaft lang geschrieben und so wenig Zeit; so ist's mit der Freundschaft, da ist kein Opfer zu groß. Lebe wohl, Adelchen!

Deine

Ida.

Und ich habe nicht einmal von mir selbst gesprochen, nicht, daß ich fürchte, mich in Soden getäuscht zu haben! Es ist zu tragisch, um davon zu reden; sieh, so selbstlos macht die Freundschaft!

Adele an Ida.

Juli . . .

Nein, liebe Ida, es ist doch nicht gegangen mit dem Predigen, und ich kann nicht sagen, wie unbeschreiblich leid es mir thut um Jessen, der so tiefe Liebe, so heilige Begeisterung hat für seinen schönen Beruf.

Unser Pfarrer selbst hat ihn gebeten, eine Predigt zu übernehmen; er that es zögernd, ich glaube nur auf meine Bitte, und sah nicht ohne Bangen dem Tage entgegen. Ich that das Mögliche, ihm Muth zu machen, als wir Abends vorher noch beisammen saßen.

Ich ging am Sonntagmorgen in unser altes kleines Kirchlein hinunter, fast mit so viel Herzklopfen, als ob ich selbst predigen sollte. Die Leute sahen beifällig auf den „jungen, schönen Herrn“ — ich hoffte, es müsse gut gehen. Der erste Auftritt war mit fester, klarer Stimme gesprochen, auch das Gebet, dann aber, als die Predigt beginnen sollte, ward seine Stimme fast plötzlich schwach, kaum vernehmlich, das verwunderte Aufblicken der Zuhörer schien noch mehr

lähmend auf ihn zu wirken, — nie habe ich in solcher Seelen=
pein eine Predigt zu Ende gehört oder vielmehr n i c h t ge=
hört, wie diese, — ich eilte am Schluß fortzukommen, nur
damit ich keine Bemerkungen der Leute hören durfte.

Er war so tief niedergeschlagen, als wir uns Abends
sahen! Wie gerne hätte ich ihm ein freundliches, ermuthigen=
des Wort gesagt; ich fand es nicht gleich.

Die gute Fräulein Dobler, die sich nicht gerade besonders
auf's Aufheitern versteht, versuchte ihn zu trösten, indem sie
sagte, es gebe eben oft solche Naturfehler, die sich durchaus
nicht überwinden ließen; so habe ein Vetter von ihr, auch ein
Theologe, die unglückliche Eigenschaft gehabt, daß er sich unter
dem Predigen fortwährend habe schneuzen müssen, und das
habe jedesmal getönt wie eine Trompete, so daß es die Ge=
meinde aus der Andacht gebracht, „und er hat's nicht leis
lernen können," setzte sie seufzend hinzu, „wie viel er sich auch
Mühe gegeben, er hat trompetet bis an sein Ende."

Diesmal erreichte sie den Zweck; wir mußten Beide herz=
lich lachen, — o, es thut mir so wohl, wenn ich Jessen lachen
höre, und es steht ihm so gut! — „Was hat denn der Arme
angefangen?" fragte er noch lachend, „eine Pfarrstelle wird
er nicht bekommen haben?"

„O, warum nicht?" sagte Fräulein Dobler, „das Con=
sistorium hat ihn angestellt und seine Gemeinde hat sich an
ihn gewöhnt; ein altes Weib hat selbst einmal zu mir ge=
sagt: der Posaunenton sei ihr ganz erbaulich. Aber bei uns
stellt das Consistorium an, da fragt man die Leute nicht vor=
her, was sie für einen Pfarrer wollen."

„Nun, so könnte auch ich vielleicht noch eine Stelle be=
kommen, auf einer Hallig etwa," sagte Jessen trübe.

„Was ist denn eine Hallig?" fragte ich, ich hatte die Benennung nie gehört.

„Halligen sind kleine, ganz niedere Inseln, in der Nordsee, nur wenig über das Wasser erhöht, die in frühern Zeiten durch die Fluth vom Lande oder von größern Inseln losgerissen worden sind," sagte mir Jessen.

Nun weißt Du, daß ich schon in der Geographiestunde für ein Leben auf einer reizenden Südseeinsel geschwärmt habe und einst mit Freude die Strophen von Byron übersetzt habe:

> Ein liebliches Eiland sollt' eigen uns sein
> In tiefblauer Südsee, so fern und allein.

Und so dachte ich mir auch hier eine grüne Insel vom blauen Meer umwogt, von Klippen geschützt gegen die Brandung, einen heimlichen, stillen Aufenthalt, aber Jessen hat mich anders belehrt. „Eine Hallig, Comtesse, ist ein ganz flaches Stück Land inmitten der graugelben, schlammigen Flüssigkeit, die man Watten nennt; da grünt kein Baum, singt kein Vogel und blüht keine Blume. Wohl hört man zu Zeiten das Meer rauschen, dann aber ist es die Sturmfluth, die das ganze Land überschwemmt und oft Häuser und Bewohner mit hinab reißt in die Tiefe."

Mir schauderte bei dieser Beschreibung und bei dem Gedanken, daß dort Menschen wohnen müssen, die erst noch, wie mich Jessen versichert, ihre traurige Heimath lieb haben sollen. Ich bat ihn, uns etwas vorzulesen, damit man sich vergesse.

Es waren neue Gedichte, von Schwab, glaube ich, die Jessen ein Freund gesandt hatte, er hatte uns schon früher daraus gelesen, viel anmuthige Sagen und Lieder aus unsrem sonnigen

Schwabenland. Was er aber heute las, das stimmte uns nur wehmüthig, es war, als ob es anknüpfe an unser Ge= spräch. Es war die traurige Mähr von „Des Fremden Königs= reich", weiß nicht, ob Du es kennst: Ein fremder Jüngling führt die schöne Königstochter, die er sich im Kampfe errungen, meerüber in seine Heimath. Sie kommen an eine düstre Insel und die Jungfrau bittet:

O, schiffe vorüber am Eiland grau,
Vorüber am alten, verfallenen Bau! . . . . .

der Jüngling aber spricht traurig:

O Lieb, was wirst Du bleich,
O Lieb, das ist mein Königreich,
Hier mußt Du Königin werden,
Kein andres hab' ich auf Erden,

und wie sie näher und näher kommen und der Jüngling er= kennt mit Grauen:

O Maid, es kann Dir gefallen nicht,
Nicht kann Dich mein Eiland ergötzen,
Du schaust es an mit Entsetzen.
Und eh Du verfluchest Das Leben Dein,
Eh wollen wir Beide begraben sein,

da schifft er mit ihr hinunter in die Tiefe und das Meer deckt die Beiden.

Es war ja wohl kindisch, daß mich das fremde Lied so gar tief traurig machte, aber ich fühlte, daß es Jessen eben so ging. Ich konnte nicht zu ihm aufsehen und deckte meine Augen mit den Händen, ich wußte ja wohl, daß es einfältig sei zu weinen.

Es ist selbst der Fräulein Dobler zu viel geworden, deren Element doch sonst der Trübsinn ist. „Ich muß sagen," hob sie an, „Sie hätten nichts Geschickteres zur Erheiterung finden können, als eine so dumme Geschichte, die erst noch sehr unwahrscheinlich ist. Wo wird denn ein König einem fremden Menschen seine Tochter mitgeben, allein in's Meer hinaus? Der Fremde hätte ja mit in seines Schwiegervaters Schloß leben können."

„Oder auch in die österreichische Armee eintreten," sagte Jessen mit Lachen.

Mir wollte das Lachen nicht mehr gelingen und ich mußte immer an die traurige Geschichte denken. Meinst Du nicht, die Jungfrau hätte ihm d o ch folgen sollen in sein altes Schloß? Gute Nacht, meine Iba.

Wegen Ubo hättest Du nicht fliehen dürfen, der Fieber= anfall ging diesmal schnell vorüber, der Knabe hat aber solche Anfälle öfter, ich mache mir Vorwürfe, daß ich in letzter Zeit mich nicht mehr um ihn gekümmert, und ich sollte ihm doch statt der Mutter sein!

———

Iba an Adele.

Baden ...

Nun ja Kind, Du hast's gut mit mir vor, wenn Du mich auch noch zur Schiedsrichterin über Balladen und Ro= manzen ernennst, meinst Du, hier habe man sonst nichts zu thun? Das sieht Dir eben gleich, daß Du über solche Dinge Dein Herzlein brichst, und konntest doch sonst so fröhlich sein! Habe übrigens doch das Gedicht gelesen, es wohnt hier im Hause ein sehr gebildeter, etwas ältlicher Herr, der alle möglichen neuen Bücher hat. Diesmal gebe ich der Fräulein Dobler recht und halte das Ganze für einigen Unsinn, gib nur Acht, daß Dich nicht auch so ein fremder Jüngling in so ein altes Eulennest führt.

Zeit zum Lesen habe ich kaum, noch weniger zum Schreiben, Du glaubst nicht, wie viel man hier zu thun hat mit den verschiedenen Toiletten und Promenaden und Abenden im Conversationssaal, dann sieht man so viele Bekannte; denke, ich habe gestern geglaubt, Deinen Vater zu sehen, Abends, in der Nähe des Conversationssaals, — und wir glaubten ihn fern weg auf irgend einer geheimen Mission! Hätt' er Dich nur mitgenommen!

Denke, es wird mir immer klarer, daß ich in Soden mich furchtbar getäuscht! Sie schreiben mir, daß er sich um die Tochter einer Metzgerswittwe bewirbt, die 40,000 Gulden Aussteuer bekommt. Ist das nicht entsetzlich? Ein Glück, daß ich hier nicht Zeit habe, meinem Leid nachzuhängen, es könnte mir das Herz brechen. Abieu, heute ist Concert. Lies mir keine so traurigen Lieder mehr und sei gegrüßt von

Deiner Ida.

Der gebildete Herr heißt Decker, ein Privatdocent oder so etwas, er ist sehr artig; aber Lieutenant Ehrenfeld ist auch hier und braucht eine Kur. Erinnerst Du Dich seiner nicht mehr; höre, das scheint mir ein Phönix von einem Offizier! und eine Uniform ist doch wieder ganz was anderes als ein Civilist!

Adele an Ida.

August . . .

Ich habe lang nicht geschrieben, liebe Ida, ich meine es wenigstens, und ich weiß kaum, ob ich Dir schreiben kann, oder was ich schreiben soll?

Und doch, es wäre ja Unrecht; wir sind Freundinnen gewesen von den frühsten Kinderjahren, da muß ich Dir doch alles sagen, nicht wahr?

Der Vater ist lange schon fort, er ging früher als sonst; er sagte aber, er komme bald zurück. Ach Iba, es ist wohl Sünde, daß es mir ist, als ob ein Druck von meiner Seele genommen wäre, wenn der Vater fort ist. So soll's nicht sein.

Ubo ist wieder krank geworden, derselbe Anfall von Hitze und Betäubung im Kopf; es that mir so leid um den Knaben und wie ich selbst in letzter Zeit so viel Heimweh nach meiner Mutter hatte, so kam er mir jetzt besonders verlassen vor. Fräulein Dobler hatte auch nach ihm gesehen, meinte aber, wir könnten beruhigt schlafen gehen, da er ganz ruhig liege. Mir aber ließ es keine rechte Ruhe, es war schön mondhell, so stand ich denn auf und ging noch einmal hinauf. Ich war so froh, der Kammerdiener, der sonst im Vorzimmer von Papa's und Ubo's Schlafzimmer schläft, war am Abend noch in's Städtchen gegangen, um den Arzt zu fragen; er war nicht zurückgekommen wie er versprochen. Ubo lag in großer Hitze und wälzte sich unruhig hin und her, ich brachte ihm Zuckerwasser und setzte mich zu ihm; er wurde erst ruhig, als ich seine heiße Hand in meiner kühlen hielt und ihm halb= laut ein Schlummerliedchen sang; ich weiß es noch von der Zeit, wo Mutter es ihm gesungen.

Es war mir traurig und doch wohl an meines Bruders Bett, liebe Iba, ich fühlte jetzt erst, daß ich bisher viel zu viel für mich selbst gelebt, zu wenig für Andere gethan habe; es liegt doch ein Segen in der Mühe der Liebe. Wie ich so sang aus der Mutter Schlummerlied:

Und schläfst Du einmal einsam ein
Und tief im Grab Dein Mütterlein,
Dann grüße Dich in Deinem Traum
Dein Mütterlein vom Sternenraum,
Dann höre leis noch den Gesang,
Der von der Mutter Lippe klang.

Da hörte ich einen leisen Tritt und Jessen stand am Fußende des Bettes; er schläft auf dem obern Boden, aber er hatte auch keine Ruhe um den Knaben gehabt. Da ich bang war, weil der Kammerdiener noch nicht zurückkam, so war mir's lieb, daß er noch blieb und so setzte er sich auf die andere Seite des Bettes. Es war so wunderbar, der Mond schien durch das hohe Fenster und leise, leise säuselten die Bäume draußen im Nachtwind.

Ich weiß nicht, wie's gekommen; aber, liebe Iba, Du darfst mich nicht verachten, — auf einmal sind unsre Hände ineinandergelegen, und er flüsterte mir leise Worte zu, Worte, wie ich sie nie gehört: daß er mich unaussprechlich lieb habe, er wisse ja wohl, daß er mich nie begehren dürfe als sein Eigenthum, nur an mich denken wolle er, als an das Reinste und Liebste auf Erden.

O Iba, bin ich's denn werth, daß mich ein Mensch so lieb hat! Was wir noch gesprochen, ich weiß es nicht; ich habe ja auch nicht läugnen können, daß ich an ihn gedacht, mehr als ich selbst gewußt, — wir wußten's alle Beide, daß wir uns nie eigen sein dürften, es war so traurig, und doch so schön; immer und immer hätte ich so sitzen mögen, meine Hand in der seinen, so hören auf seine lieben, treuen Worte, im klaren, hellen Mondenlicht.

Da ging aber geräuschlos die Thür, der Kammerdiener kam und brachte Tropfen von dem Arzt. Ach, ich hatte den kranken Bruder eine Weile ganz vergessen, obgleich meine Hand auf seiner Decke lag. Jessen wollte mit dem Kammerdiener bei dem Knaben bleiben; ich ging hinunter wie im Traum, ob ich die Nacht gewacht oder geschlafen, das weiß ich nicht. Ubo ist jetzt wieder besser.

Du kannst nicht wissen und glauben, Iba, wie wunderschön die Welt ist seit jener Stunde. Wir sind schüchtern uns nur anzusehen, und doch trägt Jedes einen goldnen Schatz von Glück im Herzen, neben all der stillen Sorge, daß es nicht wird dauern dürfen.

Am Morgen nach jener Nacht war Fräulein Dobler bei Ubo oben, der wieder besser war, und las ihm vor aus Kampe's Entdeckung von Amerika. Ich saß in meinem Gärtchen in der Mauernische, wo man den herrlichen Blick hinaus hat. Wie sich Jessen gerade dahin gefunden, — das weiß ich nicht. Er bat mich leise um Vergebung, daß er ausgesprochen, was er doch hatte verschweigen wollen, er wolle, wenn ich es gebiete, scheiden ohne ein Wort; aber wenn ich ihm gestatte zu bleiben, so dürfe ich sicher sein, daß er nie ein Wort wage, das ich nicht gut heiße.

Ich weiß nicht, Iba, woher mir, die ich doch sonst so ängstlich bin, diesmal der Muth gekommen. Es war so ein schöner, klarer, blauer Himmel über uns, da fühlte ich mich so recht vor Gottes Angesicht, und ich konnte mein innerstes Herz aussprechen ohne Zagen. So sagte ich Jessen, daß ich ihn auch lieb habe, und daß ich nicht glaube, daß das Sünde sei, wenn wir uns daran freuen in der Stille. O, Du glaubst nicht, wie selig er aussah; ach, wie ist es doch schön, wenn man einen Menschen so glücklich machen kann, und ist's auch nur für einen Augenblick! Und weil ich so allein stehe auf der Welt und keine Mutter habe, so sagte ich ihm, wir wollen unsre Liebe dem lieben Gott befehlen, so wird sie uns nie gereuen, auch wenn wir uns später trennen müßten für's ganze Leben.

O wenn Du nur wüßteſt, wie ſchön es jetzt iſt, obgleich wir uns faſt nie allein ſehen! Ich denke, das könnte nicht recht ſein, und ich will gewiß nichts thun, was Unrecht iſt, ſonſt könnten wir ja nicht mehr ſo glücklich ſein.

Der guten Fräulein Dobler kann ich nichts ſagen. Weißt, es brächte ſie nur in Verlegenheit, weil ſie als Gouvernante es ja doch nicht leiden dürfte. Und ſie verſtehts auch nicht, wie das iſt, wenn man ſich ſo lieb hat. Von der einen, traurigen Geſchichte her, die Du mir erzählt haſt, kann ſie das nicht wiſſen; da iſt ihr's gegangen wie jener Dritten von den drei unglücklichen Schweſtern:

> Und ſtill noch ſaß die dritte Maid,
> So ſage, Jungfrau, was war Dein Leid?
>
> Und ruhig ſie zur Antwort giebt:
> „Ich ward auf Erden nie geliebt.".

Ich glaube, Du weißt's auch nicht ſo recht, liebe Iba, obgleich Dir ſchon allerlei Lieutenants gefallen haben?

O ſieh, ich freue mich auf jeden Morgen, und in der Nacht muß ich, eh ich einſchlafe, ſtundenlang an alles denken, was wir am Tage geſprochen haben. Gelt, es iſt nicht falſch, daß ich zu Fräulein Dobler ſagte, ich möchte gern an allen Stunden Udo's Theil nehmen, ich habe ſo eine Freude am Latein. Ihr iſt das lieb, weil ſie gegenwärtig ſo viel Zahnweh hat, und viel kann ich ja doch nicht mehr bei ihr lernen. Es iſt ſo nett, als ein Schulkind Jeſſen gegenüber ſitzen! Er tadelt mich oft recht im Ernſt, und ich bin ſo bemüthig! Aber dann begegnen ſich unſre Blicke und wir fühlen wieder das heimliche Kleinod im Herzen.

Und die Wanderungen mache ich auch mit, wenn er mit

Ubo Pflanzen und Steine sammelt, ich werde eine ganz gelehrte Botanikerin, glaub's nur! Es ist so nett, wenn wir an einem moosigen Rain sitzen und lesen die Schätze aus, die Ubo uns zuträgt. Und die Vorlesungen am Abend, die sind viel schöner noch als vorher, so vieles verstehe ich jetzt erst recht; und ansehen darf man sich ja immer wieder dazwischen. Es ist, als ob auf allem in der Welt ein ganz eigner Sonnenschein läge.

Aber was soll daraus werden? fragst Du. O, liebe Ida, ich weiß ja wohl, daß es nicht bleiben kann. Aber ein wenig, ein klein wenig glücklich sein darf man doch!

Manchmal träume ich freilich auch, es könnte alles noch schön werden und gut, und ich könne einmal mit ihm ziehen als sein treues Weib. Eine Pfarrfrau! o, wie ich mir das reizend denke! ein Pfarrhaus, beschattet von grünen Bäumen in einer anmuthigen Gegend, mit einem lieblichen Gärtchen dahinter, — ich helfe jetzt heimlich oft in der Haushaltung, ich kann schon einiges kochen, und in meinem Gärtchen pflanze ich alles selbst; ich glaube, ich würde gar keine ungeschickte Pfarrfrau sein, mein Idchen!

Dann aber kommt wieder ein schwarzer Strich dazwischen, noch trauriger als die Kluft unsres Ranges, die mir gerade nicht so schlimm vorkommt, die unselige Stimme! Theodor hat mir vertraut, daß das noch von seiner Kinderzeit herstammt, von einem tyrannischen Lehrer, dem er untergeben war. Es hätte ihm fast auch unmöglich gemacht, ein Examen zu bestehen, aber ich glaube, daß da all seine schriftlichen Arbeiten so ausgezeichnet waren, daß die Professoren gerne gehorcht haben, auch auf leise Antworten.

Nun, ich will nicht fragen und nicht klagen, ich will

glücklich ſein, ſo lang ich kann; o Jba, ich habe nicht gewußt, daß es ſo ſchön iſt auf der Welt!

Du mußt's für ein großes Freundſchaftzeichen erkennen, daß ich Dir ſo viel geſchrieben, ich habe darum eine Lektion unten verſäumt. Lebe wohl, liebe Jba!

Jeſſen an ſeinen Freund.

Oktober . . .

Es iſt vorüber. Einen Sommer lang ſollte ich glücklich ſein, einen ganzen Sommer lang! Es gab Zeiten, wo ich das nicht gehofft; ich habe kein Recht zu klagen.

Du weißt aus meinem letzten Brief, wie kurz auch meine Andeutungen waren, daß ich ſo glücklich war, die Liebe des reinſten, ſchönſten Herzens zu gewinnen. Es war mein Vorſatz geweſen, meine Liebe zu ihr zu verſchweigen; daß ich ihn gebrochen, kann ich nicht bereuen, denn wir haben eine unausſprechlich ſchöne Zeit gehabt. Wir haben uns ſelten allein geſehen, ich habe nie ihr Wort vergeſſen: „wir wollen unſre Liebe in Gottes Hand legen,“ und habe ſie hoch und heilig gehalten; aber auch ſo, in Entbehren und Entſagen, war es eine ſelige Zeit.

Was ſoll ich Dir viel erzählen? Es iſt die alte Ge=ſchichte, Du kannſt ſie in den Romanen wieder finden, die uns als Gymnaſiſten gefeſſelt und bewegt. Der alte Graf kehrt unverſehens zurück, der Kammerdiener muß geplaudert haben, und was ſo ſtill und heilig begonnen, das wird zer=trümmert mit roher Fauſt.

Du meinteſt in Deinem Brief, die mittelalterlichen Zeiten ſeien vorüber, wo die Liebe zu einer Grafentochter ein ſo furchtbares Attentat von einem bürgerlichen Kandidaten ge=

wesen sei, — Gustav, vielleicht wären Dir die Wuthausbrüche des Alten, seine Drohung, mich niederschießen zu lassen, wenn ich mich im Bereich des Schlosses noch einmal blicken lasse, mehr lächerlich als furchtbar erschienen; — ich konnte alles schweigend mit anhören, weil es Abelens Vater war, — vergessen kann ich es nicht mehr.

Abele wurde zu ihrer Tante geschickt, mein Zögling Udo auf ein Gymnasium, die Gouvernante, die so sehr unschuldig an allem war, in Ungnade entlassen, ich habe das Schloß verlassen, ein einsamer gebrochner Mann.

Ich schreibe Dir von H. aus, wo Professor B., mein Landsmann und alter Freund und Gönner, mir ein Asyl in seinem Hause geboten. Eine Hofmeisterstelle, fern von hier, wie ich's wünsche, kann er bei seinen vielen Verbindungen mit Norddeutschland mir leicht verschaffen; das will ich denn annehmen, will suchen, mein Leben zu ertragen und mit meiner gebrochnen Kraft noch zu nützen, so viel ich kann.

Wohl giebt es Tage, in denen ich mich abquäle mit Planen, wie ich doch noch die edle Perle mir erringen könnte, die mein gehört vor Gottes Augen, der die reine Liebe unsrer Herzen gesehen. „Wenn Sie noch eine Professorenstelle erwerben könnten," hatte Fräulein Dobler, die in ihrer Weise gewiß auch herzlich Mitleid mit uns hatte, beim Abschied gesagt; „ich sag Ihnen, ein Universitätsprofessor kommt sich so vornehm vor, wie ein Graf, für den ist keine Parthie zu hoch, und die Frau Tante, die ja auch einen bürgerlichen Hofrath hat, würde da am Ende ein Fürwort einlegen."

Da dachte ich wohl daran, mit höchster Anstrengung all meiner Kräfte diesem Ziele zuzustreben. Aber, — die Grenzen meiner Begabung sind mir bald klar geworden. Mein Beruf liegt im Amte eines Predigers, ich möchte mit ein=

fachen Worten verkünden, was mir selbst klar geworden als ewige Wahrheit, möchte mir selbst mehr und mehr zum Lichte helfen, indem ich Andre dem Lichte zuführe, möchte einkehren als Freund und Tröster in der Hütte der Armen, unter der Jugend mir ein Geschlecht heranbilden, das zu mir aufblickte mit Vertrauen, — das denke ich mir ein schönes Loos.

Aber neue Bahnen zu brechen auf dem Gebiet des Wissens, neue Waffen zu schmieden für den Kampf der Geister, — dazu kann selbst die Liebe mir nicht Kraft und Gaben verleihen. Und ich, der ich nicht mehr wage, mich um die bescheidenste Pfarrstelle zu bewerben, weil jener Bann aus den Tagen meiner verkümmerten Kindheit her auf mir liegt, — wie könnte ich daran denken, nach einem höheren Ziele zu streben?

Von Abele bin ich geschieden ganz und für immer. Ich will keinen Zwiespalt in ihre junge Seele werfen und sie hat ihrem Vater versprechen müssen, mir nicht zu schreiben. All die tiefe Bitterkeit, die das Verfahren des Grafen in mir geweckt, ist zurückgetreten vor der süßen, wehmüthigen Erinnerung an unsern Abschied.

Ich wollte das Schloß verlassen, düster, gebrochnen Muthes, da rief mir Ubo an der Thüre von Abelen's Mauergärtchen: „bitte, Herr Jessen, Sie werden uns doch adieu sagen;" der sonst so unbekümmerliche Knabe weinte bitterlich. „Ich weiß nicht, Comtesse, ob wir uns noch sprechen dürfen," sagte ich.

„Wir dürfen uns Lebewohl sagen und wenn mein Vater daneben stünde," sagte Abele mit dem Muthe, der dem zarten Kind nie fehlt zur rechten Stunde. Und sie sagte mir ihren Scheidegruß so innig, so herzlich, so still ergeben in das schwere Leid und so voll reicher tiefer Liebe, — diesmal,

Guſtav, war ſie ſtärker als ich, und ſie hat mir Muth gege=
ben, daß ich vermochte, von ihr zu ſcheiden, reich in der
Liebe, die hier nicht mein ſein ſollte, ſelig in der Hoffnung
auf Wiederſehn.

Sollte es ſich nicht ſchicken mit der Hofmeiſterſtelle, die
Profeſſor L. jetzt für mich in Vorſchlag hat, ſo komme ich
zuvor zu Dir, ſonſt erhältſt Du wohl einmal Nachricht von
dort aus.

Leb wohl, der Himmel führe Dich freundlichere Wege als
Deinen

Theodor.

* * *

Adele an Fräulein Dobler.

K., November...

Liebe Fräulein Dobler!

Es verlangt mich recht zu wiſſen, wie es Ihnen geht,
und thut mir oft ſo gar leid, daß es doch durch meine Schuld
war, daß wir ſo raſch und auf ſo unfreundliche Weiſe ge=
trennt worden ſind.

Nicht wahr, Sie ſind mir nicht mehr böſe darum, daß
wir Ihnen nichts geſagt haben? Ach, wir haben ja nicht
anders können, und Sie hätten es wohl gar nicht zugeben
dürfen, daß wir uns lieb haben? nicht wahr? Sie gönnen
es uns gewiß, daß wir doch ein wenig, ein klein wenig
glücklich geweſen ſind? Ich muß ja daran zehren mein gan=
zes Leben lang.

Tante hier iſt gut gegen mich; ſie hat mir auch zu An=
fang nie harte Vorwürfe gemacht, ſie ſagte nur: „Kind, für
ſo gar dumm hätte ich Dich nicht gehalten.“

Wie Theodor ist, Herr Jessen will ich sagen, — wie edel und rein und gut, daß selbst eine Königin sich selig preisen dürfte, wenn solch ein Herz ihr eigen wäre: das kann die Tante freilich nicht wissen; ich glaube, Sie selbst wissen's kaum, liebe Fräulein Dobler.

Ich bin sehr, sehr traurig gewesen all die erste Zeit; es that mir weh, wenn ich unter die Menschen sollte; tanzen kann ich um keinen Preis, ich wäre am liebsten daheim in meinem Stübchen geblieben, wenn man bei der Tante ein Stübchen hätte. Aber sie hat so viel andere schöne Zimmer. „Eine Gaststube ist nicht mehr Mode, Kind,“ sagt sie, doch, Sie wissen's ja selbst, daß ich auf einem Ruhebett im Empfangzimmer schlafe, da hab' ich denn keine so rechte Heimath und sehne mich oft nach meinem Erkerstübchen daheim; aber ich darf ja nicht allein heim, und ich weiß nicht, ob der Vater noch abwesend ist.

Uto schreibt mir manchmal von seiner Schule aus; der Junge scheint nicht recht gesund und vergnügt.

So traurig wie in der ersten Zeit bin ich jetzt nicht mehr; ich denke oft, es sei Unrecht, daß ich wieder heiterer sein kann, aber sie sind Alle gut und freundlich gegen mich, — mein tiefes Heimweh, das wacht auf in der Nacht, wenn alles still ist; zuletzt schlafe ich ein, und träume dann viel von Theodor, von Herrn Jessen, wollt' ich sagen. Wissen Sie gar nicht, wo er ist und wie es ihm geht?

Nun bitte ich, liebe Fräulein Dobler, verzeihen Sie, daß Sie durch mich so viel Verdruß gehabt. Ich kann nichts dafür, aber ich möchte Ihnen gern etwas zu Liebe thun. Wenn Sie etwas von ihm erfahren sollten, so schreiben Sie mir, nicht wahr? nur ein ganz klein wenig!

Meine Freundin Iba sehe ich oft, aber, — so ganz recht

verstehen wir uns nicht; sie ist jetzt beinahe Braut mit einem
Lieutenant, nur haben sie noch nicht so viel Geld, als ein Offizier
braucht, um zu heirathen. Wenn ich nur gewiß wüßte, ob
mein Vater wirklich so reich ist, wie viele Leute meinen, ich
möchte ihn gern bitten, Iba zu geben, was sie braucht; mich
freut ja doch nichts mehr.

Nun leben Sie wohl, liebe Fräulein Dobler, lassen Sie
mich wissen, ob es Ihnen nicht schlecht geht. Ich weiß, daß
Ihre Schwester so viele Kinder hat, da werden Sie meine
alten Puppen und Bilderbücher wohl brauchen können, die
ich Ihnen schicke; ich bin so kindisch gewesen, daß ich all diese
Sachen aufgehoben und heimlich oft noch eine Freude daran
gehabt habe; jetzt ist das lange vorbei. Denken Sie manch=
mal an

Ihre

Abele.

Jessen an seinen Freund.
(Zwei Jahre später.)

Gut Reezow in Holstein, im Sommer ...

Und auch Du kümmerst Dich noch um den Einsiedler,
der hier haust, so abgetrennt von der Vergangenheit, daß mir
oft ist, als sei es nicht dasselbe Leben mehr, — wenn ich
nicht zu tief fühlte, daß ich ein Leben gelebt, das man nicht
zweimal leben, — das man auch nicht vergessen kann.

Dich habe ich auch nicht vergessen, mein alter Gustav,
nicht der schönen Stunden auf den Höhen von Alt=Heidelberg
mit dem Blick auf den rauschenden Neckar, nicht all der Pläne
und Ideen, in denen wir gelebt. Die liebste Stelle unsres
Lieblingsdichters bleibt mir die:

Sagt ihm,
Daß er für die Träume ſeiner Jugend
Soll Achtung tragen, wenn er Mann ſein wird.

Ich thue es, Guſtav, wenn ſie auch alle zu nichte geworden ſind.

Wie ich lebe, willſt Du wiſſen? Nun ich lebe hier auf dem Gut des Herrn von Reezow und unterrichte ſeine Söhne; eine Tochter iſt nicht hier, Guſtav, — es hätte auch keine Gefahr. Die Knaben haben mich lieb, ich glaube, daß ich Gutes bei ihnen wirken kann, — die Herrſchaft begegnet mir gütig, — es geht ſo ein Tag hin wie der andre, oft dünkt mir alle die Zeit ſeit ich hier bin wie Ein Tag, oft wie unermeßlich lange Jahre. Die Sonntage widme ich meinen theologiſchen Studien.

Ich habe mit andern Augen forſchen und ſuchen gelernt als vordem, — die Reichen und Satten, die Klugen und Großen der Welt ſind es nie geweſen, denen das göttliche Geheimniß ſich erſchloſſen, es ſind die Armen, die Dürſtenden, denen ſich der ewige Quell des Segens öffnet, der unter dem Gotteswort verborgen iſt.

Die ſpäten Abende, die gehören der Vergangenheit, oder vielmehr dem, was immer gegenwärtig in meinem Herzen lebt. All mein ſchlichtes Leben und mein Lieben, mein Fühlen und Denken gieße ich da' aus in Briefen an Adele. Sie wird ſie nie ſehen dieſe Briefe, ich will ihren Frieden nicht ſtören, ich habe kein Recht, einzugreifen in ihre Zukunft, — aber es iſt mir zur lieben Gewohnheit worden, ſo mit ihr fortzuleben. Ich ſage das Dir, es kann ja ſein, daß Du eines Tages berufen wirſt, den Nachlaß Deines Freundes in Empfang zu nehmen. Die Mühe wird klein ſein, mein lieber Guſtav. Meine Briefe an Adele findeſt Du leicht in dem verschloßnen Fach meines Schreibtisches. Ist sie vermählt bis dorthin, dann, Gustav, verbrenne sie ungelesen, das versprichst Du mir. Ist sie aber allein geblieben, dann sende sie ihr mit meinem letzten Gruß.

Darfst nicht bange sein zunächst; ich glaube, ich muß mit dem Einsiedler auf Salas y Gomez sagen: „Ich bin noch ohne Hoffnung bald zu sterben." Man stirbt so leicht nicht am Herzweh.

Du fragst, ob ich nicht wieder Versuche mit Predigen gemacht? Ich habe es nicht wieder gethan, ich kann das Eine Mal nicht vergessen, wo selbst der Gedanke an Ihre Gegenwart den unseligen Bann nicht hat brechen können.

„Aber was soll es weiter werden mit Dir?" fragst Du. Ich weiß es nicht, Gustav, ich kann mich jetzt nicht zu Planen und Unternehmungen aufschwingen, aber ich bin nicht müßig und ich hoffe, zur rechten Zeit und Stunde wird mir der rechte Weg gezeigt werden. Freilich hat mich's eigen berührt, als ich gestern zufällig ein Gespräch meiner Knaben im Garten belauschte.

„Höret, ich mag den Herrn Jessen gern, bleibt er immer bei uns?" fragte Hugo, der Jüngste. „Wir bleiben nicht immer bei ihm," sagte weise Richard, der zweitälteste, „wenn wir gelernt haben, was er uns lehren kann, so kommen wir in eine große Stadt und er geht fort." Wohin? wußte freilich der Knabe nicht zu sagen. „Er braucht auch nicht zu gehen," sagte gnädig der Aelteste, der sich schon als künftiger Gutsherr fühlt. Er könnte mir allerlei helfen, sagen und schreiben, wenn ich hier auf dem Gut bin, und wenn ich dann auch Söhne bekomme, so kann er die wieder unterrichten."

„Bis dorthin ist Herr Jessen aber ganz alt," sagte lachend Richard, das humoristische Element in dem Kleeblatt, „mit einem langen, weißen Bart, dann kann er deinen Jungen nicht nachspringen, wenn sie ihm davon laufen." Und die Kinder malten sich in großer Harmlosigkeit das Bild eines alten, ganz uralten Herrn Jessen aus, wie er fort und fort auf Schloß Reezow sitze und immere neue Generationen von Knaben unterrichte, — mir ging das seltsam durch die Seele. Ich hatte einmal auf einem Gut in Holstein so ein altes Inventarstück von einem Hauslehrer gesehen, in einem schmierigen Flaus mit einer endlos rauchenden Pfeife im Mund, — sollte das das Ende sein? Und ich bin doch in's Leben getreten mit Planen und Hoffnungen auf ein lebendiges, ehrenvolles Wirken, mit der tiefen Herzenssehnsucht, mein eigen Theil an Erbenglück zu finden, ein eignes Herz und ein eignes Haus mir zu gewinnen! — das wäre das Ziel?

Bleibe Du froh und gesund in Aussicht auf festen Beruf und auf eignen Herd, — auch mir wird mein Weg noch klar werden.

Dein

Theodor.

Er ist mir klar geworden. Ich öffne den Brief noch einmal, um Dir zu sagen, daß sich mein Geschick entschieden.

Es kam gestern eine Anfrage unsrer obersten Kirchenbehörde, ob ich nicht geneigt sei, die Pfarrstelle auf einer Hallig zu übernehmen, um die sich scheint's kein Bewerber gefunden.

„Sie werden nicht Lust haben in solche Einöde," sagte lachend Hr. v. R. „Nach allem, was ich von diesen Inseln weiß, ist das der trübseligste Aufenthalt; sagen Sie ab, ohne Weiteres; sie werden drüben schon einen Strafpfarrer finden für die Stelle, für Sie wird sich immer noch etwas Besseres finden." Mich hat dies Anerbieten seltsam getroffen. Freilich ist mir alles, was ich von diesen Inseln weiß, seither wie ein trauriges Mährchen erschienen, — ich habe einmal von Föhr aus hinübergesehen über die trübe bewegungslose See, wo die Inseln liegen, ich habe bei meiner Tante vor Jahren ein bleiches, stilles Mädchen gesehen, von der man mir als Merkwürdigkeit erzähltte, daß sie von einer Hallig stamme, und hier inmitten des blühenden, fruchtbaren Landes krank sei vor Heimweh nach jener Einöde, — und dort soll meine Heimath sein? — In Gottes Namen. Dort vielleicht, wo nur eine kleine Schaar von Zuhörern ist, dort werden sie mein Wort vernehmen können, dort wird die rechte Stätte sein für Einen, der verzichtet hat auf Glück und Lebensfreude.

Ich habe zugesagt.

Dort also, Gustav, hast Du mich in Zukunft zu suchen.

Gott gebe mir Kraft, den neuen Beruf hinzunehmen, nicht als eine Last, die ich tragen muß, sondern als ein Pfund, von dem ich Rechenschaft zu geben habe.

Eile hat es mit dem Eintritt nicht, ich habe Zeit bis zum Spätjahr, mich vorzubereiten und Hr. v. Reezow hat freundlich versprochen, mir die Einöde drüben menschlich her= stellen zu helfen.

Meine Knaben ergehen sich bereits in Muthmaßungen, was wohl für ein neuer Hofmeister kommen werde. Sie wollen mich auch einmal besuchen, auf Schlittschuhen, wenn die See zugefroren ist.

Und nun lebe wohl; wenn ich dort drüben bin, so wirst Du mein wohl benken als eines Gestorbenen.

———

Graf von Rhönek an Theodor Jessen.

September . . .

Herr Kandidat!

Sie werden eines Briefs von mir keineswegs gewärtig sein, ich glaube auch, daß sie Grund zu haben meinen, an mich, als Ihren Beleidiger, mit Groll zu denken; übrigens habe ich damals nach festen Grundsätzen gehandelt, nicht aus persönlichem Uebelwollen. Jetzt schreibe ich Ihnen als ein Sterbender. Mein einziger Sohn, Ihr früherer Zögling ist schon vor einem halben Jahre an Gehirnentzündung gestorben. Meine Tochter hat bis jetzt jede angemessene Verbindung, die sich ihr bot, beharrlich zurückgewiesen. So sehr sie mich dadurch gekränkt, so glaube ich doch in väterlicher Nachsicht so weit gehen zu dürfen, Ihnen die Zusicherung zu geben, daß von meiner Seite Ihrer Verbindung mit meiner Tochter kein Hemmniß im Wege steht, im Fall Sie in der Lage sind, ihr eine Versorgung zu bieten.

Achtungsvoll
Ubo, Graf von Rhönek.

Adele an Fräulein Dobler.

30. September . . .

Liebe Fräulein Dobler!

Wenn Sie Ihre jetzige Stelle auf einige Zeit verlassen können, bitte, so kommen Sie zu mir, ich habe einer Freundin so nöthig, ich bin so allein und habe Schweres erlebt. Gestern hat man meinen Vater begraben. Ach, ich weiß, mein armer Vater ist auch gegen Sie nicht freundlich gewesen, aber Sie werden keinen Groll mehr auf ihn haben; glücklich war er ja gewiß nicht und der Tod meines lieben Ubo hat ihm einen

Herzstoß gegeben, von bem er sich nicht mehr erholt hat, wenn ich auch äußerlich nichts an ihm wahrnahm, als baß er stiller unb büsterer geworben.

Der Anfall ist sehr schnell gekommen, ich weiß nicht einmal ben Namen ber Krankheit; sie bauerte kurz, aber mein armer Vater hat viel Schmerzen gelitten, ich that was ich konnte zur Linberung unb er faßte immer nach meiner Hanb, auch wenn er nicht mehr sprechen konnte. O, liebe Fräulein Dobler, er hat mich boch lieb gehabt! Aber Sterben ist furchtbar.

Sie haben Alle viel Mitleib mit mir, ber Arzt unb bie Herrn vom Amt, bie balb nach bem Tob heraufkamen. Auch Tante von Karlsruhe war hier unb wollte mich gleich mit= nehmen, ba sie nicht lang bleiben konnte; von ben Herrn aus ber Nachbarschaft, bie zu Vaters Leichenbegängniß kamen, haben einige mich freunblich eingelaben, aber ich kann noch nicht unter Frembe, unb Tante gab zu, baß ich hier bleibe, als ich ihr versprach, baß ich Sie zu mir bitten wolle.

Ganz verlassen bürfen Sie natürlich Ihre Stelle mei= netwegen nicht, ich werbe selbst heimathlos sein unb kann niemanb eine Heimath bieten. Es ist hier alles verschlossen unb versiegelt worben, nur mein Erkerstübchen unb einige anbre sinb frei. Sie sagen, bas Schloß unb Gut sei Manns= lehen, es werbe ein ferner Verwanbter kommen, ber es über= nehme. Ich weiß nur, baß ich ganz, ganz allein auf ber Welt bin; o, ich wollte, ich bürfte mich nieberlegen bei mei= ner Mutter!

Ich werbe später wohl zur Tante gehen müssen. Sie war mir lang böse, weil ich bie Heirath abgelehnt, bie sie für ein so großes Glück für mich gehalten, aber sie trägt mir's nicht mehr nach. Ich möchte nur Ruhe, nur Stille.

Da Sie ja in einer Stadt sind, so finden Sie gewiß eine Stellvertreterin für ihre Lektionen am Institut, und kommen so bald Sie können zu

Ihrer

betrübten Abele.

Theodor Jessen an seinen Freund.

Schloß Rhönek, 4. Oktober ...

Aus beigelegtem kurzem Brief des nun verstorbenen Grafen Rhönek kannst Du sehen, lieber Gustav, was mich bewogen, Schloß Neezow so schnell zu verlassen und hieher zu eilen, an die alte Stätte, die mein kurzes Glück und mein tiefes Leid gesehen.

Erklären konnte ich mir den Brief des Grafen nicht, als aus einer Gewissensregung, die ihm gekommen, als er sich krank und sterbend gefühlt. Warum nicht Ein Wort von Abele, wenn ihr Vater nun ja doch selbst die Schranke gehoben, die er zwischen uns gestellt? Ich wußte es nicht; ich reiste so eilig ich konnte, direkt nach Schloß Rhönek.

Daß der Graf gestorben, schnell gestorben, am Tag, wo er den Brief an mich abgesandt, erfuhr ich unterwegs, ich hörte noch viel, was Abele nie erfahren soll. Das arme Kind war noch allein auf dem alten Schloß, nur ihre ehmalige Gouvernante, die der Graf damals so plötzlich entlassen, war hier; eine traurige Trösterin für die Waise.

In dem Mauergärtchen, wo wir vor zwei Jahren geschieden, habe ich Abele zuerst wiedergesehen. Wie sie über all diese Zeit in meinem Herzen gelebt, so fand ich sie wieder, nur lieblicher als zuvor; und so fand ich die junge Liebe in ihrem Herzen, unberührt, unverletzt durch Zeit und Leid, das=

ſelbe tiefe, kindliche Vertrauen, das mir zum erſtenmal Ver=
trauen zu mir ſelbſt gegeben.

Ich glaubte, Jahre der Einſamkeit und Entbehrung haben
mich kühl gemacht und beſonnen, — in dieſem Augenblick war
ich es nicht. Ich wußte nur, daß Abele viel gelitten, wußte,
daß ſie traurig war und allein, und — ich erbat mir das
ſüße Recht, ſie tröſten zu dürfen, ganz und voll, wie nur
Liebe tröſten kann; ich fühlte, Gott ſelbſt habe mir das Recht
dazu gegeben; — wie ich geworben, was ſie erwiedert? ich
weiß es nicht mehr, ich weiß nur, daß wir in der alten
Mauerlücke ſaßen und hinaus ſchauten auf das reich belebte
Land, — ein ſeliges Paar.

Nach und nach erſt, mit Mühe, habe ich die nähern
Umſtände von Leben und Tod des alten Grafen erfahren.
Es ſcheint, daß die Verhältniſſe ſchon nicht ganz geordnet
waren zur Zeit, als er gegen den Willen ihrer Verwandten Abe=
lens Mutter von England gebracht, in der er, mit dem Gegen=
ſtand ſeiner leidenſchaftlichen Liebe, eine reiche Erbin zu ge=
winnen glaubte.

Sie war zart, liebevoll, aber vornehm und luxuriös
gewöhnt und — mittellos; ſie hatte geglaubt, dem deutſchen
Grafen zu folgen in ein Land, wo Milch und Honig fließt,
in ein Leben ſorgloſen Behagens. Der Graf konnte es nicht
über ſich gewinnen, auch als ihm ihre Verhältniſſe klar ge=
worden, ſie über die ſeinigen zu enttäuſchen. So wurde
ſcheint's damals ſchon durch unverhältnißmäßigen Aufwand
allmälig ſein Vermögen erſchöpft, ſein Gut verſchuldet. Er
war mit der zarten, leidenden Dame in Baden, der Arzt
hielt Italien für die einzige Rettung für ſie. In ſtiller Ver=
zweiflung, wie er die Mittel zur Reiſe beſchaffen ſolle, wagte
der Graf zum erſten Mal in ſeinem Leben den Reſt ſeiner

Reisekasse am Spieltisch. Er gewann unmäßig und — es ist die alte Geschichte, das war das Handgeld des Dämons. Der Aufenthalt in Italien konnte die leidenschaftlich geliebte Frau nicht auf lange retten, sie starb bald nach Ubo's Geburt.

Es scheint, daß kurz nach ihrem Tode der Graf wieder den Versuch begonnen, seine zerrütteten Verhältnisse auf diesem verzweifelten Wege zu heben. Seine geheimnißvollen Sommerreisen gingen nur in Bäder, wo Spielbanken waren, in Städte, wo er Spielhöllen fand, immer unter fremdem Namen; in der Zwischenzeit hat er sich allem nach meist mit Berechnungen und Versuchen beschäftigt, durch die er glaubte den launigen Dämon des Spiels fest in seinen Dienst bannen zu können, — sie haben sich vergeblich erwiesen, wie bei Tausenden vor ihm.

Der geheimnißvolle Seni, den das Volk für den Bösen hielt, dem er sich verschrieben, war ein Jude, der ihm immer wieder Mittel beschaffte, — das Gut ist aufgezehrt und Abelen wird nichts bleiben, als ein kleiner Rest ihres Muttergutes. Es ist kaum ein Zweifel, daß der Graf durch Gift von eigner Hand gestorben ist, — ich habe ihm alles verziehen, um der Einen That willen, daß er mir sterbend sein Kind vertraut. Gott gebe, daß Abele nie die schaurige Wahrheit erfahre.

Es war wohl natürlich, daß ich im tiefen Eindruck von Abelens trübem Geschick, im ersten Augenblick des Wiedersehens an nichts dachte, als daß sie nun mein eigen werden dürfe, daß ich sie trösten und tragen und lieben wolle ein ganzes Leben lang.

Aber, war es wirklich Vergessen, oder war es eine mir selbst unbewußte Feigheit, — welche Zukunft ich ihr bieten

kann, das habe ich ihr noch nicht geſagt, — und ich habe
ſeither den Muth dazu noch nicht gefunden. Verachte mich
darob, wenn Du willſt, Du mit Deiner friſchen, freien Natur,
mit dem glücklichen Gefühl, daß Du eben recht biſt, wo Dich
das Schickſal hinſtellt — Du verſtehſt mich nicht.

Nun aber ſoll's geſchehen, ich will Abelen nicht täuſchen;
zu dieſer Stunde noch ſoll ſie alles erfahren, und — wenn
ſie nicht den Muth findet — ſo ſoll ſie frei ſein, zu bleiben
in ihrem ſchönen Heimathland, ich will ſie ſegnen für die
kurzen Stunden unausſprechlichen Glückes, die ich ihr danke,
und leben von der Erinnerung, in meiner tiefen Einſamkeit.
Ich ſchließe den Brief nicht, bis ich Dir Abelens Entſchluß
geſchrieben.

———————

Sollte man denken, daß es ſo ſchwer ſei, dem Liebſten,
das man auf Erden hat, die einfache Wahrheit zu ſagen!
Ich traf Abele im Erkerzimmer, ans Fenſter gelehnt, wie ſie
ſo recht die Schönheit der herbſtlichen Landſchaft in ſich ſog.
„Nicht wahr, es iſt doch wunderſchön hier?“ ſagte ſie lächelnd.
„Du glaubſt nicht, wie mir in den ſchwerſten und trübſten
Zeiten dieſer reiche, ſchöne Anblick wohl gethan hat! Es iſt
ein ſo ſtiller, friedlicher Troſt, der die Natur bietet; all die
Lieblichkeit von draußen hat zu mir hereingeſchaut, wenn ich
zu müd und traurig war, um hinauszublicken.“

„Aber kannſt Du dieſen Reichthum und dieſe Schönheit
vertauſchen gegen den flachen und trüberen Norden?“

„Wo Du hingehſt, da will ich auch hingehen, Dein Volk
ſoll mein Volk ſein,“ ſagte Abele mit zuverſichtlichem Lächeln,
„es iſt gewiß auch ſchön im Norden.“

„Ja Kind,“ ſagte ich, und ich konnte das innere Beben
kaum überwinden; „der Norden hat ſeine tiefen, wunderbaren

Schönheiten, aber, — wenn nun mich mein Geschick auf eine Hallig führte?"

„Eine Hallig? was ist das? es ist mir, als habest Du schon einmal davon erzählt!"

„Ja, Abele, an jenem Abend, wo wir die Mähr gelesen von des Fremden Königreich, — damals habe ich Dir gesagt, was eine Hallig ist. Erinnerst Du Dich noch?"

„Ich weiß," sagte sie nun, und es schien mir, als ob ihr süßes Angesicht erbleiche, als das Bild wieder vor ihr aufstieg; „aber sage, mußt Du gerade dorthin? Wir können ja warten."

„Ich habe keine andre Heimath, dahin ich Dich führen könnte," sagte ich, ich hatte nun wieder Festigkeit gefunden. „Man hat mich dorthin berufen, und auch dort sind Seelen, denen das Gotteswort verkündet werden muß; ich habe mich bereit erklärt, dem Rufe zu folgen, zur Zeit, als ich nicht mehr hoffen durfte, Dich mein zu nennen. Abele, liebe Abele, Du bist frei in Deiner schönen Heimath zu bleiben, ich darf Dich nicht bitten, mir dort hinüber zu folgen; es war ein Unrecht, daß ich es Dir nicht gleich mitgetheilt."

Gustav, ich war darein ergeben, sie wieder hinzugeben und ich wollte es tragen ohne Klage. Das heldenmüthige Kind aber sah auf mit klaren Augen und sagte: „In Gottesnamen, lieber Theodor, dort gerade thut Dir ja ein Herz Noth, das Dich lieb hat, recht lieb; wir wollen's miteinander versuchen."

O Gustav, wie hätte ich je träumen können, noch solch selige Stunde zu erleben?

Nun will ich einmal eine Weile an gar nichts denken als an mein unaussprechliches Glück, daß solch ein Herz mir zu eigen geworden. Behüt Dich Gott, Gustav!

Abele an Frau Hofrath Lange.

Liebe Tante, ich komme nun in den nächsten Tagen und werde unser liebes, schönes, trauriges, altes Schloß verlassen auf immer. Es sind schon Werkleute da, um zu ändern und zu bauen; gestern kam der neue Besitzer selbst, er war sehr artig und rücksichtsvoll und sagte, wir dürfen uns ja nicht beeilen, aber mich zieht's selbst fort; ich fühle ja wohl, daß ich kein Heimathrecht mehr hier habe.

Ich bin so froh, daß Fräulein Dobler, die mir zu lieb ihre Stelle aufgegeben, nun wieder ein gutes Plätzchen bei der alten, blinden Frau von Mauer hat; die sieht dann ihr trübseliges Gesicht nicht, und ist selbst so beredt, daß sie nur geduldige Zuhörer braucht, dazu paßt Fräulein Dobler vortrefflich.

Liebe Tante, ich werde vielleicht diesen Winter noch bei Dir bleiben, im Frühling aber, — nun sei mir nur nicht böse, da werde ich Frau Pastorin; Du weißt ja, das ist mir immer schön vorgekommen. Ja Tante, ich habe mich verlobt mit Theodor Jessen, und mein armer Vater selbst hat es noch gewünscht und im Frühling will er mich heimführen; bald, wohl schon im März. Der liebe Onkel, der ja mein Vormund ist, wird sicherlich nichts dagegen haben.

Alles Nähere mündlich, ich komme vielleicht schon morgen und Theodor kommt bald nach. Also auf Wiedersehen!

Deine

Abele.

Theodor an seinen Freund.

So wäre der letzte Sturm nun bestanden. Es ist mir nichts mehr schwer erschienen, seit ich der starken Liebe Abelens gewiß bin.

Der Onkel, Abelens Vormund, der scheint's immer sehr abgezogen von der Menschheit unter Akten und Staatspapieren haust, gab mir auf meine förmliche Werbung kurzen Bescheid: „Ich halte das Heirathen im Allgemeinen für Unsinn, bei jetzt zunehmendem Steigen der Lebensmittelpreise. Wenn Sie aber genügenden Nahrungsstand nachweisen und, wie Abele sagt, mein verstorbener Schwager selbst noch die Sache gut geheißen hat, so habe ich nichts dagegen."

Die Frau Tante, die sich zuerst freundlich und geneigt bewiesen, fand es die reine Unmöglichkeit, als sie durch beharrliches Fragen genau erfahren hatte, wohin mein Beruf mich führe. „Nein, höret," meinte sie, „das muß ja eine schauderhafte Geschichte sein, noch ärger als ein Missionär auf einer Heideninsel in der Südsee, wo sie doch wenigstens Kokosnüsse zu essen haben, wenn sie nicht selbst von den Wilden gefressen werden."

„Nun, gefressen werden wir dort nicht, Frau Hofräthin," sagte ich, um sie zu beruhigen, „es wohnen lauter Christenmenschen dort."

„Und wenn auch, so ist es eine gräuliche Einsamkeit, eine Wildniß und Wüstenei und kein gebildeter Umgang; das können Sie einem zarten Wesen wie Abele ist, nicht zumuthen. Und Abele, daß ich's nur gleich ehrlich sage: Herr von Rhönek, der neue Besitzer von eurem alten Schloß, hat sich gegen meinen Mann ganz unzweideutig geäußert, daß er Dich gern zur Schloßfrau dort machen würde; da bliebest Du ja an Deinem lieben Neckar und könntest im Winter in die Stadt ziehen. Sie, lieber Herr Pastor, werden gewiß für solche Verhältnisse, wie sie dort sind, ein taugliches, robustes Frauenzimmer finden . . . . ."

Ein robustes Frauenzimmer war es nun freilich nicht,

die leise an meine Seite trat und zum erstenmal vor Drit=
ten mir ihre Hand bot und sie fest in die meinige legte.
„Ich habe alles überlegt, Tante," sagte sie mit fröhlicher Zu=
versicht, „laß mich nur gehen, es reut mich gewiß nicht."

„O Kind, das bildest Du Dir jetzt so ein," meinte die
Tante; „aber, nimm mir's nicht übel, Du bist doch noch
dumm, wenn Du auch schon zwanzig Jahre alt bist. Gelt,
Du stellst Dir vor, ihr werdet da drinnen an einer Rasen=
bank lehnen und Lämmer weiden lassen an rosenfarbnen
Bändern? O, gieb acht, das Gelüsten vergeht Dir, wenn
Du so allein braußen bist nnd das Meer um Dich herum
und kein ordentlicher Mensch, den Du besuchen kannst; o
überleg' Dir's doch. Und für den Herrn Pastor bist Du
zuletzt nur eine Last, zart erzogen, wie Du bist."

„Mit Gottes Hilfe und Segen will ich keine Last für
ihn sein," sagte meine Abele mit ihrer süßen Innigkeit und
alle Einwürfe und Bedenken sind gescheitert an ihrem festen
freudigen Willen.

Mir selbst will freilich noch oft das Herz schwer werden
beim Bedenken, ob ich nicht Unrecht thue, die zarte Blume
in so ödes, rauhes Landes zu versetzen, aber „in Deiner
Brust ruhn Deines Schicksals Sterne;" sollte die Liebe nicht
reich genug sein, auch die Armuth jener Insel zu schmücken?

Ich will allein Bahn brechen und im Frühling erst
meine Abele heimführen. Das Herz wird mir schwer, wenn
ich an die Trennung benke; es liegt ein langer, einsamer
Winter bazwischen; wird Abele, nun in die Mitte heitern
Lebens gestellt, noch den Muth finden, das alles, alles auf=
zugeben für mich? Eine eifrige Gegnerin hat unsre Liebe an
ihrer Freundin Iba, bie, so recht ein fröhliches Kind des
leichten Pfälzer Stammes, keinen Begriff hat, wie Abele

alles, was Welt und Weltfreude heißt, hingeben kann um der Liebe willen.

Mir selbst kommt noch oft genug die Furcht, ob ich nicht zu viel von ihr verlange. Und dieser Baron, der neue Besitzer von Schloß Rhönek, — ich kann nicht sagen, wie viel Zweifel und Bangen durch meine Seele zieht, — Adele aber blickt mich zuversichtlich an mit ihren treuen, blauen Augen, wenn ich all meine Befürchtungen vor ihr ausgieße. „Ich kann Dir nicht mehr versprechen und nicht mehr sagen, als daß ich Dich lieb habe," sagte sie, „und wenn menschliche Liebe und Treue nicht sicher genug ist, daß wir darauf bauen, sieh, wir haben ja lange schon unsre Liebe in Gottes Huth gegeben, darauf mußt Du trauen."

Und so sei's denn in Gottes Hand gelegt. Wenn ich kann, so spreche ich noch bei Dir ein, Gustav, auf dem Weg nach meiner Insel; wird sie mir noch eine Heimath des Glücks, oder ein Grab für jede Lebenshoffnung? Auf Wiedersehn.

Dein

Theodor.

Adele an Theodor.

April . . .

Lieber Theodor!

Es muß ja wohl trübselig da. drüben sein bei Dir, daß Du jetzt, wo der Frühling naht und das Wiedersehen, daß Du jetzt erst wieder niedergeschlagen bist, daß Du irre wirst im Glauben an meine Liebe und daß Du mit schönen, tragischen Worten mir freistellst, Herrin von Rhönek zu werden, wenn ich mich fürchte vor unsrem Eiland.

Lieber Theodor, es wird sich wohl nicht schicken, daß die Braut den Bräutigam kommen heißt, aber das werde ich Dir doch sagen dürfen, daß ich mit Dir gehe, wenn Du kommst, trotz aller Warnungen meiner Tante und aller Befürchtungen meiner Iba.

Es wird mir ja schwer werden, unser schönes Land zu verlassen, ich werde gar vieles drüben lernen müssen, und Du mußt viel, viel Geduld mit mir haben; aber — ich gehe doch gern und nicht nur deshalb gern, weil ich mit Dir gehe, — Du darfst mir das nicht übel nehmen, lieber Theodor.

Siehst Du, seit dem Tod meines armen Vaters sind so viel ernste Mahnungen an mein Herz gegangen, eine so tiefe Sehnsucht nach Frieden und Freude, die da gegründet sind, wo allein rechtes Leben quillt, und ich möchte nur so recht reich an diesem Frieden sein, daß ich ihn auch Dir bringen könnte, als die beste Mitgabe in unsre Einsamkeit. Aber, dieser Frieden ist hier schwer zu bewahren; zwischen der stillen Stunde am Morgen und am Abend liegt ein zerstreuter Tag, mit tausend kleinlichen Interessen und flüchtigem Geschwätz und frage ich mich am Abend:

> Was hast Du in dem Spiel gewonnen?
> Was blieb der müden Brust?

o sieh, da weiß ich nichts zu erwiedern, und es ist mir nicht, als dürfe ich als Kind zur Ruhe gehen in meines Vaters Haus, ich muß als irre Pilgerin jeden Abend wieder neu um Einlaß bitten. Nun weiß ich wohl, wir sollen unser rechtes Ziel finden, eben auf d e m Wege, den der Herr uns führt, und Viele schon haben gelernt, zwischen allen Erdenlichtern durch, den ewigen Stern nicht aus dem Auge zu verlieren; — wenn nun aber eben mir schwachem Kinde der Herr einen Pfad anweist, der sicherer zum Ziele führt, wenn er auch nicht so lustig aussieht, und wenn er mich dazu in eine liebe, treue Hand gibt, der ich folge mit Liebe und Freude, glaubst Du dann, daß ich sie nicht gerne fassen werde?

Drum, lieber Theodor, komm, wenn Du willst und kannst, auch die Tante sieht jetzt, daß mir's Ernst geblieben und sie wird mich ziehen lassen. Komm und glaube an

Deine

Adele.

Adele an Ida.

Hallig L., Juni...

So ist's nun wahr geworden, was Du noch im Augenblick unsres Scheidens nicht recht glauben wolltest; hier bin ich in meiner neuen Heimath, und ich kann Dir und der guten Tante doch die Versicherung geben, daß ich nicht, wie Ihr gefürchtet, gleich beim ersten Anblick vor Schreck gestorben bin.

Ihr habt die Stätte ja nie gesehen, die nun mein Vaterland ist, aber, — um die Wahrheit zu sagen, man hat mir nicht zu viel, oder vielmehr nicht zu wenig davon gesagt. Ja, liebe Ida, es ist öde hier und traurig für ein Auge, das unser schönes Vaterland gewöhnt ist, den heitern Wechsel von Wald und Wiese, Garten und Fluß, — es ist traurig, aber nicht zu traurig für zwei Herzen, die sich zu eigen gehören.

Als wir unsre letzte Fahrt beendet hatten, als das flache, farblose Land sich dehnte vor unsrem Blick, da sah ich Theodors Auge mit banger Sorge auf mir ruhen, ich wußte, daß jetzt wieder die Worte jenes traurigen Liedes in ihm auftauchten, leise sprach er sie vor sich hin:

O Maid, es kann Dir gefallen nicht,
Nicht kann Dich mein Eiland ergötzen,
Du schaust es an mit Entsetzen.

Mich aber überkam ein tiefes Mitleid, daß er allein hier gewesen war, den ganzen trüben Winter lang und ich fühlte eine rechte, helle Freudigkeit im Gedanken, daß wir hier glücklich sein wollen, ob's nun trübe aussieht oder hell, auch mir kam ein alter Reim zu Sinne, den ich ihm fröhlich zuflüsterte:

In Ritzen, in Falten
Wo der Feur'wurm nicht liegt,
In Höhlen, in Spalten,
Wo die Fliege nicht kriecht,
Ueber Fluthen, über Seen
Und der Abgründe Steg
Ueber Felsen, über Höhen
Find't Liebe den Weg.

Da schaute er mich freudig an, und wir haben getrosten Muthes zusammen das stille Land betreten.

Das habe ich noch gar nicht gewußt, liebe Ida, daß man einen Menschen schon so glücklich machen kann, nur damit, daß man zufrieden ist und heiter. Aber ich hatte auch noch gar nicht mit dem Heimweh zu kämpfen; es ist alles so neu und eigenthümlich, oft wie im Traum. Daß der Traum Wahrheit ist, daß es so bleiben wird um mich, wie es jetzt ist, immer, alle Tage, das kann ich mir freilich noch nicht recht denken.

Ein lachender Anblick ist es nicht, selbst die Liebe kann es nicht dazu machen, aber ein eigenthümlicher. Seltsam, wie Burgen, stehen die Häuser, zum Theil fest und stattlich erbaut, auf den hohen Werften, wo sie vor Ueberschwemmung sicher sein sollen, — unser Pfarrhaus und die alte Kirche

beisammen. Auch der Anblick der See hat nichts Frisches,
Belebendes von solcher Höhe aus, es ist trübes, fast unbe=
wegtes Wasser, in dem sich nur die Fahrwege unterscheiden.
Nichts Lebendes, als einige Schafe, die in dem matten Grün
weiden.

Es ist alles, wie Theodor damals gesagt hat: es rauschte
kein Baum, es sang kein Vogel, es rieselte kein Bächlein zu
unsrem Willkomm, aber der liebe Gott hatte uns klaren blauen
Himmel und hellen Sonnenschein bescheert, das macht immer
die Herzen fröhlich.

Die Inselbewohner, mehr Frauen als Männer, da diese
zum Theil zur See sind, kamen herbei, uns zu grüßen; gute
Gestalten, etwas farblos von Angesicht wie ihr Land. Ihre
Sprache, sie reden ein eignes Plattdeutsch, verstand ich nicht;
ich verstand aber ihren treuherzigen Gruß, den ernsten Blick
ihrer dunkelblauen Augen, ich sah, daß sie mit Verehrung und
Liebe an Theodor hingen; es ist ein alter Seemann darunter,
der sich von vielen Seefahrten hier zur Ruhe gesetzt hat, der
sagte feierlich: „Gott segne euren Eingang, junge Frau,“ und
ich schritt an Theodors Hand freudigen Muthes über die
Schwelle unsres Hauses.

Meine Sachen sind noch nicht hier, ich habe nur, was
die Reisekoffer faßten, doch ist Theodor mit Geschenken des
Herrn von Reezow und einigen Stücken, die zum Hause ge=
hören, schon nothdürftig eingerichtet. Die Leute haben uns
allerlei Vorräthe und kleine Geschenke gebracht, und das ist
gut, denn wie ich hier haushalten soll, das weiß ich noch
nicht. Daß ein Tönnchen Trinkwasser das werthvollste der
Geschenke ist, war mir wunderlich; sind wir hier inmitten
der See und sollen nicht einmal Wasser haben?

Karen heißt das Dienstmädchen, die Theodor für uns

gemiethet, auch wie die Andern etwas bleich und ſtill, aber willig und geſchickt. Sie hat ſchon draußen gedient, iſt aber von Heimweh getrieben, wieder zurückgekommen, — wie man gerade nach hier das Heimweh haben kann, das begreife ich noch nicht recht, — ſo verſtehe ich mich ſchon leichter, als mit ihr.

Etwas bange war mir zuerſt in der ungewohnten Um= gebung; ich mußte mich immer an Theodor halten wie ein furchtſames Kind, und doch durfte ich ihn nicht merken laſſen, daß ich mich fürchte, ich fühlte die liebevolle Sorge, mit der er mich heimlich anſah. Aber als es Abend wurde, als Ka= ren den alten eichenen Tiſch, der in Mitte der Wohnſtube ſteht, gedeckt hatte und die Lampe brachte, als wir bei dem traulichen Lichte unſern erſten Thee am eignen Tiſche tranken, allein, das erſtemal ſo ganz allein miteinander, allein auf der Welt, — o Jba, da überkam uns ein ſo tiefes, ſüßes Heimath= gefühl, wie wir Beide es nie zuvor im Leben genoſſen. Und der klare Mond ſchien in unſer Stübchen und die hellen Sterne; da und dort ſahen wir die Lichter glänzen von den andern Werften herüber, — da habe ich mich nicht mehr gefürchtet; Jba, liebe Jba, ich bin daheim.

Geſtern war Sonntag, der erſte ſeit wir hier ſind. Jetzt darf ich Dir's ſchon ſagen, daß ich ihm mit heimlichem Ban= gen entgegengeſehen. Ich hatte nie gewagt, Theodor zu fra= gen, wie es ihm mit dem Predigen ergangen; nicht wahr, Du begreifſt, daß es Dinge gibt, die man ſich ſcheut, gerade mit den Nächſten und Liebſten offen zu beſprechen. Ich dachte, die kleine Gemeinde hier werde ſich an ſein leiſes Wort ge= wöhnt haben und — wenn ihnen auch die Predigt nicht ſo viel biete, ſo werden ſie ihn ſchätzen und lieben um ſeines Werthes, um ſeiner Güte willen.

Es war mir so feierlich zu Muthe, als auf den Ruf der Kirchenglocken von allen Werften herab die Leute kamen in feierlicher, schwarzer Kleidung, wohl Alle, bis auf Wenige, die Kindlein oder Kranke zu pflegen hatten, den schmalen Pfad zu unsrer Kirche herauf. Unser alter Kapitain kam in stattlichem Aufzug, die alte Marthe, eine blinde Seemannswittwe, geführt von einem rosigen Enkelkind, das leitete sie so sorgsam, blickte so kindlich fragend mit den blauen Augen zu ihr auf und strengte sein schwaches Stimmchen nach Kräften an, als ob die blinde Großmutter auch taub sei. Ich gieng mit leisem Herzklopfen, ich mußte immer mit innerlichem Zagen an jene Eine Predigt daheim denken, die ich hören gewollt, und — nicht hören konnte. So saß ich denn bange in meinem Kirchenstuhl, — siehe da ertönte eine tiefe, wohllautende Stimme klar und vernehmlich: „Friede sei mit Euch.“ Das klang mir wie ein Friedensgruß von Oben aus dem Munde des Liebsten, was ich auf Erden habe; mit tiefer innerer Herzensfreude, die ich Dir nicht beschreiben kann, lauschte ich den Worten, die, vom ersten bis zum letzten klar und kraftvoll gesprochen wurden, und sah die ernsten Gesichter der kleinen Gemeinde, die erloschenen Augen der alten Frau mit großer Andacht auf den Prediger gerichtet. Liebe Ida, ich weiß nicht, ob Du das verstehst, aber jetzt erst ist er mir auf's Neue gegeben, nicht nur der Mann, den mein junges Herz lieb gewonnen, dem ich gefolgt bin übers Meer, weil ich so unendliches Mitleid hatte mit seiner Einsamkeit und — weil meine Seele bei ihm seine Heimath fand, — nein, auch ein Priester des Herrn, geweiht, um in dieser farblosen Einöde die Herzen aufwärts zu wenden, zu den hellen Lichtern der Ewigkeit.

Du weißt ja, Ida, ich habe mir's immer schön gedacht eine Pfarrfrau zu sein, noch als Grafenkind auf unsrem

Schloſſe und in den fröhlichen Cirkeln der Reſidenz, damals dachte ich zunächſt nur an ein freundliches Pfarrhaus mit einer Linde davor und einem blühenden Gärtchen daneben in ſchöner, anmuthiger Gegend. Jetzt weiß ich, was das Schöne daran iſt: ein Leben, beſſen Kern und Zielpunkt die Beziehung auf das Ewige iſt. Was Andre mit Mühe aus dem Schutt ihrer täglichen Berufsarbeit, ihrer kleinen Tagesarbeit ſuchen und ſich retten müſſen, das iſt bei dem Prediger Beruf und Tagesarbeit, er muß ſein Angeſicht gewendet haben gen Je=rusalem. Es weht mich ein eigner, feierlicher Hauch an, wenn Theodor am Sonntag Morgen eintritt in ſeinem Prie=ſtergewande, und wenn er, indem er zur Gemeinde ſpricht, auch die Bitten und Fragen meines ſchwachen Herzens em=porbringt zum rechten Vater über alles; wenn ich fühle, wie ihm ſelbſt, in dem er Licht ſucht für die Blößen und Troſt für die Bekümmerten, klarer und klarer der Schein des ewi=gen Lichtes aufdämmert, — o liebe Ida, ich weiß nicht, wie es möglich iſt, nachher wieder ſich mit dem Staub und Schmutz kleiner Verdrießlichkeiten zu beflecken, nachdem man ſo ange=haucht wurde von der Luft der Ewigkeit. Jetzt erſt weiß ich, wie ſchön es iſt, Pfarrfrau zu ſein und ich gebe den Lindenbaum und das blühende Gärtchen gerne auf, um dies ſelige Gefühl. Theodor ſagte mir, daß bei der erſten Predigt, die er hier gehalten, bei dem Blick auf dieſe kleine einſame Heerde, ſo fern von aller Welt, jener traurige Bann wie Schuppen von ihm gefallen und ſeine Stimme vom erſten Wort an frei und klar geblieben ſei. Darum war's doch werth, auf eine Hallig zu ziehen!

Mußt Dir freilich nicht denken, es ſei mein Leben nun ein ganz wolkenloſes. Ach nein, das Alltagsleben hier iſt oft gar mühſam, einerſeits meine eigne häusliche Unvollkommen=

heit, — die kurzen Küchenstudien, die ich auf Schloß Rhönek
und bei der Tante noch gemacht, wollen nicht viel helfen, —
andrerseits der gänzliche Mangel hier an so Vielem, was mir
unentbehrlich erscheint, machen mich oft muthlos, nur Theodors
Geduld und Nachsicht bei den oft sehr wunderlichen Gerich-
ten, die ich mit Karen präparire, tröstet mich wieder und
spornt mich zu neuem Eifer. Manchmal schon wollt' ich die
Flügel hängen und alles gehen lassen, wie es geht, dann kam
mir das Schriftwort zu Sinn vom tugendhaften Weibe: „Ihres
Mannes Herz darf sich auf sie verlassen und Nahrung wird
ihm nicht mangeln," und ich denke, es ist ja hier doppelt und
dreifach meine Sache, den Herd warm zu halten.

Ich freue mich wie ein Kind, bis meine Sachen kommen, dann kommt auch wieder Wasser mit, — das Cisternenwasser hier scheint mir graulich. Adieu, liebe Ida, beklage
mich ja nicht; grüße Tante und theile ihr von meinem Brief
mit. Als das Beste, was ich Dir von meiner Lage sagen
kann, laß mich das freudige Wort wiederholen: ich bin daheim.
Möchtest auch Du das bald von Dir sagen können, ich möchte
so gern, daß Du an's Ziel Deiner Wünsche kämest, aber
bist Du auch gewiß, daß es Dein Glück sein wird?

Von Herzen

Deine

Abele.

Ida an Abele.

Juli . . .

Keinem andern Menschen auf der Welt fände ich Zeit zu
schreiben, aber Dich, Du armer, lieber, guter Tropf kann ich
doch nicht ganz im Stich lassen auf Deiner Einöde.

Beklagen soll ich Dich nicht? Na 's ist mir ja unge-

heuer lieb, wenn Du zufrieden bist; es war mir immer heim=
lich bang, es werde Dich so reuen und dann müsse ich so
betrübt um dich werden und Du weißt, ich bin nicht gern
traurig. Es ist auch immerhin sehr interessant, daß Du den
Entschluß gefaßt hast, die Leute würden es gar nicht glauben,
wenn es gedruckt in einer Geschichte stände, — aber wenn
es nur nicht für immer wäre! das kann ich mir noch nicht
vorstellen; nun, wenn Dein Liebster jetzt laut predigen kann,
was mich sehr freut, so wird er doch auch nicht sein Lebtag
auf der Wüstenei da drinnen bleiben müssen.

Warum ich Dir so lange nicht geschrieben, — ja, liebe
Abele, das erräthst Du nicht, es ist nicht mehr Deine Iba
Döring schlechtweg, sondern Frau Iba von Ehrenfeld, die
Dir schreibt, — Oskar meint sogar, ich könnte mich Frei=
frau schreiben; weißt, der Abel, den Du so leicht aufgegeben,
ist hier zu Lande immer noch in Geltung.

Du kennst ja die unüberwinblichen Schwierigkeiten, die
sich gegen unsre Verbindung aufgethürmt hatten, die leidige
Kaution! Was ist das eine unnöthige Fürsorge vom Staat,
man soll doch die Leute heirathen und nachher selbst sorgen
lassen, wie sie zurecht kommen. Wie viel Zeit und Mühe
und Kosten machten Oskar nicht die Nachforschungen nach
einem halb verschollenen Onkel in Amerika, von dem wir
hofften, er sei drinn als Millionär gestorben, und wir wer=
den doch wenigstens Hunderttausend von ihm erben. Was
war's? — Gestorben ist er freilich, hatte aber unnöthigerweise
geheirathet, eine geborene Kühbeis, irgend eine obskure einge=
wanderte Person, oder eine Mulattin, — die wollte noch Ver=
mögen von uns heraus haben; das wäre uns eben recht, wir
könnten vielleicht noch ein paar braungelbe Cousins und Cousi=
nen heraus bekommen. Wir haben auch in vier Staatslotterieen

gesetzt, in Einer sollt' es doch gelingen! und endlich hat sich mein Schwager und Oskars Vetter verstanden, uns soviel Kapital abzutreten, — freilich leider nur zum Schein, daß es endlich zu der verwünschten Summe reichte, und so haben wir schließlich vor einem Monat Hochzeit gefeiert. Wie schade, daß Du nicht mehr dabei sein konntest; in ganz K. hätte ich keine so liebliche Brautjungfer finden können, wie Dich.

Wir haben es freilich sehr kurz und einfach gemacht, wenn ich auch nicht so nonnenhaft schlicht gehen konnte, wie Du in Deinem weißen Gewand und Schleier, obgleich Oskar noch so entzückt von Deinem Anblick damals ist, daß ich heute noch eifersüchtig werden könnte. Das Modejournal brachte eine reizende Brauttoilette und meine Schneiderin hat sie mit Glück nachgemacht. Civiltrauung, wie Oskar ver= langt, wollte ich doch nicht, das thun meist nur Wiedertäu= fer und Juden; aber wir hörten, daß es viel weniger koste, wenn man keine Traurede, nur kurz die vorgeschriebne For= mel verlange; nicht wahr, wir haben bald zu sparen ange= fangen? die Trauung war früh; mit ein paar Flaschen frem= den Wein und etwas fein Backwerk wurde die Hochzeitge= sellschaft bewirthet, dann reisten wir ab — eine Hochzeitreise ist doch unerläßlich — nicht weit, wir blieben ganz in der Stille ein paar Tage in Baden; brauchts niemand zu wissen, daß wir nicht weiter gewesen sind, es ist das freilich viel zu nah; es ist jetzt sehr neu und elegant, seine Hochzeitreise nach Spa= nien zu machen.

Unsre Wohnung hier ist zwar klein, — siehst Du, ich kann auch Raum finden in der kleinsten Hütte, — aber der Salon reizend eingerichtet; Küchengeräth brauche ich nicht viel, wir lassen uns Mittags speisen aus der Restauration, Abends gehen wir bei

ſchönem Wetter in einen öffentlichen Garten, das Dienſtmäd=
chen bekommt dann daheim etwa einen Rettig und kann ſich
ein Stück Brod abſchneiden, ſo ſpare ich das Abendeſſen.
Eine kleine Geſellſchaft reicht's dann doch von Zeit zu Zeit,
das iſt ſo unprofitabel nicht, man lebt lange von den Reſten.

Du ſiehſt, auch wir verſtehen uns nach den Umſtänden
zu richten und mit Wenigem glücklich zu ſein, wenn's auch
hie und da eine kleine Verſtimmung giebt, wenn Oskar eine
Ausgabe für ſich für nöthiger hält, als ein neues Kleid für
mich, aber wir verſöhnen uns immer wieder.

Ich gönne Dir's recht, daß Du Dich ſo erbauſt, Dei=
nen Mann im Prieſtertalar zu ſehen, mir haben die Pfarrer
gerade nie gefallen; da iſt's ein Andres, einen Oberlieute=
nant an der Spitze des Regiments in ſchöner Uniform zur
Parade vorüberziehen ſehen, — ich begreife nicht recht, warum
Du das nicht gewollt, Hauptmann v. Behr, der um Dich
geworben, wäre erſt noch reich geweſen, und der Herr von
Rhönek! Nun, „des Menſchen Wille, das iſt ſein Glück.“

Darfſt deßhalb nicht glauben, daß wir nur ſo gottlos
in den Tag hinein leben; in die Kirche kommen wir zwar
nicht oft; weißt, am Sonntag ſchläft man gern aus, und
Oskar iſt nicht dazu aufgelegt, aber, denke, er hat mir zu
meinem Geburtstag die Stunden der Andacht gekauft, acht
Bände um 2 Gulden! ſie haben früher 32 fl. gekoſtet, — da
leſe ich, wenn ich dazu komme, jeden Sonntag eine Betrach=
tung und ſie ſind ſehr ſchön.

Haſt Du jetzt Deine Sachen? Wenn Du nur ſäheſt,
wie geſchmackvoll unſer Salon iſt; meine Mutter hat aus all
ihren Möbeln das Pferdehaar verkauft, man nimmt jetzt nur
Seegras und dafür einen eleganten Ueberzug; wenn man auch
nicht gut darauf ſitzt, es ſieht doch ſchön aus, und d i e ſ e

Etagere und so reizende coins de chambre! Mit dem Weiß=
zeug habe ich's einfach, man kann ja waschen.

So also wäre Jedes von uns glücklich nach seiner Weise;
arme Adele, einmal wirst Du doch aus Deiner Verbannung
erlöst werden!

———

Theodor an Gustav.

November . . .

Du hast zum voraus auf viele Briefe von mir verzichtet,
einmal aber mußt Du doch wissen, daß ich glücklich bin.
Der Vogel hat ein Haus gefunden und die Schwalbe ihr Nest!

Ja was für ein Nest! wirst Du sagen; nun ja, lieber
Gustav, ich gebe Dir zu, daß keine Illusion reich genug ist,
meine jetzige Heimath schön zu machen; ja, die Erde ist farb=
los hier und trübe und wer geboren ist in einer glücklichern
Zone, der wird es nie vergessen können. Keine Illusion kann
das Leben hier schön machen, sage ich, aber eine süße, lieb=
liche Wirklichkeit kann es, und die nenne ich mein eigen: ein
Weib, die edler ist denn Gold und köstliche Perlen, und wenn
ich auch gern, o wie gerne! sie in eine lieblichere Gegend führen
möchte, so weiß ich doch keinen Zauber der Natur, keinen
Reiz menschlichen Verkehrs, den wir tauschen möchten um das
selige Gefühl, daß wir uns eigen gehören.

Du weißt, wie tief ich in dem letzten einsamen Winter
die Oede des hiesigen Aufenthaltes empfunden, wie bange
mir war, mein süßes, zartes Kind hieherzuführen, wie ich ihr
feierlich ihr Wort zurückgegeben habe und ihr freigestellt, sich
in ihrem schönen Heimathlande eine glücklichere Zukunft zu
gründen, Du weißt auch, wie sie fest geblieben ist in starker
Treue.

Noch bei unſrer Anfahrt, wie ich ſie erbleichen ſah beim Anblick des farbloſen Landes inmitten der trüben Waſſer, wurde mir todesbang und jene Worte klangen mir wieder:

Und eh' Du verfluchest das Leben Dein,
Eh' wollen wir Beide begraben ſein;

aber ihr liebes treues Auge ſagte mir: Du ſollſt nicht ſter= ben, ſondern leben. Und ich lebe, das weiß Gott, dem ich es täglich danke, ein volles und ſchönes Leben, wenn es auch arm und öde erſcheint nach außen.

Das eine laß Dir im Vertrauen ſagen, Guſtav: menſch= liche Liebe, wie reich ſie auch ſei, wie warm und treu, ſie iſt doch nicht reich genug, um ein Leben, wie wir hier es fin= den können, inhaltreich und froh zu machen; aber menſchliche Liebe, die ſich in Gottes Hand gegeben, die aus der ewigen Quelle immer neuen Reichthum ſchöpft für ihre Armuth, die iſt ein Licht, das uns nie im Dunkeln läßt.

Du fragſt, ob es nicht ohne Heimweh gegangen? Ja, Guſtav, wir haben es Beide gehabt, nachdem das erſte ſelige Gefühl ſich eigen zugehören, ein rechtes Heim zu haben in Frieden und Segen, uns nicht neu mehr war. Wir haben's uns lange nicht geſtanden, Abele hatte immer ein freundliches Lächeln, wenn ich mich trübſelig zurückzog in die Kammer, die meine Studierſtube vorſtellte. Einmal kam ich von einem Krankenbeſuch etwas ſpät heim, ſie hatte die Lampe angezün= det, und hörte diesmal mein Eintreten nicht, ſie ſaß mit auf= geſtützten Armen über ein Buch gebeugt; verwundert, welche Lektüre aus unſerer wohlgekannten kleinen Bibliothek ſie ſo feſſeln könne, trat ich näher und hob ihr Köpfchen auf, ich hatte ihre Augen nie ſo verweint geſehen — das Buch, das vor ihr lag, war ein Kalender; wir hatten den 18. Oktober. Sie verſuchte zu lächeln und ſagte: „am Neckar daheim, da haben ſie

jetzt Herbſt." Wir hatten heute eben mit Mühe unſer dürf=
tiges Heu heimgebracht, es galt Eile, es vor den bald drohen=
den Waſſern zu ſichern, — da freilich war's ein Gegenſatz,
ſich das Bild einer fröhlichen Weinleſe am grünen Neckar=
ſtrand vorzuſtellen. Ich nahm ſie ſtille an mein Herz, da
blickte ſie wieder auf und fragte leiſe: „Theodor, wenn wir
auch hier leben müſſen, meinſt Du nicht, es wäre doch ſchön,
drüben einmal zu ſterben, begraben zu liegen unter einem
grünen ſonnigen Hügel, unter einem Baum, darauf die Vög=
lein ſingen?" Ich drückte ſie feſt an mich und ließ ſie recht
ausweinen; ich war ſelbſt zum Sterben betrübt und wußte
keinen Troſt.

Sie war ſo müde, ich beredete ſie, ſich bald zur Ruhe
zu legen, ich ſelbſt gieng lange noch in meiner Kammer auf
und ab. Da ging leiſe meine Thür auf und Abele trat ein,
ich erſchrak töbtlich, ſollte das Heimweh ſie geiſteskrank ge=
macht haben?

Es war aber ein klarer, lichter Blick, mit dem ſie mich
anſah aus ihren verweinten Augen und ſie ſagte mit getroſter
Stimme: „Lieber Theodor, der Herr hat verheißen, wo Zwei
oder Drei Eins werden, warum ſie bitten wollen, das will
ich euch geben;" wollen wir ihn nicht jetzt recht von Herzen
bitten um freudigen Muth und um die rechte Liebe zu unſrer
neuen Heimath?"

Guſtav, ich habe mich nie mit ſo innigem ſüßem Frieden
zur Ruhe gelegt, als in jener Nacht.

Gott hat unſer Gebet erhört, er hat Abelen ein freudi=
ges Herz gegeben, an dem ſich oft mein düſtrer Muth aufge=
richtet hat; und das tiefe Gefühl, wie viel ſie mir geopfert,
wie ich alles thun muß, was Mannesliebe und Treue thun
kann, um es ihr zu vergüten, läßt mich nicht erſchlaffen im

täglichen Schlenbrian; ich glaube nicht, daß wir je so kühl und gleichgültig nebeneinander hingehen könnten, wie ich es oft bei sonst getreuen Ehegatten gesehen.

So ganz ohne Wechsel ist denn doch auch unser Leben nicht geblieben. Es war ein Ereigniß, als Abelens Ausstattung ankam, als wir mit all dem zierlichen Geräthe unser schlichtes Haus schmücken durften. Unsre Inselbewohner waren über diese Herrlichkeit gerade nicht so verwundert, wie wir geglaubt. Ob auch Viele von ihnen kaum je die heimathliche Insel verlassen, so wissen doch die heimgekehrten Seeleute immerhin, wie's in der Welt draußen hergeht, und da und dort findet sich in den Häusern manch schönes, seltnes Geräthe, das sie von der Fahrt heimgebracht.

Mein Kind war so glücklich und fröhlich in ihrer Ge= schäftigkeit, bis sie alles hübsch geordnet und eingerichtet hatte, und als sie an ihrem zierlichen Nähtisch saß und anfieng eine Brieftasche fertig zu sticken, die sie noch in der alten Hei= math für mich angefangen hatte, da tönte zum erstenmal wie= der eins der fröhlichen Liedchen von daheim von ihren Lippen und wir dünkten uns die reichsten Herrn der Welt.

Das Piano, das vorher nicht ersten Ranges war, hatte vom Transport gelitten; wie froh war ich, daß ich als Stu= dent bei meinem Hauswirth, dem Instrumentenmacher, Privat= studien in seinem Geschäft gemacht hatte. Ihr habt mich oft darüber verhöhnt, ich aber dachte damals, wo schon der un= selige Bann auf meiner Stimme lag, es könne das später in einem Nothfall zur Ressource für mich werden, wenn alles fehlschlage; — daß ich auf einer Hallig noch meiner Frau ihr Klavier einrichten werde, das freilich hätt' ich nicht ge= dacht.

Wir freuen uns wie Kinder auf Weihnachten, wo wir

ſchen Mittel finden werden, einen Baum anzuzünden; Kar=
ſten, der alte Seemann, hat mir verſprochen, für einen zu
ſorgen. Adele thut ſehr geheimnißvoll mit der Brieftaſche,
„dem Kind zweier Welten“, wie ſie ſie nennt, die fertig wer=
den ſoll; ich gebe ihr als Weihnachtsgeſchenk mein Tagebuch;
alle die Briefe, die ich in jenen Tagen der Trennung an ſie
geſchrieben; auch habe ich überall, wo ich früher verweilt,
Skizzen aufgenommen; die will ich nach und nach für ſie
ausführen, das gibt noch manches Weihnachts= und Geburts=
tagsgeſchenk.

Und, lieber Guſtav, bis wir zum zweitenmal Weihnach=
ten erleben, werden wohl noch zwei kleine Aeuglein nach den
Lichtern ſchauen; kannſt Du Dir größern Reichthum denken,
und wär’s auf einer armen Hallig?

Die gefürchtete Zeit der Ueberſchwemmung iſt diesmal
gnädig vorübergegangen und unſer Heu haben wir glücklich
eingebracht, unſre Schafe ſind in gedeihlichem Zuſtand. Ob
wir an eine Aenderung denken können? ich weiß es nicht,
aber beklagen darfſt Du mich nicht. In alter Freundſchaft
Dein
Theodor.

Adele an Ida.

Herbſt . . .

Nun, das war ja freundlich, liebe Ida, daß Du auch
wieder mein gedenkſt und eine Kunde in unſre Einſamkeit
ſchickſt. Daß ſo unerwartet das Glück bei Euch eingekehrt
iſt, und der Lotteriegewinnſt Euch ſo mancher Sorge enthoben
hat, gönne ich Euch von Herzen; mögeſt Du recht und wirk=

lich glücklich werden, liebe Iba. Denn, nimm mir's nicht
übel, etwas mühevoll kommt mir doch Dein Leben vor. All
diese vielen Gesellschaften, Einladungen zu Leuten, die Du
nicht magst, Bälle, auf die Dein Mann nicht gern geht;
Leute, die er einladet und die Dir lästig sind; — sieh, das
macht mich müde nur zum Drandenken, und ist mir wie ein
Traum, daß ich auch einmal eine Weile in solchem Strudel
gelebt habe. Aber freilich, so lang man ganz jung ist, nimmt
man nur die sorglose Seite der Sache und jetzt werde ich,
wie Du und Tante fürchtet, versauert und verbauert sein.

Von der Säure spüren wir zwar nichts, und wenn
Dein Kleiner nur halb so goldig und so köstlich ist wie der
unsre, so dauerst Du mich, Du arme Iba, daß Du so wenig
bei ihm sein kannst. Hat denn der Deine auch so ein paar
prächtige schwarze Augen, die Dich weit offen und lachend
anschauen, wenn Du leise das Wiegentuch lüftest und meinst
er liege noch im Schlaf? und spielt er auch so köstlich mit
seinen Füßchen und jauchzt dazu hell auf? Wie Deiner
heißt, weiß ich nicht einmal mehr, weiß es kaum von dem
meinen, er bekommt hunderterlei Namen an Einem Tag;
kleine Kinder haben noch gar keinen ordentlichen Namen.

Ich hab's ja immer gehört und geglaubt, daß so ein
kleines Kind unbeschreiblich viel Freude mit sich bringe, aber
daß es eine solche Herrlichkeit und Lieblichkeit ist, das habe
ich nicht gewußt.

Nun wirst Du freilich nicht immer von meinem kleinen
Prinzen und Goldvogel hören wollen, — wahrscheinlich bil=
dest Du Dir ein, der Deine sei noch viel lieblicher und köst=
licher, was aber unmöglich ist, — sondern auch wie ich hier
lebe und ob ich überhaupt hier leben kann, was Ihr so oft
bezweifelt habt.

Nun, der Tante habe ich ja ein Lebenszeichen gegeben, nachdem ich die Sendung kleiner Sachen erhalten hatte, die mir so große, große Freude gemacht.

Einmal, im Frühling haben wir auch eine Reise gemacht nach Tondern, mit einem jungen Seemann, der seine Eltern hier besuchte. Da habe ich denn auch wieder ein Stückchen Welt gesehen, das Regen und Leben braußen, grüne Saaten und blühende Gärten, — das war nun freilich wunderbar, und ich möchte wohl gern auch mit meinem Knaben einmal unter grünen Bäumen sitzen, — aber es war mir doch ein heimathlich Gefühl, als ich bei der Heimkehr von ferne schon das Licht scheinen sah, das die treue Karen bei uns angezündet. Wir hatten damals in Tondern die Wiege bestellt.

Lernen mußt ich freilich gar viel seit ich hier bin und ich bin lange nicht fertig, aber das macht ja eben das Leben reich und erhält uns jung, wenn wir noch immer zu lernen haben. Plattdeutsch habe ich ziemlich gut gelernt, besser verstehen als reden; doch habe ich Theodor zu seinem Geburtstag mit einer kleinen plattdeutschen Rede erfreut, hatte vorher heimlich Privatstunden bei Karen genommen. Wie ich ihre Sprache besser verstehen lerne, so werde ich auch mit den Leuten hier bekannter, zwar haben sie fast Alle etwas Stilles, für sich Abgeschlossenes in ihrem Wesen, aber durch die Kinder bin ich ihnen zuerst freundlich nahe gekommen.

Am meisten besuche ich die blinde Martha und lasse mir von ihr erzählen: wunderbare Seemährchen und schauerliche Sagen von Wiedergängern: Ertrunkenen, die den Ihrigen wieder erscheinen, bleich, triefend von Wasser, wie eben der See entstiegen. Am liebsten redet sie von ihrem Mann und ihren Söhnen, die Alle nach und nach auf die See hinaus

gezogen und Alle nicht wiedergekommen sind. „Gesehen hab'
ich sie nicht wieder," sagt sie, einigermaßen getröstet, „sie
müssen im Frieden ruhen, träumt mir auch nicht von ihnen,
nur Jan, meinen Jüngsten, den sehe ich oft im Traum, ich
meine immer, der müsse noch leben."

Junge Mädchen sind nicht viele hier, und ihre Tracht
dient eben nicht zur Hebung der Schönheit, aber sie haben
etwas Anziehendes in ihrem stillen, züchtigen Wesen. Ich
höre sie gern singen an stillen Abenden, seltsam traurige
Volksweisen, sie klingen mir wie Schlummerlieder für die,
die in der Tiefe ruhen.

Auch von der letzten furchtbaren Fluth erzählt die Alte,
die vor Jahren die ganze Insel begraben mit allen Häusern
und aller Habe; die Geretteten, denen man draußen ein
andres Asyl anbot, sind Alle wieder hieher gezogen, haben
sich mühsam ihre Werfte wieder aufgerichtet, ihre Häuser
wieder aufgebaut. Diese tiefe Liebe zu der armen Heimath
habe ich noch nicht ganz begreifen lernen.

Aber traulich und gemüthlich ist's hier in unsrer großen
Wohnstube mit dem behaglichen Kachelofen, die ich geschmückt
habe mit den kleinen Schätzen aus unsern Mädchentagen, mit
den Bildern aus der Heimath, die mir Theodor gemalt.
Auch für ein kleines Gärtchen habe ich Raum gefunden auf
unsrer Werft; der junge Seemann hat mir Samen gebracht,
und meine Blumen sind ein Wunder der Insel; auch haben
wir eine Bank vor dem Haus, da sitzen wir an schönen
Abenden, in mondhellen Nächten, und weil nicht viel zu
schauen ist an dem falben Gras unsrer Insel, so blicken wir
hinauf zu den Zügen der Wolken in's leuchtende Abendroth,
zu den funkelnden Sternen. Weißt Du nicht mehr das
schöne Lied vom „Gärtner auf der Höhe", das uns Theodor

einmal vorgelesen hat: der Wanderer beklagt den Gärtner,
der auf der kalten Höhe in dem blumenlosen Garten weilt.

> Doch der blieb träumend stehen,
> Bis daß voll Gluth die Höhen
> Im letzten Abendstrahl.
>
> Dort Fremder, steht mein Garten,
> Sprach drauf der Gärtersmann,
> Wo sind die kalten Moose?
> Sieh Hyazinth und Rose
> Auf himmelblauem Plan.
>
> Und sieh, vom Gold erbauet
> Ein herrlich Königshaus,
> Die Sterne drüber stehen,
> Glutroth die Wimpel wehen,
> Da geh ich ein und aus.

Siehst Du, dieser herrliche Garten steht auch uns offen.
Wie oft habt ihr mich geneckt, über meine Neigung Verse zu
rezitiren; jetzt, liebe Iba, ist mein Versegedächtniß, das Fräulein Dobler sehr gering angeschlagen, eine geschätzte Eigenschaft, es ersetzt uns eine halbe Bibliothek.

Wir haben unsern Tag recht ordentlich eingetheilt. Am
Vormittag, da habe ich immer eine Menge zu sorgen und zu
thun, bis der Kleine gewaschen oder gebadet ist, und die
Küche angeordnet; — vom Frühstück bis Mittag sehe ich
Theodor selten, wenn er nicht mit dem Kleinen hie und da
ein halb Stündchen vertändelt. Denn neben seinem geistlichen Amt, das freilich nicht zu anstrengend ist, hat er auch
noch den Schulunterricht der Inselkinder zu besorgen; die
Zahl der Schüler ist selten mehr als zehn und die Ansprüche
an Bildung bescheiden. Zu unsrem Mittagsmahl nehmen wir
uns aber Zeit, machen nachher einen kleinen Gang oder Besuch;
dann widmet sich auch der Papa seinem Sohn, und der Schelm

strebt gleich nach ihm hin, obgleich ich viel mehr Mühe und Arbeit mit dem kleinen Burschen habe.

Einigemal in der Woche kommen auch die kleinen Mädchen der Insel mit ihren Arbeitskörbchen zu mir; ich lehre sie stricken und nähen und singe mit ihnen oder erzähle etwas; es freut mich, wenn die ausdrucksvollen Gesichtchen so andächtig auf mich geheftet sind. Es ist eine Belohnung für die Artigste, wenn sie nachher den Kleinen im Wägelchen führen darf.

Der Abend aber, das ist wieder die allerbeste Zeit. Da hat der Kleine endlich seine immer wachen Augen geschlossen, und nicht wahr, liebe Iba, so lieb und köstlich die Kleinen sind, wenn sie wachen, es ist doch auch eine recht behagliche Ruhe, wenn sie endlich eingeschlafen sind?

Die kleine Wiege steht nah der offnen Thür ins Schlafzimmer, da kann ich immer nach ihm sehen; ich höre fast die tiefen Athemzüge, wenn's recht still ist. O, wie ein friedevolles, behagliches Gefühl ist's, wenn wir Beide so stille beisammen sitzen; alles so nah beisammen, was uns lieb ist auf Erden; unsre Welt so klein und so unermeßlich reich und herrlich die Welt die unser wartet, die wir ahnen in den leuchtenden Sternen, den „vielen Wohnungen in des Vaters Hause."

Unsre Abendunterhaltungen sind mancherlei. Oft liest mir Theodor etwas vor, — unsre eigne kleine Bibliothek wird recht gründlich genossen, da und dort findet auch ein Buch von braußen den Weg zu uns. Weil wir die Lektüre aber sparen müssen, so wird manchmal ‚Dichters' gespielt; da sagt Eins irgend eine schöne Stelle aus einem deutschen Dichter und das Andre muß errathen, wo sie steht: in diesem Wettstreit bleibe ich meistens Siegerin. Auch Sprachstudien werden getrieben; Theodor lehrt mich Englisch, Französisch lernt er bei mir; er wollte mich sogar in's Griechische ein= weihen: seit aber der Kleine da ist, finde ich nicht mehr viel Zeit zum Studiren.

Mein Klavier, das aber nicht das einzige auf unsrer Hallig ist, — Johanna, die Tochter des alten Kapitäns be= sitzt eins, — bringt viel Freude; der Kleine jauchzt laut und zappelt mit den Händchen, wenn ich ihm spiele: lustige, fröh= liche Weisen. Abends singe ich die alten, lieben Lieder, die ich daheim am Neckar gesungen; der Kleine wacht nicht auf daran. Theodor begleitet mich manchmal, aber noch lieber mag er in einer Ecke sitzen und zuhören. Ich freue mich so, wenn mir oft wieder ein neues Lied einfällt, mit dem ich ihn überraschen kann, und ich glaube, die erste Sängerin der Welt dürfte nach keinem schöneren Lohn verlangen, als mein schlichter Gesang ernbtet. Theodor meint, es wäre gar nett, wenn wir auch einmal ein Töchterlein hätten, das ich meine Lieder lehren könnte, — mir ist der Junge indeß Freude genug.

Am schönsten sind die Sonntagabende, da singe ich einen Choral und Theodor begleitet ihn mit seiner prächtigen Stimme. Unsre stillen Nachbarsleute, die sonst wenig Zeichen von Interesse und Beifall geben, kommen da oft von ihrem Werft herab, zu uns herauf und lauschen vor unsrer Thür. Und wenn mir nachher Theodor liest aus den Schriften Luthers und andrer Gottesmänner, oder wenn er mir Stellen der Schrift klar macht, die ich nicht ganz verstehe, — o Du glaubst nicht, welch seliges Gefühl der Demuth mich da über= kommt, daß ich so zu ihm hinaufsehen darf, der mir doch so nahe steht; wie gehen dann alle kleinen Klagen und Be= schwerden unter im tiefen Gefühl, daß mir ein schönes Loos gefallen, und in der seligen Hoffnung auf ein noch schöneres. Möchtest auch Du fühlen, liebe Ida, wie ein rechter Sonntag so frisch macht für die Wochentage.

Siehst Du, liebe Ida, unser farbloses Leben ist nicht ohne Wechsel und nicht ohne Freude. Aber auch nicht ohne Heimweh? wirst Du fragen. Nein, das kann ich nicht sagen, wenn ich wahr sein will. Es gibt viel Seufzer der Ungedulb im Alltagsleben: wenn mir so manches fehlt, was die Häuslichkeit leicht und bequem machen könnte; stille Seufzer, wenn mich Einmal verlangt, ein befreundetes Menschengesicht aus der alten Zeit zu sehen; Seufzer des Heimweh's nach den Bergen meines Jugenblandes, nach dem klaren, blauen Neckarfluß, wenn ich über unsre öde Fläche auf das trübe, sumpfige Wasser blicke. Aber dann sieht mich Theobor so innig an, so ermuthigend und er weiß mein Heimweh so schön hinauf zu lenken nach der rechten Heimath; und wenn wir an unsern Sonntagabenden an die geheimnißvollen Bücher der Offenbarung kommen, wenn wir lesen von der leuchtenden Gottesstadt, dadurch ein lauterer Strom lebendigen Wassers fließt, klar wie Kristall, an dessen Ufer die ewig grünen Lebensbäume wachsen, wo die Durstigen schöpfen werden des lebendigen Wassers umsonst, — dann dünkt uns die Zeit der Entbehrung hienieden nicht mehr zu lang und zu schwer; wir wissen, daß der Herr das, was wir um seines Friedens willen gerne entbehren hienieden, uns hundertfältig vergüten wird.

Auch die Zeit hier, wo wir uns so ganz gehören, wo wir uns Ersatz sein dürfen für alles, wollen wir nicht ansehen als eine Zeit der Verbannung, zumal, seit die Einsamkeit hier durch so ein paar liebe, helle Aeuglein aufgehellt ist.

Aber das war ein langer Brief! Nun, es wird so bald nicht wieder geschehen; aber Einmal mußt' ich doch Dich und die gute Tante beruhigen über mein Loos. Möge Dir's so gut gehen wie mir! Jda, meine liebe Jda, hast Du denn auch etwas, was Dich so recht von Herzen freut?

Ob wir Aussicht haben, auf eine andre Stelle zu kommen, weiß ich nicht. Es scheint, man ist so sehr froh, einen Pfarrer hier zu haben, und wie Theodor ist, welch ein Schatz und Segen für jede Gemeinde, — das können sie draußen nicht wissen. Leb wohl, von Herzen

Deine

Adele.

<hr>

Theodor an seinen Freund.

Winter . . .

Nun sind es zwölf Jahre, seit ich auf die Insel gezogen, die ich zunächst für das Grab eines lebendig Todten und — als ich eine holde Gefährtin mitnehmen durfte, für ein vorübergehendes Exil betrachtete.

Es ist keines von Beiden geworden. Wir sind nun zwölf Jahre hier; unsre Kinder, die keine Heimath kennen als diese Wasseröde, blühen lustig um uns auf; meine Versuche, eine andre Stelle zu erlangen, sind noch nicht gelungen und wenn ich an frühere Zeiten denke, voll Herzensnoth und tiefer Demüthigung, und sehe hier, wie ernst und andächtig Aller Herzen auf das Wort gerichtet sind, das mir jetzt leicht und freudig von der Lippe quillt, — dann verlange ich nicht mehr so ungeduldig nach Aenderung, wie vor Zeiten, und Adele hat sich hier so tief und innig mit mir eingelebt, daß ich kaum glaube, sie begehrt darnach.

Um der Kinder willen möchte ich freilich nicht, daß diese

öde Scholle unfre Heimath bliebe. Sie wissen's ja freilich nicht anders, aber doch regt sich in ihnen der Drang hinaus und hinüber. Edward, der kleine Bursche, — meine Frau hat ihn so genannt, weil der wahrscheinlich lange verstorbene einzige Bruder ihrer Mutter so geheißen, von dem diese noch ein Bild bewahrte, — Edward der treibt sich am liebsten am Ufer herum, läßt sich von den heimgekehrten Seeleuten grausige Seemährchen und Schiffbruchsgeschichten erzählen, hat auch schon todesgefährliche Versuche gemacht, durch den Schlick, — das sumpfige Wasser zwischen den Inseln, — hinüberzuwaten.

Ein recht kalter Winter ist hier gesellige Zeit, wenn das Wasser so gefroren ist, daß Freunde oder Verwandte von andern Inseln oder gar vom Lande herüberkommen können. Dann geht im Innern der Häuser ein fröhliches Leben an; langesparte Schätze der Seeleute werden auf den gastlichen Herd geopfert. Zu uns fährt niemand auf Schlittschuhen herüber; unser Junge aber, der ist daheim in jedem Haus und weiß eine Menge zu erzählen, wenn er Abends heim kommt. Seemann will er werden, darauf steht sein Sinn fest; nun, Gott lenke das wie's recht ist; jedenfalls nehme ich Dein Anerbieten, ihn zu Dir zu nehmen und auf eure Schule schicken zu wollen, mit herzlichem Dank an; der Unterricht eines verrosteten Halligpfarrers kann nicht mehr genügen; bis jetzt gings gut und hatte er mehr von mir zu lernen, als dem wilden Burschen lieb war.

Bei Mary, unserm Töchterlein — nach der englischen Großmutter genannt — denken wir noch an keine Trennung. Das Kind hat von der Mutter noch genug zu lernen und es ist gar zu nieblich, so ein klein Mägdlein schon geschäftig um sich herumtrippeln zu sehen. Die streift nicht viel draußen herum, wenn der wilde Bruder sie nicht hie und da mitschleppt; sie sitzt daheim bei der Mutter und bit= tet: „Mutterchen, erzähl mir, wie Du noch klein gewesen bist," und sie kann nicht genug hören von da draußen, wo blaue Berge sind und große Gärten voll Blumen und lustige Bächlein. „Komme ich da auch einmal hin, Mütterchen?" fragt sie, und Edward ruft lustig dazwischen: „ich fahre hin= aus auf einem großen Schiff, weit, weit hinaus in alle Län= der, und wenn Du recht artig bist und gar nicht schreist, und Dich nicht fürchtest, so darfst Du mit und der Mutter bringen wir viel, viel schöne Sachen mit."

Viel Lust und Leben haben die Kinder in's Haus ge= bracht, von jenem Tage an, wo noch von der Ankunft des ersten zu unendlicher Freude meiner Abele das Kistchen mit nieblichen Kinderjäckchen und Häubchen kam, — bis heute, wo Morgens und Abends die jungen Stimmchen sich mischen, mit der noch immer süßen, melodischen Stimme meiner Abele.

Und eine Hausfrau ist sie geworden! Wie erfinderisch, immer neue Gerichte zu konstruiren aus dem einfachen Material, das uns hier zu Gebot steht; ich rathe ihr schon lang, in einem ganz neuen Zweig der Schriftsteller= schaft aufzutreten und ein Kochbuch für Halligbewohner zu schreiben.

Zu einer Reise an's Land, obgleich die Entfernung nicht groß ist, kommen wir selten; es zeigt sich nicht oft eine pas= sende Schiffgelegenheit; wir haben nicht viel Bekannte drau= ßen und können kaum Gegenbesuche einladen. Auch braucht es immer eine Weile, bis sich das Auge wieder an den fahlen Grasfleck gewöhnt, nachdem es das blühende Land gesehen.

Einmal im letzten Sommer ist auch der farbige Glanz von der Welt draußen in unsre Einsamkeit gedrungen.

Es war eine glänzende Gesellschaft von einer der benachbarten Inseln, auf denen Seebäder gebraucht werden, darunter der älteste meiner ehmaligen Zöglinge: Albert von Reezow mit einer jungen Braut. Da rauschten seidene Gewänder, schimmerten hellfarbige Mousselinstoffe, wehten Schleier und Hüte mit Blumen und Aehren geschmückt; es nahm sich wunderbar aus, diese farbenreichen Gestalten auf unsrem farblosen Grund. Da ein Gasthof hier nicht ist, so lud ich sie ein, in unsrem schlichten Pfarrhaus einzukehren. Unser Junge war gleich gut Freund mit Allen und ergötzte sie mit seinen naiven Fragen; klein Mary, die hielt sich fest an ihrer Mutter Kleid und betrachtete die Fremden mit glänzenden Augen, wie Wesen aus einer andern Welt.

Meine Abele war nun freilich des Weltverkehrs lange entwöhnt, aber sie sah in ihrem schlichten dunklen Kleide nicht aus wie eine verkommene Pfarrfrau, sie erschien wie die stille Fee dieser einsamen Stätte; so unverwelkt ist die Lieblichkeit ihrer sanften Züge, so ist sie geschmückt mit dem sanften und stillen Geiste, der köstlich ist vor Gott und Menschen. Auch hat meine Abele, einsam und weltabgeschieden wie wir sind, sich nie eine Vernachlässigung ihres Aeußeren erlaubt, und wenn Du, wie Du verheißen, einmal kommst, um Deinen künftigen Zögling selbst zu holen, so findest Du sie wohl nicht mehr so jung und blühend, aber anmuthig, wie zu der Zeit, wo sie mir gefolgt aus ihrer blühenden Heimath.

Von Mode wissen wir nicht viel, aber ihr Gewand ist immer die reine Hülle einer reinen Seele.

Nun denke ich, wegen meines Jungen können wir uns noch besprechen. Abelens Augen werden naß, wenn sie an

Trennung von dem Knaben denkt; es wird sein, als lösche ein helles Licht aus, wenn seine fröhliche Stimme verstummt ist und sein Kämmerlein verschlossen, das er sich angefüllt hat mit Sammlungen aller Art, mit Muscheln und Korallen, meist Geschenke unsrer Seeleute. Ich glaube, daß es Allen hier leid thun wird, wenn der Bursche fort ist; unser Töchterlein gilt ihnen mehr wie ein Wesen aus andrem Kreise, der Knabe ist ihnen eigen und vertraut.

Jetzt freilich ist an eine Reise zu uns oder von uns nur denkbar für die kühnen Leute, die ihren Weg zwischen dem Eis durch finden, das unsre Werfte oft wie eine Vormauer umgibt; der Anblick ist oft wunderbar, ich selbst aber habe mich noch nicht weit auf solche Eiswanderung gewagt. Im Frühling, da werden unsre Wasser wieder fahrbar, und kommst Du nicht hieher, so können wir uns da leicht auf dem Lande treffen. Also auf Wiedersehn!

Adele an Ida.

Herbst . . . vier Jahre später.

Lebst Du auch noch, liebe Ida? Du, nahezu die Einzige, die noch von mir weiß in der Heimath drüben? Du warst nie eine fleißige Korrespondentin, und seit meine Tante nicht mehr lebt, bist Du ja ganz verschollen. Nun aber, liebe Ida, schicke ich Dir einen lebendigen Boten, — der Dir diese Zeilen bringt, das ist mein Sohn Edward, — nicht wahr, Du hättest nicht gedacht, daß so ein netter, frischer Junge aus der „Wasserwüste," wie Du unsre jetzige Heimath benennst, hervorgegangen sei. Es sind nun mehr als vier Jahre, seit wir uns von unsrem einzigen Sohne getrennt, — ein schweres Opfer, aber seine frischen fröhlichen Briefe sind ein immer heller Morgenblick in unser stilles Leben gewesen.

Der Knabe ist in Wahrheit ein Kind der Hallig, er hat neben seinem frischen, kräftigen Wesen etwas von der tiefen Liebe, der leisen Sehnsucht, die die Eingebornen hier immer wieder zu ihrem Eilande zieht. Der Jugendfreund meines Mannes, Justizrath Leising, hat sich durch treue Fürsorge Vaterrechte an Edward erworben, und wünscht, daß er die Rechte studire, den Jungen aber zieht sein ganzes Herz, Seemann zu werden; noch wissen wir nicht, wie wir ihm die Wege dazu ebnen sollen. Bis wir uns nun darüber verständigt, soll er nach dem Wunsch unsres Freundes gründliche Vorstudien machen und in diesen Ferien das schöne Heimathland seiner Mutter bereisen; auf dieser Reise ist's, wo er bei Dir einkehren wird, und mir Kunde von Dir bringen; denn zunächst erwarten wir ihn hier, und meine Mary fängt jetzt schon an, das Haus zu schmücken für des Bruders Wiederkehr.

Von mir, liebe Ida, ist nicht viel zu schreiben. Mein Leben geht seinen stillen Gang, ohne viel Wechsel, nicht ohne Freude. Wir sind nun verwachsen mit allen Gliedern unsrer kleinen Gemeinde; was von Leid und Freud über die stille Insel zieht, das leben wir mit. Ich habe alle Kindlein auf den Armen gehalten, die heranwachsenden Mägdlein sind meine Zöglinge; wenn ein Schiff landet, ein Seemann heimkehrt, so theilen wir die Bewegung, die es bringt. Die Sonntagsglocken unsres Kirchleins tönen uns jedesmal wie eine Ahnung von dem ewigen Sabbath in's Herz, und Sorge und Mühe der Arbeitstage sind mir nicht zu schwer. Es ist wohl natürlich, daß hier, wo man gewissermaßen an der

Pforte des Todes wohnt, das Leben ſich ernſter geſtaltet, als braußen im bewegteren Leben, wo der dunkle Abgrund mit ſo viel farbigen Bildern zugedeckt iſt. Aber, liebe Jda, die Theilung auf Erden iſt doch gleicher, als es den Anſchein hat. So vieles, was Ihr als alltäglich und ſelbſtverſtänblich hinnehmet, wirb hier zu beſondrer Freube, — und wo die Kerzen irbiſchen Genuſſes matter glänzen, da ſcheint um ſo heller das klare Licht der Ewigkeit burch. Gott weiß, wir haben nie Mangel gehabt an Friebe und Freube.

Bei euch braußen iſt ja in bieſen Jahren viel Lärm und Bewegung geweſen; in unſre Stille iſt bis jetzt nicht viel bavon gebrungen, unb Du ſchiltſt mich vielleicht langweilig, wenn ich Dir geſtehe, baß mir ungeſtörter Frieden die liebſte Jbee von allen iſt unb baß ich mich über die nicht hinauf= ſchwinge.

Daß wir ſo ſchrecklich hier verſauert ſinb, wie Du es vor Zeiten gefürchtet, bas glaube ich boch nicht. Wie mein Theobor bei bem immer gleichen, kleinen Kreis ſeiner Zuhörer immer voller, immer tiefer ſchöpfen muß aus bem Born bes Gottesworts, aus bem Schacht eigner Herzenserfahrung, bamit es friſch bleibe unb lebenbig wie die Wahrheit ſelbſt, was er ben Seelen bietet, ſo haben wir auch ſchon um ber Kinber willen all unſer Bischen zeitliches Wiſſen unb Können ſorg= ſam zuſammenhalten unb auffriſchen müſſen. Wie habe ich mich gefreut, mit meinen Kinbern die alten lieben Dichter wieder zu leſen, meiner Mary unter ber Arbeit die Lieber zu ſagen, die im Schatz meines Gebächtniſſes ruhen; all die lieben Weiſen aus jungen Tagen wachen mir wieder auf, nun ich ſie mit meinem Kinbe ſingen kann.

Unb was ſagſt Du bazu, baß unſre alte Fräulein Dob= ler noch ein Aſyl bei uns hier gefunben hat, unb meine

Mary dieselben französischen Fabeln von ihr lernt, wie ich vor Zeiten?

Wir erfuhren ganz zufällig, daß sie krank lag auf der Insel F., allein und verlassen von der adeligen Herrschaft, wo sie zuletzt in Diensten gestanden. Theodor selbst fuhr hinüber und brachte sie zu uns. Wir haben sie mit aller Treue gepflegt und jetzt ist sie genesen an Leib und Seele und hat ihr Bischen Wissen treulich mit den Kindern getheilt.

Ob sie sich in alle Entbehrungen des hiesigen Lebens so leicht finden kann, wie wir es gelernt, das bezweifle ich: um so leichter wird es ihr werden, künftig mit ihrer Schwester zu leben.

Ein Glück, daß sie so gar kein Gegenstand ist, der die Eifersucht reizt, sonst müßte mir bange werden bei ihrer unbegrenzten Verehrung meines Mannes.

Von meinem Töchterlein, meiner Mary, habe ich Dir noch nichts gesagt; ich denke, ich darf ohne Muttereitelkeit sagen, sie ist eine liebliche Blume, aber, — ich fürchte oft, eine Blume, die nicht recht daheim ist in dem Grunde, wo sie erwachsen. Schon als Kind hörte sie nichts lieber erzählen, als wie es aussehe in der Welt draußen und wie die Mutter gelebt habe, als sie noch klein gewesen sei und jung.

Als die Badegesellschaft von F. vor einigen Jahren hier war, da war's, als ob dem Kinde erst recht seine Welt aufgienge, es gieng auch nicht als flüchtige Erscheinung an ihr vorüber; schon damals lebte sie in Gedanken, in all ihren kindischen Spielen, fort mit „den schönen Leuten draußen," und jeden Sommer wartete sie mit stiller Sehnsucht, ob sie nicht wieder kommen.

In diesem Sommer kamen ein paar Reisende hierher, eine seltne Erscheinung, ein junger Mann darunter, der aus der Nähe unsrer Heimath stammt. Er schien sich gar sehr für unsre Insel zu interessiren und — für die zarte Blume, die barauf erwachsen. Mary mußte ihm gar viel erzählen von unsrem Thun und Leben hier, und sie lauschte mit glänzenden Augen auf seine Schilderung vom grünen Rhein und den Schlössern und Burgen an seinen Ufern. Sie spricht nie von ihm, seit er fort ist, wie sie früher von den Badegästen gesprochen, aber, — ich fürchte, mit der Blume, die er aus unsrem Gärtchen mitnahm, der Merkwürdigkeit halber, hat er mehr mitgenommen.

Ich habe bis jetzt noch nicht versucht, Mary in eine größere Stadt oder überhaupt in die Welt hinauszubringen; bei Frln. Dobler und mir konnte sie ja lernen, was ihr noth that, — ich fürchtete, es werde ihr zu schwer, sich nachher wieder bei uns zu gewöhnen — ich weiß nicht, ob es nicht doch meine Pflicht wäre. Du bist ja bekannt in der Welt braußen, rathe mir, liebe Ida, wo Du ein passendes Plätzchen für sie wüßtest.

Und nun hast Du viel gehört auf einmal, so viel, als sich von einer Hallig nur erzählen läßt.

Erfreue Du uns nun mit einem farbenhellen Bilde von Deinem Leben braußen. Freilich habe ich mehr Zeit, alter Freunde und alter Zeiten zu benken als Du. In alter Liebe

Deine

Abele

Fräulein Dobler an ihre Schwester.

Hallig F. im Sommer . . .

Meine liebe Mine!

Sicher meinst Du, ich sei gestorben, und von dem Ort, der auf meiner Briefabresse steht, hast Du wohl kaum Dein

Lebtag gehört, wenn ich Dir nicht vor Zeiten erzählt habe, daß mein ehemaliger Zögling, die Gräfin Abele v. Rhönek, einen Pfarrer hier geheirathet habe.

Wenn Du es nicht geglaubt hättest, könnte ich Dir's nicht übel nehmen, Du würdest es noch viel weniger glauben, wenn Du das traurige Stückchen Erde ansehen könntest.

Und doch ist es wahr, und doch muß ich sagen, es ist mir nie in meinem Leben so wohl um's Herz geworden wie hier; Gott vergelte den guten Leuten hier, was sie an mir gethan! Du weißt ja, wie mir's all mein Lebenlang traurig gegangen ist — Dir auch nicht viel besser, obgleich Du einen Mann hast, — wo ich in der Welt einmal geglaubt habe, jetzt sei mir wohl, da bin ich wieder vertrieben und verstoßen worden.

Das Haus der Baronin Broksdorf, wo ich zuletzt war, wäre ja anständig gewesen, aber ich ich merkte bald, daß ich ihnen zu alt war. Wie nun meine alten Magenleiden sich einstellten, da redeten sie mir erstaunlich zu zum Seebad, sorgten mir für eine Begleitung und borgten mir einen Bade= mantel. Das Seebad aber konnt' ich gar nicht ertragen und bin erst recht krank davon geworden. Ich schrieb noch um einige wollene Leibchen und warme Kleider, da sandte mir die Frau Baronin all meine Sachen, ein charmantes Briefchen und ein paar Louis'dor. „Sie sehe wohl ein, daß die Stelle für mich zu anstrengend sei, die Heimreise gleich von Föhr einfacher 2c.", kurz, sie wollen mich los sein.

Ich kann Dir nicht sagen, Mine, wie verbittert ich war gegen Gott und Welt, ich hätte nur hinliegen mögen und sterben.

So saß ich vor dem Haus in meinen Mantel gewickelt und dachte, ob's denn so eine große Sünde wäre, in das

Seebad zu gehen und nicht mehr heraus, wenn doch niemand auf der Welt etwas von mir will, da — rief man mir, ein Herr wolle mich sprechen, und ich sage Dir, wie ein Engel Gottes stand der Pfarrer Jessen vor mir. „Sie haben durch ein Mädchen ihrer Insel, die hier gedient, erfahren, daß ich hier sei, — sie hatte zufällig meine Karte gefunden in der Tasche einer alten Schürze, die ich ihr geschenkt, — und nun lasse mich seine Frau einladen." Da ging ich mit und sie hat mich gepflegt wie eine Schwester, und wenn's auch hier einsam ist und trübselig, so ist doch ein Friede hier und eine Liebe, daß es oft ist wie im Himmel.

Daß man einem Menschen so viel zu lieb thun kann, wie die Frau ihrem Mann, hätte ich nie geglaubt. Denke, sogar das garstige Cisternenwasser hat sie ihm zu lieb trinken lernen, weil sie sah, daß es ihn so betrübte, daß sie lieber Durst litt. Die Kocherei hier ist eben wie man's hat; hie und da bringt ein Schiff wieder etwas Vorrath; es ist eine Art von Krämer hier, der in mehr Verbindung mit dem Lande steht, Thee hat man immer und Schafsmilch, sonst oft nichts als gesalznen Fisch und steinalten Zwieback. Aber sie sitzen so heiter um ihren Tisch, sind so fröhlich, wenn einmal wie=der etwas Besondres kommt, daß man's fast vergißt. Selt=sam, von meinem Magenleiden und meinem Rheumatismus spüre ich gar nichts mehr, und doch ist die Luft so feucht, und die Insel steht unter Wasser, so oft's ihr einfällt. Das sind aber die Leute so gewöhnt, sie sehen kaum mehr zum Fenster hinaus, wenn sie ringsum von Wasser umgeben sind.

Der Pfarrer sagt, gegen gewöhnliche Ueberschwemmung seien die Häuser durch feste Balken gesichert, und sehr selten komme eine große Sturmfluth, die dann freilich die ganze

Insel begraben könne. Muß sagen, so gern ich hier bin, für so eine Seltenheit würb' ich mich doch bedanken.

Aber in die Welt hinaus gehe ich nicht mehr gern; die Ruhe hier und der Frieden, das ist ein Seelenbad, das hat mir Seele und Leib geheilt. Reich können die Pfarrleute nicht sein bei einer so kleinen Gemeinde, aber sie haben ja auch keine Gelegenheit viel zu brauchen; ich glaube nicht, daß ich ihnen lästig bin und kann ja beim Unterricht des Töchterleins helfen. Ich habe von Geld und Verbrauch fast nie bei ihnen reden hören, ich denke, von dem Muttergut der Frau ist doch wohl noch ein Rest übrig.

Nun denke ich noch hier zu bleiben, bis wir einmal zu= sammenziehen können, liebe Mine; sehr lang lebt doch Dein armer Mann schwerlich mehr. Mit meinem Bischen Erspar= niß und Deinem Wittwengehalt können wir dann im Frie= den leben; wunderlich und und anspruchsvoll, wie Du früher oft geklagt, wirst Du mich nicht mehr finden, man kann auch in alten Tagen noch in die Schule geschickt werden. An Kreuzschulen hat mir's nie gefehlt, aber ich habe mehr gelernt in der Schule bemüthiger Liebe. Das Töchterlein hier ist ein reizendes Geschöpf, so schön wie die Mutter war, nur zarter; sie aber ist nicht recht für die Hallig geboren, obgleich sie a u f ihr geboren ist; ich wollte, es holte sie Einer weg. Nun weißt Du doch wieder von mir; ich grüße Dich und die Deinen.

Deine getreue Schwester.

Ida an Adele.

Ein farbiges Bild willst Du von mir und meinem Le= ben? und was Du mir schreibst aus Deiner Einsamkeit, das kommt mir vor wie ein Roman, wie wir sie gelesen in unsrer Mädchenzeit, und m e i n Leben erscheint mir dagegen die trockene, nüchterne Prosa.

Du darfst nicht meinen, daß ich gar nicht mehr an Dich gedacht habe; nein, gerade in der letzten Zeit mehr als je, aber zum Schreiben wäre ich wohl nicht gekommen, wenn nicht der nette, frische junge Bursch, Dein Edward zu mir ge= kommen wäre.

Er hat mir viel von Eurem Leben erzählt; das sollte man nicht meinen, daß man so vergnügt zusammenleben könnte, wenn man die Sache nur von weitem ansieht, aber seinem Bericht nach lebst Du heiterer auf Deiner Einöde, als ich inmitten der Stadt.

Dein Töchterlein aber solltest Du noch ein wenig in die Welt lassen, das bist Du dem armen Kind schuldig; nimmt mich nicht Wunder, wenn's ihm bei Euch hie und da ent= leidet ist. Wie gerne würde ich Dir anbieten, sie aufzuneh= men, aber, — ich sorge, sie würde in meinem Haus keine angenehme Heimath finden, und meine Hermine fürchtet, ein junges Mädchen, die nicht einmal tanzen gelernt, könne hier unmöglich fortkommen; wir wollen schon eine taugliche Pen= sion für sie erfahren.

Von meinen Kindern weiß ich gerade nicht viel zu er= zählen; die zwei Buben sind mir längst aus der Hand ge= wachsen. Alfred, der ältere, ist Kadet, Otto soll Kaufmann werden und ist in der Lehre, zum Studirenlassen reicht's nicht; Hermine ist schon ein nettes Fräzchen, aber hier werden die Mädchen nicht fertig mit Tanzstunden und französischen Konversationsstunden und wenn die fertig sind, so fangen Tanzkränzchen und Sprechkränzchen an; für sich hat man seine Kinder nicht, und seit dem Unfall, der über mich gekommen, komme ich mir hier wie auf einer Einöbe vor, ärger als Du auf Deiner Insel.

Ich habe nemlich durch eine heftige Erkältung bei einer Schlittenfahrt im vergangenen Winter beinahe ganz mein Gehör verloren. Sie nennen es rheumatisch, ober strophulös, unb setzen mir spanische Fliegen unb geben mir Thran zu trinken unb legen mir Gichtpapier auf, — alles umsonst, ich glaube, mir wäre besser, ich wäre gestorben, benn wozu bin ich eigentlich auf ber Welt? Was thue ich in Gesellschaft, wenn ich bie Leute um mich herum lachen unb plaubern sehe unb verstehe sie nicht. Von all meinen Freunbinnen, benen ich mit Einlabungen bie größten Opfer gebracht, nimmt sich kaum Eine bie Mühe, mir laut zu wieberholen, was um mich her gesprochen wirb. Gerabe zur Unzeit höre ich oft, was ich nicht hören soll: ein „Bitte, setzen Sie mich nicht neben bie Ehrenfelb, bas laute Sprechen greift mich so an," ober „bie übelhörigen Leute sinb so neugierig 2c." — unb bie Nächste rückt auf bie Seite, — ba bleibe ich lieber baheim; aber was baheim thun? Immer lesen mag ich nicht, was soll ich benn lesen? arbeiten, bas ist auch langweilig, meine Hermine leistet mir schon Gesellschaft — wenn sie muß, aber „weißt Mutterchen, alles kann man einem boch nicht in bie Ohren schreien," heißt es bann unb ich erfahre — nichts, unb sehe, wie es bas Mäbchen zupft an allen Enben fortzukommen, unb wie sie mich wo sie kann, beim Stubenmäbchen allein läßt; „bie Lisette hat ein viel beutlicheres Organ als ich, Mutter, bie verstehst Du viel besser." Oskar, — mein Gemahl, nun ja, ber hält sich jetzt ein Pferb, was lang schon seines Herzens Sehnsucht war, unb wozu es nicht reichen wollte, so lang ich auch noch billige, gesellige Ansprüche machte. Da kommt er benn heim, meist gut aufgelegt, schreit mir etwas in

unb finbet bann, baß es alle Zeit ift, in seinen Klubb zu
gehen. Er vertröftet mich fortwährenb, baß er beim nächsten
Pferbemarkt eine leichte Drofchke kaufen wolle unb ein Pferb,
bas auch zum Fahren gehe, — aber ber Einkauf läßt lange
auf sich warten unb inbeß rofte ich vollenbs ein.

Sonft war ich es, bie Dir berichtete von bem Leben
braußen, von bem fröhlichen Treiben ber Welt, jetzt mußt Du
es sein, bie mir erzählt, was Leben heißt, Du lebft bech in Dei=
nen Kinbern. Was ift Dein Sohn ein netter, frischer Junge, unb
wie glänzten seine Augen, wenn er von Mutter unb Schwefter
sprach, unb von bem Vater, wie ber in bem kleinen Kreis wirke in
Liebe unb Segen, — ich habe ihn jebes Wort verstanben, obgleich
er mir nicht so löwenhaft in bie Ohren brüllte, wie bie An=
bern thun; seine Stimme hat so einen klaren, frischen Klang.

O Abele, laß Dir's nicht leib thun, baß Du bort brü=
ben geblieben, — „ber Dienft ber Welt ift ein bankloser
Dienft," hat unser alter Pfarrer einmal gesagt; erft jetzt
verftehe ich, wie er's gemeint. Ich habe gar nichts auf
Erben, was mir so recht Freube macht, unb Du würbeft
Deine alte, luftige Iba nicht mehr erkennen.

Leb wohl, Abele.

Abele an ihren Sohn.

Lieber Ebwarb!

Ob bie Zeitungen so viel Notiz nehmen von unfrem
Eilanb, baß sie Dir Kunbe gebracht von bem, was uns be=
fallen, weiß ich nicht. Jebenfalls barfft Du von mir hören,
baß wir leben unb gesunb finb, wenn auch Schwefter Mary
noch etwas bleich sieht; — ber barmherzige Gott hat uns
gnäbig errettet aus großen Wassern.

Diesmal, alter Junge, hätteſt Du zufrieden ſein können mit der Ueberſchwemmung! Es wollte Dir nie genug ſein, wenn alljährlich die Waſſer wiederkehrten und die Gefahr mit ihnen; wenn wir in der Stube um unſern Theetiſch ſaßen, wie auf einem Schifflein mitten im Meer, wenn ringsum die Häuſer nur noch wie kleine Inſelchen aus den Waſſern ragten und wir geduldig warten mußten, bis die Waſſer ſich verlaufen. Du wußteſt dann immer alle Seemannsgeſchichten von furchtbaren Sturmfluthen, wo die ganze Inſel mit Mann und Maus von den Wellen ver= ſchlungen wurde.

Diesmal, mein Edward, iſt es Ernſt geworden und bei= nahe wäre es ſo furchtbar gekommen wie damals. Die Sturmfluth wurde gewaltiger als je. Ein Glück, daß unſre gute, alte Fräulein Dobler vorher eine Reiſegelegenheit be= nützt hat, um zu ihrer Schweſter zu reiſen, die Wittwe geworden.

Sie ſchreibt von dort jetzt zufrieden und vergnügt; nir= gends auf der Welt ſeien zwar ſo gute Menſchen wie wir, aber beſſer ſei doch zu leben, wo man alle Tage ſein friſches Fleiſch und neugebackene Wecken haben könne; aber ſie ver= danke mir's ihr Lebenlang, daß ſie bei uns ſo viel Liebe er= fahren, und geſehen habe, was rechte Liebe ſei.

Du weißt, lieber Edward, wie wenig ſich die Waſſer= gefahr auf unſrer Inſel vorherſehen oder abwehren läßt; unſer Kapitän kann Dir einmal deutlicher ſagen, wie es kam, daß in Einer Nacht Sturm und Fluth zuſammentraf, — das war ein gewaltiges Steigen und Rauſchen und Toben der Waſſer! Von allen Seiten her, wie von Bergen herab, ſtrömten die Fluthen auf uns ein; in Einem Augenblick war die ganze Inſel bedeckt; wir konnten uns mit niemand mehr berathen, keine Rückſprache nehmen; wir flüchteten uns, die

Schafe und was wir von werthvoller Habe noch retten konn=
ten, auf den obern Boden.

Deine arme Schwester Mary hat sich zu Anfang eben
nicht als Heldin gezeigt; aber als wir oben beisammen waren,
die treue Karen mit uns, als der Vater in wenigen Worten
innigen Gebetes sich an den Herrn wandte, dem Wind und
Meer gehorsam sind, und unser Leben in Seine Allmächtige
Hand befahl, — da wurde es uns Allen ruhig um's Herz;
wir konnten miteinander dem Herrn danken für all die schönen,
friedevollen Jahre, die Er uns hier in dieser Einsamkeit hat
erleben lassen. — Ja, lieber Edward, Dir, der Du jetzt in=
mitten des fröhlichen Lebens und Treibens der Welt stehst,
wird's vielleicht nicht so scheinen; aber, ich fühlte es selbst
in der Todesstunde: wir sind glücklich gewesen, recht innig
und von Herzen. Es dünkte mir schön, zusammen zu ster=
ben, — aber, — vor dem Ertrinken fürchtete ich mich doch
sehr, zumal für unsere liebliche Mary, die still und bleich mit
gefalteten Händen dasaß; ich dachte mir's so furchtbar, wenn
wir von der Fluth auseinandergerissen und hinausgeschwemmt
würden. Da ward das Toben stiller, ich sah einen Stern
durch die Dachlücke, — es war mir wie ein Gruß von
Oben, der Sturm ließ nach, fast plötzlich; ganz, ganz allmäh=
lich schien auch das Toben und Rauschen der Wogen abzu=
nehmen, die unten theilweise die Mauern schon durchbrochen
hatten und mit unsrem sorgsam geschonten Hausgeräth ein
lustiges Spiel trieben. Die starken Balken aber, die das
Dach halten, sind nicht gewichen; der Herr hat den Fluthen
Stillstand geboten zur rechten Zeit.

Traurig sah es nun freilich aus, als wir wieder hin=
unter stiegen; Sopha und Polsterstühle, mein zierlicher Ar=
beitstisch, den ich Mary abgetreten, fast alles, was mir im

Gedanken an die Heimath lieb geweſen, iſt zum Theil zer=
ſtoßen, zum Theil treibts auf den Wogen. Aber, lieber
Edward, wem der Tod in dieſer Geſtalt nicht ſchon nahe
getreten, der weiß nicht, was es heißt, das Leben wieder ge=
rettet haben. Gott weiß, wir waren ergeben zu ſterben; es
iſt uns Ernſt geweſen, wenn wir uns früher geſehnt und ge=
freut in manch ſtiller Stunde nach der Heimath droben; —
aber als wir wieder auf nothbürftig geretteten Stühlen um
unſern alten Eichentiſch ſaßen — der polirte Ovaltiſch ſchwimmt
draußen auf dem Meere, — als wir uns ſo recht labten an
dem guten warmen Thee, — der Kapitän, der ſeine Vorräthe beſſer
geborgen, hat uns mit Thee, Zucker und Zwieback verſorgt;
da durchdrang uns doch wieder mit inniger Freude das Ge=
fühl des Daſeins: wir ſahen einander glückſelig in die Augen
und gaben uns die Hand, und hatten große Sehnſucht, daß
Du bei uns ſein möchteſt.

O lieber Edward, es muß ein heiliges und theures Gut
ſein um das Leben, ſonſt hätte uns der Herr nicht ſo tiefe
Liebe dazu in's Herz geſenkt. Du kennſt das alte Gleichniß, nach
dem die Lebensſtunden Samenkörner ſind; der Eine ſchüttet
ſie nutzlos aus, der andre wirft ſie unter Unkraut, daß
ſchlimme Saat aufgeht. — Lieber Edward, ſäe Du ſie in
guten Grund; es muß ſo fürchterlich ſein, mit dem Leben a l l e s
zu verlieren.

Nun unſre Inſel wieder zugänglich iſt, kommen Leute
von nah und fern, um den Jammer zu beſchauen und Hilfe
zu bringen. Wunderliche Dinge kommen freilich mitunter
hier an: eine Bibliothek aus lauter Rechenſchaftsberichten von
Waiſenhäuſern und Armen=Anſtalten, ein kunſtvolles Inſtru=
ment, um Haſen zu tranchiren, — ich glaube nicht, daß Viele
auf der Hallig wiſſen, wie ein Haſe ausſieht; — aber es

kommt auch Schönes und Nützliches geschwommen und man darf hoffen, die zerstörten Wohnungen wieder zu füllen.

Ein Menschenleben hat die Fluth verschlungen, nur Eines darf mit Dank sagen, wer das grausige Toben von Sturm und Fluth gehört; es war der Junge des Fischer Klas, der seine Aepfel noch retten wollte, die er von der letzten Fahrt aus Tondern mitgebracht. Die alte blinde Martha war allein, hat allein ihren Weg auf den Dachboden gefunden und ist doch verschont geblieben. „Jetzt weiß ich gewiß, daß mein Jan noch lebt,“ sagt sie zuversichtlich; „mich alte müde Frau hätte der Herr nicht übergelassen, wenn er nicht noch eine Freude für mich aufgehoben hätte,“ und sie läßt sich diesen Glauben nicht nehmen.

Wir haben viel freundliche Einladungen erhalten, auf dem Festland zu verweilen, bis das Haus wieder hergestellt ist. Wir gedenken die einer Predigerfamilie in H. anzuneh= men und wollen Mary, die sich freut wie ein Kind, längere Zeit dort lassen. Ob es ihr nicht schwer wird, sich wieder hier heimisch zu fühlen, wenn sie zu lange das bewegtere Leben, die reichere Natur draußen gesehen hat?

Dir, mein Junge, würde es wohl leichter, die Hallig als Deine Heimath anzusehen, wenn Dir der Weg in die weite See offen bliebe. Es scheint mir nach Deinen Briefen, daß auch Du etwas fühlst vom Heimweh der Halligbewoh= ner und es freut mich, daß auch Du erfahren, wie man dies stille Fleckchen Erde lieb gewinnen kann.

Es wird uns ja auch noch gelingen, Dir die Laufbahn auf die See zu öffnen, nach der Dein Herz verlangt. Be= denke aber wohl, mein Sohn, welch wechselvolles Leben Du ergreifst. Und indeß benütze recht wohl Zeit und Gelegen= heit, Dir innern Reichthum zu sammeln für eine Zeit, wo

Du auf dem weiten Meere schwimmst; ein Gärtchen soll sich Jeder, der es kann, anlegen neben seinem Wohnhaus; ein geistiges Gebiet, darin er sich gerne ergeht, nicht um sich den Beruf zu entleiden, sondern um sich frisch dafür zu erhalten.

Und nun Gott befohlen, mein Edward; ob der Vater heute Zeit findet, Dir noch zu schreiben, zweifle ich. Da der Weg zur Kirche noch nicht frei ist, so hat er um so mehr zu thun, bis er nach Allen sieht, Alle tröstet, die die Fluth beschädigt und die gesandten Gaben zu vertheilen.

Behüt Dich Gott, mein Junge, denk an die Heimath Deiner Eltern mit dem sichern Trost: Gott ist bei ihr drinnen, darum wird sie wohl bleiben, Gott hilft ihr frühe.

Deine

treue Mutter.

Schluß.

Adele an Fräulein Dobler.

Meine liebe, alte Freundin!

Es war mein Wunsch und meine Absicht, auf der Reise, die ich nach so langer, langer Zeit wieder in das Heimathland meiner Jugend gemacht habe, auch bei Ihnen einzusprechen, da ich aus Ihrem letzten Brief gesehen, wie Sie jetzt manches von Beschwerden des Alters zu leiden haben. Es kam nicht dazu, ich habe mich so spät von meinem Kinde losreißen können, daß kein Umweg mehr möglich war. Zum Ersatz sollen Sie jetzt einen recht genauen Bericht über all unsre Schicksale haben, seit wir uns zum letztenmal geschrieben.

Sie wissen ja, um weit auszuholen, daß unsre Mary, Ihr Zögling, von klein auf immer Verlangen trug, nach dem farbenreichen Leben der Welt draußen, auch so lange sie es nur aus Büchern und Erzählungen kannte. Die Erscheinung eines jungen Mannes, der unsre Insel besuchte und sich sehr für das eigenthümliche Leben auf der Insel und — für das siebzehnjährige Pastorstöchterlein interessirte, hat wohl diese Sehnsucht noch lebendiger gemacht; wir dachten auf's Neue ernstlich daran, eine andere Stelle zu suchen, wenn ich auch wohl wußte, daß kein reiches und blühendes Land des Kindes stilles Herzweh heilen könne, mit dem sie oft hinüber= sah über die trübe Fluth.

Jener Fremde war ein junger Landwirth gewesen, der aus den Rheinlanden stammte und der auf einer Reise in Norddeutschland als Kuriosität die Halligen kennen lernen wollte. Ob auch auf ihn das stille Inselkind einen so tiefen Eindruck gemacht hatte, oder ob das Leben der Welt draußen in seinem Wechsel und seiner Bewegung das Bild meiner blonden Mary wieder in ihm verlöscht hätten? — ich weiß das nicht, der Herr hat über dunkle Fluthen den Weg ge= bahnt zu meines Kindes Glück.

Als ich mich mit dem Gedanken trug, Mary für einige Zeit in eine größere Stadt zu senden, da kam im Herbst die gewaltige Sturmfluth, der Sie, liebe Freundin, noch glücklich entgangen sind. Unser Edward hat Ihnen damals in unsrem Namen Bericht davon gebracht. Wir glaubten an Ueber= schwemmung und Gefahr gewöhnt zu sein, aber, was die Schrecken des Todes sind, das habe ich in jener Nacht erfahren. Der Herr hat gnädig der Fluth Halt geboten, im Augenblick, als sie drohte, die letzten Pfeiler unsres Hauses zu stürzen.

Es war ein trauriger Anblick nachher; die halbzerstörte Insel, zertrümmertes Geräthe, beschädigte Häuser und der Grund mit Schlamm bedeckt. Ihnen, liebe Freundin, die Sie sich nie recht an unsre Hallig gewöhnen konnten, als sie noch in blühendem Zustand war, würde er wohl ganz trostlos erschienen sein. Man half sich nothdürftig; unser Kapitän, der mehr Erfahrung hatte, hatte Haus und Vorräthe besser verwahrt und nahm uns auf. Bald auch kamen viel theil- nehmende Leute vom Land herüber, um die Zerstörung zu schauen und Hilfe zu bringen. Wir schickten uns an, die Einladung einer Predigerfamilie zu H. anzunehmen; unsre Mary sah gar bleich nach dem Schrecken, — da landete wieder ein Schiff mit theilnehmenden und neugierigen Frem- den. Wir waren eben unweit der Landungsstätte, Mary hatte, wie sie immer that, wenn ein Schiff landete, ihre blauen Augen mit ihrem eignen tiefen Ausdruck auf die An- kommenden geheftet, da — überflog ein lichtes Freudenroth das liebe Gesicht meines Kindes, — unter den Fremden war der junge Rheinländer.

Er war fern von hier auf einer landwirthschaftlichen Akademie und die Kunde von unsrem Unfall wäre wohl schwerlich so weit gedrungen, wenn nicht ein junger Hambur- ger, der ihm nah befreundet war, ihm die Geschichte von der überschwemmten Hallig erzählt hätte. Da scheints, hat er erst wieder des Mädchens gedacht, und feurig und ungestüm wie die Jugend ist, bewog er den Freund, da er eben seine Studien beendet, mit ihm die Reise hieher zu machen, — nur der Merkwürdigkeit wegen.

Nun, liebe Fräulein Dobler, wenn Sie noch an jenen Sommer denken auf Schloß Rhönek, so wissen Sie vielleicht auch noch, wie ein paar verliebte junge Menschenkinder aus- sehen. Wir Alten sahen dies glückselige Wiedersehn, all das stille junge Glück, das daraus keimte, mit leiser Wehmuth an, als uns der Hamburger die Verhältnisse seines Freundes gelegentlich erzählt. Es handelte sich hier freilich nicht um ein Grafenkind und einen Pastor ohne Stimme, aber um einen Landwirth ohne Gut und ein armes Pastorstöchterlein, und wie weltfremd wir auch in unsrer Einsamkeit geworden sind, wir wußten doch, daß man draußen in der Welt, nach der unsres Kindes Sinn verlangte, nicht von der Liebe allein leben kann.

Aber — die Wunder waren noch nicht zu Ende; schade, daß Sie nicht mehr da waren, ich weiß, wie oft Sie geseufzt: „es geschieht eben so gar nichts hier!" Diesmal ist geschehen, Wunderbares genug!

Denken Sie noch an die blinde Marthe? sie ist uns immer alt erschienen, sieht aber jetzt, wo sie vierundachtzig ist, nicht viel anders aus, als vor 21 Jahren. Wissen Sie nicht, wie oft sie von ihren ertrunkenen Söhnen sprach, besonders von Einem, auf dessen Wiederkehr sie hoffte? Nun, dieser Jan hat alle Länder und Meere durchschifft, hat in der Südsee Schiffbruch gelitten und dort auf einer Planke auf weitem Meer und einsam auf einer öden Insel Freundschaft geschlossen mit einem Engländer, der ihn bewogen, mit ihm auf seine Besitzungen in Indien zu gehen. Jan hat scheint's nicht die tiefe Heimathliebe der Halligbewohner, war auch wenig des Schreibens kundig und ein Brief, den er seiner Mutter durch einen Seemann zuschickte, ist verloren gegangen; so kam's, daß sie keine Kunde von ihm erhielt.

Nun hat der Aufstand in Indien Mr. Seyton nach Europa getrieben und seinen treuen Freund mit ihm. Da wacht Jan seine Heimathliebe wieder auf und Seyton entschließt sich, mit ihm sein Eiland zu besuchen, so kommen die Beiden auch kurz nach der Sturmfluth an.

O, ich wollte, Sie hätten die Glückseligkeit der Mutter

gesehen, die den wettergebräunten Seemann, der Allen fremd geworden, beim erften Laut seiner Stimme erkannt hat; wie sie mit ihren magern Händen über sein Gesicht fuhr und lachte und weinte, und ihm erzählte vom Vater und den Brüdern, die lange todt sind, und wie sie von ihm geträumt. — Er hat nun der alten Mutter und der Schwester ihr Haus wieder aufbauen helfen und will nicht mehr von ihr gehen, so lange sie noch lebt.

Aber, ich bin nicht zu Ende mit Ueberraschungen; der Engländer hielt sich viel zu uns, da er mit uns gut sprechen konnte; da kam es denn bald zu Tag, daß ich die Tochter einer englischen Mutter bin, und er, — der einzige Verwandte, den ich auf Erden habe, der Bruder meiner seligen Mutter, der sich vor Jahren im Verdruß von ihr getrennt hatte. Er war nicht, wie Tante Hofräthin gemeint, von einem Gletscher herunter gefallen; hatte sich aber großen Expeditionen angeschloffen und endlich in Indien niedergelaffen. Ich leide nicht mehr, daß man die Engländer stolz und kalt nennt; die Freude und Liebe, mit der der allein= stehende Mann die neugefundnen Verwandten begrüßte, war rührend; auch ich habe ihn lieben lernen, so herzlich, ohne Furcht, wie ich leider meinen armen Vater nicht lieben konnte und diese Liebe ist ein neues Glück für mich.

Und nun, liebe, alte Freundin, haben sich die Wege für mein Kind wunderbar geebnet, leichter als einst die meinigen.

In der blühendften Gegend der schönen Rheinlande steht das Schlößchen, das meine Mary, nun ehrbare Frau Neuland, mit ihrem Gatten bewohnt. Er nennt sich den Verwalter des Onkel Seytons, aber es ist ihnen wohl wie in ihrem Eigenthum, als daß sie es wohl auch ansehen dürfen.

Zu lernen hat sie da freilich inmitten des gesegneten

Landes faſt mehr, als ich vor Zeiten auf unſrer dürftigen
Hallig; und auch ihr junger Gemahl, der aus lauter Frei=
heitsliebe ſich in kein Amtsjoch ſpannen wollte, erfährt reich=
lich, daß es ohne ein „Muß“ nicht geht auf Erden. Aber
ein ſchönes, reiches Leben führen die Kinder, und wenn ich
meine Marh ſo gar lieblich erblüht ſehe in der milden Luft,
ſo bin doch froh, daß ſie kein weißes Seeröslein geblieben.

Onkel Edward hat ſeinen Sitz in dem alten Köln auf=
geſchlagen und führt von da ein heitres Wanderleben, wie es
ihm zuſagt. Ein Millionär, wie meine arme Jda, — die
ich taub, kränklich, verſtimmt und frühgealtert gefunden, —
von ihrem amerikaniſchen Onkel erwartete, iſt er nicht; aber
für uns hat doch die Leichtigkeit, mit der er Geldfragen er=
ledigt, etwas Fabelhaftes; Indien muß ſich ihm doch als
Goldgrube gezeigt haben; mein armer Vater!

Unſer junger Edward, ſchon des Namens wegen des
Onkels Liebling, ſchifft ſchon ſeit bald einem Jahr nach Her=
zensluſt auf der See. Mit ſeinen Beſuchen geht allemal
ein helles Freudenlicht in unſrem ſtillen Hauſe auf.

Seit mein Mann vor einem Jahre unſre Tochter in
unſrer alten Kirche getraut, und wir das Kind haben ziehen
laſſen mit unſrem Segen, haben wir zwei Alten gar ſtille
zuſammengelebt; uuſer Haus iſt durch die Güte des Onkels
und die Fürſorge unſrer Tochter ſtattlich hergeſtellt, die Zim=
mer heiter und behaglich eingerichtet. Unſer „Garten in der
Höhe“ leuchtet noch immer in unvergänglicher Schönheit und
wechſelndem Glanze und unſer kleines Gärtchen iſt nicht
blumenleer. Wir haben genug zu ſinnen und zu reden, bis
wir alle Wege durchgehen, auf denen der Herr uns ſo wun=
derbar geführt.

Aber ſeit wir in dieſem Frühling unſre Kinder beſucht

und all die reiche Schönheit meiner Jugendheimath uns Auge und Herz erfreut haben, seither denken wir doch alles Ernstes daran, uns eine andre Heimath zu suchen. Ein Nachfolger für Theodor ist gefunden; ein Enkelsohn unsres Kapitäns, der, sobald er seine Studien vollendet, auf seiner Mutter Heimathinsel kommen will, wird gewiß der Gemeinde Ersatz sein. Onkel Edward macht uns die freigebigsten Anerbietungen. Theodor denkt an eine Pfarrstelle in seiner Heimath, obgleich er geheime Scheu fühlt, in einer andern Gemeinde zu predigen. Mein Ideal ist ein Häuschen im Grünen, „wo die blauen Berge stehn," in der Nähe unsres Kindes; unser junger Seemann würde uns auch da finden. Da könnte Theodor seinen lieben Studien leben, und Gelegenheit zu gesegnetem Wirken gäbe es auch ohne Pfarramt. Wo wir auch hinkommen, liebe Fräulein Dobler, ein Stübchen, wo eine alte Freundin ihr Ruheplätzchen findet, das gibt es gewiß bei uns.

Theodor meint, er sei doch noch zu jung, um sich so zur Ruhe zu setzen; Andre aber denken, zweiundzwanzig Jahre auf einer Hallig sei wie fünfzig draußen.

Ob nun einer unsrer Plane sich erfüllt, oder ob uns eine Ruhestätte werden soll, hier einsam mitten im Meer, — ich weiß es nicht. Gott segne unser liebes Eiland, es ist uns eine Friedensheimath gewesen. Der Herr, der uns so treu geleitet durch trübe Fluthen zu stiller See, der wird uns einst finden, wo wir auch ruhen, und möge uns Alle zusammenführen zu ewiger Freude.

Ihre

Abele.

Die Schule der Demuth.

Eine stille Geschichte aus bewegter Zeit.

„Was in aller Welt kann es bei Ihrer Herrschaft noch
Neues einzurichten geben," fragte die Ladenjungfer in dem
Spezereigeschäft an der Ecke das Stubenmädchen bei Banquier
Kamphausen, „daß Sattler- und Schreinerjungen den ganzen
Tag mit Möbel aus- und eingehen? Ist's denn bei Euch
noch nicht schön genug?"

„D'rum kommt heut unser Fräulein aus der Pension
zurück," entgegnete diese, „da kann's dem Papa wieder einmal
nicht genug werden, bis ihr Zimmer neu eingerichtet ist. Aber
schön wird's!" setzte sie mit einem Seufzer hinzu. „Möchte
wohl auch einmal so heimkommen!" „O, geh'n Sie, Jungfer Louise," sagte die Ladenjungfer, „Sie kommen schon noch
zu rechter Zeit heim! man weiß wohl, warum der Herr
Zimmermaler Möbele sein neues Logis so schön ausmalt mit
Engelein und Blumen, da können Sie auch einmal zufrieden
sein!" Mit vergnüglichem Lächeln, ohne Widerspruch zu erheben, eilte das Dienstmädchen weiter, um noch Blumen zum
Schmucke des neueingerichteten Zimmers zu holen.

Eh Herr und Frau Kamphausen sich anschickte, die Tochter auf der Post abzuholen, betrachteten sie noch einmal wohlgefällig das gelungene Werk. Ein wahres Ideal von einem
Mädchenstübchen, obgleich jene Zeit noch nicht so viel ver-
feinerten Luxus kannte, wie die unsre. Aus dem Schnabel

einer vergoldeten Taube wehten lichte Mousselinvorhänge über
das Bett mit den seidnen Decken und gestickten Ueberzügen;
der niedliche Arbeitstisch mit Perlmutter eingelegt war das
Meisterstück eines Kunstschreiners gewesen, auf dem Blumen=
tische zwischen den seltensten Blüthen und Blättern spielten
Goldfischchen in einem Kryſtallglas, darüber schwebte ein
Vögelchen in einer Luftgondel, einem wahren Wunderwerk
von Käfig. Das prachtvolle Oval des Ankleidespiegels, Sopha
und Stühle von himmelblauem Damaſt, — es war Alles
wie ein Märchen aus „Tauſend und eine Nacht", in's Mo=
derne übersetzt. Und dieser kunstvoll geschnitzte Bücherschrank!
Ein neuer Schriftsteller sagt als Beweis gegen die Behaup=
tung, daß Frauen bei der Liebe nur auf Geiſt sehen: es
habe noch nie ein Frauenzimmer ein Verhältniß angefangen
mit Schillers sämmtlichen Werken. Schillers sämmtliche Werke
waren auch dazumal noch nicht einmal erschienen, aber bei
diesen Prachtbänden seiner neuesten Dichtungen hätte einem
wahrhaftig die Luſt dazu kommen können!

Abelma zog ein, die junge Herrin dieses Zauberreiches
und nahm Besitz davon, mit Freude und dankbarer Ueber=
raschung, aber doch leicht und natürlich, als ob sich das von
selbst verstünde. Die Mutter begrüßte ihr neugeschenktes
Kind mit Freudenthränen; in dem Blick, mit dem der Vater
die schön erblühte Tochter anschaute, lag neben der natür=
lichen Freude des Vaterherzens noch Etwas von der Gier,
mit welcher der Spieler die Karte ansieht, auf die er seine
letzte Hoffnung gesetzt.

Die Mutter hatte geglaubt, Abelma werde nach den ein=
fachen Schlafsälen der Pension Monate lang noch außer sich
sein über die Schönheit und Eleganz ihrer Umgebung; dem
war aber keineswegs so, sie war durchaus daheim, als habe

sie sich schon genug verwundert im Leben und sich darum an das Gute und Angenehme äußerst leicht gewöhnt.

Auch die Mutter war es bald gewöhnt, das halbwüchsige unfertige Töchterlein, von dem sie sich vor zwei Jahren so schweren Herzens getrennt, nun schlank und hochgewachsen, mit leichter sicherer Haltung, als ob sie vollkommen fertig wäre, wieder um sich zu haben, aber sie war ein wenig nieder= geschlagen, als sie auch alle Fehler ihrer Abelma sammt ihren guten Eigenschaften wieder fand.

Es ist ein eigen Ding um die Elternliebe; man nennt sie gemeinhin blind, ich glaube aber, daß sie viel häufiger schwach ist. Man sieht die Fehler seiner Liebsten am meisten, weil man am schwersten darunter leidet, aber man hat nicht Kraft und Beharrlichkeit, sie zu unterbrücken, und der kleine Kampf mit Ermahnungen und Zurechtweisungen ist so ermü= dend. Da getröstet man sich, irgend eine andre Einwirkung soll gut machen, was die zu weiche Liebe versäumt. „Gieb Acht, draußen wirst Du den Kopf schon verstoßen!" ist der letzte Trost, mit dem man die Waffen streckt, und dann ist man verwundert, wenn draußen nicht in wenigen Monden beseitigt worden ist, was man Jahrelang hat wachsen lassen! Das Leben freilich ist der beste Lehrmeister, aber meist ein langsamer und oft ein sehr theurer.

Für Knaben, da gibt es Kostschulen, Lehrherrn, Militair= oder Seminarzucht, um den Kopf zu verstoßen; für Mädchen, da gab es in der guten, alten Zeit fast in jeder Familie, be= rühmte „böse Frauen," sogenannte Mädchenstriegel, die als Popanz bei jedem Fehler auftauchten. „Gib Acht! ich muß dich doch noch zur Tante Spezialin, oder zur Frau Stadt= schreiber Maierin schicken!" Unter dem strengen Regiment die= ser bösen Frauen wurden dann die gewöhnlichen Mädchen=

fehler: Nachläßigkeit, Eitelkeit, Zerstreutheit ꝛc. gar gründlich
bekämpft; ob nicht auch manche zarte und liebenswürdige
Eigenschaft, manch leichter Duft der Mädchenblüthe mit „weg=
gestriegelt“ wurde? — danach fragte die gute alte Zeit nicht
viel; und dieselben Frauen, die in dieser Schule hergezogen
waren, seufzten nachher bei ihren Töchterlein: „wenn nur die
Tante Spezialin selig noch lebte! gleich morgen müßtest du
zu ihr!“ Jenes energische Geschlecht der „bösen Frauen“ ist
jetzt ausgestorben und wenn es noch welche gibt, so haben sie
in unsern rastlosen Tagen nicht Zeit mehr, ihre Talente nach
außen anzuwenden.

Frau Kamphausen hätte nun freilich ihr Töchterlein kei=
nesfalls einer so rauhen Kur unterworfen; das „hatte sie
nicht nöthig,“ das Kind des reichen Bankier, der wohl ge=
sonnen war, wie Wallenstein seinen Eidam auf Europas Thro=
nen zu suchen.

Aber in eine Pension hatte man sie geschickt, die theuerste
und doch mit einfachen Erziehungsgrundsätzen, ein Institut,
wo schon auf dem Programm stand, „daß die Zöglinge vor
allem in liebevoller Selbstverleugnung und hingebender De=
muth geübt werden sollen.“

Dieser ausgezeichneten Anstalt hatte die Mutter ihre
Abelma anvertraut, gewiß, daß sie aus derselben als ein
neues Wesen hervorgehen werde, und sie war nun höchlich
verwundert, daß es die alte Abelma wieder war. Dieselbe
Gutmüthigkeit und Freundlichkeit, wo sie kein schweres Opfer
zu bringen hatte, aber auch derselbe hochfahrende Ausdruck,
wo man ihr zu nahe trat, die Leichtigkeit und Gewandtheit,
mit der sie alles zu thun verstand, und doch die kostbaren
Fingerchen, die ja nichts anrühren wollten, „was sich nicht
schickt für mich;“ bei aller Gutmüthigkeit fehlte ihr die liebe=

volle Allgegenwart, die freundliche Achtsamkeit auf Andrer Wünsche, die zum schönsten Frauenschmuck gehören.

Die Mutter fand es nun noch schwieriger, als zuvor, dem Kinde, das so mit Einemmale aufgeblüht vor ihr stand, tadelnde Bemerkungen über ihre Fehler zu machen: so ergab sie sich denn darein, freute sich des Mädchens, wie sie war, und befahl ihre Mängel in der Stille der weisen Leitung des Herrn, der sie schon noch in die Schule schicken würde, die sie brauchte — es war ja genug an ihr, über das sie sich freuen konnte.

Einen Fehler ihrer eignen Jugend fand sie bei Abelma nicht, sie hielt das für gut und doch bedauerte sie es fast; es war in dem Kinde nicht das sinnende, träumerische Herzensleben, das ihr, der Mutter, die Jugendzeit in ein farbiges Dämmerlicht gehüllt, so daß sie jetzt kaum mehr wußte, was damals Glück gewesen war und was Leid, so süß waren die Thränen, so wehmüthig die Freude! Es hatte ihr diese Gewohnheit, nur in ihrer eignen Herzenswelt zu leben, freilich auch den spätern Lebensweg oft schwer gemacht; darum wollte sie nicht beklagen, daß Abelma mehr in der Wirklichkeit daheim war.

Die Pensionserziehung, die dem jungen Wesen keine Einsamkeit gestattet, mit der festen, bestimmten Zeiteintheilung, mit den Spaziergängen Paar um Paar, wie bei einem Regiment Soldaten, begünstigt diese träumerische Richtung junger Gemüther nicht, und es wird wohl gut so sein, wenn ihnen dagegen der Sinn für die rechte eigentliche Bedeutung des Lebens erschlossen wird. Sonst aber mag wohl auch, wie früher in andrer Weise bei den bösen Frauen, viel eignes, eigenthümliches, frischquellendes Leben bei zu regelrechter Erziehung verloren gehen und Gefahr sein, daß Manche auf der Oberfläche des Lebens den Genuß sucht, den sie nie in seinen Tiefen finden konnte.

Abelma sah frisch und hell in's Leben, sie träumte auch niemals von „einer Hütte, einsam tief im Walde", sie trat mit vollem Bewußtsein in die Vortheile ihrer äußern Stellung ein, sie achtete den Besitz keineswegs gering, aber sie schätzte ihn auch nicht an sich, sondern weil es sehr angenehm ist, immer genug zu haben. Die Mutter konnte ihr eigen Mädchenherz mit seinen Träumen nicht so recht bei der Tochter wiederfinden, aber dies eigne Herz hatte sie auch früher oft irre geführt, so wollte sie nicht darüber klagen.

Herr Kamphausen besann sich nicht auf die Schattenseiten seiner Tochter, er suchte nur vor Allem ihre Lichtseiten gehörig hervorzuheben und freute sich ungemein, daß sie sehr bald die gesellige Gewandtheit entwickelte, für die ihm die Institutsbildung nicht genug gethan.

Abelma's eifrigster Bewunderer war aber der kleine kränkliche Bruder Ewald, das einzige ihrer Geschwister, das noch zu Hause war; Adolph, der älteste Bruder, war in einem Handlungsinstitut am Genfersee, Alfred und Eugen bei einem Professor in Pension gegeben; dem Kleinen, der meist in die Kinderstube gebannt war, schien es wie ein Wunder, daß die schöne, große Schwester sein eigen sein sollte, und er war glücklich mit der im Ganzen geringen Aufmerksamkeit, die sie ihm schenkte.

Herr Kamphausen gedachte seine Tochter nicht nur so gelegentlich in der Welt auftreten zu lassen, nein, sie sollte in aller Form eingeführt werden.

„Man meint wahrhaftig, der Herr sei ein Bräutigam und nicht ein Vater," bemerkte Luise, das Stubenmädchen, gegen den Zimmermaler Möbele, der ihr auf einem Gang zum Juwelier be=

gegnete, „nichts ist schön genug für unser Fräulein zu der Gesell=
schaft, die wir heute Abend geben in unsrem eignen, leiblichen
Hause. Bei Regierungsraths, die doch auch nicht von Stroh
waren, da haben die Fräuleins weiße Schürzchen angezogen
und Thee servirt, wenn wir Gesellschaft hatten, und u n s e r Fräu=
lein soll man herausputzen wie eine Herzogin! Schön ist sie!
ja, meinetwegen, wiewohl, wenn ein Anderes den Staat
hätte, . . .“ „So wär's noch schöner,“ ergänzte der artige
Zimmermaler. „Da hat der Herr gestern,“ fuhr Luise fort,
mit einer Handbewegung das Kompliment ablehnend, „selbst
einen Schmuck von Korallen für sie geholt; jetzt findet er,
Türkisse mit Perlen seien noch nobler, so muß ich jetzt noch
einmal zum Juwelier laufen.“ „Und ich finde es erst noch
unchristlich, so türkisches Zeug zu tragen,“ bemerkte der solide
Maler. „Ach, das kommt nicht von Türken,“ belehrte ihn
Luise, „es ist nur so der Name vom Edelstein.“ „Aber
Ohrenringe mit Granaten,“ meinte Herr Möbele wieder, in=
dem er einen wohlgefälligen Blick auf den Schmuck warf, den
Luise seiner Freigebigkeit verdankte, „sind doch auch nicht
zu verachten, und zu einem schönem Anhänger, dazu muß
es auch noch langen; man hat sie jetzt billiger, hinten mit
Silber.“

Beschwichtigt durch diese Aussicht eilte Luise, den Schmuck
für ihre junge Herrin zu besorgen, die denn auch in Wahr=
heit „wie eine Herzogin“ im Glanze ihres Schmuckes und
ihrer blühenden Jugend Abends an ihres Vaters Seite den
glänzend erhellten Salon betrat, wo Frau Kamphausen längst
wie auf Nadeln saß, um in geschmückter Ruhe die Gäste zu
empfangen, während ihr besorgtes Hausfrauenherz sie immer noch
trieb, in der Küche nach dem Rechten zu sehen; zu ihrer Zeit
wäre Frau und Tochter emsig mit Bedienung der Gäste beschäftigt

gewesen; sie hatte sich nie recht gewöhnen können, die Dame zu spielen, was ihrer schönen Tochter scheint's außerordentlich leicht wurde.

Und doch freute sich unwillkürlich das Mutterherz all des Schönen, das man ihr über ihr aufgeblühtes Töchterlein sagte, das die unbeholfene Schüchternheit der Pensionärin bald abgestreift hatte und sich mit unbekümmerter Anmuth in dem zahlreichen Kreis bewegte, in dem sie meist alte Bekannte wieder fand.

„Abelma, Herr Braun wünscht Dir vorgestellt zu werden," sagte der Vater, indem er einen mit etwas nachlässiger Eleganz gekleideten jungen Mann vor sie führte, „ich denke aber, bei Arthur, dem Gespielen Deiner Kindheit, wird es keiner förmlichen Vorstellung bedürfen."

Ja, das war ihr ehmaliger Gespiele und Hausgenosse, Arthur Braun! Die Person hätte sie nicht mehr gekannt, aber den Namen, und wie sie ihn lächelnd begrüßte, so wäre wohl hier die schönste Illustration gewesen zu den oft angeführten Dichterworten:

<blockquote>Und herrlich in der Jugend Prangen,
Wie ein Gebild aus Himmelshöh'n rc.</blockquote>

Herr Arthur Braun schien aber zunächst noch nicht von einem „namenlosen Sehnen" erfaßt, es brachen keine Thränen aus seinen Augen; er irrte auch nicht allein, sondern er blieb nach einer tiefen Verbeugung aufrecht stehen und unterhielt die junge Dame mit derselben vornehmen Gleichgültigkeit, die sein ganzes Wesen ausdrückte, und die vorauszusetzen schien, daß jeder Unterhaltungsgegenstand für Andere eben so langweilig sein müsse, als er für ihn selbst sei.

Auch waren die Erinnerungen Abelma's an ihn „aus der Kindheit Rosenzeit" nicht besonders süßer, schwärmerischer

Art; er war schon als Knabe, obwohl nicht dumm, doch ein langweiliger, verdrüßlicher Bursche gewesen, der zur Zeit als Kamphausens und Brauns noch associrt waren und dasselbe Haus bewohnten, sie und ihre Brüder meist sehr ungastlich empfangen hatte. Aber Kamphausen's Verhältnisse waren damals noch einfacher, die Kinder bescheiden gehalten, darum übten die Spielsachen, mit denen das verwöhnte einzige Söhnlein des reichen Braun überschüttet war, große Anziehungskraft auf die kleinen Kamphausen, ihre Besuche hatten zunächst dem kleinen Theater, den schönen Bilderbüchern, all den zahlreichen Geduldcs=, Lege= und Mosaikspielen gegolten, nicht dem mürrischen Besitzer dieser Herrlichkeiten.

Eine rasche, glückliche Spekulation, auf eigene Faust unternommen, hatte Kamphausen schnell zu einem reichen Manne gemacht, zugleich aber auch die Verbindung der beiden Männer gelöst, die nie recht zusammengepaßt hatten. Aeußerlich war das Verhältniß der beiden Familien ein freundschaftliches geblieben, die jungen Leute aber hatten sich bis heute nicht mehr gesehen, da der junge Arthur indeß den Vorrath seiner verdrüßlichen Weltanschauung auf Reisen noch vermehrt hatte.

Arthur, der keineswegs der Vorstellung entsprach, die wir uns von dem heimgekehrten „Jüngling“ aus der Glocke machen, war in großer Verlegenheit, woher er Kindheitserinnerungen nehmen sollte, und war sehr erleichtert, als Abelma ihn lachend daran mahnte, wie sie und die Brüder einst eine große Ueberschwemmung verursacht, als sie den Springbrunnen in seinem Weihnachtsgarten zu stark angestrengt, wie ihr Bruder Adolph den Schweif von Arthur's prächtigem Wiegenpferd geholt, um als Pascha mit Roßschweifen aufzutreten und besagtem Wiegengaul dagegen einen flächsernen Schwanz eingesetzt, was zu großem Gebrüll von Seite Arthurs und zu einer gefährlichen Untersuchung geführt; wie sie, die Geschwister Kamphausen, einst alle Törtchen aufgezehrt, die Mama Braun zu gemeinsamem Genuß vorgesetzt hatte, während Arthur sich in einen Schmollwinkel gestellt, und wie ihm dann Adolph weiß gemacht, Adelma's große Puppe habe so starken Appetit.

Herr Arthur Braun war wirklich unterhalten, was ihm nicht allzuoft begegnete, und Papa Kamphausen beobachtete von ferne mit stillem Vergnügen die lebhafte Unterhaltung der Beiden.

Mit diesem Abend war für Adelma die Pforte eröffnet in die große, gebildete Welt, die ihr von der klösterlichen Einsamkeit des Pensionslebens aus in so buntem, strahlendem Lichte erschienen war.

Ich habe vor Zeiten gar schöne Schilderungen gelesen von gefeierten Heldinnen, die, wo sie in Gesellschaft erscheinen, beständig von einem Schwarm von Anbetern umringt sind, habe mir auch eine ganz eigene Vorstellung von solchen „Anbetern" gemacht, die ich mir immer in tiefer Verbeugung begriffen, in schwarzen Fräcken mit langen Schößen vorstellen mußte, und hätte gar zu gerne einmal eine solche umringte und umschwärmte Heldin gesehen, bin aber nie so glücklich gewesen.

Auch bei Adelma war es so gefährlich nicht, obgleich sie in Wahrheit ein schönes Mädchen war, mit ihrer schlank aufgerichteten Gestalt, der tadellos reinen Gesichtsfarbe und den glänzend schwarzen Haaren und Augen. Doch wurde ihr, die für eine reiche Erbin galt, immerhin Aufmerksamkeit genug erwiesen, um sie in dem sichern unbefangenen Selbstgefühl zu bestärken, mit dem sie ihr vornehmes Köpfchen durch die Welt trug.

Dem Vater schien ungemein viel an dem freundlichen Einverständniß mit der Familie Braun zu liegen und er begünstigte die Annäherung des jungen Arthur, so viel sich dies nur mit anständiger Zurückhaltung vertrug. Die Mutter erschien mehr leidend als genießend an der Seite ihrer anmuthigen Tochter; es lag ein Druck, eine bange Ahnung auf ihrer Seele ohne bestimmten Grund; sie nannte dies Gefühl Heimweh nach dem verlassenen Ewald und ihre glücklichsten Stunden waren die seltnen Abende, die sie mit Abelma bei dem Kleinen zubringen konnte.

Nicht immer war Abelma eine freundliche, geduldige Gespielin für den Bruder — Toilettensorgen nahmen ihr zwar nicht viel Zeit, sie war über ihre Einkäufe sehr rasch entschlossen und ordnete und trug Alles mit dem ihr eignen Geschmack, sicher, daß ihr Alles gut stand; aber sie mochte viel lieber behaglich ausruhen, in einem Journale blättern, einen Roman lesen, als auf die Fragen des Kleinen hören, in seine Spiele eingehen und seine phantastischen Zeichnungen bewundern; doch konnte sie der fast leidenschaftlichen Liebe des Kindes nicht widerstehen. „Es ist wahr, Mutter," gab sie eines Abends zu, „wir sollten mehr zu Hause bleiben bei dem Kleinen; er hat mehr Herz, als all das Volk in den Salons."

„Nun," sagte die Mutter lächelnd, „ihr Herz tragen die Leute gerade nicht auswendig im Salon spazieren; wenn Du ihnen näher kommst, so wirst Du bei Manchem Tiefe und Gefühl finden, wo Du es nicht gesucht."

„Auch bei dem Freunde meiner Kindheit, Herrn Arthur Braun?" fragte Abelma schelmisch.

„Ich hoffe," sagte die Mutter, „und der Vater scheint zu wünschen, daß Du eben bei dem das Herz ausfindig machst."

„Das wäre eine Kunst!" rief Abelma lachend. „Nein, Mutter, ich glaube, wenn man den nimmt, so muß man sehen, wie man auch ohne Herz auskommen kann. Das Gähnen ist ansteckend, ich fürchte, es gäbe eine schläfrige Parthie, wenn ich diesen gesättigten Jüngling erwählte."

„Verhüte Gott, daß Du's thust, Kind, wenn Du ihn so ansiehst," sagte die Mutter erschrocken, „aber — ich denke, er hat gewiß mehr Gehalt und Tiefe, als es scheint! Seine Mutter ist eine gescheidte und gute Frau, wir haben lange freundlich zusammengelebt, ... der Vater scheint es so sehr zu wünschen — und Du, mein Kind, Du bist verwöhnter, als Du glaubst, es würde Dir schwer, Dich in eine einfachere Lage zu finden — und Brauns sind reich und stehen sehr sicher; ich fürchte, sicherer als wir," setzte sie leise mit einem Seufzer hinzu.

„Nun dann müßte man sich eben trösten mit einem recht unterhaltenden Leben," scherzte Abelma, „Arthur müßte einen reizenden Landsitz anschaffen, eine Villa mit einer Terrasse! Du und Ewald zöget hinaus in den Sommermonaten, da der Vater, so scheint es, nicht Lust hat, diesen Sommer ein Landhaus zu miethen. Ich würde es dann mit ein paar Freundinnen bewohnen und Herr Arthur dürfte manchmal zum Besuch kommen."

„So sprichst Du nicht im Ernste, Kind," sagte die Mutter, ihr ernst und bekümmert in das lachende Gesicht sehend, „Deine Wahl wäre Sünde mit solchen Gesinnungen."

„Aber Mama, Du führst Papa's Sache schlecht, wenn ich eine gehorsame Tochter sein will," sagte Abelma, „und nimmst es überhaupt so ernsthaft. Ich dachte nur, wenn Arthur nicht gerade schlimm ist, so könnte ich ihn ja nehmen, wenn Papa so ein großer Gefallen damit geschieht.

Aber er hat mich, so viel ich weiß, noch gar nicht ausdrücklich begehrt, und ich bin noch nicht ganz achtzehn; sei zufrieden, Mama, wir wollen's inzwischen ruhen lassen."

Der Mutter ließ es innerlich keine Ruhe. Sie hatte immer schwer getragen an der glänzenden Stellung ihres Mannes. Als Tochter eines Beamten an regelmäßiges Einkommen, an klaren Ueberblick der ökonomischen Verhältnisse und durchaus geordnete Eintheilung der Einnahmen und Ausgaben gewöhnt, hatte sie sich nie ganz wohl gefühlt bei Verhältnissen, die sie nicht verstand und über die sie nie einen Ueberblick gewann; es bedrückte sie, wenn zu Zeiten, wo sie wußte, daß ihr Mann Verluste gehabt, gerade nach Außen mehr geschehen sollte für äußeren Glanz, um zu verbergen, daß man vielleicht Grund zur Einschränkung hätte. Ein unruhiges, heftiges, gereiztes Wesen ihres Mannes in den letzten Jahren ließ sie fürchten, daß viel für ihn auf der Wage stand, und doch wich er all ihren Fragen aus, wollte nichts von ihren Vorschlägen zu Ersparnissen wissen. Abelma wollte sie indeß das Herz nicht unnöthig schwer machen, so flüchtete sie sich denn in die Kinderstube zu ihrem Ewald, — es war nicht das erstemal, daß sie bei dem stillen, nachdenklichen Kinde Trost und Verständniß, auch ohne Worte, gefunden hatte.

Ewald saß an der großen Bilderbibel, seiner liebsten Beschäftigung, als die Mutter still eintrat, sich neben ihn setzte und ihren Kopf an seine schwache Gestalt lehnte; er sah sie an mit seinen dunklen Augen und blickte wieder in sein Buch. „Mama," sagte er leise, „in der Welt habt ihr Angst, aber seid getrost, ich habe die Welt überwunden." Sie zog das Kind an sich und es wurde still in ihrem Herzen, so still und friedenvoll, daß ihr bange wurde, wieder hinaus zu gehen aus diesem friedlichen Kämmerlein in die

Welt voll Unruhe, die schon an der Schwelle desselben an=
fing.

Hatte sie doch diesen Abend schon wieder Gesellschaft,
zwar nur einen kleinen Cirkel mit Brauns und einigen Fa=
milien, aber sie durfte doch nicht allzulange die Ruhe bei
ihrem Kinde genießen. Eben stand sie auf, als ihr Mann
eintrat, — eine ziemlich seltene Erscheinung in der Kinder=
stube, — der verstörte Ausdruck seines Gesichtes ängstigte
sie. „Guten Abend, Ewald," sagte er hastig und zerstreut.
„Wie geht Dir's? Geh mal ein Bischen hinunter und hilf
Luisen die silbernen Leuchter im Saale anzünden." Ewald
mochte gar gerne solch kleine Geschäfte besorgen; er hatte
noch nicht wie seine Schwester so hohe Begriffe von dem,
was sich für seinen Stand schickte.

„Maria," fing der Bankier an, heftig auf= und ab=
gehend, „es ist nicht lange Zeit zu Erwägungen; der junge
Braun war heute Morgen bei mir. Obgleich er eine ver=
wünscht vornehme und undeutliche Art hat, sich auszubrücken,
so waren doch seine Worte so gut wie ein Antrag für Abelina,
die Sache sollte diesen Abend in's Reine kommen . . . . . ."

„Du willst doch nicht, daß w i r ihm entgegenkommen?"
fragte die Frau.

„Nicht handgreiflich, natürlich!" fuhr er zornig auf.
„Sein Entschluß steht ja fest, es handelt sich nur darum,
bei seiner verdammt lässigen Weise es zu einem Abschluß zu
bringen, und das wird ein hübsches, gescheidtes Mädchen,
wie Abelma, doch zu richten wissen." Gereizt durch das
traurige Schweigen seiner Frau fuhr er wieder heftiger fort:
„Es braucht übrigens durchaus keiner weinerlichen Familien=
scene, der Braun ist so übel nicht, er hat seinen wilden Hafer
gesät; ich kenne die Brauns; der Junge mag sich so gleich=

giltig stellen als er will, in Geldsachen ist er nicht so dumm und versteht das Geschäft wohl. Für mich ist eine erklärte Verbindung mit Brauns die einzige Rettung, die einzige, verstehst Du?" schloß er mit immer gesteigerter Heftigkeit; „eine Rettung, bei der Braun selbst am Ende nicht einmal verliert," murmelte er zu seiner eigenen Beruhigung, „es handelt sich bei meinem Unternehmen nur um das Einsetzen ungeheurer Mittel.... Du weißt, was Du zu thun hast," wandte er sich an die bleiche Frau, „ich bin gewiß, daß es bei dem Mädchen gar nicht schwer hält, sie zu bestimmen, und daß die Mucken eher von Dir kommen."

Schweigend und schweren Herzens blieb die Mutter zurück, sie hörte kaum, wie Ewald wieder herauf kam und sich endlich, da die Mutter ihn nicht beachtete, still zu Bett legte. Sie zweifelte nicht, daß Abelma einwilligen würde, um so eher, wenn sie wußte, daß ihre Existenz auf dem Spiele stand, — aber durfte sie als Mutter eine Verbindung ohne Liebe zugeben? — Konnte nicht dies jetzt noch so ruhige Herz einst erwachen, wenn es zu spät wäre: erwachen an der Seite eines Mannes, den sie nicht achten, nicht lieben konnte? — War es ein gottgefälliges Band, das Abelma einging in Unkenntniß ihres eigenen Herzens und der heiligen Bedeutung der Ehe? — Und „die einzige Rettung" hatte ihr Mann gesagt! —

„Madame, Herrn Kommerzienrath Mayers sind bereits unten, das Fräulein hat sie empfangen," meldete das eilig heraufstürzende Zimmermädchen. Rasch und erschrocken erhob sich Frau Kamphausen; sie hatte Zeit und Gäste und Alles vergessen über den quälenden Fragen, die ihr Gemüth bedrängten.

Fast erleichtert, wenn auch ängstlich darüber, daß sie

nun nicht mehr mit Abelma reden konnte, ging sie hinab, und als sie diese 'so blühend und heiter, mit so viel Ruhe und Leichtigkeit sich unter den Gästen bewegen sah, wurde sie ruhiger. War nicht ihres Kindes Natur eine ganz andere als die ihrige? War nicht vielleicht Abelma ein ebner Lebensweg beschieden ohne tiefes Herzensglück, aber auch ohne schwere Kämpfe, leicht, gerade und sicher?

Alle Gäste hatten sich eingefunden, Brauns allein nicht, auch der Herr des Hauses ließ sich nicht blicken. Frau Kamphausen schalt auf ihr eigenes ängstliches Gemüth, daß sie heut Alles so schwer bedrückte, ja, daß ihr schien, als ob auf ihren Gästen selbst ein stiller Druck liege, als ob die Männer leise mit einander flüsterten und die Frauen sie und Abelma bedenklich anblickten.

Der Thee war getrunken, man sollte sich zum Souper in den Speisesaal begeben, — der Herr des Hauses war noch nicht da. Länger hielt es die bedrängte Frau nicht aus, sie schlich sich hinaus und fragte bei der Dienerschaft. „Sind denn der Herr nicht drinnen?" fragte Luise verwundert. „Ich habe ihn, bald nachdem das Absagebriefchen von Herrn Braun gekommen war, schon im Dunkel aus seiner Stube in's Gartenhäuschen hinaufgehen sehen; ich glaubte, Sie seien schon lange wieder herunter."

Frau Kamphausen nahm ein Licht und ging hinab in ihres Mannes Zimmer. Sein Pult stand offen, was sie sonst nie gesehen: oben auf seinen Papieren lag ein offenes Billet von Herrn Braun, dessen Hand sie wohl kannte:

„Verehrter Freund!

„So glücklich es uns machen würde, Ihre Fräulein „Tochter für unsern Familienkreis zu gewinnen, so halte ich „doch das Wort, das mein Sohn in dieser Beziehung heute

„zu Ihnen gesprochen, für etwas übereilt; er selbst sieht dieß
„ein und ermächtigt mich daher, Sie zu bitten, dieses Wort
„vor der Hand als nicht gesprochen zu betrachten.

„Ueberzeugt, daß unser freundschaftliches Verhältniß da=
„durch nicht im Mindesten benachtheiligt wird, bitte ich, unser
„Ausbleiben für diesen Abend gütig zu entschuldigen und grüße
„Sie in ausgezeichneter Hochachtung

ergebenster

W. Braun.“

Nachschrift. „Bei etwa eintretenden Verlegenheiten
„in nächster Zeit bedauern wir bei dem dermaligen Stand
„unserer Geschäfte, Ihnen keine Vorschüsse anbieten zu kön=
„nen, dagegen dürfen Sie auf alle denkbare Nachsicht unserer
„Seits rechnen.“

Sonst fand Frau Kamphausen Nichts, das ihr zunächst
Aufschluß geben konnte. Mit der eisigen Ruhe, die oft das
schwächste Gemüth bei der bestimmten Aussicht auf eine furcht=
bare Thatsache erringen kann, nahm sie das Licht und stieg
langsam, mit bebenden Knieen die Stufen hinauf zu dem
Gartenhaus in dem kleinen Gärtchen hinter dem Hause.

Aergerlich über das Ausbleiben der Eltern that Abelma
ihr Bestes, ihre Gäste gut zu unterhalten; die Tafel war
sehr schön arrangirt, Rehbraten und Sulzen vortrefflich, die
Kerzen und Lampen strahlten hell, edle Weine funkelten in
den Gläsern und die Unterhaltung begann lebendig zu werden.
Da trat mit dem Licht in der Hand, todtenblaß und starr
wie ein Steinbild, die Hausfrau unter die Thüre: „Ich be=
daure, die Gesellschaft stören zu müssen,“ klang es lautlos
von ihren bleichen Lippen, „meinen Mann hat soeben der
Schlag getroffen.“

———

Das waren lange, schwere, dunkle Tage über dem einst
so glänzenden Hause. Das Leid fragt nicht erst, ob es eintreten darf, es kommt meist ungemeldet: selten, sehr selten von
der Seite, wo man darauf gefaßt war. An eine Krisis der
Geschäftsverhältnisse hatte Frau Kamphausen längst gedacht,
sie hatte selbst einen traurigen Umschlag dieser Verhältnisse
gefürchtet, und doch nicht geglaubt. Nun war Alles noch
viel grausenhafter gekommen, als sie je gedacht, und mit dem
schweren Jammer kam sein allertraurigstes Geleite, die Vorwürfe, die quälenden Gedanken: Hättest du das Schwerste
nicht verhüten können? Hättest du deinem Mann mehr Liebe,
mehr Zärtlichkeit gezeigt, dir mehr Interesse und Einsicht
in sein Geschäft erworben, mehr gesucht, die Ausgaben zu beschränken!"

Es gibt keine Hilfe, wo solch traurige Gäste sich einge-
schlichen, die den Schlaf vom Lager scheuchen, die sich am
Morgen mit uns erheben, einen dunklen Schatten legen auf
jede unschuldige Freude, die das Leben noch gelassen, und ein
Gewicht auf jede Erhebung der Seele, — keine Hilfe, als
verzweifelnd erliegen, als sie zu verscheuchen in wilder Zerstreuung in rastloser Mühe und Arbeit, in dumpfem Vergessen, oder — als die ganze Last, Leid, Gram und Reue
niederzuwerfen zu den Füßen Dessen, der ein barmherziger
Hoherpriester ist: der das zerstoßene Rohr nicht zerbrechen
wird und den glimmenden Docht nicht auslöschen — der da
heilen will, die zerbrochenen Herzens sind.

Abelma's Herz war nicht von Vorwürfen gequält: die Jugend ist minder streng gegen sich, leichter geneigt, das Unglück als
ein entsetzliches Unrecht anzusehen, das gerade ihr wiederfah-
ren, und für das sie Anspruch auf Ersatz hätte, sie selbst hat
keine Schuld dabei, o, gar nicht! Aber die edlen, selbstsuchts-

losen und starken Seiten in ihrer Natur hatte dies Unglück zu Tage gebracht; sie war der Mutter Trost und Stütze, vor Allem ihre Hülfe in den äußeren Mühen und Geschäften, die vielleicht später zur wohlthätigen Ableitung werden, die aber für ein wundes Herz peinlich und qualvoll sind. Das sonst gedankenlose unbekümmerliche Mädchen hatte in diesen Tagen eine Kraft und Umsicht entfaltet, die den Sachwalter der Familie, den alten Advokaten Sauer, in Erstaunen setzte, während der Mutter Kraft seit dem entsetzlichen Anblick im Gartenhaus, der ihr den Gatten todt, mit zerschmettertem Hirn gezeigt, wie gelähmt war, so daß sie nur unter den sanften, kindlichen Trostworten ihres Ewald zu einiger Ruhe kam.

Die schwersten Tage waren vorüber; die kleine Familie saß beisammen in dem ehemaligen Gesindezimmer des großen Hauses, das ihnen nebst zwei kleinen anstoßenden Stübchen eingeräumt war, während in den vorderen Zimmern gemalt und tapeziert wurde für den neuen Besitzer. Dieser Besitzer hatte sich beim Kauf nicht genannt, man vermuthete, es sei Herr Arthur Braun, dessen Braut, eine reiche Erbtochter, Nichts in dem eleganten Hause schön genug und nach Ge=schmack gefunden hatte. Abelma schien darüber nicht sehr be=kümmert, sie saß neben dem kleinen Kanapee, in dessen Kissen der bleiche Ewald schlief, die Mutter hatte ein Andachtsbuch vor sich liegen, aber sie wandte kein Blatt um, sie stützte ihr müdes Haupt in die Hand.

„Und nun, Mutter," fing Abelma an, einen eben gele=senen Brief bei Seite legend, „nun müssen wir einmal ernst=lich überlegen, was aus uns werden soll."

Die Mutter, die so schnell die Rollen mit dem Kinde gewechselt hatte, die sich nun leiten und berathen ließ von dem sonst so unbedachten sorglosen Wesen, blickte mit matten Augen auf. „Du hast den Brief der Tante gelesen?“ fragte sie.

„Gewiß, Mutter, und ich denke, wir müssen ihren Vorschlag mit Dank annehmen. Die Brüder können natürlich nicht mehr hier in Pension bleiben, der Lehrer aber in S., wo Tante ist, nimmt sie um das halbe Kostgeld wie hier: das kann man noch aufwenden, ich habe schon mit Herrn Sauer gesprochen. Adolph ist alt genug, um selbst eine Stelle zu suchen, Ewald nimmst Du mit Dir zur Tante, die Schule dort ist gut, und so seid Ihr vier doch beisammen.“

„Und Du, Adelma?“ fragte die Mutter schmerzlich.

„Um mich sei nicht bange, Mutter, aber bitte, laß mich meinen eignen Weg gehen.“

„Wenn Du mit zur Tante gingest, — wir hätten gewiß noch Platz; vielleicht könnten wir miteinander durch Handarbeit Etwas erwerben, Du hast ja dazu so viel Geschick . . . .“

„Nein, Mutter, das geht nicht. Für Dich vielleicht, wenn Du es kannst, ohne Dich anzustrengen, ist ein solcher Erwerb eine kleine Nachhilfe, aber Du weißt, Handarbeit allein nährt nicht, und ich kann mich nicht mit euch in ein Stübchen zwängen und der Tante dazu noch lästig werden.“

„Ich dachte mir's wohl,“ sagte die Mutter ergeben. „Vielleicht findest Du durch Vermittlung unsrer Freunde eine angenehme Stelle als Gouvernante oder Gesellschafterin, ...“

„Das thue ich nicht, Mutter,“ sagte Adelma sehr bestimmt. „Unsre Freunde sind gewiß herzlich theilnehmend, es ist ihnen vollkommen Ernst dam't, — so lang wir ihnen nicht lästig fallen. Sie machten mir auch derartige Vorschläge,

aber — „es sei schwer, eine Stelle zu finden,“ — „ich sei
zu jung,“ — „zu vornehm gewöhnt,“ — werde mich auf Ent=
täuschungen gefaßt machen müssen.“ Das habe ich nun längst
gethan, aber nicht auf diesem Wege. Ich will nicht bedauert
sein, nicht mitleidig betrachtet als das verwöhnte Bankiers=
töchterlein, das nun dienen muß. Zur Gouvernante tauge ich
nicht. Ich habe nicht genug Geduld und Zärtlichkeit in
meiner Natur, um fremde Kinder an mich zu fesseln. Ich
habe nicht Kenntnisse genug. Ich habe nie für einen Zweck
gelernt, mein Wissen ist weniger als Stückwerk, das ist mir
klar geworden, seit ich mich in den letzten Tagen geprüft:
auch habe ich keine Lehrgabe, ich fand das bei meinen Ver=
suchen mit Ewald, der noch dazu ein geduldiger, freundlicher
Schüler ist. Man nennt mich stolz, nun, ich will zu stolz
sein, eine Stelle zu suchen, die ich nicht ausfüllen kann. Ich
will hin, wo mich Niemand kennt, Niemand nach mir
fragt; wenn ich dienen muß, so will ich es auch ganz
und gar.“

„Aber was willst Du denn?“ fragte die Mutter, er=
staunt auf das Mädchen sehend, das ihr so plötzlich aus den
Händen gewachsen war.

„Du weißt,“ begann Adelma mit etwas weniger Sicher=
heit, da sie wohl den Widerspruch ahnte, „daß unsre Luise
heirathet; kürzlich erhielt sie den Brief einer Freundin, die
mit ihrer Herrschaft Berlin verläßt und die ihr dort eine
Stelle als Jungfer bei einer Generalin anträgt. . .“

„Du, Adelma! Du denkst an eine Stelle, die unsre
Stubenjungfer annehmen sollte?“

„Warum nicht?“ sagte lächelnd Adelma, innerlich viel=
leicht nicht so sicher als sie äußerlich schien, „ich hoffe, sie
besser auszufüllen, als Luise. Du weißt, ich habe mir meine

eignen Sachen immer am liebsten selbst gemacht und habe
schon in der Pension viel Komplimente gehört über mein
Kammerjungferntalent. Luise klagte mir, wie sauer es ihr
werde, der vornehmen Frau zu schreiben, daß sie nicht eintreten könne, da Schreiben nicht ihre Stärke ist. Ich erbot
mich dazu und bekam bei dieser Gelegenheit Luisens Dienst-
buch, das jetzt für sie werthlos ist. Da habe ich mich nun
bei der Frau Generalin v. Paulsen als Luise Lindemaier
eingemiethet und werde zu Ostern dort eintreten."

Was Trost und Zuspruch, was alles eigne Vornehmen
nicht vermocht, das bewirkte dieser rasche, eigenmächtige Entschluß der Tochter; er riß die Mutter auf aus der trüben
Versunkenheit in ihr Leid, er zeigte ihr, daß ihr noch Pflichten blieben, um derenwillen sie leben mußte mit all ihren
Kräften. Sie hatte, seit dem furchtbaren Schlag, ihre Kinder geliebt, mit Leidenschaft, mit der Angst, die Alles zu
verlieren fürchtet, wenn ihr der Boden wankt unter den
Füßen, aber sie hatte eine Art von jammervollem Genuß
darin gefunden, so hinzuleben in stumpfer Hingebung, im
Bewußtsein, daß ja doch Alles für Alle verloren sei und
Keinem mehr ein Glück beschieden, — jetzt auf einmal gingen
ihr die Augen auf dafür, daß vor ihren Kindern wenigstens
noch eine lange Zukunft liege, für die, soweit dies menschlicher
Liebe zukommt, zu denken und zu sorgen ihre Pflicht sei.

Sie konnte Abelma nicht zu sehr zürnen ob dem eigen-
mächtigen Schritt, war sie selbst ja doch in der letzten Zeit
keiner Besprechung zugänglich gewesen; als diese aber trotz
alles Widerspruchs auf ihrem Entschluß beharrte, tröstete sie
sich endlich, Abele selbst werde bald der selbsterwählten Nied-
rigkeit satt sein, einem so begabten Mädchen müsse es dann
leicht werden, eine bessere Stelle zu finden, wenn man nur

erst ihren Werth erkannt habe: daß man sie bald erkennen würde als zu gut für diese Stellung, daran zweifelte sie nicht. Das letzte, schwerste Bedenken wegen des falschen Namens, unter dem Abelma auftreten wollte, hob Advokat Sauer. Ein hochgestellter Polizeibeamter in Berlin war ein Jugendfreund von ihm, dem wollte er im Vertrauen mittheilen, wie sich die Sache verhielt und war gewiß, daß dieser, ein milder, einsichtsvoller Mann, bei dem wirklichen Verhalt der Sache die Augen zudrücken und im Nothfalle das Fräulein vor Unannehmlichkeiten schützen werde.

So waren zunächst die Wege geebnet und Abelma arbeitete eifrig an Vereinfachung ihrer Garderobe für die neue Stelle; es war die Spannkraft der Jugend, der Reiz einer neuen Stellung, der Zauber der Ferne, der ihr den Wechsel von dem verwöhnten Töchterlein eines reichen Hauses zur Dienerin, den die Mutter noch gar nicht in's Auge fassen konnte, nicht so bitter erscheinen ließ. Sie ging der Sache mit einer Art geheimen Vergnügens entgegen, das sie sich nur nicht gestehen wollte in so trauriger Zeit, fast wie einer Maskerade. Dazu kam noch ihr Mädchenstolz gegenüber von Arthur Braun, dessen Mutter ihnen unter der Hand Unterstützung angeboten hatte. Abelma wollte zeigen, daß ein Mädchen ohne die Hülfe und Gnade eines Mannes ehrenvoll durch's Leben kommen könne. Wohin sie ginge, sollte Niemand erfahren und es war nicht schwer, es verborgen zu halten, da auch ihre Mutter die Stadt verließ. Der Gehalt ihrer neuen Stelle war groß, sie wollte ihre Bedürfnisse auf's Aeußerste beschränken, und hoffte so für ihre Familie sorgen, den Brüdern zu ehrenvollem Fortkommen in der Welt helfen zu können; die Mutter hatte die äußersten Opfer gebracht, um aus dem ausgebrochnen Concurs wenigstens den Namen

ihres Gatten unbefleckt zu retten, — dann, wenn auch die
Zukunft der Familie gesichert war, wenn der Name Kamphausen
wieder mit Ehren genannt werden konnte, dann wollte sie
aus der Verborgenheit hervortreten und nicht mehr namenlos,
wenn auch in der Stille, sich ihres Werkes freuen. Mit
ihren Ansprüchen auf eignes Glück, auf eine Zukunft ihres
Herzens glaubte sie rein fertig zu sein und war doch kaum
achtzehn Jahre alt! Ob in der verborgnen Tiefe des Herzens,
auf dem dunklen Grunde, in dem nur selten das Licht klaren
Erkennens und Bewußtseins fällt, — ob da nicht doch ver=
schwommene Bilder auftauchten von wunderbarem Glück, wie
es hie und da arme Mädchen gemacht? Mährchen von dem
fremden Königssohn, der die verzauberte Prinzessin erlöst
und in sein Reich voll Glanz und Herrlichkeit führt? das
hat sie nicht gestanden, — wenn es so war, so wußte sie
es selbst nicht; sie gehörte, wie schon bemerkt, nicht eben zu
den träumerischen Naturen.

Es war ein recht anständiges, hübsch eingerichtetes Vor=
zimmer, wo an einem Fenster, das freilich nur auf einige
Hinterhäuser ging, die Jungfer der Frau Generalin v. Paul=
sen an einem Tischchen saß und nähte. Sie saß und nähte
da Tag für Tag, alle die Zeit, wo sie nicht ihrer Dame
bei der Toilette half, oder mit ihr ausfahren durfte; es schien
ihr bald, als sei sie schon Jahrzehende lang da gesessen, —
so lang sie wußte, — und als sei ihr ganzes früheres Leben
nur ein Traum gewesen. Sehr wenig Wechsel bot ihr Leben
in dieser großen, geistig belebten, wechselvollen Stadt; sie
hatte nicht viel von den Leiden und Bedrückungen der Dienst=
barkeit, der Fremde, erfahren dürfen, aber auch nichts, gar

nichts von den Abentheuern und unerhörten Begebenheiten, mit denen sich eine junge Phantasie, bewußt oder unbewußt, diese Fremde belebt.

So leicht, wie sie sich's gedacht, war ihr das selbsterwählte Loos nicht geworden, und sie hatte begreifen lernen, warum dem Bramahnenvolk der Verlust der „Kaste" als unermeß= liches Unglück erscheint. So ganz und gar ausgeschlossen zu sein von dem Kreis, für den sie erzogen war, so ganz und gar ohne alles Anrecht auf die einfachste Rücksicht, die einer Dame gebührt, denn Aufmerksamkeiten aus ihrem jetzigen Kreise wies sie natürlich entschieden zurück. In so tiefer, völ= liger Herzenseinsamkeit zu leben, — es war schwerer, als sie gedacht und die Lage einer Gouvernante, selbst unter den un= günstigsten Verhältnissen, hättewohl kaum so gänzlich einsam und freudlos sein können.

Das Bitterste war ihr die Vertraulichkeit mit ihren jetzigen Standesgenossen gewesen, bis sie es durch ihr vor= nehmes Köpfchen und durch beharrlich kühle Zurückhaltung so weit gebracht hatte, daß es im Dienerkreise hieß: „Das ecklig hochmüthige Ding läßt man laufen." Abelma hatte nicht den liebevollen Blick, der auch im Sande noch Perlen sucht und findet, nicht die vertrauenweckende Weise, der sich ungesucht die beste Seite Anderer erschließt, sie wußte nicht, daß sie nie hochmüthiger gewesen war, als jetzt, zur Zeit ihrer tiefsten Erniedrigung; — sie hielt das nur für noth= wendige Selbstachtung.

Einen Trost hatte sie: den, daß ihr Opfer kein vergeb= liches war. Ihre Stelle war in Wahrheit sehr einträglich; die Mutter brauchte zwar im Augenblick ihre Unterstützung nicht, da sie bei der Schwester nicht theuer lebte, und mit Handarbeiten erwarb, was sie und Ewald beburfte, aber für die Ausbildung der zwei älteren Brüder war der Zuschuß, den Abelma senden konnte, von größtem Werth.

Adolph, der älteste, hatte zwar eine gute Stelle in Genf gefunden, aber er bedauerte unendlich, nichts für die Seinen thun zu können, — ‚das Leben in Genf sei wirklich sehr theuer, er wüßte kaum, wie er es möglich machen sollte, mit seinem Gehalte zu reichen, müsse sich ungemein einschränken, so ohne allen Zuschuß von Haus ꝛc.‘: die Mutter aber pries und schätzte Abelma's opferfähiges Gemüth um so höher, und beschwor sie, wenn sie sich nicht glücklich fühle, doch eine andre Stelle zu suchen ... Abelma klagte nicht, sie hatte in Wahrheit wenig zu klagen, ihre Stelle war eine vielbeneidete und galt für die beste in ihrer Art.

Da saß sie und nähte. Sie hatte das Träumen und Sinnen besser gelernt als in frühern Tagen, hier, wo sie mit ihrem Herzen so ganz allein stand, und, seltsam, die Erinnerung trug sie nicht oft zurück in die kurze Glanzperiode ihres jungen Lebens, in die Zeit, wo sie, eine bewunderte Erscheinung, in glänzenden Räumen sich bewegt, — es war unter all den vielen Gestalten, die dort an ihr vorübergegangen, nicht Eine, bei der ihr Herz verweilen mochte. Auch die Pensionserinnerungen kehrten nicht oft ein bei ihr; sie war nicht ungern dort gewesen, war auf gutem Fuß gestanden mit all den Mädchen, aber sie war nie von dem Freundschafts=raptus befallen worden, der sonst das Glück und den Reiz junger Jahre bildet. Sie gehörte überhaupt nicht zu den leicht entzündlichen Gemüthern, — sie hatte von Liebe gelesen und gehört, sie hätte wohl selbst gern gewußt, ob sie denn auch noch einmal lieben könnte; sie hatte bis jetzt noch nie eins der vielgeschilderten Symptome der Liebe an sich gefunden. „Ein Glück, wenn ich nicht liebefähig bin," dachte sie

mit leisem Seufzen, „es wäre ja doch vergebens." Sie ge=
dachte am liebsten der frühen Kinderjahre, wo die Eltern
noch kein Haus gemacht, wo sie bescheidentlich in Braun's
Parterre gewohnt, wo sie mit den Brüdern auf der Terrasse
gespielt und die Mutter aus der Laube zugesehen, — diese
Bilder allein machten ihr das Herz warm.

Eine eintretende Dame, Frau v. Raknitz, unterbrach ihr
Sinnen. „Bitte, meine Liebe, melden Sie mich bei der Frau
Generalin! Doch, halt! das ist wohl bei mir kaum nöthig.
Sie sind wohl so gut, und befreien mich von meinen Ueber=
schuhen, der Schmutz war bodenlos und ich bekam keinen
Wagen." Abelma war noch nicht so weit vergerückt in der
Schule der Demuth, daß nicht ihr Blut gekocht und ihre
Wange geglüht hätte, als die Dame graziös vornehm den
Fuß auf einen Schemel streckte und sich sehr passiv bei der
Sache verhielt, dann aber mit einem flüchtigen Dank in's
innere Zimmer schritt.

„Sie haben da wirklich eine nette Person," äußerte im
Verlaufe des Gesprächs Frau v. Raknitz zu der Generalin.
„Sie macht einen etwas vornehmen Kopf, dies Privatver=
gnügen kann man ihr schon gönnen, aber äußerst anständig,
im Ganzen auch nicht ungewandt, nur fast etwas zu hübsch."

„Hat nichts zu sagen bei der," beruhigte sie die Gene=
ralin; „sie hält etwas auf sich. Gerade der vornehme Kopf
ist ein Glück in meinem Hause, wo so viel Mannspersonen
aus und ein gehen, und wo männliche Bediente sind. Woher
sie diesen vornehmen Kopf hat, weiß ich nicht, denn laut ihres
Dienstscheins war ihr Vater ein Buchbinder, ..."

„Vielleicht vom Lesen, wozu Buchbinderstöchter viel Ge=
legenheit haben."

„Mag sein; daran hat sie viel Geschmack, habe ihr auch

Erlaubniß ertheilt, meine Bibliothek zu benützen. Geschickt ist sie, ein wahrer Schatz; sie muß etwas drunten gehalten wer= den, das ist wahr: auch ist mir ihr schweigsames, vornehmes Wesen hie und da lästig, aber es hat, wie gesagt, sein Gutes. Es wird sich nicht leicht ein Bedienter oder ein junger Mann von Stande zum zweitenmale eine zudringliche Aeußerung gegen sie erlauben, — selten zum erstenmal. Nur mit dem Wachtmeister, der gar oft zum Rapport zu meinem Mann kommt, unterhält sie sich etwas mehr; das ist aber ein soliber, gesetzter junger Mann. Er steht in Geschäftsverkehr mit ihr; da Luise wirklich gut in der Feder ist, so muß sie in meines Mannes Abwesenheit notiren, was er zu rappor= tiren hat. Er ist, so scheint es, ihr stiller Bewunderer und wir hätten nichts dagegen, wenn die Leutchen zusammenkämen. Das Mädchen kann etwas Schönes erspart haben, sie ist äußerst sparsam, und Sie wissen, ich bezahle stets hohen Lohn, um per= fekte Leute zu bekommen; verlieren würde ich sie freilich ungern."

Der „Herr Wachtmeister", über den hier verfügt wurde, hatte so eben im Vorzimmer der „Fräulein Luis" seinen Bericht an den Herrn General diktirt. Die Generalin hatte nicht Unrecht, er war der Einzige unter den Männern hohen und niedern Standes, die in dem Hause aus= und eingingen, mit dem Abelma, hier Luise genannt, freundlich und natürlich verkehrte. Es lag eine unwiderstehliche Herzensgüte in seinen ehrlichen, blauen Augen, er begegnete ihr, die er nur als das Kammermädchen, als die arme Buchbinderstochter kannte, mit einem ernstlichen, ungeheuchelten Respekt, der ihr wohl thun mußte, gerade weil sie ihn ausschließlich ihrer eignen Per= sönlichkeit verdankte. Er hatte sie gegen Unbescheidenheit und Spöttereien, die sich anfangs die Dienstboten des Hauses gegen sie erlaubten, so kräftig und nachdrücklich vertheidigt, daß sie seither für immer in Ruhe gelassen wurde, und sie mußte ihm dafür dankbar sein. Er selbst hätte einer Königin nicht achtungsvoller begegnen können. Der Wachtmeister war fast ihre einzige Verbindung mit der Außenwelt, er berichtete ihr die Tagesneuigkeiten der Hauptstadt, von denen sie, da sie allein im Vorzimmer, nicht mit der andern Dienerschaft speiste, nie etwas erfahren hätte. Der Wachtmeister war auch ein strebsamer, junger Mann, er brachte ihr hie und da wirklich anziehende Bücher, die er dem blutarmen Kandidaten, der neben der Kaserne wohnte, aus Mitleid abgekauft, und ließ sich von ihr darüber belehren. Wie sehr Abelma es auch innerlich für Herablassung ihrerseits ansehen mochte, dieser einzige menschliche Verkehr that ihr doch wohl und sie freute sich unwillkürlich, wenn sie den festen, klingenden Tritt des Wachtmeisters auf dem Gang hörte. Auch war dieser ein verständiger und gefälliger Beistand in allen Dingen des täglichen Lebens, wo sie eines solchen bedurfte; sie war seine Vertraute in all seinen Angelegenheiten, er brachte ihr die Zeitung und las ihr die politischen Neuigkeiten vor, die damals, als die Stürme der französischen Revolution die Welt bewegten, merkwürdig und spannend genug waren. Er theilte ihr alle Befürchtungen für sein Vaterland mit, alle seine kriegerischen, patriotischen Plane. Da konnte sie auch, wenn sie in sein glühendes Gesicht, in seine funkelnden Augen sah, den Unterschied der Bildung vergessen und sich mit ihm und für ihn interessiren wie für einen Freund.

Heute nun stand er nach beendigtem Rapport hinter ihrem Stuhl und betrachtete aus respektvoller Entfernung das zierliche Häubchen, das sie für ihre Dame garnierte: „Aber thun Ihnen nicht die Augen weh, Fräulein Luis', von all dem feinen Zeug da?" fragte er endlich.

„Manchmal, doch thue ich es gern.“

„Glaub's wohl, was man versteht, thut man immer gern; ehe ich zum Militär kam, war ich Stubenbursch bei zwei ledigen Herren. Gelehrte waren's, ich glaube, ich hab' daher noch die Freude an den Büchern, — denen wichste ich die Stiefel — wissen Sie, Suwarrow mit Quästchen daran — so blank, daß es in der ganzen Stadt eine Pracht war. Nun seh'n Sie, Fräulein Luis', so oft ich einen Kerl so un= geschickt Stiefel putzen sehe, so faßt mich die Lust, sie ihm aus der Hand zu reißen und selbst zu wichsen, aus purer Freude daran; so geht's Ihnen wohl mit den Sachen, die Sie so hübsch machen.“

Abelma war nun eben nicht sonderlich erbaut von dem Vergleich mit einem Stiefelwichser, doch konnte sie dem Wacht= meister nicht böse werden, der bei seiner Treuherzigkeit nie die Achtung verletzte.

„Sie sollten mehr in's Grüne gehen, Fräulein Luis',“ hub er wieder an, „es ist wirklich prächtig draußen und wär's auch nur unter den Linden.“

„Ich fahre ja hie und da mit der Dame aus,“ sagte Abelma, „allein kann ich doch nicht.“

„Ja, da haben Sie freilich recht,“ sagte er nachdenklich); „ich begreif's wohl, daß Sie keine Freundin haben können unter den Mädchens da, die sind alle so ganz anders wie Sie; aber Ausfahren, so mit der gnädigen Frau und dem Schooßhund, das thut's doch auch nicht.“

„Wissen Sie,“ fuhr er mit großer Wärme, nicht ohne einige Verlegenheit daneben fort, „ich meine oft, obgleich Sie's hier ja gut haben und die gnädige Frau nicht bös ist, — und das Haus schön, — ich meine doch, wenn Sie eine eigne Heimath hätten, nur vier niedliche Stübchen, vielleicht

mit einem Gärtchen am Hause, — und Jemand, der recht
Sorge zu Ihnen trüge, — Sie so recht von Herzen lieb
hätte, — wenn er auch nicht gerade reich wäre, oder vor=
nehm, — ich meine nur so, — es würde Ihnen gewiß erst
so recht wohl um's Herz, und Sie würden wieder ganz schöne,
rothe Backen bekommen und öfter lächeln, wie es Ihnen so
gut steht. . ."

Mädchen haben sonst einen sehr feinen „Merks", — wie
es der Schwabe nennt, — aus den Worten oder dem Wesen
eines Mannes ein tieferes Herzensinteresse für sich zu lesen:
ja, sie sehen oft mehr, selten weniger, als wirklich vorhanden
ist. Abelma Kamphausen aber, die sich denn doch im Stillen
vorkam wie die verbannte Prinzessin im Mährchen, die eine
Weile als Gänsemagd dient, — die dachte ganz und gar nicht
daran, aus den Worten eines Wachtmeisters eine tiefere
Beziehung zu lesen; sie war, während er sein bescheidenes
Zukunftgemälde für sie entrollte, ganz auf eigne Hand in
Gedanken versunken, — an jene Villa am See, die sie sich
einst ausgemalt — freilich hatte Herr Arthur Braun nie eine
Stelle in jenem Bilde eingenommen, die Gestalt, die sie sich
hinein dachte, war noch in unbestimmten Umrissen.

Ein Glück, daß die heraustretende Frau von Rakniz den
Wachtmeister unterbrach, eh er bemerkte, wie ganz und gar
nicht „Fräulein Luis'" in seine Ideen eingegangen war.

„Ah, eine Unterredung!" lächelte die Dame, nicht achtend
auf die glühende Röthe des Unwillens, die auf Abelma's Ge=
sicht aufstieg, „bedaure zu stören; ich muß Ihre Hilfe, mein
Kind, zu meinen fatalen Ueberschuhen wieder in Anspruch
nehmen." Bereits hatte sie Platz genommen und die Füße
bequem auf dem Schemel ausgestreckt.

„Erlauben, gnädige Frau, daß ich Sie bediene," fiel

rasch der Wachtmeister ein, indem er die betreffenden Schutze herbeibrachte.

„Aber, Herr Wachtmeister, was fällt Ihnen ein?" fragte verwundert und sehr unterhalten die Generalin, die ihre Freundin begleitet hatte. Und wirklich nahm sich die stattliche, sonst so gerade und aufrechte Gestalt des Wachtmeisters höchst eigenthümlich aus bei der Dienstleistung, die er, übrigens sehr geschickt, verrichtete.

„Bitte," sagte er, mit unverminderter Würde aufstehend, „einer Dame kann man wohl einen solchen Dienst erweisen, das war schon vor alten Zeiten so." Frau von Rakniz wurde oft seitdem von der Generalin mit dem stattlichen, ehrenfesten Anbeter geneckt, sie konnte die Neckereien besser ertragen, als Abelma sie ertragen hätte, der eigentlich jener Dienst gegolten.

Wenige Tage darauf hatte Abelma eine Besorgung für die Generalin zu machen; noch war sie nicht weit vom Hause, als der Wachtmeister in seiner gewöhnlichen strammen Diensthaltung auf sie zuschritt; sie wollte mit kurzem, freundlichem Gruße vorüber, er aber hielt stille.

„Fräulein Luis!" sagte er im Ton einer dienstlichen Meldung, aber so tief traurig zugleich, daß sie erstaunt aufsah — er machte ein wahres Leichenbittergesicht. „Was haben Sie?" fragte sie erschrocken.

„Fräulein Luis," fuhr er in demselben traurigen Tone fort, „ich soll Ihnen ein Billet übergeben."

„Mir?" fragte Abelma verwundert, „von wem?"

„Von einem Herrn, der im Hotel zur Krone wohnt," antwortete er, wo möglich noch gewichtiger und trauriger als zuvor.

„Ich kenne keinen Herrn, der mir zu schreiben hätte, und begreife nicht, Herr Wachtmeister, wie Sie zu dieser

Besorgung kommen," sagte Abelma, nun ihrerseits kurz angebunden.

„Der Kellner vom Hotel kennt mich," berichtete, etwas erleichtert wie es schien, der Wachtmeister; „er sagte mir, er sei in Verlegenheit, wie er das Briefchen unbemerkt an seine Adresse bringen soll, und wußte, daß ich im Hause seiner Excellenz, des Herrn Generals aus und eingehe." Zugleich überreichte er Abelma das Briefchen, das, eilig zusammengefaltet, kaum das Ansehen einer gefährlichen Sendung hatte; Abelma, die, um nicht Aufsehen zu erregen, langsam mit dem Wachtmeister vorwärts ging, öffnete noch immer betroffen den Brief; „Bruder Adolph!" rief sie erstaunt; sie hatte nicht einmal seine Handschrift gleich erkannt, weil sie nie mit ihm brieflich verkehrte, und die Geschwister immer nur durch Vermittlung der Mutter von einander hörten.

„Liebe Schwester," lautete der Brief, „ich befinde mich „in Geschäften hier und wünschte, vorzüglich auf den Wunsch „unserer Mutter, Dich, liebe Schwester, bei solcher Gelegen= „heit zu begrüßen. Da mir aber besondere Umstände, die ich „mündlich erläutern will, nicht erlauben, Dich in Person auf= „zusuchen, so bitte ich Dich, mich hier, im Hotel zur Krone „auf meinem Zimmer Nr. 27 im Laufe dieses Vormittags „aufzusuchen, ohne jedoch Deiner Herrschaft von meiner An= „wesenheit Mittheilung zu machen. Frauenzimmer wissen so „Etwas schon einzurichten, und es ist hier Fürsorge getroffen, „daß Du beinahe ganz unbemerkt in mein Zimmer gelan= gen kannst.

„In angenehmer Hoffnung, Dich bald zu sehen,
Dein
treuer Bruder
Adolph."

„Es ist mein Bruder, der hier ist,“ sagte Abelma ziem=
lich rathlos zu dem Wachtmeister, „und der mich, ich weiß
nicht aus welchen Gründen, ohne Vorwissen der Generalin
zu sprechen wünscht. Aber kann ich ihn so allein im Hotel
aufsuchen?“

„Ich begleite Sie, Fräulein Luis,“ sagte der Wacht=
meister mit dem berechtigten Selbstgefühl eines Mannes, der
weiß, daß man sich ihm anvertrauen darf. „Ich gehe etliche
Schritte hinter Ihnen oder auf der Seite,“ setzte er beruhi=
gend hinzu, als er einige Verlegenheit bei ihr bemerkte, „wenn
es Ihnen lieber ist; im Gasthof kennt man mich und denkt,
daß ich Sie im Auftrag der Herrschaft begleite. Ich erwarte
Sie dann unten, um Sie wieder nach Hause zu führen.“

So kam denn Abelma unter dem respektvollen Schutze
ihres Begleiters wohlbehalten am Ziele an. Nicht ohne tiefe
Bewegung begrüßte sie den Bruder, den Ersten von all den
Ihrigen, den sie nach der Trennung von der Heimath wieder
sah; freilich war er ihr durch die langen Jahre der Entfer=
nung innerlich und äußerlich etwas fremd geworden.

„Schön, liebe Schwester!“ begrüßte er sie, „freut mich
ungemein, Dich gesund und so hübsch wieder zu sehen. Wäre
eigentlich meine Schuldigkeit gewesen, Dich aufzusuchen. . . .“

„Ich wäre Dir dankbar dafür gewesen,“ sagte Abelma
etwas beleidigt, „es war nicht angenehm für mich, in den
fremden Gasthof zu gehen.“

„Gewiß, gewiß, that mir auch leid um deinetwillen.
Aber sieh, Schwesterchen,“ er ging etwas verlegen auf und
ab, „meine Geschäfte führen mich hier zu dem Onkel meines
Prinzipals, — Herrn Baruch, — er hat zwei Töchter, —
ich könnte, falls es mir gelingt, günstigen Eindruck zu machen,
möglicherweise Aussicht auf eine sehr günstige Verbindung

haben, — mein Prinzipal ist kinderlos; — Fräulein Lea, die Aeltere, ist nicht eben schön, aber ein gescheidtes Gesicht, — höchst orientalisch. — Auch die Religion ist kein Hinderniß, die Töchter lassen sich taufen in jeder beliebigen Confession. Nun versteht sich, daß ich meine Familie nie verleugnen werde, — im Gegentheil, — aber, die Familie Baruch hält ungemein viel auf aristokratische Verbindungen; — ich fürchte, wenn man gerade erfährt, daß Du hier als Jungfer in Dienst bist, obgleich es ungeheuer ehrenvoll von Dir ist, daß Du den Entschluß gefaßt, — es könnte doch für den Augenblick einen unangenehmen Eindruck machen, daher wollte ich Dich nicht selbst aufsuchen und dachte, — Du hast ja doch wohl allerlei Ausgänge zu machen, — Du würdest es leichter unbemerkt einrichten können."

Es brauchte lange, bis Herr Adolph seine sehr unterbrochene Rede zu Ende brachte, und noch länger, bis Abelma das Gefühl tiefer Kränkung über seine herzlose Eigensucht in etwas zurückdrängen konnte. „Und an mich hast Du nicht gedacht," sagte sie nicht ohne Bitterkeit. „An alles, dem ich mich aussetze, wenn ich ohne Vorwissen der Generalin (das Wort „Herrschaft" oder „meine Herrin" wollte nie über Abelma's Lippen) in einen Gasthof zu einem Herrn gehe? —"

„Ach, das kann ja nicht auffallen, hier in der großen Stadt, und später, weißt Du, wenn Alles gut gehen sollte, werde ich wohl Wege finden, Dich der Familie Baruch vorzustellen; warum hast Du auch gerade eine derartige Stelle gewählt?"

„Weil ich Geld verdienen wollte, um Mutter und Brüder nicht Noth leiden zu lassen," entgegnete Abelma kurz und scharf.

Soviel sich auch Adolph bemühte, die Schwester zu beschwichtigen, soviel Abelma suchte, ihre gerechte Empfindlichkeit zu überwinden, — das Beisammensein der Geschwister blieb ein ziemlich unerquickliches.

Abelma brach bald auf, um seine kostbare Zeit nicht zu beschränken; sein Anerbieten, sie im Wagen bis in die Nähe ihrer Wohnung bringen zu lassen (das Institut der Droschken bestand noch nicht zu Anfang dieses Jahrhunderts), lehnte sie dankend ab. Und doch, im Augenblick, wo sie tief und bitter gekränkt war über den Hochmuth ihres Bruders, der sich ihrer schämte, — nahm sie nicht ohne peinliche Verlegenheit die Begleitung des redlichen Wachtmeisters an, der freilich nicht ihr Bruder, aber doch ihr getreuer Freund war, und der sie abermals in respektsvoller Ferne sicher nach Hause begleitete, wo ihre lange Abwesenheit nicht bemerkt worden war.

Nach einigem Kampf mit sich bot sie ihm beim Abschied die Hand und sagte: „Danke, Herr Wachtmeister, und — nicht wahr, Sie glauben mir, daß ich bei meinem Bruder war?" Die tiefe Röthe ihres Gesichts hätte erst ihre Worte verdächtigen können; wie peinlich empfand sie die Lage, die sie zu einer solchen Erklärung nöthigen konnte! aber sie konnte nicht ertragen, daß der Wachtmeister unrecht von ihr denken sollte. „Sei'n Sie ruhig, Fräulein Luis," sagte dieser würdevoll, „warum Ihr Bruder es so gemacht, weiß ich nicht, aber ich weiß, daß ich Ihnen glaube. Guten Tag, Fräulein Luis!"

Nicht zu lange nach diesem ritterlichen Dienst des Wachtmeisters saß Abelma spät Abends in dem erkalteten Vorzimmer, um auf ihre Dame zu warten, die noch in Gesellschaft war. Die übrigen Dienstboten, mit Ausnahme des Portiers, waren schon zur Ruhe gegangen, sie war allein in dem fremden

Haus, — allein in der Welt. Doch nein, sie hatte heute eben einen Brief von der Mutter erhalten, einen Brief voll Liebe und Dank für ihre kindliche Hilfe, — aber sie fühlte sich doch einsam und unbefriedigt in tiefster Seele. Sie hatte ihren Dienst angetreten, wie eine Maskerade, sie hatte ihren Stolz dareingesetzt, ihn mit äußerster Pünktlichkeit zu versehen, aber wie sie ihn versah unter fremdem Namen, so war auch ihr Herz nicht dabei gewesen: schweigsam, im Gefühl tiefer Herab= würdigung, wie eine beleidigte Unschuld hatte sie streng und sorgsam ihre Pflicht gethan; aber eine Pflicht, sie sei auch an= scheinend noch so äußerlich, muß mit dem Herzen gethan wer= den, sonst bleibt sie drückend und innerlich unbelohnt.

So fühlte sie sich denn sehr allein und nicht glücklich trotz des großen und nicht vergeblichen Opfers, das sie den Ihrigen gebracht — sie war im Zweifel, ob sie den rechten Weg gewählt, sie sah die Gegenwart freudlos, — die Zukunft ohne Hoffnung, es war eine schwere Stunde. Da klang rascher als sonst der feste, dienstliche Schritt des Wachtmeisters auf dem Gang, unwillkürlich klopfte ihr Herz und richtete ihr Haupt sich auf; es war doch ein Mensch, der einzige Mensch ihrer Umgebung, mit dem sie so zu sagen auf rein mensch= lichem Verkehrsfuße stand. „Was führt Sie so spät noch her, Herr Wachtmeister?" fragte sie, als er etwas außer Athem, mit erregter Miene, wie sie ihn nie gesehen, vor ihr stand. „Haben Sie noch einen Rapport? Der Herr General ist abwesend."

„Mein Rapport lautet an Sie, Fräulein Luis," begann er, und seine ehrlichen blauen Augen glänzten in einem Feuer, das sie nie gesehen. „Ich habe all' meine Wünsche erreicht. Durch des Herrn Generals Vermittlung ist mir für besondere Leistungen auf der Kanzlei eine ansehnliche Zulage verwilligt unb Heirathserlaubniß ertheilt worden; durch den Tod meines Vatersbruders, des Bürstenbinders Steinhuber, ist mir ein gar nettes, kleines Wohnhaus mit Gärtchen in der Vorstadt zugefallen, und ich habe die Vergünstigung, daselbst und nicht in der Kaserne meine Wohnung nehmen zu dürsen; Fräulein Luis," seine Stimme stockte vor innerer Bewegung, „wollen Sie das mit mir theilen?" — „Es ist freilich," hub er wieder an, als sie schwieg, „jetzt kaum eine Zeit, wo ein Soldat daran denken sollte, ein Bündniß zu schließen, und ich werde auch nicht zurückbleiben, wenn's los geht, aber — ich denke, gerade weil man nicht weiß, wie's kommt, ist doch ein rechtschaffenes Frauenzimmer am Besten geschützt bei einem braven Mann — und für den Fall, daß ich falle, ist auch für Sie gesorgt."

Noch immer saß Abelma still, das Haupt in die Hände gesenkt. „Ich weiß wohl," sagte er, etwas weniger sicher, „ein so feines und vorzügliches Frauenzimmer wie Sie hätte wohl noch etwas Besseres abwarten können, aber sehen Sie, ich mein's reblich, und — gewiß und wahrhaftig, Sie sollten es gut bei mir haben."

Die Rednerkunst des ehrlichen Mannes war zu Ende und Abelma war noch immer still; einen Augenblick empfand sie das wohlthuende Gefühl, das jedes Mädchenherz empfinden muß, das sich von einem rechten Mann in ehrenhafter Weise geliebt und gesucht weiß. Dann aber zuckte ein tiefes, schmerzliches Weh durch ihr Herz, und erschrocken sah der rebliche Werber den traurigen Ausbruck ihres Gesichtes. „Wie gut sind Sie, lieber Herr Steinhuber," — zum erstenmale nannte sie ihn bei seinem Namen, — sagte sie mit bewegter Stimme, „Sie wählen ein armes, dienendes Mädchen, deren Familie, deren Vergangenheit Sie nicht einmal kennen. . ."

„Bitte, Fräulein Luis," sagte er beruhigend, „das darf Sie nicht kümmern, S i e sind tugendhaft und rechtschaffen, ich frage nur nach Ihnen, sonst nach gar nichts; meine Eltern und Voreltern sind zwar lauter rechtschaffene Leute von stren= gen Sitten gewesen, aber meine selige Mutter selbst könnte kein besseres Frauenzimmer für mich wünschen als Sie." Ihre feine, gebieterische Erscheinung hatte wohl den Gedanken in ihm erregt, als sei sie vielleicht ein nicht gesetzmäßiger Sprosse aus vornehmem Stamm.

„Sie meinen es so herzensgut, so redlich mit mir," sagte Abelma wieder erröthend über die Vermuthung, die in seinen Worten lag, „aber ich kann nicht — gewiß, bester Herr Steinhuber, ich kann nicht."

„Ich bin," fuhr sie etwas zögernd fort, als er sie mit trauriger Ueberraschung anblickte, ich bin nicht ganz, für was Sie mich halten. Mein Name ist Abelma Kamphausen, mein Vater war der Bankier dieses Namens; nach seinem Tode habe ich Dienste unter fremdem Namen genommen, um meine Familie, über die viel Unglück gekommen war, zu unterstützen . . . . O, hätte ich es nicht gethan! Ich sehe jetzt, daß sich jede Unwahrheit rächt. — Sie meinen es so gut; aber — ich kann wirklich nicht . . . . um meiner Familie willen . . . . ." Ihr sonst so stolzes Auge senkte sich tief vor dem ernsten, unsäglich traurigen Blick, den der schlichte Mann auf sie heftete. „Das sehe ich nun wohl," sagte er langsam, „daß Sie nicht können, und ich fühle auch, daß es nicht Stand und Familie allein ist, was zwischen uns steht. Ich wollte freilich, daß ich's gewußt hätte; ich habe mich so sehr, so sehr gefreut, als ich glaubte, daß ich Sie glücklich machen könne; — das ist nun alles vorbei."

Er wandte sich zum Gehen. „Oh, Sie müssen nicht so

fort von mir!" bat Abelma. „Es thut mir so von Herzen leid, bitte, verzeihen Sie mir!"

„Wenn Sie glauben, daß ich etwas zu verzeihen habe, so sei es Ihnen recht von Herzen verziehen," sagte der Wacht= meister und bot ihr seine Hand. „Ich trage Ihnen Nichts nach, wahrhaftig nicht, und es soll doch nicht vergeblich ge= wesen sein, daß wir uns gekannt haben! Leben Sie wohl, Fräulein Luis!"

Nicht so fest und klingend wie sonst tönte diesmal sein Schritt den Gang entlang. War es Fräulein Abelma Kamp= hausen, die stolze feinerzogene Tochter des Bankiers, die gerade im Unglück ihr Haupt noch stolzer erhoben hatte, dies Fräulein, um die ein Wachtmeister, ein Mann, der vom Ge= meinen aufgedient, der einst Stiefel gewichst hatte, zu werben gewagt? Und sie erglühte nicht vor Aerger und Scham, und sie lachte nicht höhnisch über den seltsamen Mißgriff, sie warf auch nicht verächtlich ihr Haupt in die Höhe? Nein, sie senkte den Kopf auf die Arme, und weinte lange und bitterlich, weinte, als ob sie ein Glück unwiederbringlich verloren, weinte, ohne daß sie recht wußte, warum? Nicht eben aus Reue, denn als sie schweigend ihre heimgekehrte Herrin entkleidet hatte und sich todtmüde niederlegte, sagte sie sich doch noch: „Ich konnte nicht."

Und der Wachtmeister griff nicht nach einer Pistole, um seinem Leben und seinem Leide ein Ende zu machen, er schloß sich nicht ab in finstrem Trotz gegen das hochmüthige Geschöpf, dem er vergebens sein Bestes zu Füßen gelegt, er suchte auch nicht mit lustigen Kameraden sein Herzeleid zu vergessen und zu ertränken, — er stieg hinauf zu der Dachkammer des armen Kandidaten neben der Kaserne, und länger als sonst sah man von da an dort oben noch das nächtliche Licht brennen.

———————

Zehn Jahre waren vorübergegangen seit jenem Abschied, zehn schwere, inhaltreiche Jahre, schmachvolle und glorreiche Jahre für Deutschland, in denen wohl ein kleines Menschengeschick in Vergessenheit kommen konnte. Jetzt, im Jubel der Friedensfeier war Schmach und Leid der Heimath vergessen, und ein Strahl der allgemeinen Freude drang auch in ein stilles, dunkles Zimmer, wo ein einsames, vergessenes Mädchen saß, — Abelma Kamphausen.

Ihr Leben in all dieser Zeit war kein sehr wechselreiches gewesen. Die unglückliche Werbung des Wachtmeisters war damals nicht verborgen geblieben, sie selbst hatte nicht mehr vermocht, den fremden Namen beizubehalten und ihr Verhältniß zu der Generalin war dadurch ein unhaltbares geworden, obwohl man sich in gutem Frieden und mit den besten Wünschen trennte. Der Wachtmeister hatte sie nicht mehr gesehen, er hatte auf einige Zeit Urlaub genommen.

Abelma war zu ihrer Mutter zurückgekehrt und das Ausruhen am Mutterherzen, die Liebe Bruder Ewald's, das gänzliche Losgebundensein von einer immerhin etwas schiefen Stellung hatte ihr unbeschreiblich wohl gethan.

Allzulange hatte es sie aber nicht in dieser Ruhe gelitten. Die Verhältnisse der Mutter waren sehr beschränkt, die Abhängigkeit von der Tante, so gut und wohlmeinend diese war, doch drückend. Abelma hatte wohl gewußt, daß hier nicht ihre Heimath war, auch sah sie, daß ihre Unterstützung nun hauptsächlich um Ewalds willen noch sehr von Bedeutung sei, denn immer und immer hoffte die Mutter von einer neuen Kur, einem anderen Arzte Genesung und Erstarkung für den Knaben. Bruder Adolph, immer noch im Werben um seine Lea begriffen, hatte Ewald einmal seine abgelegte silberne Uhr geschickt und versichert, es sei ihm gerade jetzt unmöglicher als je, seine

ökonomischen Kräfte zu zersplittern, — so trieb es Abelma
um der Mutter und ihrer selbst willen wieder hinaus zu
lohnender Thätigkeit.

Eine der wenigen getreu gebliebenen Freundinnen der Mutter,
die diese in ihrer Verbannung noch besuchte, half ihr denn zu
einer Stelle, „wie geschaffen für sie, eine so nette Stelle, so
vortreffliche Behandlung, so sehr guter Gehalt — bei zwei alten
Leutchen, Baron und Baronesse von Heim auf einem entlegenen
Gute in Bayern, — gleichsam nur als Tochter, als Pflegerin,
— und alt sind die Leutchen, — ist zwar ein entfernt ver=
heiratheter Sohn vorhanden, mit vielen Kinderlein behaftet —
aber, Sie verstehen, ein ansehnliches Legat kann da nicht aus=
bleiben......“

Abelma trat diese Stelle an, und die Beschreibung, die
sie der Mutter nach den ersten vier Wochen von ihrem Auf=
enthalte auf Schloß Heimburg machte, hätte so ziemlich nach
zehn Jahren noch gepaßt. Es waren ihr, so scheint es, nicht
zu schwere Prüfungen zugedacht, sie hatte auch hier nicht viel
zu leiden von Stolz und Härte, es war ein stilles, im Ganzen
friedliches Leben, das sie führte, aber die Windstillen des Lebens
sind oft viel schwerer zu ertragen als seine Stürme. Regel=
mäßigkeit ist eine schöne Sache, wo sie Hand in Hand geht
mit gesunder, lebendiger Thätigkeit, die spiegelglatte Stille des
See's ist gar anmuthig, wenn im Grunde frische Wasser quellen,
die Stille des See's, der keinen lebendigen Zufluß hat, wird
zum Sumpfe.

Das alte Paar, das sie töchterlich zu bedienen hatte, hatte
längst den Verkehr mit der Außenwelt abgebrochen wegen der
Taubheit des Herrn Baron und der allgemeinen Kränklichkeit
der Frau Baronin. Ihre verschiedenen Leiden bildeten das
Hauptthema des Gesprächs bei der Dame des Hauses. Abelma

wußte, daß die Antwort auf ihre Frage am Morgen: „Wie haben die Frau Baronin geruht?" zwischen „ganz schlecht," „erbärmlich" und „miserabel" wechselte, die Detailausführung folgte dann beim Frühstück, wo sie dem Gatten zu seiner Erbauung ihre Drangsale in's Ohr schrie: „Die Stiche heut Nacht! Es sitzt jetzt wieder mehr im Rücken." „Bei mir im Fuß," brummte der Baron in tiefem Baß. „Im Magen ist's bei mir auch nicht ganz richtig," gellte wieder die Frau. „Bei mir im Kopf," brummte er.

Es wurde diese Dienstzeit, deren Forderungen in der That nicht schwer waren, da der Baron noch einen Diener zu seiner persönlichen Hilfe hatte, dies Leben ohne Wechsel, ohne Freude, ohne Liebe, ohne Genuß, zum unerträglichen Joch für Abelma; jetzt erst fühlte sie, welche Wohlthat in dem gleich freudlosen wenn auch bewegteren Leben bei der Generalin der Wachtmeister gewesen war — der doch noch ihr Vermittler gewesen mit der Außenwelt; — die alte Bötin, mit der sie hier eine Art von Freundschaft schloß, konnte jenen biebern Freund nicht ersetzen. Sie dachte in der Stille ihres jetzigen Lebens gar viel an ihn, und so oft sie sich auch sagte: „Ich konnte nicht," so oft fühlte sie doch einen leisen Stich im Herzen, wenn ihr seine traurigen Augen beim Abschied einfielen.

Und doch lernte Abelma in der freudlosen Stille, die über Schloß Heimburg lag, ein Kleinod suchen und finden, das sie vermißt, aber kaum gekannt hatte, in aller frühern Bewegung von Freud und Leid; sie lernte ein stilles Herzensleben führen mit dem Herrn, nicht in süßer Schwärmerei, die aus reiner Quelle kommen kann, aber doch nur bunter Schaum ist, — nein in tiefem Ernst und gesunder Wahrheit.

Das Tagesleben so vieler Menschenkinder, die auch gern fromm sein wollen, gleicht einem schlechten oder doch mittelmäßigen

Bilde in edler Fassung. Zwischen dem Morgen= und Abend=
gebet, das sie oft mit wirklicher, herzlicher Andacht sprechen,
liegt ein Tag mit seinen Mühen und Freuden, seinem Schaffen
und Sorgen, ohne Licht von oben: ein Tagewerk, wie es ein
ordentlicher Heide eben so gut vollbringen könnte, und ist der
Tag zu Ende, so muß man recht wie aus einer andern Welt
wieder zurückkehren, um sich zu sammeln zum Gebet, das, wenn
auch ernstlich gemeint, doch nur ein Samenkorn bleibt auf
Stein geworfen oder unter Dorn und Distel gestreut, das
nicht Wurzel fassen, nicht edlen Samen tragen kann; man
kehrt nicht heim wie ein Kind an's Vaterherz, man klopft
als Frembling immer wieder an die Thore.

Hier, in ihrer Herzenseinsamkeit, lernte Abelma erst, wie
süß es ist, als Kind im Vaterhause zu leben, unter den Augen
des Vaters, aus seiner Hand das tägliche Brod zu nehmen,
zu ihm aufzusehen in jeder kleinen Herzensnoth; wie so viel
süßer, als ein Leben, sei es auch nicht das des verlorenen Sohnes,
der dem Vater und der Heimath den Rücken gewandt und in
Sünde und Schande lebte, so doch das des Taglöhners, der
harte Arbeit thut um einen Groschen bezahlten Lohns, ohne
darum ein Kindesanrecht zu haben auf das Vatererbe.

Und mit diesem Kindesgefühl, das über sie kam wie ein
wunderbares Glück, fand sie, was ihr immer gefehlt hatte: den
Blick für die kleinen Blumen, die am Wege wachsen, auch auf
dürrer Haide, wo nie die volle Blüte und Herrlichkeit des
Frühlings aufgeht, ein Herz für die kleinen Leiden und Freuden
ihrer Umgebung, den Sinn für die bescheidenen Genüsse, die
doch auch ihre jetzige Lage bot.

Der Schloßgarten zu Heimburg war in sehr verfallenem
Zustand, seit die gnädige Herrschaft die freie Luft nicht mehr
ertragen konnte, aber Abelma machte Entdeckungsreisen in dem

verwilderten Grunde, fand hie und da noch Trümmer ehemaligen Glanzes: fand noch Rosen und Hyazinthen unter den Grasblumen und legte sich mit Jeans, des Dieners, Hilfe in dessen seltnen Freistunden doch ein verfeinertes Gärtchen an. Jean vertraute ihr seine Liebessorgen und Hoffnungen an, in Bezug auf das Bauerntöchterlein, das Butter und Eier auf's Schloß brachte, die freilich ihre Erfüllung nur finden konnten in dem „dereinstigen seligen Ableben des gnädigen Herrn," wo er auf ein hübsches Vermächtniß hoffte; sie wurde die Freundin der kleinen Kinder vom Dorfe, die sich hie und da an die Pforte des Schloßgartens wagten, der ihnen immer noch als eine Art von Zaubergarten erschien, — kurz, wie das Auge sich an die Dunkelheit eines Kerkers gewöhnt und allmälig Gegenstände entdeckt, so hatte sich ihr die Einförmigkeit ihrer Existenz belebt, und sie konnte kaum glauben, daß es schon zehn Jahre seien, seit sie hier lebte.

Nicht, daß nicht hie und da neben allem innern Frieden, den sie gefunden, der natürliche Wunsch nach menschlichem Leben, Lieben und Freuen sich in ihrem Herzen geregt hätte, nach einer eigenen Heimath: während ihr oft schien, als sei bei diesem „ermüdenden Gleichmaß der Tage," die Zeit stille gestanden und sie nicht älter geworden als damals, wo sie von der Generalin gegangen, so kam sie sich zu andern Zeiten ungeheuer alt vor und war ganz und gar verzichtend auf Alles, was Glück heißt hienieden.

Mich hat der Herbst betrogen,
Der Mutter sei's geklagt;
Die Schwalb' ist weggeflogen
Und hat mir's nicht gesagt.

Selbst die Zeit, die große bewegte Zeit voll gewaltiger Ereignisse, die zu jenen Tagen so ganz anderen Schwunges

dahinbrauste als in Tagen zahmen Friedens, war nur wie von
ferne an ihr vorübergerauscht. Zwar las oder vielmehr schrie
sie dem Baron die Zeitungen vor, da dieß aber bei seiner
Taubheit sehr schwierig war, so bestand seit alter Zeit
die Einrichtung, daß der geistliche Herr im Dorfe alle über=
flüssigen Blätter zurückbehielt und nur das Nöthigste mit Röthel
anstrich, auch hatte sie immer reichlich genug, wenn sie mit diesem
Nöthigsten fertig war; die Zeitungen selbst behielt aber der Herr
Baron zur Hand und sie lernte sich bald mit dem allgemeinen
Umrissen begnügen, die ihr auf diese Weise bekannt wurden,
und die freilich noch bewegend und großartig genug waren.
Das Schloß selbst blieb durch große Opfer des Herrn Barons
von Einquartierung und Kriegslasten verschont. Doch ihr Herz
hatte mitgeschlagen bei der Erhebung ihres Volkes und sie mußte
oft an ihren alten getreuen Freund denken, der gewiß nicht
zurückgeblieben war, wenn er nicht schon in den ersten Kämpfen
als Opfer gefallen. Sie hatte nie wieder von ihm gehört,
und glaubte ihn unter den Todten.

Viel politisches Mitgefühl fand sie freilich nirgends. Die
Mutter war viel zu sehr in eigenem Leid und Sorgen befangen,
um ein Herz für ihr Volk zu finden. Ewald war vor einem
Jahr gestorben, nachdem Mutter und Schwester die äußersten
Opfer gebracht, um das zarte Leben zu kräftigen und zu er=
halten. Bruder Adolph hatte endlich seine Lea errungen, aber
seine Dienstjahre schienen damit nicht zu Ende zu sein, wenigstens
schrieb er immer mit großem Bedauern, daß seine Verhältnisse,
gerade weil sie jetzt so sehr günstig seien, so viele Geldmittel
in Anspruch nähmen, daß ihm immer noch nicht möglich sei,
mehr für die Mutter zu thun, als seine liebe Frau bereits
gethan; — dies „Thun" der lieben Frau beschränkte sich auf
ein seidenes Kleid, das sie bei ihrem ersten und letzten Besuch

der Schwiegermama mitgebracht hatte. Abelma, deren Vor=
name der Schwägerin sehr gefiel, war in Gnaden zur Hoch=
zeit geladen worden, hatte aber dankend abgelehnt.

Alfred und Eugen hatten mit Hilfe von Stipendien
ihre Studien ordentlich beendet. Alfred war Referendarius
und Eugen hatte eine Stelle als Unterarzt beim Militär ge=
funden. Die Mutter, schwer gebeugt durch ihres Lieblings
Tod, schien das Gnadenbrod bei ihrer Schwester oft etwas
bitter zu finden und Abelma sehnte sich darnach, irgendwo in
einem stillen Winkel der Erde mit der Mutter zusammen zu leben
und ihr den Lebensabend leichter zu machen. Aber dazu fehlten
die Mittel nach so großen Opfern, die für Ewald gebracht
worden waren; auch hätte Abelma nicht gerne die alten Leute
verlassen, sie fühlte, daß sie ihnen fast unentbehrlich war, wenn
es auch mehr ein Band der Gewohnheit als wirklicher Zu=
neigung war, das sie zusammenhielt, und so war ihr Zukunfts=
plan beinahe wie der des Jean auf das „dereinstige selige
Ableben des gnädigen Herrn" ausgesetzt.

An einem goldigen, sonnigen Tag im Spätherbst, die da
sind wie ein Abschiedsgrüßen der Sonne an die Erde, einem
Tage, wo sich auch in Menschenherzen der Trieb und die Sehn=
sucht regt, noch einmal hinauszuziehen, sich des Lebens und der
Erde zu freuen, ehe der Winter seine Decke breitet über Farbe
und Leben, saß Abelma einsam im Schloßgarten. Der Herr
Baron hielt sein Mittagsschläfchen; die Frau Baronin, die wie
sie sagte, wegen ihres Magenleidens zu beständigem Hungertode
verurtheilt war, genoß ihre kleine Privatmahlzeit, die sie jeder=
zeit allein zu sich nahm, — Abelma saß an ihrem Lieblings=
plätzchen, einer alten Bank unter einem breitastigen Nußbaum.
Die Sonne schien herrlich, aber sie schien auf buntes Laub;
auch der Boden war mit welken Blättern bedeckt. Es war

Abelma recht herbstlich zu Muth. Sie ließ ihr ganzes ver=
gangenes Leben an sich vorüberziehen, — sie konnte es im
Frieden thun, sie hatte gelernt, das Leben in höherem Lichte
zu sehen und die Schatten darin waren nicht zu dunkel.

Auch der „biedere Freund" tauchte wieder auf in ihren
Gedanken und sie gedachte seiner in herzlicher Freundschaft als
eines Geschiedenen; Einmal hätte sie ihn gerne noch auf Erden
sehen mögen, Einmal ihm recht herzlich die Hand bieten und
ihn bitten mögen, ihr zu verzeihen, daß sie ihn, wenn auch un=
bewußt, getäuscht hatte, und ihm sagen, daß sie ihm doch in
treuer Freundschaft zugethan geblieben sei, — auf Erden aber
glaubte sie, würde es wohl nicht mehr dazu kommen.

War ihr Träumen Leben geworden? Hörte sie nicht wirk=
lich den alten, festen, klingenden Tritt durch den Gang? Sie
blickte rasch auf, — nein, das war nicht der Wachtmeister!
Diese stattliche Mannesgestalt in vollem militärischem Schmuck,
die Brust mit Orden bedeckt! — Verlegen erhob sie sich, und
doch — wie er ihr näher trat — freilich zog sich eine Narbe
über sein Gesicht, aber — es waren die alten, ehrlichen, blauen
Augen des Wachtmeisters und wie in alter Zeit legte er zu
militärischem Gruße die Hand an's Kasket und sagte: „Guten
Abend, Fräulein Luis!"

Verwirrt, betäubt, wie im Traume sah Abelma hinauf
an dem wirklich schönen, hochgewachsenen Manne; ja, es war
der Wachtmeister, aber ihr dünkte, er habe jenes geheimnißvolle
Bab Alabbins genommen, aus dem der Jüngling nicht nur
neu gewaschen, in glänzenden Gewändern, aus dem er auch mit
erleuchtetem Geiste und geöffnetem Verständniß für das Leben
und für seine künftige Hoheit hervorgegangen war, — es war
ein anderes Licht aufgegangen in diesen treuherzigen Augen.

„Nun, Fräulein Luis, oder Fräulein Abelma," begann er

wieder, denn sie blieb stumm, „Sie werden doch Ihren alten
Freund wieder erkennen, den Wachtmeister, nun Oberst Stein=
huber? Ich habe der Herrschaft droben meine Karte hinterlassen,
hoffe aber, ich dürfe Sie hier ungestört begrüßen; bitte, laufen
Sie mir nicht davon, lassen Sie uns ein wenig reden von alten
und neuen Zeiten," und er führte sie mit ritterlichen An=
stande zu der Bank zurück und setzte sich neben sie.

Ja, das war in der That eine mährchenhafte Verwand=
lung und die Rollen waren getauscht. Es lag eine beschir=
mende Sicherheit, ein ruhiges Selbstgefühl ohne Erhebung in
dem ganzen Wesen des Mannes, der sich Fuß für Fuß seinen
Weg durch die Welt erkämpft hatte, so daß Abelma, die einst
hochfahrende, im Unglück noch so stolze Abelma, sich schüch=
tern wie ein Kind, und doch wieder gehoben und geborgen
an seiner Seite fühlte.

„Zunächst lassen Sie mich gestehen, Fräulein Abelma,"
begann der Oberst, „daß ich Ihnen Alles verdanke, was ich ge=
worden bin: jenem Nein, das mir so bitter weh gethan, das
ich aber damals schon wohl verstanden. Ich fühlte bald, daß
es nicht der Unterschied der äußeren Stellung war, der sich
ja bei einem Soldaten möglicherweise aufheben konnte, was uns
trennte, und ich wurde von diesem Tage an ein fleißiger Schüler
meines armen Kandidaten. War keine leichte Schule, Fräulein
Luis, aber, um ehrlich zu sein, was ich zuerst nur erlernen
wollte, um Ihrer würdig zu werden, das that ich dann gern
um der Sache selbst willen. Nachdem die ersten schweren Schritte
gethan waren, fand ich herzliche Freude an dem neu eroberten
Gebiet des Wissens, wenn auch freilich die Eroberungen eines
so alten Knaben sehr bescheiden geblieben sind, und es hätte
nicht viel gebraucht, so hätte ich die Kugelbüchs mit der Feder
vertauscht. Das kam nun freilich anders, als die Wetter von

allen Seiten losbrachen, als ich die Waffen, die ich mit Zähne=
knirschen getragen, so lange das fremde Gesindel bei uns hauste,
nun schwingen durfte für mein Vaterland. Ich denke, ich bin
nicht dahinten geblieben, aber das Wissen, das ich mir um
Ihretwillen erworben, wie lückenhaft es auch war und bleiben
wird, — das hat mir den Weg zur Beförderung mit gebahnt,
so gut wie mein Arm und mein Säbel. Ich hatte mir gelobt,
nicht mehr vor Sie zu treten, bis ich es könne als ein Wür=
digerer; ich mußte es darauf wagen, Sie nicht mehr frei zu
finden, — dann, dachte ich, sei es nicht der Wille des Herrn ge=
wesen, daß wir zusammen kommen, und ich hätte es tragen
können als ein Mann, wie ich Ihr Nein getragen. Nun erst,
wo der Friede mir gestattete, mich frei zu machen, suchte ich
Ihre Spur; wer weiß, ob ich sie gefunden, wenn der Zufall
mir nicht den jungen Militärarzt, der meine letzte Wunde
verbunden, zum Freunde gemacht und mich durch diesen auf
die Spur seiner Schwester geführt hätte, die er liebte und
ehrte als den guten Engel seines Hauses. Da bin ich nun
endlich, Fräulein Luis, Abelma, werden Sie wieder Nein
sagen?"

Abelma saß noch immer unbewegt, gesenkten Hauptes wie
im Traum. War denn wirklich der Königssohn gekommen, um
die Prinzessin heimzuführen aus der Knechtschaft? Ach, sie hatte
das Prinzessinbewußtsein längst verloren. Und doch ging es
nicht so rasch, als der sieggewohnte Kriegsmann sich gedacht.
Der Mädchenstolz flüchtet sich in allerlei Schlupfwinkel. War
der Wachtmeister zu niedrig gewesen für Fräulein Abelma, so
stand nun der Oberst, der schöne, stattliche Mann, in der rechten
Kraft und Blüthe des Mannesalters, zu hoch für das arme,
verblühte, dienende Mädchen, — er solle sich eine jugendliche
blühende Braut heimführen, — sie wolle seine treue Freundin

bleiben; es war ihr so Ernst mit ihrer Weigerung, mit diesem Vorschlag, daß der arme Oberst nahe daran war, ihr zu glauben und abzuziehen in Traurigkeit und Herzeleid.

Was er versucht und unternommen, um die Langersehnte doch zu erwerben, wie er es angegriffen, um auch den Stolz der Demuth zu besiegen, — das ist des Näheren nicht bekannt worden.

Nur das Eine wurde mir erzählt, daß eines kalten Morgens die Wittwe Kamphausen recht allein und trübselig in ihrem sonnenlosen Stübchen saß, das sie nicht wagte wärmen zu lassen, weil die Schwester so klagte über den theuren Holzverbrauch, daß die Thüre des Stübchens unversehens aufging, und, gebückt durch den niedern Eingang, im hellen Glanz der Wintersonne, die durch das Gangfenster hereinströmte, ein schönes, stattliches Paar eintrat. Der Kavalier war ein preußischer Oberst, so stolz und ritterlich im Schmucke seiner wohlverdienten Ehrenzeichen, wie die beste Zeit Deutschlands nur je einen hervorgebracht. Die schlanke Dame im grauen Seidenkleide an seiner Seite blühte freilich nicht mehr im ersten Jugendglanze, Frau Kamphausen aber fand sie doch schön, weil ihre schwarzen Augen in so seelenvollem Lichte glänzten, wie sie es nie in ihren jüngsten Tagen gesehen, und weil es ihr eigen liebes Kind Abelma war, das sie mit Lächeln und mit Weinen in den Armen hielt.

Es war alles gut geworden. Die unerhörte Begebenheit, daß Fräulein Kamphausen, ihre geduldige Pflegerin und Gesellschafterin, als Braut eines so stattlichen Obersten vor sie trat, hatte die alte Frau Baronin dermaßen überrascht, daß sie einen ganzen Tag lang weder Reißen, Drücken noch Stechen verspürt hatte, und das geheimnißvolle Es, das allenthalben herumzog, ganz und gar fortgezogen schien; Es kam nun freilich wieder, als vielerlei Kreuz über die alte Dame hereinbrach und das selige Abscheiden des alten Herrn in Wahrheit erfolgte. Doch trat bei diesem traurigen Ereigniß eine Versöhnung ein mit ihrem Sohne, der wegen einer Mißheirath seit langen Jahren vom Schloß seiner Väter verbannt gewesen, und die Schwiegertochter und die älteste Enkelin wurden noch sanftere und geduldigere Pflegerinnen, als Fräulein Abelma gewesen.

Die Mutter Abelma's durfte nun ruhen von Leib und Sorgen und sich freuen an dem Glück ihrer Kinder. Selbst der arme Kandidat wurde noch aufgefunden und erhielt durch des Obersten Verwendung im Spätherbst seines Lebens eine einträgliche Patronatspfarre, also daß er, dem Beispiel seines Schülers und Beschützers folgend, noch in irgend einem Winkel Deutschlands ein verschollenes, etwas eingeschrumpftes Bräutchen hervorholen und zur glückseligen Pfarrfrau machen konnte.

Abelma nahm sich seiner mit besonderer Fürsorge an, weil sie so gern von ihm erzählen hörte, welch eifriger und ernstlicher Schüler der Herr Oberst vor Zeiten gewesen, und welch unglaublich rasche Fortschritte er gemacht.

Und wenn sie in glücklicher Unterordnung gern anerkannte, wie Ernst und Beharrlichkeit des männlichen Geistes bald und siegreich überholen kann, was bei Frauen als Wissen und hohe Bildung gilt, so durfte ihr Gatte dagegen ihr freudig zugestehen, auch als sie den Rang ihrer ehemaligen Herrin, der Frau Generalin eingenommen, daß sie nicht vergebens gelernt in der Schule der Demuth.

Marie und Maria.

——

Eine Novelle.

Von alten Zeiten her ruht auf den Mühlen ein gewisser romantischer Zauber, den sie wohl zumeist ihrer Lage verdanken. Aus den langweiligen Häuserreihen der Städte, aus dem Schmutz der Dörfer an rasche Flüsse oder einsame Bäche verwiesen, zwischen Erlen und Weidengebüsch, mögen sie in einer regen Phantasie all die lieblichen und wehmüthigen Bilder wecken von schönen Müllerstöchtern, getreuen Mühlburschen und rauschenden Mühlbächen, die eine ganze Mühlenliteratur bilden.

Freilich dürfte es für poetische Gemüther meist rathsam sein, sich in mäßiger Entfernung von der Mühle am grünen Rain zu lagern und „dem Wasserspiele und den Wellen" zuzusehen, denn die Insassen selbst und ihr Leben und Treiben möchten manchmal nicht gut taugen zu der reizenden Idylle, die der malerische Anblick der Mühle hervorgerufen hat; wiewohl auch vielleicht hie und da die abgeschiedene, beschauliche Lage in den Mühlbewohnern selbst ein sinniges poetisches Element geweckt hat.

Die Buschmühle nun, die in irgend einer Gegend des gesegneten Schwabenlandes steht, vereinigt in ihrer Lage Prosa und Poesie. Die Vorderseite bietet nicht die geringste Nahrung für ein romantisches Gemüth, sie zeigt die tüchtige reelle Seite, die gerade die Mühlen in den Augen des Volks

zu einem beneidenswerthen Besitzthum machen: also, daß zu
den Glanzzeiten des ersten Napoleon ein Bäuerlein gemeint:
„jetzt, wenn ich der Napoleon wär', so thät ich mir zusam=
mensparen zu einer Mühle," — woran, beiläufig gesagt, der
Napoleon vielleicht nicht übel gethan hätte.

Von vorne also, da führt ein holpriger Fahrweg von
dem nahen Dorf und der etwas entlegenern Stadt in den
Mühlhof, in dessen Mitte ein stattlicher Düngerhaufen, der
Neid aller Landwirthe, prangte. Da schnatterte eine schnee=
weiße Gansheerde, da watschelte eine Truppe fetter Enten
herbei, die sich mästeten von dem nahrhaften Mühlenstaub,
da wieherten in den Ställen die starken Rosse, die muntern
Füllen, da grunzten aus niedrigen Gehäusen die „fürneh=
men Säue," der Stolz des Müllers, in deren Ankauf und
Mastung der Müller besonders berühmt war. Die benach=
barte Gutsbesitzerin hatte ihm deshalb einmal, als er zu
Markte fuhr, aufgetragen: „Bitte, Herr Gevatter, wenn Sie
ein recht nettes, junges Schwein auf dem Markt sehen, so
denken Sie auch an mich!" — Das Alles war gute, reelle
Prosa, nicht ganz zu verachten in unsern magern Zeiten, aber
nicht anregend zu Mühlenromanzen.

Geht man aber die bestäubte Treppe hinauf, durch die
große Vorderstube, wo an reingefegten Tischen auf hölzernen
Bänken das Gesinde und die jeweiligen Mahlkunden saßen
und die je nach Rang und Stand bewirthet wurden, kommt
man durch dies Empfangszimmer in die etwas kleinere Wohn=
stube, dann erst offenbart sich die heimliche, poetische Seite
der Mühle.

Weite Fernsicht bietet sie nicht, aber unter den Fenstern rauscht
wild und lustig der Bach vorüber und geht das Mühlenrad,
so daß der Fußboden beständig in angenehm zitternder Be=

wegung ist, als ob man segelte auf hoher See. Ueber den Bach führt ein luftiger Steg auf eine ganz kleine buschige Insel, die, vom Wasser umrauscht, immer im frischesten Grün prangt. Weiter hinab senkt sich ein weicher Wiesengrund, den ein melancholisches Wäldchen abgrenzt, ein Ausblick, so recht zum Ruhen, nicht zum Genießen für das Auge, zu dessen tiefer Stille das Rauschen des Wassers und des Rades keine unharmonische Begleitung ist.

Das Ehren= und Besuchzimmer des Hauses war nun freilich nicht sehr symmetrisch in seiner Einrichtung. Der Müller hat eine kleine Vorliebe für Auktionen, und brachte von jeder Fahrt in die Stadt, zum geheimen Schreck seiner Frau, irgend ein neues Stück Geräthe mit. So standen Kanapee und Stühle nicht in der minbesten Beziehung zu einander, die Standuhr, darauf ein schlummernder Amor lag, der im Drang der Zeitläufte seine ruhenden Füße abgestoßen hatte, stammte, sammt dem Ovalspiegel in Goldrahmen, aus dem Nachlaß einer gnädigen Frau; an der Wand hing ein farbenreicher Herzog Ulrich von Württemberg in ewigem Kampf mit einem Sturmfeder in blauem Waffenrock, daneben sehr gut= gemeinte, aber höchst garstige Lithographieen aus der Refor= mationsgeschichte, auch eine belle Africaine und Amérique, deren leichtfertige, höchst sparsame Toilette der Müllerin ein steter Dorn im Auge war.

Behaglich war aber die Stube doch, denn sie wurde rein und in guter Ordnung gehalten, wenn auch keine Symmetrie möglich war bei dem vielgestaltigen Geräthe. Wenn die Müllerin die schöne, roth und weiß gewürfelte Decke über ihren alten Tisch breitete und die große Kaffeekanne nebst dem köstlichen Rahm in weißem Porzellangeschirr, und einen selbstgebacknen Butterkuchen auftrug, so setzte man sich recht gern und gemüthlich auf die verschiednen Stühle und vermißte durchaus keine elegantere Einrichtung.

Gäste waren nicht eben häufig in der Mühle außer den Kunden, die freilich täglich im Hause bewirthet wurden, die aber selten in ein näheres Verhältniß zu der Familie traten. Die Müllerin gehörte zu den Stillen im Lande, ihr war nichts lieber als ein ruhiger Sonntag, wo sie sich mit ihrem Arndt und Bogatzky und mit Rieger's Predigtbuch in ihrer großen Stube erbauen konnte; sie war auf der Mühle geboren und noch nicht weiter als drei Stunden im Umkreis über sie hinaus gekommen. Der Müller, der war schon in der Welt braußen gewesen; er war der Sohn eines Holz= händlers vom Schwarzwald und in seiner Jugend öfters bis Holland mit seinen Stämmen gefahren. Ein hartnäckig kal= ter Winter hatte ihn einmal mit seinem Floß in der Nähe der Buschmühle wochenlang festgehalten; ob es nun die from= men Augen der stillen Müllerstochter waren, was ihn wün= schen ließ für immer da zu bleiben, oder die nüchterne Er= wägung, daß die Mühle ein schönes, sicheres Besitzthum sei und besser als der Holzhandel im Unfrieden mit seinen Brü= dern, — das wollen wir im Interesse feinfühlender Leser unerörtert lassen; genug, die Müllerstochter gab dem statt= lichen Flößer ihre Hand und der Bund, im Eise geschlossen, zeigte sich auch im Sonnenschein als ein guter und probe= haltiger. Der Müller, selbst munterer und oft sehr geräusch= voller Natur, ließ seine Frau in ihrer stillen Weise gewähren und wenn die lustigen Kameraden, die er da und dort auf seinen Geschäftsreisen traf, ihn neckten, daß er „eine Fromme," eine „Pepistin" daheim habe, so sagte er: „Laßet sie zufrie= den! Rechtschaffen ist sie, und wenn sie zehnmal fromm wäre! Daheim ist alles in Ordnung und wird gehörig geschafft und

ist kein Geschrei mit dem Gesinde, da kann ich ihr die Freud'
ja schon lassen mit ihren Gebetbüchern und Tepistenstunden."
Er selbst ging seine lustigen, zum Theil auch wilden Wege
und sein Weib machte ihm keine Vorwürfe, nur ganz allmälig
lernte er sich vor diesen stillen Augen fürchten, die ihn so
sanft und so traurig anschauten, wenn er mit „etwas zu viel"
heimkam. Nach und nach wurden ihm die Sonntage lieb, wenn
er so am lichten, goldnen Morgen mit seinem Weib durch
die grünen Wiesen, zwischen den hohen Kornfeldern, ins Dorf
hinauf zur Kirche wandelte, sie dagegen brachte ihm auch
manchmal ihren stillen Sonntag Nachmittag zum Opfer, um
auf dem blauangestrichenen Bernerwägelein einen Besuch bei
guten Freunden mit ihm zu machen, oder um solche bei sich
zu empfangen. So wuchs das Paar mit den Jahren immer
besser in einander hinein, und dem Müller kam sogar oft der
Gedanke, sein Weib sei so brav und so tüchtig, nicht nur ob=
gleich, sondern weil sie fromm sei.

Seine wilden Kameraden verloren sich nach und nach
von selbst, die Müllerin verkehrte mit ihren stillen Freunden
meist im Dorf; ein steter und freundschaftlicher Verkehr
wurde vom Anfang an unterhalten mit Gevatters vom
Tannenhof.

Die Frau Gutsbesitzer Rau, obgleich eine Base der
Müllerin, hielt es zwar für einige Herablassung, daß sie so
auf gleichem Fuß mit ihr verkehrte. Ihr Vater freilich war
nur Bauer auf dem Tannenhof gewesen, aber sie hatte sich
nach seinem Tode bei Verwandten in der welschen Schweiz
aufgehalten und wußte heutzutage noch einige Phrasen von
daher; auch kleidete sie sich nach neuem Geschmack, während
die Müllerin ihre ehrbare, dunkle Bauerntracht beibehielt.
Herr Rau, der Gutsbesitzer hatte einige Zeit in Hohenheim

ftubirt, trug einen Schnurrbart, und hatte das alte Bauern=
haus auf dem Tannenhof einreißen und neu aufführen laſſen.

Trotz dieſes Standesunterſchieds hatte ſich die Müllerin
von Anfang an den Nachbarsleuten als eine getreue, hilf=
reiche Freundin mit Rath und That bewieſen. Gutsbeſitzer
Rau war eine etwas phlegmatiſche Natur, ſehr froh, an dem
Müller eine praktiſche Stütze zu haben und manches von
ſeiner Erfahrung zu profitiren, was er nicht in Hohenheim
gelernt hatte. Und ſchließlich, — die Nachbarn „mochten
einander“, ſie hatten ſich im Lauf der Jahre zuſammengewöhnt
in Freud und Leid.

Es kann bei menſchlichen Verhältniſſen von tiefſter Be=
deutung, man weiß nicht wie? die Seele abhanden kommen,
ſo daß ſie nur äußerlich noch fortbeſtehen. Es gibt aber
auch Freundſchaften, nur vom Zufall zuſammengewürfelt, die
allmälich, faſt unbewußt, am Herzen feſtwachſen. Der Müller
gab ſich gern und offen hin, die Müllerin ließ alles an ſich
kommen, aber was ihr freundlich nahe kam, das hielt ſie feſt,
mit der ganzen Treue ihres Weſens.

Müllers hatten einige Jahre früher als Raus ihren
jungen Hausſtand gegründet, auf dem Tannenhof wurde aber
das erſte Tauffeſt gefeiert, Müllers waren Gevattersleute
und der Bube wurde nach ſeinem Pathen Georg getauft, —
Hansjörg, wie eigentlich der Müller hieß, konnte man ihm
doch nicht zumuthen.

Nach dieſem hatte Frau Rau ein Mägdlein und ſpäter
noch ein Zwillingspärchen geboren, — nur fürs Grab.

Zwei Jahre nach des kleinen Georgs Geburt kam der
Müllerburſch von der Buſchmühle, ſtattlich angethan, auf den
Tannenhof herüber, um zur Taufe zu laden; es war ein klein
wunziges Mägdlein drüben angekommen.

Die Mädchen thun viel besser, sich etwas später einzu=
finden, sie werden dann mehr geschätzt, als wenn es gleich
zu Anfang heißt: „nur ein Mädchen.“ Auch der Müller
ließ sich nicht nehmen, ein Tauffest anzustellen, wie die
Gegend noch keines gesehen hatte. Während der Taufzug
zur Kirche wallte, krachten so gewaltige Schüsse, daß die
Nerven des Kindleins für sein ganzes Leben abgehärtet wer=
den konnten. Mühlknappen und Knechte, alte und neue
Kunden, wer da Lust hatte, heute in die Mühle zu kommen,
wurde in der vordern Stube so reichlich bewirthet mit Bra=
ten und Wein, daß er sein Lebtage an der Erinnerung zehren
konnte. Im ganzen Dorfe wurden Kaffeetöpfchen mit großen
Stücken Butterkuchen ausgesandt, selbst eine Gesellschaft Korb=
flechter und Kesselflicker hatte sich oben unter dem Nußbaum
gelagert und durch Gesandtschaft sich einen Abfall vom Schmaus
erbitten lassen, der auch verabfolgt wurde.

In der Herrenstube hatte sich der Müller auf Bitten
seiner Frau auf eine kleinere, gewählte Gesellschaft beschränkt:
Gevatter Raus, der Herr Pfarrer, der wenigstens ein Täßchen
Kaffee mit trank, Schulmeisters, und eine Base der Müllerin,
die in der stillen Bürgergemeinde zu K. ihre Wittwentage
verlebte. Der Müller hatte zwar immer geheime Angst, die
Base könnte sein Weib „noch frömmer“ machen, aber am
Tauftag hatte er ihr die Bitte nicht abschlagen können, sie
zu Gaste zu laden.

Nach altem Brauch stand im Zimmer, wo geschmaust
wurde, die Wiege und das schön weiß und rosenroth bezogne
Himmelbette der Wöchnerin, die mit gefalteten Händen schwach
und müde dalag und den Gästen mit freundlichen Blicken
zunickte. Die Base saß neben ihr im ruhigen Gespräch, als
der Taufjubel und das Gläserklingen lauter wurde.

Der kleine Georg vom Tannenhof, ein ganz netter Bursch, der zu allseitiger Bewunderung rüstig auf eignen Füßen herumsprang, war auch mit herübergebracht worden, in einem Sammtröckchen und einem seltsamen, turbanartigen Kopfputz, „wie ein junger Prinz," meinte seine Mutter, „wie ein Aefflein," meinte das Mühlenpersonal. Dem kleinen Taufkindlein wandte er wenig Aufmerksamkeit zu, besto mehr den Biskuittorten und Gugelhopfen der Tafel, bis er, weinend vor Ueberfülle, dem Kindsmädchen übergeben wurde, die ihm die Füllen und Schweine im Hof zeigte, und baburch eine wohlthätige Pause herbeiführte.

Das Taufkindlein, das ebenfalls weiß und rosenroth im höchsten Täuflingsstaat in seiner Wiege lag, entwickelte die höchste Vortrefflichkeit, die man von einem Kindlein erwarten kann: es schlief den ganzen Tag, die zusammengeballten Händlein zu beiden Seiten des Köpfchens gelegt. Als der Kleine etwas erleichtert von seinem Ausflug zurückkam, wurde ihm auch als besondre Vergnüglichkeit das Kindlein gezeigt, das eben erwachte und seine nieblichen Fingerchen weit auseinander breitete; „'s ist lebig!" rief er in höchster Verwunderung, und wagte sogar das weiche, warme Gesichtchen zu streicheln.

„Das gäbe gerade ein nettes Pärchen," meinte lächelnd die Frau Schulmeisterin.

„Ist erst noch wahr," rief der Müller aufgeregt von Festwein und Vaterfreude, „die würden eben recht für einander, was meinst, Gevatter?"

„Warum nicht? hab' nichts dagegen," sagte Rau, und schlug in die dargebotene Hand.

„Bleib's babei!" rief der fröhliche Gevattersmann, „eingeschlagen, Frau Gevatter! Angestoßen! Ihr Georg und unsre Marie! Ihr Frauensleute habt doch nichts dagegen?"

„Im Gegentheil, keineswegs," sagte höflich Frau Gevatter Rau, die in der Stille dachte, es werde noch nicht so ernst sein, — Sie haben ja die Mittel, Herr Gevatter, dem Töchterlein eine gute Erziehung zu geben."

„Will's meinen," rief der Müller. „Spanisch und türkisch soll die lernen, wenn's noth thut! Na, will sehen, ob wir bei der Hochzeit auch einmal alle beisammen sind! Weib, Du schwätzst ja gar nichts! Was sagst Du dazu, wie, da trink!"

„In Gottes Namen, so es Sein Wille ist," sagte die Müllerin und nippte.

Nun wurde in sehr heiterer Weise des jungen Brautpaares Gesundheit getrunken und seine Zukunft besprochen; wurden auch unterschiedliche Beispiele erzählt von so früh beschlossenen Heirathen, die später glücklich zu Stande gekommen. Die Base und die Müllerin schlugen in der Stille miteinander Sprüche im Losungsbüchlein auf, der junge Bräutigam aber, der schon wieder im Essen des Guten zu viel gethan hatte, verlangte ungalanter Weise mit Geheul nach Haus. Das Bräutchen, das schlief, und schlief den ganzen Abend und die Nacht.

Georg blieb der einzige Sprosse auf dem Tannenhof, in der Mühle aber wurde nach längerem Zwischenraum noch ein bausbackiger Knabe geboren. Das kleine Pärchen kam in den ersten acht Jahren ziemlich oft zusammen, übrigens wuchsen sie ganz ohne Ahnung ihrer künftigen Bestimmung auf; es wurde jener scherzhaften Uebereinkunft nie mehr gedacht, als höchstens vom Müller, wenn er recht guter Laune war. Frau Rau hoffte bei aller Freundschaft denn doch in

der Stille, ihr einziger Sohn werde einmal andre Ansprüche
machen, als eine Müllerstochter.

So lang die kleine Marie noch getragen wurde, nahm
ihr Zukünftiger ein sehr flüchtiges Interesse an ihr, als sie
aber einmal neben ihm hertrippeln konnte, da bildete sich
wirklich eine Art zärtliches Verhältniß zwischen den Kindern
und das Dienstpersonal der beiden väterlichen Häuser fand
wiederholt, daß es ein ganz nettes Pärchen geben würde.
Beruhigt zwar konnte die Müllerin keinen Augenblick sein,
wenn sie ihr Töchterchen in Gesellschaft des Knaben wußte,
denn er schleppte sie einmal in den Stall, dann wieder in
die Mühle oder an den Entenkanal, die Kleine folgte ihm
überall hin in blindem Gehorsam, so daß Leib und Leben
und Kleidchen in beständiger Gefahr waren.

Hie und da, als sie etwas größer wurden, saßen die
Kinder auch einträchtig beisammen im Gärtchen, machten
Jungferlein aus Mohnknospen und führten sie spazieren im
kleinen Puppenwägelchen, oder steckten Kastanienblüthen in
die Erde und freuten sich, bis große Bäume daraus wachsen
würden; vor den Käfern, deren Georg nicht genug zusam-
menschleppen konnte, behielt Marie ein unbesiegliches Grauen,
aber als er einmal bei einem großen Knaben eine Stein-
sammlung gesehen hatte und anfing rare Steine aufzulesen,
da wollte Märiechen auch eine „Steinerversammlung“ halten
und trug ihr Schürzchen voll Kieselsteine zusammen. Eins
ihrer liebsten Spiele war, sich zusammen an den Uferrain zu
setzen, da wo der Mühlbach am schnellsten floß, und Blumen
hineinzuwerfen, denen sie dann nachsahen, welche wohl am
weitesten schwimmen. „Die schwimmen jetzt in die Donau,
und bis ins Meer hinaus,“ belehrte Georg, der bereits Unterricht beim Herrn Provisor genoß, die Kleine; „ist aber

schad', wenn die Wallfische dann die schönen Blumen fressen," meinte Mariechen, die vom Meere noch nichts wußte, als daß es Wallfische darin gebe. „Dummes Ding," sagte Georg, „Wallfische fressen keine Blumen! Die schwimmen vielleicht bis auf eine Insel, wo Wilde wohnen, die noch gar keine Blumen gesehen haben, oder sie fangen sie auf auf einem großen Meerschiff." „Wenn Du einmal groß bist und weit verreist," sagte Marie, die er oft von seinen Plänen unterhielt, „dann laß' ich auch Blumen zu Dir schwimmen." „Lieber Aepfel," meinte Georg, „aber die könnten verfaulen unterwegs."

Als Georg acht Jahr alt war, da kam er, mit seinem nagelneuen Schulranzen auf dem Rücken, um sich zu verabschieden, da er nun in eine lateinische Kostschule kommen sollte. Er war bestimmt, des Vaters Gut zu übernehmen, da er aber gute Anlagen zeigte, so wollte der Vater nichts versäumen, ihm „einen guten Schulsack" zu sichern, da Herr Rau selbst oft mit Beschämung empfand, daß der seinige sehr mäßig sei.

Im Gefühl seiner künftigen Würde als Kostgänger verbiß Georg muthig das aufsteigende Bangen vor der Fremde und that schon sehr groß mit seiner künftigen Gelehrsamkeit. Auch Marie nahm den Abschied noch gar nicht sentimental, sie schlug die größere Entfernung nicht so hoch an und betrachtete den kleinen Gespielen mit gewissem Respekt, daß er jetzt Kostgänger werde, was ihr schon wie eine Art von Beruf vorkam. Sie opferte ihm auch ihr ganzes „Maugenest": den Vorrath von Aepfeln und Birnen, den sie heimlich vom vorigen Herbst her in einem leeren Stall im Heu verborgen hatte. Da der Weg gerade etwas schmutzig war und die Pferde daheim, so ließ sich's der Müller nicht nehmen, den Gevatter

mit dem Kleinen auf dem blauen Bernerwägelchen nach Haus
zu führen. Georg erstieg den hohen Sitz etwas mühsam,
die wohlgefüllten Taschen machten ihn fast so ungelenk wie
eine Boa Konstriktor, die zum Benefiz des Publikums sich
vollgegessen; als er aber oben war, zog er den schönsten seiner
geschenkten Aepfel heraus und biß beim Abfahren mit vollen
Backen hinein, — es war das, unbewußt, eine Art Huldigung
für die kleine Marie, — eine Anerkennung ihrer Liebesgabe,
auch freute sich Marie sehr darüber und kehrte ganz befriedigt
ins Haus zurück mit dem kleinen dicken Brüderlein, das kaum
anfing zu gehen, Christian hieß, und bis jetzt noch keineswegs
zu den vielversprechenden Kindern gehörte.

Nun war's ein andres mit dem Verkehr der Kinder,
und wenn Marie hie und da vielleicht noch des Gespielen
dachte, so spielte er doch ganz und gar keine Rolle in ihren
Träumen. Sie mußte jetzt früh Morgens hinauf ins Dorf
zur Schule und nachher gleich mit ihrem Strickkörbchen bei der
Frau Schulmeisterin bleiben, die eine Industrieschule hielt. Damit sie den mühseligen Weg nicht wieder zurück machen durfte,
war ihr Körbchen ziemlich mit Proviant versehen, zudem
theilte sie des Schulmeisters bescheidnes Mahl.
An schönen Tagen war das ein ganz vergnüglicher
Tageslauf für die Kleine; kein lustigeres Leben als so ein
tägliches Wandern zur Schule an sonnigen Tagen! Da ging
der Weg zwischen Hecken, an denen sich die ersten grünen
Blättchen vom Stachelbeerbusch loswickelten, bis man später
die rothen Beeren schmausen durfte, da wuchsen die weißen
Palmkätzchen, die ersten Frühlingsboten, Weißdornblüthe und
später die wunderlich geformte Frucht der Berberitze, aus der

sich die Mädchen Korallenschnüre machten, — jeden Tag gab es etwas Neues in die Schule mitzubringen.

Dann führte der Weg über Vaters große Wiese und die Birn= und Aepfelbäume streuten im Frühling die weißen Blüthenblättchen und im Herbst die saftigen Früchte auf den Pfad. So ein rother Apfel, der unversehens im grünen Grase blinkt, schmeckt viel besser, als die man daheim bekommt. Und nun ging's durchs Aehrenfeld, da waren im Sommer die Aehren so hoch, daß man Mariechen gar nicht dazwischen sehen konnte; da pflückte sie blaue Kornblumen, aus denen sie mit den Mädchen Zöpfe flocht, rothe Stech=nelken, die ins Näschen stechen, wenn man daran riechen will, purpurrothe Mohnknospen, aus denen sie mit Georg schon die schönen Prinzeßlein gemacht, und Ritterspornen, deren innere Blüthen man zu so zierlichen Kränzlein ineinander schieben kann. Auf diesen stillen Schulpfaden, allein mit dem getreuen Wächter, führte das Kind so ein reiches, wech=selvolles Naturleben voll immer neuer Genüsse.

Zur Gelehrten zeigte sie wenig Anlage, und lernte mehr dem guten, freundlichen Schulmeister zu lieb, als aus eig=nem Trieb.

Viel lieber waren ihr die Nachmittagsstunden, wo in der großen Schulstube die Frau Schulmeisterin ihre Arbeits=stunden gab, großartiger Weise Industrieschule genannt.

Da herrschte minder strenge Disciplin als in den Schul=stunden; wenn man nur seine „Mal rum" von dem bunten eingestrickten Seidesäblein an ordentlich gestrickt hatte, so war dazwischen Lachen, Singen und Plaudern gestattet; man hielt Wettkämpfe im Stricken: „Hasenjagen, Garnmessen, Zähler=les," wie sie alle hießen. Wenn die Frau Schulmeisterin fort war, erzählte man mit halblauter Stimme schauerliche

Spuk= und Hexengeschichten: von dem grünen Männlein, das in der Schule selbst umging, von dem Pfarrtöchterlein, das von einer bösen Hexe das Hexen gelernt hatte, also, daß es aus dem Handtuch Milch melken konnte, das sein Vater dann einschläferte mit Mohn, daß es nimmer erwachte, damit er vielleicht seine Seele noch retten könne. O, was war das ein behagliches Gruseln, mit dem sich die kleinen Mädchen zusam=menbrängten und kaum mehr zu flüstern wagten, zumal wenn es schon dämmerig wurde. Dann kam zum Glück oft der alte Schulmeister selbst dazwischen und las ihnen ein Geschicht=chen von Christoph Schmid vor, darin ein klareres und freund=licheres Element spielte, von den Ostereiern oder dem Blu=menkörbchen, wo sie über das Loos der unschuldig angeklagten Marie bittre Thränen vergossen und sich gar zu gern in die schönen Gemächer versetzten, wo lauter grundedle Gräfinnen und Grafen walteten.

Mariechen fühlte immer am tiefsten mit. „Dui heult glei,“ bemerkten ziemlich roh die andern Kinder, als Marie fast in Thränen zerfloß über Genovesa und Schmerzenreich, namentlich über die rührende Botschaft der todtkranken Gräfin an ihren ungerechten Gemahl. „O Herr Schulmeister, nur auch bis sie wieder beisammen sind!“ bat sie flehentlich, so oft er aufhören wollte, „ich kann ja sonst nicht heim.“ . „Dummes Ding, die wären jetzt eineweg gestorben, all mit=einander,“ sagte Lammwirths Rosine, „um die heulst jetzt nimmer.“ „Ich kann's eben nicht vertragen, wenn Leute von einander kommen, die einander lieb haben.“ „Mußt noch allerlei lernen, was Du nicht kannst,“ sagte gutmüthig der alte Schulmeister.

Bei Sturm, Schnee und Regenwetter, da durfte Marie nicht zu Fuß in die Schule, da führte sie der Müllerbursch

auf dem Bernerwägele hinüber, — war's gar zu schlimm,
so blieb sie daheim und setzte sich mit dem Strickkörbchen zu
der spinnenden Mutter, auch kam der alte Schulmeister wohl
am Sonntag Nachmittag herüber, trank ein Schälchen Kaffee
mit Müllers und bemühte sich, mit Marien nachzuholen, was
sie etwa in der Schule versäumt hatte. Ein Gelehrter war
der alte Schulmeister nicht, in keinem Seminar gebildet, und
keineswegs auf der Höhe der Zeit. Aber er war so unrecht
nicht; er hatte außer der Bibel, aus der er all seine Lehren
und Grundsätze schöpfte, nur Ein weltliches Bildungsmittel,
dessen Früchte auch seiner Schülerin zu Gute kamen; er las,
wie er selbst sehr wohlgefällig erzählte, seine Zeitung mit der
Landkarte und mit dem Konversationslexikon, da suchte er
alle Länder, alle Fremdwörter und alle historischen Namen
und da in seinem stillen Leben nicht viel Gelegenheit zum
Zerstreuen und Vergessen war, so hatte er sich allmälich einen
ganz netten Vorrath allgemeiner Kenntnisse gesammelt und
konnte fast bei allen Gelegenheiten mit einer Notiz aushelfen.
Marien ging der alte Schulmeister über alles, er war zugleich ihr Freund und Vertrauter und war als Lehrer nicht
eben schwer zufriedenzustellen.

Es wurden auf besondern Rath der Frau Pathin Rau
sogar Versuche mit Musikunterricht bei Marie angestellt. Der
Müller erstand in einer Auktion ein „Staatsklavier“, wie er
rühmte, um das „Heidengeld“ von drei Kronenthalern, aber
Mariens musikalische Leistungen der Ecossaise und Walzer
nebst der Arie: „Schmückt euch, Blümchen auf der Wiese,“
die sie bei Herr Fingerle, dem Provisor, einstudirte, waren
so schwach, als der Ton des „heidentheuren“ Instruments.
Frau Rau brachte einst mit großem Staat eine Frau Pfandkommissär, die bei ihr zu Gast war, als Besuch herüber und

Mariechen sollte eine Probe ihres Talents ablegen. „Wer hat denn dies Stück componirt?" frug die Frau Pfandkommissär, die ihre Kenntnisse zeigen wollte, bei den zweifelhaften Klängen, die Marie hervorbrachte. „Ich glaube, der Herr Andante," sagte Mariechen unschuldig.

Thut nichts, Mariechen, wenn auch die musikalischen Versuche mangelhaft bleiben! An Harmonie fehlte es doch dem Leben des Kindes nicht, das muntre Rauschen des Baches, das rastlose Getöse der Räder, die goldnen Frühmorgen allein auf Feld und Wiese, die stillen Abende neben der Mutter mit der großen, alten Familienbibel, — das alles waren einzelne Töne, die in der jungen Seele zu lieblichem Wohllaut zusammenklaugen, um so lieblicher vielleicht, weil sie ihn unbewußt in sich trug.

Georg, der äußerst befriedigende Schulzeugnisse nach Haus schickte, kümmerte sich sehr wenig um den Bildungsgrad seiner Zukünftigen. Er kam in den Ferienzeiten immer noch mit seinem Vater in die Mühle herüber, weil er so gern mochte auf den Mühlgäulen reiten; er freute sich an dem Gehämmer, Geklipper und Geklapper in der Mühle und verschmähte auch die schmalzgebacknen Küchlein und Fische nicht, mit denen die Müllerin werthe Gäste bewirthete. Aber mit Marie wußte er nicht viel anzufangen, er kam sich so viel gescheidter vor, als das Schulmädchen, das in eine Dorfschule ging, nur hie und da ließ er sich noch herab, in ihrem eignen Gärtchen mitzuarbeiten; er brachte ihr einen Epheuzweig vom Wald, um ihn an ihrer Mauer hinaufzuziehen und machte mit ihr Versuche, durch sorgfältige Verpflegung gemeine Gänseblümchen zu gefüllten zu machen, was zu großem Vergnügen der Kinder gelang. Marie hatte denn doch eine heimliche Freude, wenn der hochaufgeschossene Schuljunge sich mit ihr

befaßte, obgleich sie mit unbewußter Mädchenlist sich höchst
unbekümmerlich anstellte; wenn die Mutter sagte: „heut kom=
men wohl Rau's, wollen sehen, ob sie den Georg mitbrin=
gen," so meinte sie ganz gleichgiltig: „ist mir eins, ob der
wilde Bub kommt, er verscheucht nur allemal unsre Hühner
und Enten."

Der Verkehr mit dem Tannenhof war aber nicht so ge=
müthlich mehr als er gewesen, — ein schlimmer Wurm hatte
sich in dem harmlosen Leben dort eingenistet: ein Familien=
prozeß. Ein bereinst durchgegangener Bruder der Frau Rau
war wieder aufgetaucht und machte Ansprüche an das Gut
geltend, die Rau's nicht geneigt waren ihm zuzugestehen.
Das gab nun wöchentliche Reisen in die Stadt zum Advoca=
ten, täglichen Aerger und Verdruß. So oft Rau wieder auf
die Mühle kam, war seine Stimmung reizbarer, seine Hal=
tung schlaffer, selbst sein sonst so wohlgepflegter Schnurrbart
verwahrloster. Seine Frau gab alle vornehmere Haltung
auf und weinte bitterlich im Oberstübchen bei der Müllerin
über das viele Geld, das der Prozeß koste, und den schweren
Aerger und Verdruß, den ihr Mann dafür eintausche. „Ver=
gleichen, Gevatter, vergleichen," rief der Müller, „werft dem
Kerl in die Rippen, was er haben will, eh' euch der ver=
fluchte Prozeß das Herz abfrißt und Haus und Hof ruinirt",
und Frau Rau nickte ihm beifällig zu.

„Soweit sind wir noch lange nicht," sagte Rau,
„wollen sehen, wer's länger aushält, er oder ich; wo ich
recht habe, da geh' ich keinen Vergleich ein." „Gevatter, 's
reut euch," warnte der Müller. „Ist mir eins," sagte der
Gutsbesitzer. „Selig sind die Friedfertigen," sprach in ihrer
ruhigen Weise die Müllerin dazwischen, „denn sie werden
Gottes Kinder heißen." „Alles zu seiner Zeit, Frau Gevat=

terin," meinte der Gutsbesitzer, „habe gar nichts gegen die
Religion, im Gegentheil, ich wollte, mein Schwager hätte
mehr, so hätte er den Unfug nicht aufgebracht. Der soll
friedfertig sein, der hat's nöthig. Ich habe keine Händel an=
gefangen, ich will mein Recht; es steht auch in der Bibel,
daß Recht und Gerechtigkeit sein soll auf Erden. Meinem
Buben muß der Hof bleiben. Punktum!"

„Und Du wirst sehen, es frißt ihm noch das Herz ab,"
sagte der Müller, als er am Abend nach einem solchen Ge=
spräch mit seiner Frau noch im Hof stand und der abfahren=
den Kalesche nachblickte; „das hab' ich meinem Vater selig
zu danken, daß ich mich in keinen Prozeß einlasse, der hat
gesagt: „An dem Tag, wo du zuerst vor Amt gehst, um
einen Prozeß anzufangen, da kauf' auf dem Heimweg beim
nächsten Seiler einen Strick und häng' dich dran, so ist's mit
Einem Verdruß abgemacht."

Der Müllerin war dies eigenthümliche Rezept gegen
Prozeßärger nicht eben einleuchtend; ihr Rezept aber war
Schweigen, so sagte sie nur: „Mit dem Rau kannst Du recht
haben," und ging nachdenklich in das Haus zurück.

Georg war heute mit da gewesen, er hatte sich verab=
schiedet, da er nun auf das Gymnasium einer größern Stadt
kommen sollte; er und Marie hatten wenig Notiz von ein=
ander genommen; er fühlte sich bedeutend als angehender
Gymnasiast, und der Abschied war ziemlich kühl und verlegen
gewesen. Des Vaters bedenkliche Worte über Georg's Vater
fielen Marie aber schwer aufs Herz, — sie hatte bei dem Schul=
meister einmal eine Abbildung des gefesselten Prometheus ge=
sehen, und sie mußte sich nun, so lang sie ihn nicht sah, den
Gutsbesitzer fortwährend vorstellen, mit so einem großen,
schwarzen Vogel, der ihm auf dem Herzen saß und daran fraß.

Der Müller hatte nicht Unrecht gehabt. Es war drei Jahre nach diesem Besuch, da kam das blaue Wägelein langsam und traurig heimgefahren, der Müller und seine Frau, ganz schwarz gekleidet, stiegen langsam ab und wurden von Marie mit Thränen empfangen, — sie kamen vom Leichenbegängniß des Gutsbesitzers auf dem Tannenhof.

Traurig und still saßen sie mit einander oben in der innern Stube um den Tisch, an dem der Freund so oft mit ihnen gesessen. Der Müller wußte vielleicht kaum, was ihn denn eigentlich mit dem Gutsbesitzer verbunden, und doch war's ihm, als sei ein Stück von seinem Leben mit ihm gegangen; sie hätten doch so lange Jahre Freud und Leid mit einander getheilt!

„Und ich sag' doch, es hat ihm das Herz abgefressen! sag' ich," sagte der Müller, ohne daß jemand zuvor etwas anderes behauptet hätte; „man hat's ja all die drei Jahre her gesehen, wie er zusehends abgenommen, sein Rock ist nur so an ihm herumgeschlottert," „und sein Haar war nie mehr gekämmt," sagte Marie, „und der schöne Schnauzbart war auch so zottelig," fiel Katharine, die langjährige Hausmagd, ein, die eben die Abendsuppe auftrug, und die sich schon erlaubte, ein Wörtchen drein zu reden. „Dummes Ding," zankte der Müller durch all seine Wehmuth, „was Schnauzbart! das ist das Unnöthigste an ihm gewesen, um den wär's auch nicht Schade gewesen, wenn er zu Grund gegangen. Da sagen sie nun, er habe das Gallenfieber in Weilburg geerbt; ja, geerbt! das Gallenfieber kommt von innen heraus . . . . ." · „Freilich, mein Vater selig hat schon zu uns g'sagt: über euch krieg ich 's Gallenfieber," warf die unermüdliche Kathrine dazwischen. „Katharine, sei sie so gut und halt sie's Maul!" rief der Müller ärgerlich und in seiner Trauerandacht gestört.

Die Müllerin war still; sie hatte die letzten Tage ganz auf dem Tannenhof zugebracht, hatte Pflege und Nachtwachen mit der armen Frau getheilt, die der Jammer ganz unfähig zu allem gemacht, — sie hatte den Ernst des Todes wieder in furchtbarer Nähe gesehen. Der Kranke hatte sie gern um sich gehabt. Früher hatte er oft gemeint: „Wär' mir ja alles recht an der Müllerin, nur das Frommsein nicht! Obwohl sie Einem nicht beschwerlich damit fällt, so sieht man's doch ihren Augen an, was sie denkt, wenn man's einmal ein Bischen nicht genau nimmt im Reden und Thun." Jetzt aber war ihm nicht nur ihre leichte Hand lieb und ihre ruhige, aufmerksame Pflege, auch die stillen Augen thaten ihm wohl und die wenigen sanften, tröstenden Worte, die sie sprach; er fühlte, daß sie es so recht von Herzen gut mit ihm meinte, und wenn er nun mit leisem Grauen fühlte, daß es gewagt ist, sich auf den Dieu des bonnes gens zu verlassen, auf den bequemen Glauben: „wenn Einer ein ehrlicher Kerl ist, so kann ihm Tod und Teufel nichts zu Leibe thun," dann lauschte er gerne den einfachen Sprüchen und Liederversen, die ihr fast unbewußt auf die Lippen traten.

Es war zu spät zu Besprechungen und Erörterungen, zu spät, um eine Bekehrung in Form herbeizuführen, wie sie geistliche Geschichten melden; — wie lange die Pforte der Heimath offen bleibt für den Sohn, der sein Gut ferne vom Vater verzehren wollte, wenn auch nicht in sündigem Prassen, — ob ihm der Vater entgegengeht, auch wenn er selbst die Kraft nicht mehr hat, den Rückweg einzuschlagen, — das ist das Geheimniß, das zwischen Gott und der Seele bleibt.

Einmal als die Müllerin dem Kranken eines der seligen

Verheißungsworte gelesen, das den Ueberwindern die Krone des Lebens verheißt, da schüttelte er leise sein müdes Haupt und sagte mit einem Anflug seines alten Humors: „Gevat= terin, von Kronen wollen wir ja nicht sprechen, wollen froh sein, wenn ich droben in einem Ecklein unterkomme." Das war das letzte Wort, das er gesprochen, und daran hielt sich die stille Hoffnung der Müllerin, während eine glänzende Leichenrede die vielfachen, häuslichen und bürgerlichen Tugen= den des Vollendeten rühmte und die Frau Schultheißin die trostlose Wittwe mit dem baldigen, seligen Wiedersehen tröstete, „und was nur mein Mann selig für eine Freude haben wird, wenn er den Herrn Rau selig so bald wieder sieht! Er hat immer so viel auf ihn gehalten. Viel durchgemacht hat Ihr lieber Mann selig in der letzten Zeit, 's ist wahr, viel Aer= ger und Verdruß mit dem Prozeß da, aber der Herr wird's ihm reichlich vergelten in der Ewigkeit; die mit Thränen säen, die werden mit Freuden ernten. Wie wird sich nur mein Mann selig verwundern, wenn der Herr Rau selig ihm alles erzählt, wie Ihr Bruder, mit Respekt zu melden, es ihm so wüst gemacht hat. Aber „alsdann wird der Gerechte stehen mit großer Freudigkeit!"

Es wäre komisch, wenn es nicht so traurig wäre, wie so gar leicht manche Menschen sich die Verheißungen der Schrift zu eigen machen.

————

Es war Sonntag, wenige Wochen nach dem Begräbniß auf dem Tannenhof. Marie hatte heute für Haus und Küche zu sorgen, da die Mutter mit den Mägden und Christian zur Kirche gegangen war. Ihre Geschäfte droben waren georb= net und sie hatte sich auf ihre Bank im Weidengebüsch auf der Insel gesetzt mit der Mutter Bibel und dem Predigtbuch.

Das Predigtbuch war noch gar nicht geöffnet, die Bibel hatte sie aufgeschlagen auf ihrem Schoße, aber nur das erste weiße Blatt lag offen; was Marie da gefunden, das schien ihre Aufmerksamkeit so zu fesseln, daß sie noch nicht dazu gekommen war, im heiligen Buche selbst zu lesen.

Sie hatte gar manchmal schon der Mutter oder beiden Eltern aus der alten Familienbibel vorgelesen, — zum eignen Gebrauch hatte sie ein kleines Testament, — und es war ihr oft aufgefallen, daß das erste Blatt mit einer Oblate an den Deckel geklebt war. „Was steht denn darauf?“ hatte sie die Mutter einmal gefragt, „und warum ist's zugepappt?“ „Ach, laß,“ sagte die Mutter, „das hat nichts zu bedeuten, wird nur so zufällig hängen geblieben sein.“ Sie war aber roth geworden, weil sie so gar nicht gewöhnt war, eine Ausrede oder gar eine Unwahrheit auszusprechen.

Nun, heute hatte Marie zufällig mit dem Predigtbuche die alte Bibel mitgenommen und war nun ein bißchen neugierig, was denn wohl auf dem verklebten Blatte stehe? Es konnte kein Unrecht sein, wenn sie es mit einer Haarnadel leise und sachte löste.

Das Blatt war alt und vergilbt, so wie es die Bibel war. Mit lang verblichener Tinte standen oben, in wenigen Worten von der Hand des alten Müllers, Mariens Groß= vater, geschrieben, die Geburts= und Tauftage und die Namen seiner Kinder, immer mit einem Spruch dabei. Die hier ge= schrieben standen, die waren nun alle gestorben außer der Müllerin.

In etwas neuerer Schrift stand unten von der Hand der Mutter: Am 12. Mai 1820 ist uns ein Töchterlein ge= boren, das am zwanzigsten in der heiligen Taufe den Namen Marie Christine erhalten hat. Der Herr gebe ihm Segen und Gedeihen und lasse es erwachsen zu Seiner Ehre und unsrer Freude! Am Tage seiner Geburt habe ich den Spruch gezogen: „Siehe, ich bin des Herrn Magd, mir geschehe wie Du gesagt hast;" am Tauftage: „Durch Stillesein und Hoffen werdet ihr stark sein."

„Es haben am Tauftage mein Mann und unser Nachbar Rau in fröhlichem Muthe beschlossen, daß Raus Söhnlein und unser neugeboren Töchterlein in späteren Jahren ein Paar sollen werden. Ich habe des Mägdleins Zukunft in die Hand des Herrn gelegt. Ist es Sein guter und gnädiger Wille, daß dereinst die beiden sollen zusammen kommen, so möge Er es so fügen zu Seinem Preis und ihrem Heil. Des Menschen Herz schlägt seinen Weg an, der Herr aber gibt, daß er fortgehe."

Das also war's, warum die Mutter, sonst eine so einfältige, gerade Seele, das Blatt zugeklebt hatte, als ihr Töchterlein herangewachsen! Und das war's, warum die sechzehnjährige Marie so gar nachdenklich auf der Bank im Weidengebüsch saß und trotz Sonntagmorgen und Glockengeläute von Bibel und Predigt noch nichts gelesen hatte, als das erste weiße Blatt.

Wie ganz wunderbarlich erschien ihr dieser Gedanke! Wie aus dem Himmel gefallen, und doch wieder, als ob sie das selbst heimlich schon lange gewußt. Es kam ihr wie ein Unrecht vor, fast als ob sie sich schämen müsse, daß sie, das kleine, junge Mädchen, überhaupt nur von so etwas wisse, an so etwas denke; und doch — wenn Vater und Mutter schon vor sechzehn Jahren daran gedacht, — warum sollte sie es nicht auch ein bischen thun?

Sie hatte freilich in den letzten Jahren Georg, den hochgewachsenen Jüngling, mit anderen Augen angesehen als in der Kinderzeit, aber an so etwas hatte sie im Traume nicht

gedacht. Sie hatten eher eine gewisse Scheu vor einander ge=
habt und waren sich etwas fremd geworden, seit sie mit einander
Gänseblümchen gepflanzt und Blumen hatten den Bach hinunter
schwimmen lassen, doch hatte sie sich immer noch einigerma=
ßen geehrt gefühlt, wenn sich Georg mit ihr befaßt hatte.
Aber jetzt! Eigentlich kam er ihr wieder viel zu jung vor,
um auch nur im Ernst an so etwas zu denken, obgleich sie
erst sechzehn war. Wenn das Müllerkind, dessen Leben bis=
her ein zu gesundes und ausgefülltes gewesen war, um all=
zuviel Tagesträumereien nachzuhängen, sich doch schon ein
Ideal entworfen hatte, so war es eher ein gereifteres, männ=
liches gewesen, ein Halt und eine Stütze, als so ein aufge=
schoßner Junge, der nicht so sehr viel klüger war als sie.

Und doch sah sie diesen Jungen jetzt in so ganz andrem
Lichte, — es war eben gar zu wunderbar, daß s i e, sie, das
Müllermariele, sollte schon für jemand zur Frau bestimmt
sein!

Aber natürlich, Georg wußte ja nichts davon und wenn
er je davon erfahren sollte, so wollte er gewiß nicht, natür=
lich! und seine Mutter auch nicht, höchst natürlich! Raus
waren ja im Ganzen doch viel vornehmer als sie, und Georg
wurde wahrscheinlich noch vornehmer als sein Vater gewesen
war; er sah schon jetzt feiner aus. Aber merken durfte er
ja nicht, daß sie davon wußte, — lieber sterben — es stirbt
sich so leicht mit sechzehn Jahren! — Ach, wie schnell reifen
die Gedanken! Wie viel hin= und herstreitende Pläne und
Träume und Beschlüsse zogen im Raum einer einzigen Vier=
telstunde durch Mariens Seele! Die Bibel ruhte noch auf
ihrem Schoße, sie dachte nicht daran, daß sie in dem heiligen
Buche die schönste Lösung für alle ihre streitenden Gedanken
finden könnte, — nicht eben indem sie es gebrauchte wie eine

Art Orakel und einen Spruch aufs Gerathewohl aufschlug, wiewohl einfältig fromme Gemüther auch so schon wunderbar zu dem geführt worden sind, was ihnen gut that, — wohl aber indem sie daraus lernte, alle Räthsel des Herzens und Lebens im Lichte der Ewigkeit anzusehen. Sie hörte einen raschen Tritt über die Brücke, wie wunderbarlich, daß gerade in diesem Augenblick Georg kam; wie betroffen sie auch von diesem ungeahnten Besuch war, sie hatte doch augenblicklich das Predigtbuch zur Hand und war darein so eifrig vertieft, daß sie gar nichts sah und hörte von dem Näherkommenden. Sie war gewiß nicht kokett, auch nicht unwahr, es war das nur der unbewußte Instinkt eines Mädchenherzens und das tiefe Erröthen, mit dem sie aufblickte, als Georg vor ihr stand und sagte: „Guten Morgen, Marie; aber das ist eine Andacht!" — das war gewiß aufrichtig und echt!

„Ist der Döte nicht daheim?" fragte Georg, er nannte den Müller so noch von den Kinderjahren her; „ich sollte mit ihm sprechen." „Sie sind alle beide in der Kirche," sagte Marie, immer noch befangen. Georg kam ihr heute älter, gereifter, bedeutender im Ganzen vor, — es war nicht die Trauerkleidung allein, es war das Leid der letzten Tage, das über seine junge Seele gegangen, es war ein gewisses Gefühl der Verantwortlichkeit, seit er wußte, daß er nun in die vorderste Reihe gerückt sei, was ihn männlicher erscheinen ließ! so oft sie ihn etwas scheu von der Seite ansah, mußte sie die Augen wieder senken, verwundert, daß er so gar anders geworden. Aber auch Georg erschien diese halb kindliche Mädchengestalt mit den tiefgescheitelten blonden Haaren und den braunen Kinderaugen anders, als je zuvor. Er hatte daheim in keiner alten Bibel gelesen, — sie lag auf dem Tannenhof leider zu tief im Staub, als daß sie nur zu finden gewesen wäre, aber

in den stillen Tagen der ersten Trauerzeit hatte er im Auf=
trag der Mutter die alten Hauskalender des Vaters durch=
gesehen, und dort neben den Notizen über Käufe und Ver=
käufe allerlei tagbuchartige Aufzeichnungen gefunden.

Da fand sich denn auch unterm Mai des Jahres 1820:
„Der Metzger wollte die zwei großen Kälber holen, war
aber nichts, weil wir zur Taufe bei Müllers drüben waren.
Habe bei dieser Gelegenheit unsern kleinen Schlingel mit
dem neugebornen Töchterlein drüben verlobt; so ist der auch
schon versorgt! Der Frau Gemahlin ist's nicht vornehm
genug; mich sollt's freuen, wenn es wahr würde.“

Wenn nun auch diese flüchtige Notiz keinen solchen Sturm
von nie gekannten Gefühlen und Gedanken in Georg erweckt,
als in Marien die Worte in der Mutter Bibel, so gaben sie
ihm doch viel zu denken; er hatte die kleine Marie seit
Monaten nicht mehr gesehen, nun war er in Wahrheit be=
gierig, wie sie wohl aussah: natürlich dachte er gar nicht im
Ernst an jene elterliche Verabredung, — welcher Unsinn!
er sich verloben!

Mit dem Müller, da hatte er freilich auf einmal höchst
nothwendig zu reden, der war ja nach des Vaters letztem
Willen zu seinem Vormund ernannt. Frau Rau war damit
nicht recht zufrieden gewesen, sie meinte in all ihrem Leid,
es wäre doch besser, wenn die Familie suchen würde sich zu
heben durch Wahl eines gebildeten Vormunds, doch wollte
sie keine Einrede thun, der Müller hatte sich als treuen Freund
in der Noth bewährt.

„Ich warte gern, gibt's da noch Platz für mich?“ fragte
Georg etwas kecker als er je zuvor gewesen; die Bibel ward
sorgsam in's grüne Gras gelegt, die beiden saßen beisammen,
sie sahen nicht viel vor sich als die grünen Gebüsche und den

blauen Himmel drüber und hörten die Böglein zwitschern und singen, aber dem Georg war's ein bischen seltsam zu Muthe, der Marie vielleicht auch. Diesmal fing sie an zu reden, von seinem Vater zuerst, wie er immer so freundlich gegen sie gewesen und wie leid es ihr um ihn gethan; dann kamen sie auf die alten Zeiten, — man hat bereits alte Zeiten, wenn man sechzehn und achtzehn Jahre alt ist, — auf ihre Wasserfahrten, die Steinerversammlung und die Blumensen= dung ins Meer. Sie waren recht gut im Gespräch, als die Magd von oben rief: „Jungfer Marie, sie sind da, und 's Feuer ist aus, und 's Fleisch kocht nicht!"

Glühend roth sprang Marie auf, nun hatte sie Küche, Fleisch und Feuer droben rein vergessen.

In einem neuen Roman sagt die Helbin, als sie in die Küche muß: „ich muß Sie verlassen, die unscheinbare und doch so gebietende Pflicht ruft mich." Ach, Mariechen war nicht so belesen, daß ihr so schöne Phrasen eingefallen wären, sie hatte an die „unscheinbare und doch so gebietende Pflicht," eben leider gar nicht gedacht und sie ging mit recht bösem Gewissen hinauf.

Bis nun durch ein wahres Höllenfeuer in der Küche der Versäumniß nachgeholfen wurde, wandelte Georg lange in eifrigem Gespräch mit dem Müller im Hausgärtchen auf und ab. Es handelte sich um seine Zukunft. Der Prozeß des Vaters war nach dessen Tode endlich mit einem Vergleich beendet worden, aber das Gut hatte durch Kosten und durch Vernachläßigung in letzter Zeit so viel gelitten, daß es kaum rathsam war für die Wittwe, es zu behalten. Georg wäre jedenfalls zu jung gewesen, es zu übernehmen, seine Pläne waren aber auch andre und er setzte sie dem Müller auseinander, der zunächst nicht sehr viel darauf geben wollte, am Ende aber sich doch mehr herbeizulassen schien.

Marie, die nun mit ganz beispiellosem Eifer in der Küche schaltete, lugte doch so ein wenig durchs Küchenfenster hinaus; es war ihr ein eigenthümliches Bangen und Behagen, die zwei so vertraulich und angelegentlich mit einander reden zu sehen, der schlanke Jüngling im modernen kurzen Röckchen, ihres Vaters breite Gestalt in dem hellblauen Müllersrock, den er sich durchaus nicht absprechen ließ: sie schienen ihr ganz gut zusammen zu taugen. Georg sprach rasch und eifrig in den Müller hinein, der sehr gemächlich zuhörte und nur hie und da sachte den Kopf schüttelte.

„Nun, 's ist Essenszeit," sagte endlich der Müller laut, „Du ißt mit, Georg, Deine Mutter erwartet Dich doch nicht mehr, willst ja Nachmittag ohnehin in die Stadt hinüber. Heut wird jetzt nichts mehr geredt, morgen früh kannst wieder herüberkommen, da sollst dann Auskunft haben; muß mir's heute Nachmittag noch überlegen."

Bei Tische war Georg schweigsam; er sprach nicht mehr mit Marie, die ihm still gegenübersaß und nicht recht aufblickte; die Müllerin war mit dem Christian beschäftigt, der bei Tische nie viel redete, aber desto mehr aß und womöglich mit beiden Händen hineinschob, der Müller war gut aufgelegt, er blickte hie und da nach seinem aufblühenden Töchterlein mit einem pfiffigen Lächeln hinüber, das der Müllerin etwas unbehaglich war. Nun, das Müllerkind war schon ein herzerfreulicher Anblick, und war einem Vater nicht übel zu nehmen, wenn er seine Augen weidete an ihr; über das kornblumenblaue Kleid hatte sie, dem verstorbenen Döte zu Ehren, ein schwarzseidenes Schürzchen gebunden, es hob so recht ihre frische, blühende Farbe; das blonde Haar, die klaren Augen,

der ganze liebliche Duft der reinen, ersten Jugendblüthe lag
über der jungen Gestalt — es war Georg vordem noch
kein einziges Mal eingefallen, daß das Müllermariechen so
hübsch sei.

Die einfache Mahlzeit war beendet, obgleich sie etwas
länger gewährt hatte, da das Fleisch, durch Mariens Schuld,
ziemlich hart zu beißen war. Georg hatte einen Freund in
die Stadt bestellt, so ging er nach Tisch fort. Er nahm mit
wenig Worten Abschied, behielt aber Mariechens Hand länger in der seinen, als nöthig war.

So recht sonnenwarm und still lag der Sonntagnach-
mittag über der Mühle, das Gesinde hatte sich nach allen
Seiten hin verlaufen; Marie war zum alten Schulmeister
hinaufgegangen, ihr bester Freund noch von den Schultagen
her; seine Frau war etwas invalid und keine Freundin vom
Spazierengehen: da war's ihm denn gar lieb, wenn seine
alte Schülerin mit ihm einen gemächlichen Gang durch die
Felder machte, er that sein Bestes, seinen ganzen Vorrath von
Schul= und Lebensweisheit in ihre empfängliche Seele nie-
derzulegen, und es war ihm oft, als ob bei verwickelten
Fragen, die ihm lange zu denken gegeben hatten, die kleine
Marie mit ein Paar einfachen Worten das Rechte gefunden habe.

Christian trieb sich draußen mit Kameraden um, so saß
der Müller und seine Frau in ihrem Stübchen allein. Die
ungewohnte Stille — nur selten konnte die Mühle am Sonntag ganz still stehen — das warme, tiefe Sonnenlicht, das
Summen und Singen der Käfer und Vögel vom Inselein
her, das alles gab ihnen so recht das Gefühl einer Feiertags-
stunde, wie sie selten einkehrt bei älteren Leuten, die sich in
regem Geschäftsleben umtreiben.

Weite Spaziergänge sind nicht im Geschmack der Land=

bewohner, ein langsames Wandeln um die eigenen Wiesen und Felder, die man gern sieht im Lichte der Sabathruhe, nachdem man sie die Woche durch bearbeitet im Schweiß des Angesichts, oder solch ein Stillesitzen daheim, das lieben sie, und das brachte auch der Müllerin das frieblichste Sonntagsgefühl. „Es gibt Zeiten," pflegte sie zu sagen, „wo man den Herrn suchen muß, oft recht mit Müh und Sorge. Aber es gibt auch Tage, und das sind die besten, wo man nur ganz stille halten und reinen, freien Raum machen muß, damit er hereintreten kann. So ist er zu den Jüngern getreten am See Genezareth, so zu der Maria im Garten," — und so saß die gute Müllerin mit einem recht sonntagsstillen Herzen und ließ die golbne Sonne hineinscheinen und hörte gelassen auf die Mittheilungen ihres Mannes.

„Also siehst, Weib," fuhr der Müller fort, „so steht's. Der Rauin ihr Schwager hat nun einmal seinen Sinn auf den Hof gestellt, und sie thut am besten und läßt ihn ihm, so lang er noch einen orbentlichen Preis dafür zahlt . . ."

„Aber ihrer Eltern Gut und Sitz!" seufzte die Müllerin, „es ist noch eine G'schrift da, wie ihr Urähne nach dem breißigjährigen Krieg das Haus hat wieder aufgebaut."

„Ist einerlei," sagte der Müller, „wär mir auch nicht lieb, aber besser ben Hof lassen, als daß er vollends zu Grund geht. Mein Vater selig hat g'sagt; „„wenn D' ein Gut hast, und läßt einen guten Baum drauf umhauen, so geh' am selbigen Tag hin und laß bein Gut ins Wochenblatt setzen zum Verkauf, denn hin ist's und der Segen fort, wenn's an die Obstbäum' geht."" Und brüben auf dem Tannenhof haben sie schon manch schönen Baum abg'schlagen, 's geht 'runter, Weib, 's geht' runter!" Die Müllerin machte nie eine Einrede, wo die Autorität des Vaters selig in's Spiel kam.

„So kann ich's also dem Georg nicht verdenken," sprach der Müller weiter, „wenn er an dem Hof keine Freude hat und etwas anders werden will. Bin zwar nicht arg fürs Studieren, „ung'studierte Leute sind auch keine Esel," hat mein Vater selig g'sagt, „und um das Geld, was einer verstudiert, könnt' man die schönsten Aecker kaufen und hätt' zu essen sein Lebtag."

„Bin einmal in Tübingen gewesen, wo sie studieren, noch wie ich lebig war, und bin in einem Wirthshaus gewesen, haben da die jungen Herrn geschrieen und gesungen und gerandalirt und Bier hinuntergeschüttet, daß es ein Graus war! „Höret, ihr Herrn," hab' ich g'sagt, „macht man's so, wenn man studieren und g'scheidt werden will?" „Das verstehst Du nicht, Knot," hat der eine g'sagt, — er muß nicht recht verstanden haben, daß ich Roth heiße — „wenn man in Tübingen studiert, so wird man von selbst gescheidt." „Hab's nicht gewußt," sagt' ich wieder, „hab' zwar gelesen: Der Herr gibt's den Seinen im Schlaf, war mir aber unbekannt, daß er's ihnen auch im Saufen gibt, aber der Mensch muß freilich etwas voraus haben vor dem lieben Vieh, das sauft nur wenn's Durst hat, der Student herentgegen auch ohne Durst."

„Wegen dem Georg?" warf die Müllerin ein, die diesem Ausfall gelassen zugehört hatte. „Ja so," besann sich der Müller wieder, „nun, so arg wird's der einmal nicht treiben, ich kann ihm nicht so ganz entgegen sein, wenn er studieren will, man braucht's nun einmal auch mitunter, und ein Doktor, wenn er geschickt ist, ist so übel nicht dran."

„Also Doktor will er werden?"

„Ja, Weib, und 's ist ihm recht ernst mit dem Studieren, und" hier stieg das listige Lächeln auf seinem Gesicht auf, „er hat auch schon an eine Frau Doktorin gedacht...."

„An unſre Marie?“ fragte die Müllerin erſchrocken
und doch vielleicht im tiefſten Grunde heimlich geſchmeichelt,
„das kannſt Du nicht im Ernſt denken, das Kind!“

„Mag sein, Weib; preſſirt ja auch nicht, aber — was
sein soll ſchickt ſich wohl, hat ja doch kein Menſch mit den
Kindern von selbiger Abrede an der Taufe geredet, und iſt
ihnen nun von ſelbſt ins Herz gekommen, oder doch dem Georg.
Sei's um ſechs Jahr, ſo kann er sein eigen Brob haben,
denn bälder thu ich's nicht, dann iſt ja die Marie noch blut=
jung und eben recht. Du ſiehſt ja ſonſt allenthalben Gottes
Finger.“

„Gottes Leitung wollen wir walten laſſen und nicht
vorgreifen,“ ſagte die Frau, „ich bitte Dich nur das Eine:
mach nichts aus und leib nicht, daß der Georg etwas zu
dem Mädchen ſagt und ſich durch ein Verſprechen bindet, ſie
ſind zu jung, ſie kennen ihr eigen Herz noch nicht; es ſoll
ihm keine Treubruch und keine Sünde sein, wenn's ihm wie=
der anders kommt; laß es im Stillen.“

„Na, meinetwegen,“ bruttelte der Müller, der gar ungern
etwas auf dem Herzen behielt. „Mein Vater ſelig hat zwar
geſagt, wenn er von einem Eheverlöbniß hörte: „machet voran,
eh's der Teufel erfährt,“ aber voran machen könnte man ja
doch nicht, drum mag's meinetwegen noch in aller Stille
bleiben, damit's dem Mädchen nichts ſchadet; ich mein' aber
als, der muß in Gott froh ſein, wenn er ſie nur kriegt.“

„Und ſeine Mutter?“

„Na, die nun erſt recht! Ich hab' von unſerm Doktor
gehört, daß es ſeine fünf bis ſechshundert Gulden jährlich
koſtet, wenn einer ordentlich ſtudieren will, und fängt er an
als Doktor, ſo muß er auch wieder viel zuſetzen, — das kann
die Rauin drüben derweil gar nicht aufwenden, bis ihre Sachen

in Ordnung find; dafür ist der Müller da. Ich meine, sie
müßte Gott danken, und unsere Marie gibt eine Frau wie
Eine; und schlecht ist's doch auch nicht, wenn sie Frau Dok=
torin ist, auf die Mühle ist ja der Christian da.“

„Es sei dem Herrn befohlen,“ sagte die Müllerin. Es
war ihr nicht unlieb, daß ein Bäcker drunten war, der den
Müller sprechen wollte und daß sie allein blieb mit ihren
Gedanken und mit ihrer Bibel.

Georg machte sein Examen und kam, eh' er die Univer=
sität bezog, noch einmal auf die Mühle, um Abschied zu neh=
men. Die Müllerin hatte ihn gebeten, vorher nicht zu kommen.
Es wurde überhaupt von Marien und von Verlobung nicht
gesprochen, die beiden Mütter schienen schweigend einverstan=
den, ein Alleinsein der jungen Leute möglichst zu verhindern.
Bei der Müllerin war es Gewissenhaftigkeit, bei Frau Rau
der stille Hintergedanke: „mein Georg könnt's auch noch besser
treffen!“

Der Müller hatte in sehr unumwundener Weise, die
für das Selbstgefühl des jungen Mannes einiges Verletzende
hatte, seine Vermögensverhältnisse mit ihm besprochen: „Bei
Deiner Mutter ist noch alles durcheinander; kein Mensch kann
sagen, ob ihr etwas bleibt oder nichts; so schieß' ich derweil
vor was nöthig ist; nicht weil Du von dem Mädchen da drüben
gesprochen hast, — zu verkaufen brauch' ich das Kind nicht
— aber weil Dein Vater mein guter Freund und Gevatter=
mann gewesen ist und das Zutrauen zu mir gehabt hat, daß
ich für seinen Sohn sorgen werde. Dreihundert Gulden
kriegst für ein halb Jahr, das muß aber für alles auslan=
gen,“ — „ein Heidengeld,“ brummte der Müller für sich da=
zwischen, — „Schulden werden nicht bezahlt. Zuerst zahlst

Deine Professor, denen wirst geben müssen, was sie verlan=
gen; ich denke, solche Herren werden ein armes Bürschlein
wie Du bist, nicht überfordern," — Georg biß sich auf die
Lippen — „dann," fuhr der Müller in seiner nützlichen An=
weisung fort, „dann thust Du alles beiseite, was Du für
Kost und Wohnung brauchst."

„Bedienung?" warf Georg ein.

„Nun ja, was braucht so ein junger Mensch für Be=
dienung, ich weiß einen Stubent, der hat sich am Feierabend
allemal seine Stiefel selber gewichst und seinen Rock gebür=
stet, will's Dir aber nicht zumuthen. Mit der Kleidung, da
montirt man Dich neu, dann brauchst Du so bald nichts,
Bücher wirst Dir auch etliche anschaffen müssen, wiewohl ich
gemeint habe, dessenthalb stubiere man, daß man auswendig
wisse, was in den Büchern steht. Was Du dann noch übrig
hast, von dem kannst Du Dir eine Güte thun, und hie und
da Abends ein Schöpplein trinken oder am Sonntag wo
'nausspazieren und einkehren, es sollte noch zu allerlei reichen,
muß ja mancher mit Weib und Kind von sechshundert Gulden
leben! Abgehen darfst Dir nichts lassen."

„Vier Jahr, sagen sie, sei nöthig, wenn einer auf den
Doktor stubiert," fuhr der Müller fort, der das traurige
Schweigen seines Mündels für vollkommenes Einverständniß
hielt, „das will ich mir also auch gefallen lassen, wiewohl's
ein Heidengeld kostet, und soll mich gar nichts dauern, wenn
Du etwas Rechtes lernst; karteln, (Kartenspielen) thust mir
nicht, auch nicht so wüst saufen, wie selbige Stubenten.
„Wenn D' zum erstenmal gekartelt hast," hat mein Vater
selig gesagt, „so geh heim und schäm Dich, daß D' so ein
bummer Kerle bist, der nichts Gescheibteres zu thun weiß;
wenn D' aber zum zweitenmal hingehst, und 's gelüstet Dich

schon nach den Karten, so gehe vorher aufs Amt und laß Dich mundtodt machen, damit auch noch etwas übrig bleibt für Dein Weib und Kind.“

„Na, für Weib und Kind hab’ ich doch nicht zu sorgen,“ fiel Georg ein, dessen achtzehnjährige Geduld nicht mehr Stich halten wollte. „Hast’s noch nicht,“ sagte der Müller in unerschütterter Ruhe, „aber was Du thust von Jugend an: ob Du Dein Sach’ verpraßt in Leichtsinn und Sünden, oder ob Du fleißig bist und rechtschaffen, Dein Leib und Seele rein hältst und in Ehren, — das hast doch für Weib und Kind gethan, und wenn Dein künftiges Weib noch nicht auf der Welt wäre; — Du wirst’s einmal inne werden, mit bitterem Herzeleid oder mit Dank und Herzensfreude.“

Während des Müllers Rede lehnte Georg am Fenster, im Garten unten da stand Marie zwischen Spätrosen und Reseden und schien halb zögernd ein Sträußchen zu pflücken, dazwischen erhob sie hie und da die Augen und senkte sie rasch, als sie Georgs Blick begegnete. „Um eines so lieblichen Töchterleins willen,“ dachte dieser, „kann man sich schon eine Predigt von ihrem Vater gefallen lassen, auch wenn sie knotenhaft langweilig ist.“

„Nun, weil wir doch schon daran sind,“ sagte der Müller zum Schluß, „wegen unsrer Marie, da möchte meine Frau gern, daß noch gar nichts darüber geredet würde, weil ihr alle zwei noch so gar jung seid. Einstweilen soll das Kind gut auferzogen werden und behütet, daß sie eine rechtschaffene Frau gibt für jeden rechten Mann. Hast Du Dein Sach’ recht gelernt, und kannst einmal Dein eigen Brod essen, verstehst mich, bälder nicht! und Du willst sie noch und sie will Dich, dann sollst Du sie haben und wenn zehn Reichere kämen. Derweile kein Gelöffel und kein Briefgeschreibe, nichts

dergleichen. Und jetzt b'hüt Dich Gott und werd ein recht=
schaffener Mann."

Spät in der Nacht, als der Müller noch unten war,
um in der Mühle nachzusehen und die Müllerin sich zur
Ruhe gelegt hatte in dem alten großen Himmelbett, da kam
Marie noch leise herein: „Mutter, ich habe von dem Georg
noch allein Abschied genommen, drüben auf der Insel; ist
das eine Sünde?"

„Hast Du ihn denn heißen hinüberkommen?"

„Nein, Mutter; ich habe gespürt, daß er noch kommt,
und ich habe auch gespürt, daß Du nicht gern hast, wenn
wir allein sind. Aber verboten hattest Du mir's nicht,
Mutter, nicht wahr?"

„Nein, Kind. Was hat er sonst noch gesagt?"

„Das Sträußchen hat er mir genommen, das ich vor=
her im Gärtchen angesteckt habe, und dann hat er noch ein
Vergißmeinnicht gefunden am Bach drunten, das hat er mir
gegeben, und gesagt, ich soll ihn gewiß nicht vergessen, er
wolle an mich denken alle Zeit. Mutter, darf ich's be=
halten?"

„Behalt's in Gottes Namen, Kind, und leg's in Deine
Bibel, wenn Du es ansiehst und an den Georg denkst, so bete da=
bei, daß Gott ihn behüten möge und rein bewahren. Gib
Dein Herz dem Herrn, dann wird es ein köstliches Kleinod,
ob Du es nun für den Georg aufheben darfst oder nicht.
Denk an das Sprüchlein, das ich an Deinem Geburtstag
gezogen: „Siehe, ich bin des Herrn Magd, mir geschehe wie
Du gesagt hast," das bete von Herzen!"

„Dein Herz und Deine Zukunft gib in Gottes Hut
und nicht in die eines Menschen, und wenn's der beste wäre.
Gute Nacht, Marie."

Und Marie legte das Vergißmeinnicht in ihre Bibel und ihr Herz und ihre Zukunft in Gottes Hand und schlief ein in Frieden.

————

So überaus genau die Vorschrift gewesen, mit denen der Müller „seinen Studenten,“ auf den er sich heimlich nicht wenig zu Gute that, zur Universität entlassen hatte, so ließ er ihn doch mit unbedingtem Vertrauen die neue Laufbahn gehen. Dies Vertrauen und das Bewußtsein, der einzige Sohn, die künftige Stütze einer Wittwe zu sein, gab Georg einen gewissen Halt, so daß er sich von dem ungewohnten Studentenleben, von dem Reiz unbedingter Freiheit nicht zu viel hinreißen ließ. Mitunter fand er freilich die Geldein=theilung, wie der Müller sie vorgeschrieben, etwas schwierig, auch blieb's nicht eben bei dem „Schöpplein Bier“ am Abend, doch war er darin auch nicht überscrupulös: „der Mann ver=steht's nicht besser, wenn ich nur solid bleibe und schließlich mein Examen mache, so ist das andere meine Sache.“

Das blonde Kind mit den braunen Rehaugen vergaß er nicht, — nicht daß sie ihm als Kampfpreis vorgeschwebt wäre, der zu erringen sei mit Mühe und Arbeit, — ach nein, für gewonnen hielt er sie schon, aber lieblich und an=muthig, fast mehr noch als sie in Wahrheit war, malte sie ihm seine Phantasie, wie das bei einer jungen Liebe leicht zu gehen pflegt. Wenn er sich auch bei dem mitunter etwas rohen Treiben der Gefährten zu Zeiten mit gutem Humor betheiligte, so that es ihm doch wohl, etwas für sich ganz ganz eigen, heimlich in seinen Gedanken zu haben. Roman=tische Freundschaften unter Jünglingen waren dazumal schon selten. Die Freundschaften auf Leben und Tod sind sammt den Jünglingen mit den Nachklängen der Befreiungskriege zu Grabe getragen worden, es gibt nur noch junge Männer, Gesellschaftsmitglieder und Bekannte, — so hatte er keinen Vertrauten seiner Liebe; er schrieb nicht an Marie, an den Müller, der selbst nicht stark in der Feder war, sehr selten, aber so oft er seiner Mutter schrieb, sandte er Grüße, Bücher oder sonst einen kleinen Auftrag an Marie.

Frau Rau aber war im Begriff, ihre Heimath zu ver=lassen. Sie hatte den Hof verkauft und wollte zu ihrer Schwester ziehen, die „Hotelbesitzerin,“ zu deutsch Gastwirthin in einer belebten Handelsstadt war. „Ich habe da natürlich mit dem Geschäft gar nichts zu thun,“ versicherte sie die Müllerin, „nur vielleicht hie und da die gebildeteren Gäste zu unterhalten und hier bleiben kann ich nicht, der Kummer frißt eigentlich an mir.“

„Thu's in Gottes Namen,“ sagte die Müllerin, die noch wenig Spuren dieses „fressenden Kummers“ bei der Gevatterin bemerkte, „mir würd' es angst und bang mit einem betrüb=ten Herzen in so einem Gethue.“

„Vor das habe ich mein eignes Zimmer,“ belehrte sie Frau Rau, „o! da werde ich noch Zeit genug haben, betrübt zu sein, an den Abenden, wo kein Gesellschaftstag ist! Tanz=musik ist freilich oft störend, aber das ist nur alle vier Wochen beim Casino. . .“

„Hättest nicht lieber wollen in die Universitätsstadt ziehen, daß Dein Georg eine Heimath bei Dir gehabt hätte?“

„Weißt, Christine,“ sagte vertraulich, wenn auch immer etwas herablassend, Frau Rau, „einestheils langt mein Ver=mögen, was mir vom Hof übrig bleibt, nicht recht, einen eigenen Haushalt zu führen, anständig, wie es doch sein müßte;

anbrentheils hab' ich gehört, daß bei der Universität niemand, auch die allervornehmsten und reichsten Leute nichts gelten, wenn sie keine Professor sind, das könnte ich doch auch nicht ertragen."

Frau Rau hatte sich mehr und mehr in den Gedanken ergeben, die liebliche Müllermarie als Zukünftige ihres Georg zu sehen, namentlich als ihr die Augen aufgegangen waren über den bescheidenen Stand ihrer eignen Verhältnisse. Aber bringend legte sie Müllers die Pflicht ans Herz, etwas für Mariens Ausbildung zu thun; was sie beim Schulmeister und seiner Frau gelernt, das sei ganz und gar unzulänglich für ihren möglichen künftigen Stand, „wenn sich mein Georg nicht noch anders besinnt;" „„oder auch unsre Marie,"" sagte trotz all ihrer Sanftmuth etwas spitzig die Müllerin; — auf d e n Punkt versteht eine Mutter keinen Spaß.

Der Müller, der seine Marie, seinen Augapfel, gern recht vollkommen, ein ganz begehrenswerthes Gut wissen wollte, stimmte der Frau Rau bei und die Mutter gab nach, obwohl sie ein unbestimmtes Grauen vor der Residenz empfand, dem einzigen Orte, wohin ein junges Mädchen zur Ausbildung, „zum Schnellbleichen" oder „Feinschleifen" ge= schickt werden konnte.

Töchterpensionen galten damals noch für Ausnahmen, aber Frau Bäcker Huschwabel, die Geschäftsfreundin des Müllers in der Residenz, wußte eine Wittwe von Stand, die jungen Fräulein, die „Bildung erlernen" wollten, mütter= liche Leitung, Ueberwachung und Gelegenheit zu französischer Conversation zusicherte und es wurde beschlossen, dieser Ma= riechen zur Politur zu übergeben.

So wurde denn unter stillem Seufzen der Müllerin eine erfahrene Nähterin ins Haus genommen, um Marie für

die Residenz herauszuschneidern, der Müller entlehnte die
Kutsche des Sonnenwirths im Dorf droben und das Ehe-
paar im schönen, ehrbaren Sonntagsputz sammt dem dicken
Christian, der nagelneu montirt und mit einem rothseidenen
Halstuch geschmückt war, brachten ihr Kleinod in eigner Per-
son in die Hände der Frau Registrator Rieberich.

———

Frau Registrator Rieberich war so recht was man eine
resolute Frau nennt, sie hatte den Kampf mit dem Leben
rüstig aufgenommen und war bis jetzt damit fertig geworden.
Das Schicksal hatte sie nie weich gebettet, man hatte sie nicht
darüber klagen hören, sie war weder fröhlichen noch melan-
cholischen Temperaments, sie gehörte nicht zu den jammernden,
nicht zu den empfindlichen und nicht zu den ergebenen Wittwen, — sie war blos resolut. Ein armes frühverwaistes
Mädchen, hatte sie bald lernen müssen sich unter Fremden
„durchzuschlagen,“ sie hatte überall ihre Schuldigkeit gethan
und sich selbst nicht zu viel geschehen lassen; einen Lebens-
frühling mit Lieben, Hoffen und Träumen hatte sie nicht gekannt, sie war Küchengewächs, keine Gartenblume, — Kohl-
raben haben keinen Blüthenmond.

In sehr gereiften Jahren war sie Haushälterin bei dem
kränklichen Registrator Rieberich geworden, er hatte sie zu
seiner Gattin erhoben, sie hatte diese Ehre dankbar erkannt,
hatte die Würde einer Hausfrau übernommen, etwa wie sie
eine neue Stelle übernommen hätte, und war ihm eine getreue, aufopfernde Dienerin und Pflegerin geblieben. Sein
Andenken hielt sie in Ehren, obgleich sie keine rosigen Tage
an seiner Seite verlebt hatte. Denn eine glänzende Stelle
war auch dieser neue Posten nicht; der Herr Registrator war

nicht gesonnen, um seiner Pflichten als Gatte und Vater willen seine eigenen Bedürfnisse zu beschränken; Rauch= und Schnupftabak, sowie sein allabendliches Schöpplein in einer anständigen, stillen Kneipe nahmen unverhältnißmäßig viel von dem kleinen Einkommen weg. Drei Töchter wuchsen heran, ohne daß das Einkommen mit ihnen wuchs, ein Um= stand, auf den Herr Rieberich nicht gerechnet, der zunächst seine Haushälterin nur geheirathet hatte, um jeden Wechsel der Bedienung und das Salair zu ersparen.

Die Frau aber blieb resolut unter allen Umständen, sie arbei= tete in die Industrie, sie besorgte Kommissionen für Pfarrfrauen gegen ein kleines Honorar an Butter, Eiern u. dgl., sie fand Mittel und Wege, in ihrem sehr engen Logis auch noch einen leib= armen Gymnasiasten unterzubringen, und trotz des billigen Kostgeldes und anständiger Ernährung noch an ihm zu pro= fitiren. Die älteste Tochter Mine, gleich der Mama eine vorherrschend praktische Natur, wurde vorzugsweise im Kochen und Nähen ausgebildet, die zwei jüngsten, die talentvoller waren, brachte man in eine höhere Töchterschule zweiten Ran= ges; die praktische Frau machte es möglich, das mäßige Ka= pital, das Herr Rieberich in die Ehe gebracht, unberührt zu erhalten bis zu seinem Tode.

***

Auch nach diesem traurigen Ereigniß hatte der resolute Geist bald wieder die Oberhand gewonnen. „Etwas muß angefangen werden," besprach sie mit einer Bekannten, „die Pension und meine Zinslein reichen nicht, Nähen und Stricken trägt nicht viel, wir müssen sehen was wir thun, um das Kapitälchen nicht anzugreifen."

„Halten Sie einen Kosttisch," schlug Frau Verwalter

Mezger vor mit pfiffigem Lächeln, „für junge Kaufleute und
ledige Kanzleiherrn; wer weiß, wie sich's da schickt, ist schon
so Manche angekommen . . . .‟

„Geht nicht, Mezgerin,‟ entschied Frau Rieberich, „das
führt zu nichts Solidem mehr in unsrer Zeit; ein Mädchen
ohne Geld, die einen Mann kriegt, ist so rar wie ein weißer
Hirsch. Hab' mich anders resolvirt. Die Elise ist die säu-
berste und gescheidteste von meinen Mädchen, der will der
Institutsvorsteher einen Platz als Gouvernante verschaffen.
Die Nane ist kränklich und die Mine wüst, Männer kriegen
sie nicht, aber die Nane hat französisch gelernt und die Mine
kann gut kochen und nähen. Da will ich's denn probiren,
sie daheim behalten und Kostjungfern nehmen. Viel trägt
das nicht, aber mag leicht sein, so schlägt man das Maul
raus,‟ (welcher schöne Ausdruck bedeuten soll, man bestreitet
die Kosten für eignen Tisch,) „und die Mädchen können immer
noch daneben etwas verdienen.‟

So geschah's. Elise, ein nettes, gewandtes Mädchen
fand eine Stelle als Gouvernante; zwar verstand sie von den
zahlreichen Fächern, die sie lehren sollte, nicht eben viel, aber
sie hatte etwas von dem resoluten Wesen der Mutter geerbt
und dachte sich schon durchzuschlagen. Der Gymnasiast wurde
entlassen; in derselben Wohnung, wo es schon ein Kunstwerk
war, den Jüngling unterzubringen, wurde jetzt Raum geschafft für vier „Kostfräulein‟; es war so künstlich, wie die
Spinnrädchen in einer Glasflasche: wie sie hinein gekommen,
begreift niemand, aber drinnen sind sie.

———

Wie manches hatte Marie so von weitem gehört und
gelesen von dem verlockenden Glanze und von den Gefahren

eines Lebens in der Residenz, — sie wurde von keinem von beiden etwas gewahr.

Frau Rieberich bewohnte sammt ihren drei Töchtern und vier Kostfräulein den vierten Stock eines saubern Hauses in einer anständigen Straße, einer stillen Straße, in der Gras wuchs, in der selten der Tritt eines Menschen und niemals der Hufschlag eines Rosses gehört wurde, außer wenn der Doktor einmal vorfuhr bei dem alten Archivrath drüben.

Wie einsam kam sich das Kind vom Lande vor, da oben, an stillen Sonntagen, wo die andern Mädchen ausgeflogen waren zu Besuchen bei Bekannten und Verwandten; — sie hatte keine einzige bekannte Seele in der Stadt, und blieb am liebsten zu Haus, wenn nicht an besonders schönen Sonntagen Frau Rieberich zum Vergnügen ihrer Pflegebefohlenen einen Spaziergang in den Schloßgarten oder gar einen Ausflug zu der Milchfrau in einem benachbarten Dorf machte.

Werktags, da führte Marie ein geschäftiges Leben, — sie hatte Freude an Handarbeiten und flinke, geschickte Finger, hatte aber genug zu thun, um andern, besser geübten Mädchen gleich zu kommen. So war sie denn früh schon mit ihrer Nadel geschäftig am Fenster ihres Stübchens, wenn die andern noch schliefen. Das Stübchen, auf der Rückseite des Hauses, schaute auf ein großes Viereck von Häusern; nur in der Mitte dieses Quarrés lag ein melancholisches, sonnenloses Gärtchen, wenig Blumen sproßten aus dem schattigen Grund, im Hintergrund lag eine große Gaisblattlaube, dicht verwachsen und umrankt wie Dornröschens Schloß, in der Mitte war ein künstlicher Hügel aus Tuffsteinen, dazwischen spärliche Blümlein wuchsen und auf dessen Gipfel in einer alten Steinvase eine Aloe prangte. Von wannen das Gärtchen

stammte und wem es gehörte, das wußte Marie nicht, hatte
auch nie darnach gefragt, sie hatte nie eine Seele darin gesehen, aber es hatte einen geheimnißvollen Reiz für sie, hin-
unterzuschauen, und oft bildete sie sich ein, die verschlungenen
Ranken der Laube müßten sich auf einmal voneinander thun,
und irgend eine liebe, bekannte Gestalt daraus hervortreten;
— weiß nicht, ob sie sich sagte, welche? Mariechen hatte den
reblichen Willen, nach der Mutter Geheiß zu warten, nicht
nur mit Brautkleid und Kranz, — das gab sich ja von selbst,
aber auch mit Herz und Gedanken.

Und Marie hatte gar viel zu thun und nicht zu lange
Zeit zum Träumen, sie mußte ihre französischen Lektionen
einüben, die oft blutsauer gingen, — sie hatte ja Stunden
genommen bei dem alten Herrn Mercier, einem herabgesetzten
Sprachmeister; und eh' sie sich versah, schlug's sieben und
rief man zum Kaffee. Fräulein Mine präsidirte am Früh-
stückstisch und schenkte ein, Punkt sieben, Kaffee mit Syrup
und bläulicher Milch für Anwesende und Abwesende; wer zu
spät kam, den beruhigte sie mit dem immer gleichen Trost,
daß kalter Kaffee schön mache.

Nun kamen die Nähstunden! Vormittags sein Weißnähen
und Sticken, darin unterrichtete eine Dame, „die einst bessere
Tage gesehen," die war zumeist besucht von Fräulein der
Residenz, da wurden neue Kleider und unmoderne Hüte un-
barmherzig bespöttelt und kritisirt, und meist vom Theater
und Concerten gesprochen, sogar vom Hof, denn es kam ein
junges Mädchen her, deren Tante die Jugendfreundin einer
Hofdame war.

In diesem Kreis war es dem schüchternen Landkind angst
und bang, sie schaute nicht auf von der Arbeit und nähte
mit einer fast krampfhaften Emsigkeit, auch machte keine der

jungen Fräulein einen Versuch, ihr näher zu kommen; „ein Müllersmädchen," hatte Eine mit etwas geringschätzigem Ton mitgetheilt, da war's ja natürlich, daß Keine mehr Anknüpfung mit ihr suchte. Die Jugend ist selten berechnend, aber häufig rücksichtslos.

Nachmittags aber, da ging's in die „Kleidernähet", da präsidirte die freundliche Frau Kern, die auch ein trübes Geschick nicht vergessen gemacht hatte, daß sie einst jung gewesen war und die sich selbst wohl fühlte in dem Kreise junger Mädchen, die, von allen Theilen des Landes zusammengewürfelt, in der Residenz Kleidermachen, Bügeln und Bildung erlernen sollten.

Da flogen die Nadeln auch emsig, es gab allerlei Wetten, wer zuerst fertig sei, — aber noch viel flinker regten sich die Zünglein mit Plaudern und Lachen, bis wieder die gutmüthige Stimme der Frau Kern mahnend dazwischen rief: „ei, macht's nicht gar zu buut! Ihr arbeitet mir ja nichts mehr, wenn ihr so viel schwatzt!"

„So? Frau Kern, wissen Sie nicht mehr:

Wenn gute Worte sie begleiten,
So fließt die Arbeit munter fort!"

rief da ein naseweißes Stimmchen, und unter fröhlichem Lachen gingen die Nadeln doppelt flink, um die Warnung der Lehrerin zu widerlegen. Da wurde erzählt und mitgetheilt aus den verschiednen Gegenden und Lebenskreisen, aus denen die Mädchen stammten, die Stände waren hier etwas mehr gemischt, und die Lehrerin selbst zeigte so freundliches Interesse für alle, daß kein vornehmes Herabsehen auf das „Müllersmädchen" Mariechens warmes Herz verkühlte. Es wurde gesungen und gespielt, so weit sich's mit dem Nähen vertrug, und wenn wieder das Kommando der Frau Kern erschallte:

„jetzt aber seib auch ein bischen still!" so wurde alsbald eine „Stillstunde" ausgerufen, und wer ohne Noth das Schweigen brach, der mußte einen Kreuzer Strafe bezahlen, und die so gesammelte „Schwätzkasse" wurde später, wenn es hinreichte, zu einem gemeinsamen Spaziergang verwendet.

Es war ein fröhliches Schaffen in der Nähstube. Das Haus lag in einem noch nicht ausgebauten Stadttheil, da gab's frische Luft, grüne Bäume und Vogelgesang und die grünen Rebenhügel, die rings die Stadt umgaben, schauten herein.

Da thaute Mariens Herz auf und sie vergaß das Heim= weh. Die gute Frau Kern hatte ihr ganzes Herz gewonnen und wenn sie allein ins innere Zimmer zum Anprobiren zu ihr kam, da redete die so freundlich, mütterlich mit ihr, berieth sie in allerlei Verlegenheiten und zeigte so herzlichen Antheil an all ihrem Leben und den Ihren, daß Marie zuletzt ihr schüchtern erröthend so halb und halb gestand, wie sie beinahe und fast gar Braut sei, es dürfe es aber noch gar kein ein= ziger Sterbensmensch wissen. „Nun, Sie sind noch so jung, Marie," sagte die freundliche Frau, „da kann freilich noch allerlei kommen; sammeln Sie sich nur indeß eine schöne Aussteuer: ein frommes Herz, gute und reine Gedanken, Fleiß und Geschicklichkeit, dann wird auf allen Fall Ihre künftige Heimath freundlich werden."

Die „Kleibernähet" nimmt gewiß einen untergeordneten Rang in der Reihe der städtischen Bildungsanstalten ein, und Frau Kern war eine einfach gebildete Frau, und doch wurde gerade hier Mariens Blick geöffnet für Welt und Leben, hier allein fühlte sie sich daheim und jung und fröhlich. Ein ge= bildetes Herz und ein freundlich Gemüth verbreiten eine heitre Lebensluft um sich, mögen sie nun walten wo sie wollen, und manch bankbare, frohe Erinnerung aus der Jugendzeit weilt wohl auf jener schmucklosen Stube der „Kleidernähstunde", wo der Boden mit Flecken aller Farben bedeckt war und wo das alte Klavier nur noch dazu diente, daß man Kleider darauf zuschnitt.

Monsieur Mercier, der französische Sprachlehrer, machte sich seine Aufgabe nicht zu schwer. „Conversation ist die Hauptsache," wiederholte er oft, ließ seine Schülerinnen ein paar Verbs und eine Fabel von Lafontaine aufsagen; — da sie diese nie recht behielten, so war es immer wieder dieselbe:

La cigale avait chanté
Tout l'été

reichte für einen ganzen Sommer aus, dann begann Monsieur Mercier die Conversation, erzählte von seiner eignen Familie, von seiner patrie und von allen Dingen zwischen Himmel und Erde; dazwischen fragte er immer wieder gewissenhaft: comprenez vous, Mesdemoiselles? Ab Sie verstanden? „Un peu, Monsieur" antwortete sehr schüchtern Marie, weil sie nicht wußte, was „nichts" auf französisch heißt, „bien", „gut", sagte vergnügt Mr. Mercier, das ist genug für die Anfang, conversation, c'est die Auptsach."

Auch im Piano waren Mariens Fortschritte nicht glänzend, obgleich sie und eine Lehrerin einander jämmerlich quälten mit Fingersatzübungen und mit einer Sonate von Herz, nur ihre wirklich liebliche Singstimme gewann noch unter guter Leitung. Musik und Französisch waren von Frau Rau angeordnet worden, — es that Mariechen leid, daß sie gerade darin nicht mehr leistete, aber — Georg würde es am Ende damit so genau nicht nehmen! hoffte sie.

Wo die Pracht und Herrlichkeit, und wo die großen Gefah-

ren des Refidenzlebens liegen follten, das begriff Marie nicht
recht, fie fah wohl hie und da mit namenlofem Refpekt eine
Hofequipage mit fcharlachrothen, betreßten Dienern vorüber=
fahren und im Schloßhof halten, fie fah einmal, als fie fpät
durch den Schloßgarten nach Haufe ging, in dem kleinen See,
der vor dem Schloffe liegt, den Schimmer der Kerzen wider=
ftrahlen, und malte fich ein unbeftimmtes Bild aus voll zau=
berhaften Glanzes: den König mit Scepter, Krone und Purpur=
mantel auf goldnem Seffel und prächtige Herren und Damen um
ihn her; fie durfte fich auch auf Erlaubniß der Frau Rieberich
je und je ein billiges Theaterbillet aus zweiter Hand kaufen
und fchaute aus der Tiefe einer Parterreloge mit großoffnen
Augen in die Wunderwelt des Schaufpiels, — es waren das
alles aber nur vorüberziehende Lichtftreifen, die nicht einbran=
gen in ihr ziemlich einförmiges Alltagsleben, und Heimweh
hatte das Müllerkind gar oft und viel; fie ftieg manchmal
in der Stille auf den obern Boden, von wo fie den Weg
fehen konnte, der nach ihrer Heimath führte, und fchaute da
hinüber wie nach einem unerreichbaren Paradies.

Alle Schattenfeiten der Heimath traten zurück: die täg=
liche, oft recht faure Müh und Arbeit, der durchaus nicht
ideale Verkehrston des Vaters mit dem Gefinde, die unver=
meidlichen Roheiten, die man da und dort durch die ab= und
zugehenden Mühlkunden zu hören bekam, — alles, was fie
früher oft verletzt und ihr eine faft unbewußte Sehnfucht nach
idealern Lebensformen erregt hatte, das trat jetzt in den Hin=
tergrund, ihr ftilles Plätzchen auf der Infel, die feierlichen
Sonntagsftunden an der Seite der Mutter daheim, die trau=
lichen Lichtabende im Schulhaus und ihre Spaziergänge mit
ihrem alten Freund — das alles erfchien ihr jetzt im fchön=
ften Lichte, und fie zählte, fo oft fie es unberufen thun konnte,

sehnsüchtig auf dem Wandkalender, wie viel Wochen und Tage
die Zeit ihrer Verbannung noch währen sollte. Sie hatte
auch Heimweh nach sich selbst, wenn sie dachte, wie einsam
jetzt die Mühle sei, und Vater und Mutter und der dicke
Christian und der alte Schulmeister, wenn sie keine Marie
hätten, sie konnte fast weinen aus Mitleid mit ihnen. Sehr
bescheidne Menschen können sich manchmal in der Stille für
unersetzlich halten, da wo sie in ein Verhältniß ihr ganzes
Herz, ihr bestes Sein und Streben gelegt haben; wenn das
Täuschung ist, so ist es eine Täuschung des Herzens, nicht der
Eitelkeit. Was wahrhaftige Liebe thut, ist auch unersetzlich,
— unvergessen freilich nicht immer.

———

Wie so ganz anders, wie so viel langweiliger war ein
stiller Sonntag Nachmittag in der Stadt, als er in der
Mühle gewesen! Heiß und unbeweglich brütete die Sonnen=
glut über den Dächern, geputzte Männer, Frauen und Kinder
zogen durch die schattenlosen, blank gepflasterten Straßen, die
vornehmere Welt hielt sich noch in den Zimmern oder war
schon zu Wagen ausgeflogen, — elegante Livreebediente und
unnöthige Schildwachen sahen gähnend und verdrießlich dem
Menschenstrom nach, der sich's in der Hitze blutsauer werden
ließ um sein Plaisir, — kein Sabbathfrieden, aber auch nicht
einmal eine recht fröhliche, frische Sonntagsfreude lag über
dem Ganzen.

So saß Mariechen an einem Sonntag Nachmittag allein
oben in dem trübseligen Dachstübchen in der einsamen, gras=
bewachsnen Straße, ganz allein am Fenster, wie „das arme
vergessene Kind“ in der versunkenen Meerstadt von Heine.
Frau Nieberich und ihre Töchter waren unerhörter Weise

heute verreist zu einer Zusammenkunft mit Elise, dem Stolz
des Hauses, die mit ihrer Herrschaft in der Nähe vorüber
kam, aber nicht so lange Urlaub erhielt, um nach Haus reisen
zu können. Die drei andern Kostfräulein machten dreierlei
langweilige Spaziergänge mit dreierlei verwandten Familien,
selbst die Magd war zu Besuch in ihrer Heimath, was Frau
Rieberich gern erlaubte, da das Vesperbrod damit erspart
wurde.

Sie hatten sehr ungern die arme Marie so allein gelassen. Bertha Tiegel, eine der Kostfräulein, ein gutmüthiges
Mädchen, die sich selbst als „etwas schwärmerisch" bezeichnete
und die sich am meisten an Marie anschloß, hatte ihr angeboten, sie mit zu ihrer Tante zu nehmen, auf eine Parthie
zu ihrem Buttermann nach Bothnang, aber Marie hatte sich
heute auf einem Frühspaziergang mit Bertha den Fuß ein
wenig vertreten und versicherte mit voller Wahrheit, daß sie
gern allein bleibe. „Du hast auch recht," stimmte ihr Bertha
bei, „so recht gefühlvoll kann man eigentlich doch nur sein,
wenn man allein ist. Wenn ich nicht meiner Tante meine
Gesellschaft versprochen hätte, und nicht heute Abend zu meiner
Base, der Frau Kammerlakai, zum Thee geladen wäre, ich
würde auch viel lieber in Einsamkeit bleiben. O Marie,
Du bist glücklich, daß Du nicht so im Strubel der Welt
leben darfst:

> Wohl dem, denn selig muß ich ihn preisen,
> Der auf der Stille der ländlichen Flur
> Fern von des Lebens verworrenen Kreisen
> Kindlich liegt an der Brust der Natur!

„O, ich möchte auch kindlich an der Brust der Natur
liegen! Aber der Buttermann von Bothnang ist ja doch auch
eine Art von Natur!"

Emilie und Karoline Meiler, zwei Schwestern, die auch bei Frau Rieberich der weiblichen Vollenbung entgegenreifen sollten, und die eben an dem einzig brauchbaren Spiegel im Wohnzimmer ihre etwas kokette Toilette vollenbeten, lachten spöttisch über den „Strubel der großen Welt," in den sich Bertha bei der Frau Kammerlakai stürzte, sie gingen heut' mit i h r e r Tante, der Frau Geheimenoberfinanzräthin, an den Kursaal nach K., da verlohnte sich's noch eher, sich zu putzen!

Enblich war Marie allein, — etwas wehmüthig war's ihr boch, als es so gar still um sie wurde, — so allein war sie sich zu Haus nie vorgekommen. Das Haus gegenüber, bem man aus ganz unverschämter Nähe unwillkürlich in bie Fenster sehen mußte, war auch ganz leer und verlassen, selbst bas ganz steinalte Wittfraueli im obern Stock hatte, geführt von seiner alten Dienerin, ein Spaziergänglein gewagt. Diese Stabteinsamkeit kam Marien unheimlicher vor, als bie Stille auf bem Lande, sie flüchtete sich lieber in ihr Hinter=stübchen, bort hatte sie wenigstens den Blick auf bas ver=laßne Gärtchen mit ber geheimnißvollen Laube, es war boch etwas Grünes.

Sie hatte auch wieder Bibel und Anbachtsbuch vor sich, getreu ber frommen Gewohnheit baheim, sie versäumte ihre Bibel nie und las am Morgen und am Abend, wie sie ber Mutter versprochen. Sie freute sich manchmal eines schönen Spruches und bemühte sich, ihn zu behalten auch im Tages=leben, sie war mitunter ängstlich gewissenhaft, ob bies ober jenes was sie thue und sage auch recht sei, sie klopfte oft unb immer wieder an die Thür bes Vaterhauses, aber als ein Gast, — als Kinb war sie noch nicht baheim, als ein fröh=liches Kinb, bas am liebsten beim Vater weilt, nicht weil es

soll, sondern weil es da am glücklichsten ist. Sie hatte
beim Aufschlagen in der Bibel das getrocknete Vergißmein=
nicht gefunden, das ihr Georg einst beim Abschied gegeben,
dieß Blümchen — auch von dem Frühspaziergang hatte sie
einen Strauß schöner frischer Vergißmeinnicht mitgebracht, —
lockte ihre Gedanken auf andre Wege, — wie an jenem Mor=
gen daheim ruhte die Bibel ungelesen auf ihrem Schooß
und sie blickte, in allerlei Sinnen und Träumen versunken,
hinunter in das verlaßne Gärtchen.

Das schien aber nicht so verlassen wie sonst; Marie
traute ihren Augen und Ohren nicht, als sie eine Magd mit
einem ansehnlichen Bierkrug drunten auf die Laube zuwan=
deln sah, als sie aus der Laube selbst fröhliche Lieder singen
und Gläser klingen hörte.

> „Herzige Frau Nachtigall,
> Grüß' mein'n Schatz viel tausendmal!"

ertönte eben ein kräftiges Solo, — die Stimme klang ihr
bekannt! Und siehe, aus der Laube, aus der alten, verfallenen,
verwachsenen Laube, die aussah, als ob seit hundert Jahren
kein Mensch sie betreten, — aus der trat eine Gestalt her=
vor, kein Dornröschen und kein Königssohn, wohl aber ein
lebendiges Menschenkind in kurzem Stubenröckchen und
rother Cerevismütze, mit langer Pfeife und mit einem Bier=
glas in der Hand. Und — gewiß und wahrhaftig, das war
der leibhaftige Georg! Aber konnte er's denn sein, und wie
kam er daher?

„Hört, in der Kav' da ist's dumpfig," rief einer der
andern Studenten, die noch in der Laube saßen, „tragt die
Sitze heraus!"

„Aber mein Onkel . . . .“ sagte bedenklich ein dritter, der auch hervorkam.

„Ach was! Deinem Onkel ist's eine Ehr', wenn man fidel ist in diesem Trübsalsloch von einem Garten!“ rief der zweite wieder, „marsch, heraus mit den Bänken!“

Und sie trugen einen Tisch und ein paar hölzerne Bänke an die einzige freie Stelle des Gärtchens, ganz nah unter Mariens Fenster, und fingen an zu singen, daß da und dort an dem Hinterfenster eines der umgebenden Häuser ein einsamer Kopf verwundert herausschaute.

Marie saß noch wie im Traum mit glühenden Wangen und hochklopfendem Herzen. Es war ja doch zu wunderbar, daß der Georg gerade hier sein sollte! Und sollte sie so nah, so ganz nah bei ihm sein, ohne daß er nur auch von ihr wußte? Aber rufen konnte sie ihn doch nicht, wenn er nicht allein war. Jetzt gingen die andern wieder in die Laube zurück, um vergeßne Cigarren zu holen und — in diesem Augenblick, — sie hatte sich nicht lang besonnen, — fiel ein Strauß der schönsten Vergißmeinnichte gerade vor Georg nieder. Ueberrascht sah er hinauf, einen Augenblick, einen flüchtigen Augenblick noch sah er Mariens Köpfchen, die, glühend erröthet, beide Hände vor dem Gesicht, sich in der fernsten Ecke des Stübchens verbarg.

Ach, hätte ich das thun sollen? hätte ich das thun dürfen? Es war doch keck und zudringlich von einem Mädchen, Georg selbst muß mich ja verachten, wenn er mich erkannt, dachte Marie. Ohne langes Besinnen, in plötzlicher Erregung hatte sie die Blumen hinabgeworfen, als sie ihn allein sah, sie hatte an die Vergißmeinnichte gedacht, die sie als Kinder hatten den Bach hinabschwimmen lassen; nun aber, seit er sie aufgehoben, fühlte sie sich nicht mehr als Kind, sie war ein Mädchen,

die sich nicht den Schatten eines unweiblichen Entgegenkom=
mens verzeiht, — o hätte sie doch die Blumen wieder!

Da klopfte es leise an die Thür, — sie wagte nicht her=
ein zu sagen, aber er kam doch, es war Georg, und so frisch
und freimüthig bot er ihr die Hand, so fröhlich und freund=
lich sagte er: „Guten Tag, Marie, so! da oben steckst Du?“
daß sie doch wagte ihr Köpfchen wieder zu heben und ihn zu
grüßen. „Aber, Georg, wo kommst denn Du her? und wie
kommst Du denn in das Gärtchen? und, — was hast Du
von mir gedacht? Die Blumen, — ich weiß nicht, — sie
sind mir so hinuntergefallen, — und — ich dachte, es wäre
doch schad’, wenn Du hier wärest und wüßtest gar nichts
von mir . . . . . .“

„Freilich, freilich, Mariechen,“ sagte in beinahe väterlich
tröstender Weise Georg. der sich an des Mädchens lieblicher
Verwirrung weidete. Der Student, ohnehin ein wenig auf=
geregt, sprach mit so viel mehr Leichtigkeit und Sicherheit als
der Gymnasiast vor acht Monden. — „Ich wußte ja, daß
Du hier bist, aber wie hätte ich Deine Madame, deren Na=
men ich nicht einmal mehr weiß, je auffinden können, wenn
Du nicht so freundlich gewesen wärest, mir ein Zeichen zu
geben; und daß wir uns so nahe waren!“

„Ja, wie kommst Du denn hieher?“ fragte Marie, noch
immer verwirrt.

„Siehst Du, heute Abend wird bekanntlich der Don
Juan gegeben, das weißt Du vielleicht nicht einmal, Du
Täubchen vom Lande; da bin ich denn mit einigen Freun=
den heute früh herabgehaubert, um die herrliche Musik zu
hören, ...“

„Aber das Gärtchen drunten, in dem doch nie ein Mensch
war . . . .?“

„Das gehört dem alten Herrn Archivrath, dem leiblichen Onkel meines Freundes, der so charmant war, uns alle vier einzuladen," belehrte sie Georg in fröhlichem Ton. „Der alte Herr lebt allein und ist gichtkrank, so daß er selbst nicht viel mehr lustwandeln wird in seinem Gärtchen, da wir aber etwas reisemüd waren von der Fahrt des Morgens, und es zu heiß fanden zu einem weitern Ausflug, so beschlossen wir, in dem kühlen Gärtchen ein wenig zu kneipen. Da ward mir so ein lieblicher Gruß und . . . . ."

„Wissen sie's alle drunten?" fragte Marie, ängstlich und auf's Neue tief erröthend.

„Bewahre, Mariechen! ich allein hatte Dich gesehen, verbarg eilig mein schönes Sträußchen und sagte, daß ich noch einen Besuch machen müsse. Daß hier im Haus eine Dame wohnt, die Kostfräuleins hält, konnt' ich leicht erfragen, und da bin ich und habe Dich gefunden, meine liebe, herzige Marie!"

Der etwas burschikose Ton wich einer viel herzlichern, innigern Stimmung, wie er das liebliche Kind vor sich sah, so ganz allein, die in jungfräulicher Scheu und doch so herzlich und vertrauensvoll zu ihm aufblickte. Er setzte sich neben sie, erzählte ihr von seinem jetzigen Sein und Leben, von seinen Planen für die Zukunft, wie er bald hoffe, sie sein nennen zu können, er zog sie an sich und küßte ihre Lippen zum erstenmal.

Marie war in heimlicher Angst und stillem Herzklopfen, so glücklich sie war. „Du kannst nicht so da bleiben, lieber Georg," sagte sie schüchtern, „wenn Frau Rieberich kommt, oder Nane . . . . . ."

„Nun, das Unglück wäre so groß nicht!" sagte Georg fröhlich, „bist Du nicht meiner Eltern Pathchen, also meine

nächste Verwandte in gewisser Art? Wird Dich doch auch
Dein leiblicher Vetter besuchen dürfen? Weißt Du was?
komm den Abend ins Theater, ich begleite Dich heim, da gewinnen wir ein köstlich Plauberstünbchen."

„Ich bin noch nie am Sonntag im Theater gewesen,"
sagte Marie zögernd, „ich glaube, die Mutter hätt' es
nicht gern."

„Gehst ja nicht dem Theater zu lieb, Schätzchen," sagte
Georg, „gehst mir zu lieb, der ich einmal Dein Herr und
Gebieter sein werde; und zu Frau Rieberich sagst Du, es
sei blos wegen der schönen Musik, das sei so bilbend."

„Nein, Georg," sagte Marie nach einigem Nachsinnen,
„ich will nicht. Warum sollen wir heimliche Wege gehen,
wenn wir bald offen einander gehören sollen; nicht wahr,
Du gehst jetzt? lieber Georg!"

„Wie Du befiehlst, Madonna," rief er lachend, glücklich
trotz dem Scheiben. Bei der unvermutheten Begegnung hatte
ihn Mariens Lieblichkeit überrascht; was er seither als einen
Besitz angesehen, nach dem er nur die Hand auszustrecken
brauche, erschien ihm nun auf einmal als ein begehrenswerthes Gut. „Leb wohl denn, Liebchen, auf Wiedersehen baheim!" sagte er und umschlang sie noch einmal. Marie blieb
still, nur als er schon auf der Schwelle war, sagte sie, tief
erröthend, mit leicht bebender Stimme: „Georg, wir sind
allein beisammen gewesen und Du hast mich geküßt; das
barf ich nur leiben von bem, bem ich eigen gehöre für bas
ganze Leben. Ich muß der Mutter schreiben, daß wir jetzt
Braut und Bräutigam sind, obgleich sie's noch nicht gewollt
hat; der liebe Gott gebe seinen Segen. Wir sind ja schon
verlobt worden, wie ich in der Wiege war," setzte sie leise,
wie zu ihrem eigenen Trost, hinzu. Sie hatte seither in mäb-

chenhafter Scheu die Augen gesenkt, jetzt erhob sie sie, sah
Georg so recht tief und vertrauensvoll an und sagte: „Nicht
wahr, Georg, Du hast es ernst gemeint?"

„Von ganzer Seele, Du liebliches Lieb!" rief er, über=
rascht von dem seltsamen Ernst des sonst so harmlosen Kin=
des, „ich wünsche nichts Besseres und Schöneres, als daß
Du bald mein eigen wirst, je früher je lieber." Er beugte
sich noch einmal zu ihr, leise berührten Mariens Lippen die
seinen, sie legte ihre Hand in die seine und sagte: „Lebe
wohl." Lange noch klang ihm der tiefe, süße Ton ihrer
Stimme im Herzen nach.

————

Sechs Jahre waren hingegangen, seit Georg sein Bräut=
chen im Sturm erobert, und er wunderte sich, wie dem Erz=
vater Jakob seine sieben Jahre kurz hatten dünken können,
ihm kamen die sechs gewaltig lang vor, und doch war er
noch so jung! Die „ledigen Jahre," sonst so sehr gerühmt,
hatten manches Peinliche und Drückende für ihn gehabt; er
sah dem eignen Herd mehr als einer Befreiung, denn als
einer Beschränkung entgegen.

Bei seiner Mutter konnte er sich nicht mehr heimisch
fühlen. Sie hatte freilich ein eigenes Zimmer in dem großen
Gasthof, aber sie fand das Alleinsein langweilig und angrei=
fend, weil, wie sie sagte, der Kummer noch so an ihr nagte.
So hielt sie sich denn lieber in dem sogenannten Familien=
zimmer der Schwester auf, wo man in Gemeinschaft mit
den „Kochjungfern," jungen Fräuleins, die hier ihre Küchen=
studien machten, leichte Geschäfte für Küche und Tafel be=
sorgte und wo alte Stammgäste und junge Handelsreisende
Zutritt hatten und die Damen mit mäßigem Aufwand von
Geist unterhielten.

Er konnte nicht klagen über die Aufnahme bei seiner Tante, sie war stolz auf ihren stattlichen Neffen, er hatte sein Couvert an der Table d'hôte, er durfte das Zimmer des Herrn Kolb, eines langjährigen Hausgastes und soliden Handlungsreisenden, in dessen Abwesenheit einnehmen (und ein so reinlicher und geordneter Mensch war der Herr Kolb, wie die Tante versicherte, daß der Neffe sein Bett und Zimmer unverändert in Besitz nehmen konnte.) Aber trotz dieser Wohlthaten fühlte er sich nicht daheim und freute sich auf das Dachstübchen, das ihm in der Mühle aufbehalten war und dem Marie mit einigen Auktionseinkäufen des Vaters, einem alten Himmelsglobus, einem Kompaß und ein Paar Kupferstichen ein gelehrtes Aussehen gegeben.

So freilich fand er's in der Mühle auch nicht, wie bei seinem Freund, dem jungen Referendar, wenn der seine Braut besuchte, eine reiche Kaufmannstochter in der Stadt, wo seine Mutter wohnte. Dieser wurde stets mit besondrer Ehre empfangen, mit einem Festmahl begrüßt, machte Morgens Spaziergänge und Besuche mit der Braut am Arm, und Nachmittags fröhliche Lustfahrten, zu Wagen oder zu Schiff, mit dem ganzen Familienkreis.

Da ging's in der Mühle stiller zu: ein langer Brautstand ist auf dem Lande überhaupt selten und ein bräutlicher Verkehr wird da nicht günstig angesehen, was nicht eben für die Reinheit und Zartheit der Gesinnung bei den „harmlosen Bewohnern der Hütten" spricht.

So durfte Georg nicht viel anders mit seiner Braut verkehren, als wenn er nur der Pathe der Eltern, der Georg vom Tannenhof, gewesen wäre, er durfte Sonntags mit ihr zur Kirche wandeln ehrbarlich zwischen Vater und Mutter, auch einen Spaziergang mit ihnen machen durch Feld und Wiese.

Einen einsamen Gang mit Marie gestattete die Mutter schon nicht gern: „Meidet allen bösen Schein, die Leute sind nun eben einmal so," sagte sie entschuldigend. „Ihr könnt einander noch lang genug am Arme führen," meinte der Müller. Zu gemeinsamen Fahrten mit der Braut und dem Schwieger= papa, zu denen dieser zu Zeiten schon willig war, hatten Marie und Georg selbst weniger Lust, an dritten Orten wußte er sich dem Müller gegenüber nicht so in den rechten Ton zu finden.

Marie selbst blieb freilich die lieblichste Erquickung der Ferienzeiten, in der holdseligen Freundlichkeit, mit der sie ihn begrüßte, in der sorglichen Geschäftigkeit, mit der sie auf all seine Bedürfnisse Rücksicht nahm, und in der kindlichen Fröh= lichkeit, mit der sie auch in seine lustige Studentenlaune ein= ging, — nur Zukunftsplane wollte sie nicht mit ihm aus= malen, wie schön er auch zu schildern wußte, wie bereinst die Frau Doktorin im traulichen Stübchen daheim ihn erwarten werde, wenn er von nächtlichen Reisen heimkehre, oder wie lustig sie mit einander im eigenen Chaischen über Land flie= gen würden; — sie schüttelte leise den Kopf dazu: „Lieber nicht so vorausdenken!" bat sie, „ich meine sonst, es komme gar nicht zum Ziel. Wenn ich so weit denken will, so ist mir's, wie wenn ein schwarzer Strich mitten durchgemacht würde und ich muß immer weinen."

Die Studienzeit hatte in einem guten Examen ihren Abschluß gefunden, aber die Abhängigkeit von dem Müller, die ihm immer peinlich gewesen, war damit noch nicht zu Ende.

Wie viel Mühe hatte Georg gehabt, dem Vormund be= greiflich zu machen, daß es gut und nöthig für ihn sei, nach Vollendung seiner Studien zu reisen. „Kann mir nicht recht

denken, zu was selbiges dienen soll," sagte der Müller be=
dächtig. „Ich laß mir's gefallen, wenn ein Handwerksbursch
reist, will sagen ein Schuster oder ein Schreiner, der sieht
allenthalben wieder eine neue Mode, eine andere Manier,
wie sein Handwerk betrieben wird, ein geschickteres Holz oder
ein besseres Leder, das er dann verwenden kann, wenn er
wieder heim kommt. Krankheiten herentgegen sind immer das
nämliche, und wie man sie curiren soll, das lernt man ja
auf der Universität und hernach eben, wenn man's selber
probirt. Wenn einer zum Beispiel in Berlin einen Fuß bricht,
so muß er akkurat so eingerichtet werden, als ob er ihn in
meiner Mühle gebrochen hätte, nur daß der eine Doktor oder
Chirurg eine geschicktere Hand hat, als der andere, da thut
aber das Reisen nichts dazu. Unser alter Barbier Mauser
drüben, der richtet gebrochene Glieder ein, wie keiner, am
allerbesten, wenn er einen Rausch hat, und der ist nicht zum
Ort hinausgekommen."

„Aber die innerlichen Krankheiten, Fieber und dergleichen,
treten in anderen Gegenden oft in verschiedener Gestalt auf,"
sagte Georg ungeduldig.

„Hilft Dir wieder nichts," entgegnete phlegmatisch der
Müller, „denn g'setzt den Fall, ein Nervenfieber in Paris
sei anders, als eins bei uns, was nutzt das Dich, wenn Du
doch vaterländische und keine Pariser Nervenfieber kuriren
sollst."

Endlich hatte sich der Müller doch bereden lassen und
hatte dreihundert Gulden zur Reise verwilligt, „ein Heiden=
geld," mit dem man nach seiner Meinung sollte bis an's
Ende der Welt reisen können; daß das nur zu ein Paar
Monaten in Wien ausgereicht hatte, wollte er nun und nim=

mermehr begreifen, er war doch auch gereist seiner Zeit und das nicht schäbig.

————

Nach seiner Rückkehr wollte Georg sein Heil als Praktikus in einer kleinen Stadt versuchen. „Sobald Du Dein eigen Brod ißt, sobald Du als lediger Mann von Deinem Einkommen auch nur zweihundert Gulden jährlich zurücklegen kannst, sobald kriegst sie," sagte ihm der Müller; „wenn's dem Mann wohl sein soll in seinem eignen Haus, so muß er wissen, daß er sein Weib ernährt. Was mein Mädchen einmal mitbringt, das wirst doch nicht wegwerfen und wirst froh daran sein, aber wissen muß ich vorher, ob Du sie auch ohne mich erhalten kannst."

Marie war kein Kind des Dorfes in dieser Beziehung. Es fiel ihr nicht ein, sich deshalb einen Werth beizulegen, weil sie ein reiches Mädchen war. Georg stand in ihren Augen so hoch, seine Liebe erschien ihr als ein so wunderbares Glück, daß alles, was sie dagegen bieten konnte, ihr gering und klein vorkam.

Der Müller hätte am liebsten gehabt, wenn Georg in der allernächsten Stadt sein Heil als Praktikus versucht hätte. Die verwandtschaftliche Liebe auf dem Land, die in der Regel ganz und gar keinen sentimentalen Charakter hat, hat etwas Pflanzenartiges, sie kann kein Lostrennen ertragen: aus demselben Haus, aus dem man erst noch die gröbsten Schimpfwörter gehört, mit denen sich die nächsten Angehörigen beehren, ertönt ein herzzerreißendes Jammergeschrei, wenn die Tochter mit ihren Neuvermählten etwa zwei Stunden weit wegzieht.

Bei dem Müller, dem sein Töchterlein wirklich seiner Augen Licht und seines Herzens Freude war, war es um so

natürlicher, baß er wünschte, sie nahe zu behalten; er machte
auch Georg den Vorschlag, eine Zeit lang ganz in der Mühle
zu bleiben, unter den vielen Mahlkunden stoße doch da und
dort einem etwas zu, und er könne sich da so ganz beiläufig
eine gute Praxis in der Gegend erwerben. Georgs Wunsch
war das gerade nicht. Er war zwar nicht so anspruchsvoll
wie jener Lieutenant, der nur so weit weg heirathen wollte, daß
der Brief an seine Schwiegermutter einen Thaler koste, doch
wünschte er keine zu unmittelbare Nähe seines Schwiegervaters; er fürchtete, sonst gar nicht aus der Vormundschaft
zu kommen. Zwar war der Müller ein gescheidter Mann,
führte auch öfters als Diktum seines Vaters an: „man kann
den Leuten fast bei allem helfen, aber Hausen und zäh Fleisch
beißen, das muß man die Leute allein thun lassen;" aber ganz,
fürchtete doch Georg, könnte er nicht unterlassen, einen jungen
Haushalt einmal nach seiner Anschauung leiten zu wollen.

Auf den Rath seines Freundes, der nun als Aktuar
seine Braut heimführte, hatte er sich denn in der kleinen
Stadt Pulverdingen niedergelassen, die Verhältnisse sollten
dort gar nicht ungünstig sein: der Oberamtsarzt war vornehm und stand nicht bei Nacht auf, der Wundarzt, der auch
prakticire, sei sehr grob, was bei alten Aerzten zwar zu Zeiten eine geschätzte Eigenschaft ist, bei jungen aber doch nicht
gerade empfiehlt; auch waren stehende Wasser in der Nähe,
was öfters Fieber erzeugt, ferner lag ein Judendorf im Be-
zirk, und Juden gelten für überaus wünschenswerthe Kunden für
einen Arzt, da sie sich sehr vor dem Sterben fürchten und
deshalb bald ärztliche Hilfe suchen, und nicht zu Quack-
salbern gehen.

Unter so günstigen Auspicien bezog denn Georg zwei
bescheidne Zimmer im Hause eines Kaufmanns und bot im

Pulverbinger Wochenblatt dem verehrten Publikum, — hoher
Adel war nicht vorhanden, — seine Dienste an.

Ach, aber das verehrte Publikum war gar nicht beeilt,
diese schätzbaren Dienste in Anspruch zu nehmen! Es schien,
als ob sich der Gesundheitszustand zu Pulverbingen ohne
ärztliches Zuthun wesentlich gebessert habe, als ob der vor=
nehme Arzt leutselig und der grobe fein geworden sei, —
— niemand pochte an die Pforte des jungen Arztes, als die
Magd, wenn sie sein Frühstück brachte.

Er hatte, ebenfalls auf den Rath seines erfahrenen Freun=
des, einen grinsenden Todtenschädel und ein Paar schauerliche
Armknochen auf seinem Büchergestell aufgepflanzt, um seinem
Zimmer ein recht ärztliches Ansehen zu geben, er blieb den
ganzen Tag zu Haus, damit er gewiß zu finden sei, er ging
Abends regelmäßig in den Stern, wo die Honoratioren der
Stadt ehrbarlich kneipten, um sich bekannt zu machen, —
vergeblich. Zwar unterhielt ihn Jedermann, mit dem ihn
sein Geschick zusammenführte, äußerst freigebig von seinen
körperlichen Beschwerden: der Oberamtsrichter von seiner Gicht,
der Gerichtsnotar von seinem Magen, der Kameralverwalter
von seiner Leber, Frau Mezger, seine Hauswirthin, regalirte
ihn nicht nur mit der Geschichte sämmtlicher Krankheiten und
schweren Wochenbetten, die sie selbst durchgemacht, sondern
auch mit allen abnormen Zuständen und schrecklichen Opera=
tionen, die bei ihren „Geschwistrigkindern“ und sonstigen
Familiengliedern schon vorgekommen seien, — aber, was half's
ihm, daß er sehr sachverständig und theilnehmend über diese
Leiden sprach, — die Leute hörten seine Vorschläge herab=
lassend an, hatten selbst wohl die vorgeschlagenen Mittel ge=
braucht; rufen ließ ihn kein Mensch, und manch offene Seele
sagte ihm geradezu, es sei eben unmöglich, sich mit dem

Oberamtsarzt zu verfeinden, wenn man auch mehr Glauben
an einen jungen Doktor hätte. Auch die Juden, auf deren
Todesscheu man so viele Hoffnungen gebaut, wollten sich nicht
einfinden; mit der ihnen eigenen Loyalität hielten sie denn
doch den obrigkeitlich angestellten Oberamtsarzt für den sicher=
sten, und Georgs einzige Patientin war nach Monaten noch
die Ladenjungfer der Frau Mezger, ein älteres, etwas unter=
drücktes Frauenzimmer, die ihn eines Morgens um Erlaub=
niß gebeten hatte, ob sie ihm nicht „ihre Leibenschaften offe=
riren dürfe?" die seine Salbe gegen den Fluß im Fuß mit
großer Pietät gebrauchte und ihm als Honorar die Henkel
an seine Röcke und Knöpfe an die Beinkleider festnähte.

Georg fühlte sich sehr gedrückt von dieser Lage der Dinge,
er sah sich im Stillen nach einem andern Ort um und machte
nicht gern Besuche in der Mühle, so sehr ihn oft verlangte,
in Mariens treue Augen zu sehen. Marie fragte ihn nie,
wie es gehe, sie hatte stets ein fröhliches Lächeln, eine kleine
Ueberraschung für ihn bereit und beruhigte ihn über jedes
Mißlingen; aber der Müller brachte ihn fast außer sich mit
jedesmaligen Frage: „Nun, wie viel Patienten? will's noch
nicht gehen?" Die Mutter wußte stets ein tröstliches Sprüch=
lein, der dicke Christian hingegen, allmählich ein großer Bengel
geworden, erhielt vom Schwager eine tüchtige Ohrfeige, als
er ihn mit dem Schulverslein verhöhnte:

> Doktor, wenn D' kuriren mußt,
> Brich der z'erst Dein' eignen Fuß.

Er hätte freilich jetzt die schönste Muße zu wissenschaft=
lichen Arbeiten, zu allgemeinen Studien gehabt, — aber es
fehlte der rechte Trieb, die rechte Freudigkeit dazu. Nur sehr
wenige und besonders berufene Geister finden Freude und
Lust zu geistigem Streben und Schaffen ohne den Boden

eines festen Berufs, ohne unmittelbaren Zweck, auch diese vielleicht nicht, wenn sie zunächst das Verlangen nach Unabhängigkeit und einer eignen Heimath umtreibt. Ja, mit Marien freute er sich, einmal seine Lieblingsdichter zu lesen, mit ihr, die für das einfach Schöne einen so offnen Sinn hatte, — jetzt, so allein, fand er keine Freude daran, und sein Zimmer war so langweilig, so wenig anregend, mit alleiniger Aussicht auf Dächer; er ärgerte sich über sich selbst, daß er in der Stille fortwährend auf Patienten wartete, — kurz er wurde jeden Tag verdrießlicher und minder liebenswürdig. Die Müllerin hatte gut predigen:

Thu das Deine und wart in der Still.
Zur rechten Stund g'schieht Gottes Will.

Die saß ruhig in ihrer Mühle und war froh, ihr Töchterlein noch zu haben, er aber, ein Mann, seiner Kraft und seiner Kenntnisse sich bewußt, er sollte müßig dasitzen, elenden Philistern den Hof machen und sich wie ein Schuljunge die Kreuzer vorzählen lassen, denn er war noch nicht mündig und wußte nicht einmal genau, wie es um sein Vermögen stand.

Er besuchte seine Mutter wieder einmal; er wollte sehen, ob sich nicht vielleicht in der größern Stadt etwas machen ließe, etwa mit der Protektion der Tante Gastwirthin, — er lachte höhnisch über seine eigene Geringheit. Er traf die Mutter in seltsamer Aufregung und konnte sich ihr Wesen nicht recht erklären; zärtlicher als sonst in den letzten Jahren, schien sie doch eine gewisse Scheu vor ihm zu haben und womöglich zu verhindern, daß er mit ihrer Schwester allein blieb. Es war ihm lieb, daß sie ihn nach Tisch bat, mit ihr spazieren zu gehen, was sonst nicht ihre Gewohnheit war;

bei der Mutter konnte er doch wenigstens sein Herz ausschüt=
ten über alles, was ihm drückend und verdrießlich war, er
mochte das nicht einmal bei Marie.

„Nun bedenk', wie erstaunlich jung Du bist," tröstete
ihn auf seine Klagen zu seinem abermaligen Verdruß die
Mutter. „Müßtest ja noch Altersdispens haben, wenn Du
jetzt schon heirathen wolltest! Pressir's doch ja nicht, lieber
Georg, die Marie ist mir lieb wie ein eigen Kind, aber jetzt
ist's doch Deine beste Zeit, die Sorge und Mühsal des Ehe=
standes kommt früh genug."

„Ei, Du hast's gut gehabt, Mutter," warf Georg ein.

„Wenn's köstlich gewesen ist, so ist's Mühe und Arbeit
gewesen," erwiederte Frau Rau salbungsvoll: „ja, in späteren
Jahren," setzte sie mit einer gewissen Verlegenheit hinzu, „da
spürt man oft, daß man eine Prüfung nöthig hat durch den
Ehestand, aber so jung wie Du, da darf man ja in andern
Ständen noch gar nicht an's Heirathen denken, laß Du Dir's
nur noch recht wohl sein: „Ledige Haut schreit laut." Georg
schrie nicht laut, er schwieg verdrossen.

„Es ist eben betrübt, wo kein Vater ist," begann die
Mama wieder mit einem Seufzer. „Wenn Du jetzt zum
Exempel einen Vater hättest," — hier ging's etwas zögernd,
„und wenn's auch nicht dein leiblicher wäre, — einen ge=
setzten Mann, der Bekanntschaft in der Welt hat — und
mehr Einsicht als der Müller, welcher ja übrigens ein recht=
schaffener Mann ist, — der würde gewiß ein paßlicheres Ort
für Dich auffinden....."

„Na, dazu braucht's keinen Vater," murrte Georg, noch
immer verdrossen, „muß es eben wo anders probiren."

„Georg," fing jetzt die Mutter ohne weitere Umschweife
an, „was wirst Du dazu sagen, daß ich den Entschluß ge=

faßt habe, mir noch einmal einen Lebensgefährten zu erwäh=
len?" Georg sagte gar nichts, besonders erfreut sah er ge=
rade nicht aus. „Du glaubst nicht, wie schwer ich es ge=
nommen habe," versicherte die Mutter, — Georg hatte doch
so viel Selbstbeherrschung und kindlichen Respekt, um nicht
herauszuplatzen: „warum hast Du's denn nicht bleiben lassen?"
wie ihm allerdings auf der Zunge lag.

Trotz der nicht sehr ermuthigenden Aufnahme ihrer Mit=
theilung begann Frau Rau wieder in etwas kläglichem Ton:
„Du glaubst nicht, wie allein und schutzlos eine Wittfrau
eben in der Welt steht, und wie der Kummer um Deinen
Vater an mir genagt hat; ich wäre wahrhaftig noch ausge=
zehrt, der Doktor sagte es selbst, wenn ich mich nicht zu
einer kleinen Zerstreuung entschlossen hätte. Und der Herr
Kolb ist auch so ein gesetzter, braver Mensch," versicherte
sie, immer noch in einem klagenden Ton, „gar nicht wie so
ein junger Schuß, kein Mensch würde ihm ansehen, daß er
etliche Jahre jünger ist als ich, und da ist die schöne Ge=
legenheit, ein Weißwaarenlager billig zu übernehmen, wo der
Eigenthümer durchgegangen ist, und Du wirst gewiß nichts
dagegen haben, uns Dein Restchen Väterliches in der Hand=
lung zu lassen, wenn Du vollends mündig bist; es wird
Dir da gut verwaltet, und eine Heimath hast Du dann auch
wieder bei Deiner Mutter, und Du machst mir gewiß das
Herz nicht noch schwerer, wo ich es ohnehin so gar schwer
genommen habe. Ein ehrenvoller Stand ist es doch auch, ein
Kaufmann; Gutsbesitzer nennt sich jeder Bauer; nicht als ob
ich Deines Vaters Gedächtniß nicht hoch in Ehren hielte!" Der
Athem ging ihr endlich aus von der langen Rede, und sie
hielt, mit oder ohne Nothwendigkeit, ihr Taschentuch vors
Gesicht, als passenden Schluß der Mittheilung.

„Mutter," sagte Georg nach einer Pause, „Du hast gewählt. Gott gebe, daß Du gut gethan hast, ich wünsche Dir von Herzen Gottes Segen; um das Geld werde ich nicht mit Dir rechten, möge es Dir Glück bringen! Aber jetzt rede nicht mehr davon, ich muß Zeit haben, mich daran zu gewöhnen."

Georg wartete Herrn Kolbs Rückkehr nicht mehr ab, der nach Haus gereist war, um seine Papiere zur Hochzeit zu holen, von der Mutter schied er in Frieden, es that ihm wohl, sich uneigennützig gegen sie zu zeigen: so hatte ihn doch die letzte Zeit nicht ganz heruntergebracht! Aber um ein gut Theil ärmer kam er sich doch vor, als er wieder heimwärts reiste, wenn auch nicht wegen des Vaterguts, das er dem Herrn Kolb anvertrauen sollte.

Es wurde ihm schwer, die Neuigkeit in der Mühle mitzutheilen, der Müller war nicht sehr überrascht darüber; „wundert mich nur, daß sie so lange gewartet hat," sagte er gleichmüthig, „eine Wittfrau, die freiwillig in ein Wirthshaus zieht, die hat schon's Wiederheirathen im Sinn; habe bereits davon gehört, und der Kolb soll kein unrechter Mann sein."

„Nun ist's an mir, des Vaters Gedächtniß lebendig und in Ehren zu halten," sagte Georg, nicht ohne Bitterkeit, „wenn die Mutter einen andern Namen führt."

„Wegen dem hab Du gute Ruh," sagte lachend der Müller, „alles was Dein Vater Gut's gehabt und nicht gehabt, wird reichlich auferstehen und gehörig gerühmt werden, wenn sie einmal den Zweiten hat! „Nimm keine Wittfrau," hat mein Vater selig gesagt, „wenn nicht der erste Mann am Galgen gestorben ist."

„Wir wollen's der Mutter gönnen, wenn sie zufrieden ist," sagte Marie, die sich selbst erst hatte an den Gedanken gewöhnen müssen. Die Müllerin war diesmal allein weniger tolerant, sie murmelte vor sich hin: „der jungen Wittwen aber entschlage Dich! und wie es weiter heißt ersten Timotheum am fünften, Vers elf!" doch wollte sie nichts laut sagen, was dem Sohn den kindlichen Respekt vor der Mutter nehmen konnte.

„Wegen dem Vermögen will ich, als Dein Pfleger, einige Sicherheit verlangen, und ist um so besser, daß Du noch nicht ganz mündig bist," sagte der Müller; verfeinden kannst Du Dich mit Deiner Mutter und dem künftigen Stiefvater nicht wegen dem Geld, zugereicht hätt's doch nicht, hast um so nöthiger, Dich tüchtig zu tummeln, daß Du Dein eigen Brod hast; gesetzt den Fall, unsre Marie käme einmal zu Dir ins Haus, so bringt sie auch soviel mit, daß Du sie damit erhalten kannst." Der Müller wollte nie die Verlobung recht ausdrücklich anerkennen, ein so lang dauerndes Verhältniß widersprach nun einmal seinen länblichen Anstandsbegriffen; es schickte sich nicht, so lang „einander nachzulaufen."

Marie redete nicht viel darein, ihre Augen waren die besten Tröster. „Mutter, heute begleit' ich Georg bis zum Weidenbusch," sagte Marie sehr bestimmt, als sich Georg am andern Morgen zur Abreise rüstete. Sonst hätte sie schüchtern um Erlaubniß gebeten, ihn auch nur zwanzig Schritte weit zu begleiten. Als sie aus dem Gesicht der Mühle waren, gab er ihr seinen Arm; mit tiefgesenktem Haupt ging sie still und langsam an seiner Seite.

„Nun, Marie, was hast Du? warum so traurig? wir haben ja leider Gottes! oft genug schon Abschied genommen!"

„Ich weiß nicht," sagte sie und erhob ihre Augen zu

ihm, die voll Thränen standen, „es ist mir, als ob das ein
Abschied wäre zum allerletztenmal, als ob wir uns gar, gar
nicht mehr sehen sollten; ich habe auch heut Nacht so schwer
geträumt....."

„Ach, Kindskopf!" sagte er leicht hin; Marie redete nicht,
sie fühlte, daß sie hätte weinen müssen. „Nun, kein Wunder,"
fing Georg wieder an, „wenn Du heruntergestimmt wirst,
es ist freilich eine miserable Geschichte dieses lange Herum-
ziehen, und Dein Alter — nun Dein Vater, — brauchst
mir nicht so ängstlich die Hand zu drücken, — könnte wohl
besser dazu helfen. Thäte bald Noth, ich spränge jedem Kaffern,
der ein bischen ein krummes Gesicht macht, mit einem Arzneiglas
nach und klopfte an die Thüren, ob kein Kranker drin sei,
nur um Patienten zu gewinnen! Sei aber nur getrost, Kind,
geht's da nicht, so muß es wo anders gehen; gib Acht, ich
komme doch noch in der Kutsche und hole Dich!"

Sie waren an dem Weidengebüsch angekommen, wo der
Weg auf die Landstraße führte. „Komm, bleib noch ein
wenig!" bat Marie, und setzte sich mit ihm auf die hölzerne
Ruhbank, die bei den Büschen stand. Zum erstenmal seit
jenem Abende in der Pension lehnte sie ihr Köpfchen an seine
Brust und sah ihn voll an mit den treuen, klaren Augen,
die ganz in Thränen standen.

„Aber Kind, was hast Du?" fragt er, seltsam bewegt.

„O nichts, ich möchte Dich nur noch einmal so recht
ansehen; lach mich nur nicht aus!" Und recht tief und innig
blickte sie zu ihm auf, ihre Augen sagten so viel mehr, als je
ihre Lippen hätten sagen können.

Georg theilte ihre bangen Ahnungen nicht, er hatte den
Druck und die Verstimmung von all der letzten Zeit her noch
nicht ganz überwinden können, so wußte er kaum, was er

thun sollte, sie zu beruhigen, denn viele Zärtlichkeit, was man so nennt, mit Küssen und Umarmungen, hatte Marie nie geliebt: sie mochte gern neben ihm sitzen, ihre Hand in der seinen ruhen lassen, ihn herzlich ansehen; wo er ungestümer ward in seiner Zärtlichkeit, da schob sie ihn leise zurück und bat so dringend, so demüthig: „o nicht so! nicht wahr? Du weißt ja doch, daß ich Dich lieb habe," daß er nicht wider= stehen konnte, und das einfache Kind aus der Mühle hatte ihn seither in Respekt gehalten wie eine Königin.

Nun stand sie auf; „es wird spät, Du mußt gehen, be= hüt Dich Gott." — „Behüt Dich Gott und behalte mich lieb," waren sonst immer ihre Abschiedsworte in den kurzen Briefchen, die sie nur schrieb, wenn es besondere Veranlassung gab; den Nachsatz ließ sie diesmal weg; warum? Georg be= sann sich nicht darüber, aber später, lange nach diesem Mor= gen, fiel es ihm wieder ein.

<hr>

Kurz nach seiner Rückkehr hatte Georg den Freund ge= sprochen, der ihm den erfolglosen Rath gegeben, sich in Pul= verdingen niederzulassen, und ihm erklärt, daß er keine Woche mehr in dem Nest bleiben wolle.

„Ei was," meinte der, „Du bist zu obenhinaus und zu vornehm, das darf einmal ein Anfänger nicht sein."

„Vornehm," lachte Georg bitter, „habe, weiß Gott, die= sen Philistern nur zu viel den Hof gemacht!"

„Nun, in der Stadt hält's schwer, sie sind feig und fürchten den dicken Oberamtsarzt, wiewohl ich Dir sage, der wird nicht alt, sieh nur seinen kurzen Hals an; der stirbt am Schlagfluß, dann würde Dich's schön reuen, daß Du nicht dageblieben. Such Du vor der Hand mehr Landpraxis;

geh mir nur ein einzigmal hinaus nach Grundlingen, da hab
ich Dich kürzlich der Wirthin empfohlen und sie meinte, der
Stadtarzt sei ihr schon lang entleidet, auch glauben die Leute,
der müsse theurer sein, weil er so viel esse und noch zwei
starke Gäule erhalte. Wenn ein jüngerer und dünnerer Herr
hinaus käme, so von selbst, ohne daß man ihn besonders
rufen ließe, so würde er gewiß Kundschaft bekommen. Pro-
bir's einmal, spaziere hinaus, kannst gleich die Villa unterwegs betrachten, und kehr im Adler ein."

Georg ging hinaus; es war ein herrlicher Morgen, duf-
tig, thauig und frisch, so recht um fröhlichen Muth für den
Tag anzuregen, — er empfand nichts davon. Er wollte sich
selbst weiß machen, er gehe nur so hinaus für sein Vergnügen, da er noch selten diesen Weg gemacht, und er wolle sich
die Villa besehen, die unweit von Grundlingen neu hergestellt werden sollte, — er glaubte sich's doch nicht und wurde
den peinlichen Gedanken nicht los: „Du gehst hinaus, um
bei der Adlerwirthin von Grundlingen nach Kundschaft zu
fischen."

Er sah die neuhergestellte Villa etwa eine Viertelstunde
ab vom Weg, — er ging nicht hinüber; „deshalb bist Du
ja doch nicht da," sagte er sich mit einer gewissen selbstquä-
lerischen Bosheit. Das Gebäude hatte früher das Schlößchen geheißen und war im Besitz einer altadeligen Familie
gewesen. Der letzte des Geschlechts, ein geiziger, cynischer
Hagestolz, hatte es verfallen und verderben lassen und war
endlich darin gestorben. Einer spanischen Gräfin von einer
Seitenlinie war nun das Schloß zugefallen, wie man sagte;
es war ein Baumeister mit Arbeitsleuten gekommen, die das
alte Fledermausnest von Grund aus reinigten, neu und glänzend herstellten, obgleich noch ganz ungewiß war, ob die neue

Besitzerin es je selbst beziehen würde; seither hatten es die gebildeten Stadtbewohner die Villa getauft. Die landschaftliche Umgebung des Schlößchens war nicht bedeutend, aber es hob sich anmuthig aus den alten hohen Bäumen, die es umgaben, in den neueingefügten gothischen Fenstern spiegelte sich die Morgensonne, vom Eckthurm wehte eine Flagge. „Nun ja, das ist nun Einem im Schlaf zugefallen," dachte Georg in höchst unberechtigtem Aerger, und „ich kann noch zehn Jahre umherstiefeln um das tägliche Brod."

Die Wirthin zu Grunblingen erkannte ihn, sie hatte ihn schon mit seinem Freund gesehen. „Sie kommen ja wie gerufen, Herr Doktor," sagte sie freundlich, indem sie ihm den verlangten Schoppen einschenkte, „mein Karlchen liegt seit gestern in Einer Hitze, ich weiß nicht, was an dem Buben ist, und hätte gern schon einen Doktor gefragt, aber wissen Sie, zu einem Doktor mit Kutsch und Pferden schickt man nicht gern zwei Stunden weit wegen so einem Buben; nun stärken Sie sich nur und sind dann so gut und sehen Sie nach ihm, in der Küche haben sie auch allerlei Anliegen, meine Bäbel und der Hausbub; wenn Sie doch schon da sind, so schauen Sie nachher auch nach ihnen."

Das Karlchen lag sehr betäubt und heiß da, der junge Doktor fühlte ihm den Puls, betrachtete die Zunge, schloß auf ein nahendes Scharlachfieber und da die Wirthin durchaus eine „Mixtur" für das Büblein wollte, bat er um Feder und Papier, um zunächst ein schweißbeförderndes Mittel aufzuschreiben.

Kaum war er fertig, als die Magd höchst aufgeregt hereinstürzte: „Frau, was fangen wir an! Der Dick' ist drunten ang'fahren, da der recht' Doktor aus der Stadt, der unsern Herrn selig kurirt hat, bis er g'storben ist, und jetzt

ist ein Andrer drin! was fangen wir aber an? er schnauft
schon b'Stieg 'rauf?" Auch die Wirthin schien in großer
Verlegenheit: "Herr Doktor," bat sie eilig und ängstlich, —
"wenn Sie vielleicht nichts dagegen hätten, — da neben hin=
ein, — 's ist zwar nur unser Rauchkämmerlein, — aber
man wird nicht rußig darin, — es könnte doch Verdruß
geben —" "Danke, ich werde bleiben," sagte Georg sehr be=
stimmt. Angesteckt von der allgemeinen Hast wäre er beinah
einen Augenblick in Versuchung gekommen, in das Rauchkäm=
merlein zu flüchten.

Sehr vornehm, sehr dick und sehr schnaufend trat in
diesem Augenblick der gefürchtete Oberamtsarzt herein. "Ich
höre, Sie haben einen Patienten; ah," sagte er mit vorneh=
mem Lächeln, "da sind der Herr Kollega! Bitte, will ja
nicht stören, haben ja bereits verordnet. Sie erlauben?" Mit
derselben unverschämt ironischen Miene legte er das Recept
wieder hin und sagte: "charmant, wollen wünschen, daß es
beste Wirkung thut. Der Herr Kollega wollen auf Schweiß
wirken, rechnen, scheint's, auf eine starke Natur; ist dem Herrn
Kollega vielleicht in seiner jungen Praxis noch nicht vorge=
kommen, daß bei Fieber zu stark schweißtreibende Mittel ab=
solut tödtlich wirken können?" — Die Mutter des Doktors
war vor Zeiten Kammerfrau an einem Hof gewesen, sein
Vater Leibchirurgus daselbst, weßhalb sich der Doktor beharr=
lich einbildete, feine Hofsitten zu haben.

"Bitte Ihnen, Herr Doktor," bat die Wirthin, in tödt=
licher Verlegenheit hin= und herlaufend, "es war nur ganz
zufällig, der Herr Doktor Rau haben . . . . ." Innerlich
kochend vor Aerger, zerriß Georg seine Verordnung und warf
der Wirthin ein Halbguldenstück für die Zeche hin; "ich bin

weit entfernt, ältern Rechten entgegenzutreten," sagte er, sich mühsam bezwingend, „guten Tag."

„Thut mir leid, Herr Kollega," sagte der dicke Doktor, der vor der Thüre stand, mit der kühlen Ruhe des Weisen, die einen Erzürnten geradezu wüthend machen kann; „bedaure, daß ich Sie nicht einladen kann, mit mir zurückzufahren, aber mein Freund, der Arzt des spanischen Gesandten, hat mich gebeten, mich der Frau Gräfin Rovera vorzustellen, die in diesen Tagen wahrscheinlich ihre neue Villa bezogen hat. Ich wollte nur zuvor meine Pferde hier füttern, wo ich leider den Herrn Kollega gestört habe."

„Ganz und gar nicht," brachte endlich Georg hervor ohne vor Aerger zu ersticken und machte sich mit einer stummen Verbeugung Platz zur Thüre hinaus und die Treppe hinunter, wo er noch glaubte, die Mägde und den Bedienten des Doktors hinter sich kichern zu hören; hinaus zum Dorf, wo er zufällig auf die rechte Straße kam, — ihm wäre in diesem Augenblick gleich gewesen, wenn er den großen Steinbruch auf der andern Seite des Dorfs hinunter gerannt wäre.

Die Gedanken voll tiefer Herzensbitterkeit, mit denen er heimwärts schritt, rasch und eilig um von dem verhaßten Doktor nicht eingeholt zu werden, ließen sich schwer in Worte fassen. Sein Aerger über den Freund, der ihm den fatalen Rath gegeben, über sich selbst, der ihn befolgt, über den Dicken, über die Wirthin, — erweiterte sich zum Aerger über die Menschheit im Allgemeinen und über die ganze Miserabilität ihrer Verhältnisse. Selbst der Gedanke an Marie verstärkte nur seinen Haß über die Erbärmlichkeit, in der auch dies liebe Kind zu Grunde gehen müsse. „Kannst Recht gehabt haben, mit Deiner Ahnung," murmelte er vor sich hin; wer

weiß, ob ich nicht in Bälde der ganzen elenden Geschichte
ein Ende mache, mein eigner, bestkurirter Patient!"

Rasches Pferdegetrappel trieb ihn instinktmäßig, schnell
zur Seite zu springen im Augenblick, wo er die schönste Gelegenheit gehabt hätte, sich überreiten zu lassen und so vielleicht mit Einemmale der ganzen Miserabilität los zu werden.

Eine junge Dame auf einem prachtvollen schwarzen Roß
sprengte vorüber; lang herab floß das dunkle Reitkleid, mit
schwarzem Sammt ausgeschlagen, auf dem schwarzen Hütchen
wehte eine hochrothe Feder, im Fluge glaubte er ein wunder-
schönes junges Gesicht, von schwarzen Locken umwallt, zu erkennen, — aber sie war vorüber wie ein Traum, ein wunderbarer, feenhafter Traum.

Ein minder traumartig aussehender Reitknecht folgte im
flinken Ritt der Fee, die ihn weit hinter sich ließ. Aus dem
leichten Wagen mit weißen Rossen bespannt, der nachfuhr,
beugte sich ängstlich eine verschleierte Dame, und eine Dienerin vom Rücksitz stieß in fremder Sprache einen Schreckens-
ruf aus.

Wie ein Traum war die glänzende Erscheinung verschwunden, so ungewohnt in den nüchternen, hausbacknen
Umgebungen der kleinen Stadt.

Unwillkürlich hatte der Anblick der leuchtenden Gestalten
Georgs Aerger etwas abgekühlt, aber ein tiefes Grollen
stieg wieder in ihm auf, im Gedanken, daß alle Schönheit
und Poesie des Daseins denn doch an den Besitz, den leibi-
gen, materiellen Besitz gebunden sei. "Glück und Liebe in
der Hütte ist ein lächerlicher Traum," fuhr er fort in seinen
bittern Betrachtungen; "dasselbe Gesetz, das dem Sumpf-
kraut nicht gestattet, sich zur königlichen Höhe der Pappel zu
erheben, nach dem sich der Vogel frei und leicht in den Lüf-

ten wiegt, während der Hamster im Boden wühlt, dasselbe gilt auch in der Menschenwelt und hat die Loose abgegrenzt. Muß ungemein leicht sein, edel zu sein und feinfühlend, auch sanft und heiter, wenn man in einem solchen Wagen hin= fliegt," — murmelte er; „es gibt freilich auch eine tugend= hafte Zufriedenheit, eine bescheidene Art von Vergnügen für den Wurm, wenn er sich ringelt im Sonnenschein, und für den Frosch, wenn er quackt im Sumpfe, — ich bin dazu nicht organisirt."

In vollem Galopp sprengte ein Reiter ihm entgegen. Es war der Reitknecht von vorhin. „Ist nicht ein Doktor von der Stadt diesen Weg gefahren?" rief er in höchster Eile. „Dort, gegen den Hof zu;" sagte Georg lakonisch und deu= tete nach der Richtung. „Kann ich ihn nicht verfehlen?" rief der Diener angstvoll, „unsere Comtesse ist gestürzt und liegt im Sterben." „Führt mich rasch hin," sagte Georg, im natürlichen Drange zu helfen, alles andre vergessend; „ich bin selbst Arzt, Ihr könnt den Andern doch noch holen." „Können Sie reiten?" fragte der bedrängte Diener. „Will's meinen." Der Diener stieg ab und half ihm aufs Pferd, „grad aus auf der Landstraße, kann nicht fehlen; — ich komme nach."

Georg hatte seine ersten Reitstudien vor Zeiten in der Mühle gemacht und als Student nicht vernachläßigt. Er durfte nicht zu weit reiten, — an der Stelle, wo sich der Weg gegen die neue Villa wandte, da lag die Feengestalt, die er so eben bewundert und beneidet, den blutenden Kopf, der beim Sturz vom Pferd auf einen Steinhaufen geschleudert worden war, auf dem Schoß der Kammerfrau, das lange Reit= kleid im Staub der Straße, das Hütchen mit der hochrothen Feder weit weggeflogen, das schöne junge Antlitz todtenbleich, die

Augen geschlossen; das Pferd war fortgerannt, zur Seite hielt der Wagen, die Mutter war ausgestiegen und geberdete sich wie unsinnig. „Hebt um Gottes willen das Kind in den Wagen und fahrt dem Schlosse zu!" schrie sie, „damit ihr Hilfe werde!" denn der Kutscher und die Kammerfrau hatten versucht, die Blutende aufzuheben; sie stöhnte schwer. „Ihr bringt sie um!" rief die Gräfin wieder, „laßt das Kind ruhig, ganz ruhig!"

„Und kein Arzt in diesem verfluchten Lande!" schrie sie auf französisch, als zu unendlicher Erleichterung der rathlosen Dienerschaft Georg angesprengt kam und rasch abstieg.

Die Noth des Augenblicks hatte alle nie geweckte Energie in seiner Seele wachgerufen. „Sie eilen zum Schloß," befahl er der Kammerfrau, „richten ein Bett ein und senden mehr Leute, die Kranke muß getragen werden! Sie, Frau Gräfin setzen sich hier an den Rain, ganz ruhig, daß ich den Kopf der Kranken an Sie anlehnen kann." Eine entschiedene Stimme im Augenblick schwerer Noth ist immer ein Segen. Willenlos folgte die Gräfin, sachte, sorgfältig wurde das blutende Haupt an die Brust der Mutter gelehnt, die auf den ernsten Wink des jungen Arztes unbeweglich stille hielt.

Ein Glück, daß Georg mit der Sorgfalt junger Doktoren vollständiges Verbandzeug bei sich trug, und daß er es nicht vorhin in seinem Unmuth in den Bach geschleudert hatte. Die Gräfin zuckte nur, als er mit scharfer Scheere die prächtigen langen Haare abschnitt, um die Wunde bloß zu legen; sie schien ruhiger zu werden, als sie sah, wie er mit geschickter Hand mit der Leinwand und Charpie in seinem Verbandzeug, mit seinem Tuch und dem Battisttuch der Kranken für den Augenblick das Blut stillte und die Wunde verband. Mit eben der Sicherheit, die so plötzlich über ihn gekommen, kommandirte er die Leute, die die Kammerfrau herbeigebracht; es lag noch Baumaterial nicht allzuweit entfernt, aus dem eine Tragbahre zusammengefügt werden konnte, aus Kissen vom Wagen und aus dem türkischen Shawl der Gräfin wurde ein möglichst bequemes Lager gebildet, die Bewußtlose darauf gelegt und vorsichtig unter der Leitung des Doktors dem Schlosse zugetragen. Zum erstenmal seit sie das neue Gut in Besitz genommen, war die junge Herrin heute ausgeritten, licht und leicht und lebensfroh, — und so still, nur von den Jammertönen der Mutter begleitet, hielt sie ihren Einzug.

Welch ein rascher Wechsel der Scene in Georgs Leben! Gestern war er verhöhnt, gedemüthigt, verschmäht aus einem Bauernwirthshaus abgezogen, um in seine nüchterne und nothdürftig eingerichtete Wohnung zurückzukehren und sehnsüchtig zu warten, ob nicht vielleicht ein erkälteter Marktbauer seine Dienste in Anspruch nehme. Heute wandelte er auf prächtigen Teppichen, wurde bedient wie ein Prinz, saß auf einem weichen Fauteuil zu Seiten des Lagers, wo auf seinen schneeweißen Kissen unter purpurrothseidner Decke die schönste Mädchengestalt lag, bei der selbst Krankheit und Wunde in anmuthiger Form erschienen.

Wenn er eine Demüthigung seines Beleidigers noch bedurft hätte, um sich über jene Niederlage zu trösten, so hatte er dies befriedigte Rachegefühl genießen können. Kaum eine halbe Stunde, nachdem sie die verunglückte junge Gräfin ins Schloß gebracht, war der vornehme Oberamtsarzt vorgefahren, der auf seinem Heimwege schon von dem Unfall gehört, und hatte keuchend und schnaubend sich bei der Gräfin melden laſſen, um das Empfehlungsſchreiben des Medicinalraths aus der Reſidenz zu präſentiren.

Der furchtbar aufgeregten Dame, die mit der ganzen Leidenſchaftlichkeit ihres Weſens in dem jungen Arzt bereits einen hilfreichen Gott erblickt, war nun der dicke, ſchnaubende Doktor, ſo vornehm er auch ausſah, ſo hell die goldne Uhr= kette auf ſeinem Bauch blinkte, keineswegs eine erwünſchte Erſcheinung. In ihrem gebrochnen Deutſch, in ihrer fieber= haften Ungeduld konnte ſie gar nicht nach höflichen Formen ſuchen und kaum hervorbringen: „Sie nicht brauchen, ſchon ſehr gute Doktor, — nur fort, meine Tochter nicht ſtören! Jean, zeigen Sie dem Herrn den Weg!" und höchſt dienſt= befliſſen nahm der Diener den dicken Herrn beim Arm und führte ihn buchſtäblich zum Hauſe hinaus, alſo, daß ſein Schnauben nachher furchtbar anzuhören geweſen ſein ſoll.

Georg war zu tief und gewaltig von ſeiner jetzigen Aufgabe hingenommen, als daß er lange in dem heimlichen Triumphgefühl hätte ſchwelgen können, das der Bericht des Dieners über dieſe Scene einen Augenblick in ihm er= regt hatte.

Nachhängen wollte und konnte er dieſem Gefühle nicht. Das Intereſſe des Arztes und des Menſchen, alles Denken und Wollen ſeiner Seele concentrirte ſich jetzt in dem Einen Wunſch und Streben, ſeine Kranke zu retten. Da ſaß er, lange, lange Stunden, Tag und Nacht, den Blick auf das ſchöne bleiche Angeſicht geheftet und forſchte und dachte und ſuchte, ängſtlich tief, wie er nie in ſeinen Stubienzeiten ge= ſucht, nach allem, was Hoffnung zur Rettung geben konnte.

Wie war er nun froh, daß er als Stubent im Aus= tauſch mit ſeinem Zimmernachbar, einem luſtigen Franzoſen, ſich die franzöſiſche Sprache, dieſen Hauptſchlüſſel für den

Verkehr, zu eigen gemacht hatte; so war ihm nun doch mög=
lich, sich mit der Gräfin zu verständigen, die mangelhaft
deutsch sprach.

Freilich mußte er auch die wilden Ausbrüche ihrer Ver=
zweiflung anhören. Alle seine vorgefaßten Begriffe, schon
vom Geographieunterricht im Gymnasium her, wurden hier
umgeworfen. Immer hatte er doch gehört und gelesen: „der
Spanier ist in seinem äußerlichen Gebahren feierlich, stolz
und kalt, er wird nie den Anstand verletzen, auch nicht bei
heftiger Erregung seiner innern Gefühle." Das paßte nun
nicht auf diese Dame, die oft maßlos heftig, alles in den
Aeußerungen ihrer Mutterangst, ihrer Zärtlichkeit gegen das
todtkranke Kind vergaß. All ihre leidenschaftlichen Klagen,
all ihren Jammer, mit dem sie das Kind schon zum voraus
betrauerte, hörte er, aber er hatte auch die Worte ge=
hört, die sie ihm schon am ersten Abend zugerufen, als man
die Bewußtlose ins Haus getragen, und die sie seither oft
wiederholt hatte: „retten Sie mein Kind, und sie ist die
Ihre!" und sie hatten ihn wunderbar durchschauert. Wie
oft er sich auch sagte: „Unsinn, das sagt sie in ihrer Auf=
regung und weiß es nachher nicht mehr, und wenn's ihr
Ernst wäre, so hat es für mich keinen Sinn!" die Worte
hörte er doch wieder und wieder in den stillen Stunden, wenn
er den Blick in diese traumartigen, wunderbaren Augen senkte,
die bewußtlos noch in süß verlockendem Glanze strahlten, und
wenn er die feine, heiße Hand in der seinen hielt.

Die junge Gräfin lag in heftiger Fieberglut, auch als
die Gefahr einer Verblutung vorüberschien. Sie war nie
bei Bewußtsein, ihre Phantasien verstand er nicht, sie sprach
spanisch, er suchte es auch nicht zu verstehen, aber mehr als
für sein ärztliches Studium nöthig, versenkte er sich wieder

und wieder in diese märchenhaften Augen. Da war die
ganze Glut des Südens und doch wieder das tiefe Sehnen
nach einer Welt, die nicht Süd und Nord kennt, — Augen,
wie er sie nur an den wunderbaren Marienbildern Murillos
gesehen, — Maria hieß ja auch dies zauberhaft schöne Wesen,
das ihm die Mutter zu eigen gab, — wohl nur um sie ins
Grab zu legen! Maria! wie matt klang das deutsche Marie,
Mariechen dagegen! Er hatte jetzt nicht viel Zeit daran zu
denken; er hatte noch nicht daran gedacht, Marien auch nur
zu schreiben, bis ihm aus Pulverdingen Kunde zukam, daß
man nach ihm gefragt. Man hatte dort natürlich bald die
verwunderliche Geschichte erfahren, daß der junge Doktor
Rau, der gar nichts zu schaffen gehabt, jetzt Leibarzt bei der
spanischen Gräfin sei. Nun schrieb er Marien flüchtig die
Geschichte der letzten Tage, — er sagte wahr, daß er nicht
Muße und nicht innere Ruhe habe, ihr öfter zu schreiben, —
er hatte sie wirklich nicht.

An Hilfsmitteln fehlte es ihm nicht; medizinische Bücher,
Arzneien und Erquickungen für die Kranke, — alles wurde
aufs schnellste herbeigeschafft — eine so gänzliche Nichtachtung
der Geldmittel wie hier, war ihm bis jetzt als ein unmög=
licher Zustand erschienen. Nur eines geschah nicht, — wie
oft auch die Andeutungen und Fragen der Dienerschaft, wie
oft vielleicht sein eigen Gewissen ihn mahnen mochte, es zu
versuchen, — es wurde kein andrer Arzt berufen. Die Gräfin
verlangte es nicht. Sei's, daß sie ein abergläubisches Ver=
trauen in den jungen Arzt setzte, der ihr zur rechten Stunde
wie ein Engel erschienen war, sei's, daß sie glaubte, alle
andern deutschen Aerzte glichen dem dicken Oberamtsarzt, vor
dem sie nun einmal ein Grauen gefaßt hatte, — sie forderte
es nicht, und Georg unterließ es auch. Es war wohl kaum

der Ehrgeiz eines jungen Doktors, der sein erstes Meisterstück allein machen will, es war mehr ein verzweifeltes Spiel auf Leben und Tod, das er mit dem Schicksal einging und dessen Motive er sich wohl selbst nicht klar machte. Das ist gewiß, daß er sein eignes Leben, alle Kraft seiner Seele und seines Leibes daran setzte, das Mädchen zu retten, die mehr und mehr dem Tode zu verfallen schien, er gönnte sich keine Ruhe bei Tag, keinen Schlummer bei Nacht, keine Erholung, kaum die nöthigste Speise; er kannte kein Streben und Wünschen mehr, keine Hoffnung und keine Furcht, als um seine Kranke.

———

Wie lange Zeit er schon in seinem verzauberten Schlosse weilte, ob es draußen Regen war oder Sonnenschein, ob Frühling oder Winter, davon wußte Georg nichts. In der Welt draußen und in der Buschmühle war's aber Herbst, ein gesegneter Herbst, in dem sich fleißige Hände tüchtig regen mußten. Marie, die Marie in der Mühle, hatte von Herbstfreuden nicht viel genossen. Sie wurde zwar öfter von Honaratioren der Stadt zu kleinen Festlichkeiten geladen, — war sie ja doch mit einem Doktor versprochen, hübsch, wohlhabend und — „auf der Bildung" in der Residenz gewesen, und man kehrte auch gern wieder in der Mühle ein. Marie dankte für alles, sie kam sich vor wie eine Blume ohne Stengel, wenn sie ohne Georg, ohne Vater und Mutter sich in diesen Kreisen bewegen sollte. Sie war in der letzten Zeit überhaupt etwas still geworden, gar emsig in allen Hausarbeiten, — an der Aussteuer nähte sie nicht mehr oft.

Sie war heute fleißig und rührig gewesen allenthalben, im Garten, auf dem Flachsfeld, als sie müde, mit einem Körbchen getrocknetem Obst im Arm, Abends nach Haus

kam. „Ist ein Brief für Dich da,“ sagte ihr Bruder Chri=
stian, der nun schon in der Mühle tüchtig zu brauchen war.

„Herr, behüte meine Ohren vor trauriger Botschaft!“
hatte die Müllerin heute früh in ihrem Morgengebet gele=
sen; warum fiel ihr gerade diese Stelle ein, als sie sah, wie
Mariens Hand zitterte, als sie den Brief erbrach, wie sie
sich den Andern abgewandt ans Fenster setzte, um ihn zu
lesen.

Den Müller, der eben seinen Vespertrunk zu sich nahm,
bewegte durchaus keine traurige Ahnung. „So, ist von dem
Schlingel, dem Georg?“ sagte er, nicht unzufrieden; „ist Zeit,
daß er einmal wieder schreibt! will sehen, ob er seine Gräfin
jetzt fertig kurirt und ihr begreiflich gemacht hat, daß ein
Weibsbild nicht auf einen Gaul gehört. Ist ein lecker Bursch,
daß er gar keinen andern Doktor hingelassen hat! Wundert
mich nur, daß es die Alte gethan hat! Na, zahlen wird sie
ihn nicht schlecht, und einen guten Namen macht ihm die Kur,
Alte, wirst ’raus müssen mit Deinen Tuchballen.“

Während so der Müller behaglich plauderte, hatte Marie
ihren Brief gelesen, wieder zusammengelegt und war hinauf=
gegangen in ihr Stübchen. Die Mutter hatte es wohl be=
merkt, war ihr aber nicht gefolgt. Spät erst, als der Vater
fragte: „wo ist die Marie? und was steht denn in dem
Brief?“ da stieg sie hinauf. Marie lag auf den Knieen
vor dem Stuhl, das Gesicht tief in die Hände gedrückt, die
Mutter kam sachte hinter sie: „Marie, weißt noch die
Antwort der Maria? es kann auch ein Engel zu uns kom=
men, der keine Freudenbotschaft bringt.“

„Siehe ich bin des Herrn Magd,“ sagte Marie ohne
aufzusehen mit tonloser Stimme, „mir geschehe . . . . .“ ihre
Stimme brach im Weinen.

„Sag's noch nicht," bat die Mutter, „sag's nicht, bis Du's von Herzen aussprechen kannst! es gibt noch ein ander Sprüchlein: „Vater, hilf mir aus dieser Stunde; doch darum bin ich in diese Stunde gekommen. Vater, verkläre Deinen Namen." Und still ging sie zu ihrem Mann und Sohn hinunter und sagte: „laßt die Marie nur droben; sie ist gar müd, den Brief kannst ja morgen selbst lesen, Alter."

In Georgs Brief stand zuerst die ganze Geschichte seiner Begegnung mit der Gräfin, ihrer Krankheit und der Verheißungen ihrer Mutter.

„So habe ich Dir nun alles erzählt, liebe Marie," fuhr er fort, „und Du siehst, wie wenig ich selbst die Umstände herbeigeführt habe, die mich jetzt in eine so eigenthümliche Stellung bringen.

„Maria, die junge Gräfin, ist nun außer Gefahr über all mein Hoffen und Erwarten, und ich bin tausendfach dankbar dafür; es war ein gewagtes Spiel, daß ich, mit meiner jungen Erfahrung, die Kur allein unternommen habe. Noch ist Maria tobtmüde, zeigt aber ein rührendes Vertrauen zu mir, von dem sie freilich in diesen letzten Wochen auch alle Hilfe fast allein empfangen hat.

„Ich habe Dir gesagt, Marie, welch seltsames Versprechen die Gräfin in der ersten Aufregung ihres mütterlichen Jammers gegen mich ausgesprochen. Ich schrieb es ihrer heftigen, leidenschaftlichen Natur zu, der Mutterangst, die mich durch eine ungeheure Verheißung zu ungeheurer Anstrengung treiben wollte. So habe ich ihr auch gesagt, nun die Comtesse der Genesung nahe ist, und habe ihr ihr Wort zurückgegeben. Die Mutter will in ihrer feurigen Dankbarkeit

nichts davon hören, sie versichert mich: auch Maria sei schon
eingelebt in den Gedanken, daß sie ihrem Lebensretter zu
eigen gehöre und ich würde durch ein plötzliches Losreißen
das zarte Kind tödten.

„Und nun, was soll ich thun? Soll ich Maria, die sich
mir wirklich in kindlicher Hingebung zuzuneigen scheint, soll
ich ihr jetzt, wo ein rauher Hauch, komme er von außen
oder von innen, die zarte Blume knicken und tödten könnte,
— soll ich ihr sagen: „Du bist getäuscht worden, ich habe
Dich nie geliebt, ich gehöre einer Andern?“ oder soll ich sie
in der Täuschung lassen, gestatten, daß diese junge, unberührte
Seele, — sie ist kaum siebzehn, — daß sie sich mir erschließt
in Liebe und Hingebung; wann ist dann der rechte Zeitpunkt,
mich gewaltsam loszureißen, wann weiß ich gewiß, daß diese
zartbesaitete Natur nicht zerstört wird von solchem Riß? —
Fliehen, sogleich und für immer fliehen, wäre vielleicht das
einzige, aber ich kann, ich darf sie nicht verlassen, sie bedarf
noch beständiger, schonender, sorgfältigster Aufsicht und Pflege;
sie wird meiner Begleitung nicht entbehren können, wenn sie
jetzt, sobald sie reisefähig ist, nach Italien soll, um unsre
rauhe Herbstluft zu vermeiden.

„Marie, liebe Marie, Du mit Deinem klaren, sichern
Gefühl, die Du mir immer mit schwesterlicher Liebe nahe
warest, sage Du mir, was soll ich thun? Ich weiß, Du verstehst diese Verhältnisse, obgleich Du Dich ja fast immer nur
in Deinem kleinen Kreis bewegt hast. Dein Vater kann
mich nicht verstehen. Er würde glauben, ich suche nur nach
Vorwänden, um wortbrüchig zu werden. Der Himmel weiß,
wie schrecklich mir der Gedanke an Treubruch ist. Nur mit
Deinem vollen, freien Willen soll ein Band gelöst werden,

das Dir leider bis jetzt so gar kein Glück geben konnte, meine liebe, arme Marie.

„Also in Deine Hände sei die Zukunft von uns drei Menschen gelegt, ich will mich Deinem Spruche fügen und denken, daß es Gottes Wille ist, der aus Deiner kindlich einfachen Seele spricht. Ach, je nachdem Deine Entscheidung ausfällt, wirst Du nicht nur Schiedsrichterin, Du wirst auch meine Vertheidigerin sein müssen bei den Deinen, die diese ungewöhnliche Gestaltung der Verhältnisse. nicht recht verste= hen können.

„Mißverstehe Du mich nicht, liebe Marie. Ich werde mich Deinem Ausspruch fügen in jedem Fall; ich werde nach Umständen vielleicht Zeit brauchen, mich aus so ganz andern Verhältnissen wieder in all die Erbärmlichkeiten zu finden, durch die ich mich nach Deines Vaters Meinung durchschlagen soll, — es wird ja auch zum Ziele kommen und ich würde bei Dir ein schwesterlich treues Herz finden, wenn auch unser Bund beschlossen worden ist, ehe wir selbst Wissen und Willen dazu geben konnten.

„Also, liebe Marie, sprich ganz offen aus, was Du für recht und gut hältst, und so soll es geschehen. Glaube, daß ich in all und jedem Fall sein und bleiben werde

Dein

treuergebener Georg.

„Ich wollte, Du könntest Maria sehen in ihrer zarten, wunderbaren Schönheit, in all der Hilfsbedürftigkeit ihres Wesens, gewiß, Du hast nie etwas Aehnliches erblickt. Gott gebe, daß die zarte Blume nicht im Genesen noch welke! ich fürchte auch das aufgeregte Wesen ihrer Umgebung, vor allem der Mutter.“

Mariens Antwort.

„Es thut mir leid um Dich, mein lieber Georg, daß
Du Dich so viel mit Fragen und mit Zweifeln geplagt hast
in dieser letzten Zeit. Wenn Du Dein eigen Herz und wenn
Du mich recht gekannt hättest, so hättest Du Dir viel Mühe
ersparen können. Vielleicht hättest Du auch alle Noth erspart
gleich zu Anfang mit einem einfachen Wort. So, wie alles
gegangen, ist es jetzt natürlich, daß Du das schöne Fräulein
lieb gewonnen hast, die der Herr durch Deine Hilfe so wun=
derbar gerettet hat. Und daß sie auch Dich lieb hat, das ist
ja noch viel natürlicher, wo Du so viel an ihr gethan hast.
Daß auch ihre Mutter so gern eingewilligt hat, das achte ich
für wunderbar, sonst sollen solche Leute ja sehr stolz sein und
auf den Stand sehen.

„Das weißt Du wohl, daß mich alles von Herzen freut,
was Dich glücklich macht. Es ist mir immer leid gewesen,
daß Du Dir's hast so sauer werden lassen müssen, und hat
mich oft bekümmert, ob es nicht besser für Dich wäre, wenn
Du ganz frei Deines Weges gingest. So geh denn nun in
Gottes Namen, lieber Georg, und Gott segne und behüte
Dich und Deine schöne Braut!

„Um mich darfst Du keine Sorge haben, und wegen
der Eltern auch nicht. Du weißt ja, daß die Mutter nie
dafür gewesen ist, etwas so weit voraus zu bestimmen, und
der Vater meint's nicht so bös, wenn er auch jetzt zornig ist,
er wird schon wieder zufrieden, wenn ich zufrieden bin.

„Noch einmal wünsche ich Dir recht von Herzen Gottes
Segen und daß er Deine Braut wieder recht gesund und
glücklich machen möge.

„Lebe wohl, lieber Georg, ich danke Dir für alles Liebe

und Gute, und wenn wir uns in diesem Leben nicht mehr sehen sollten, so helfe Gott, daß wir uns im Himmel fröhlich wiedersehen. Dann wirst Du gewiß wissen, daß ich Dir gar nie etwas nachgetragen habe.

Deine

getreue Marie."

Der Müller freilich hatte den Bruch nicht so sanftmüthig und ergeben hingenommen, wie Marie; er hatte geflucht wie in seinem ganzen Ehestand noch nie, über den wortbrüchigen Schuft, an dem man so viel gethan; Mariens Thränen, die Bitten seiner Frau und die einfache Erwägung, daß man im Grunde doch nichts machen könne, hatten ihn aber am Ende bewogen, still zu bleiben.

Während Stadt und Gegend widerhallte von der wunderbaren Mähr von dem armen Doktor, der eine Prinzessin, — eine Gräfin war der Fama noch zu gering, — vom Tode errettet habe, und sie sammt ihren sieben Millionen heirathen werde, während der dicke Doktor vor Aerger einen gelinden Schlaganfall bekam und die Hotelbesitzerin in H. sich besann, ob sie nicht außer dem wilden Schwein, das sie geschlachtet, auch noch illuminiren sollte an dem festlichen Abend, wo ihrer leiblichen Schwester ihr leiblicher Sohn mit einer leibhaftigen Gräfin durchreisen werde, während Herr Kolb, der glückliche Stiefpapa daran dachte, sein Weißwaarenlager noch durch ein Korsettgeschäft zu erweitern auf die gloriose Verwandtschaft hin, und Frau Kolb abwechselnd in Freudenthränen schwamm ob ihres Sohnes Glück, und in Thränen des Mitleids um die arme Marie, der man freilich nicht habe helfen können, — während all dieser Bewegung war es in der Mühle recht still hergegangen. Marie und ihre Mutter hatten so viel über den Müller vermocht, daß

er nach außen schwieg über die ganze Sache, wie gewaltig er
auch in den ersten Tagen daheim getobt hatte. Er hatte gar nicht
Lust, viel unter die Leute zu gehen, nachdem er einmal ausge=
sprochen, sein Mädchen habe selbst nichts mehr von dem Burschen
gewollt und ihm gesagt, er könne gehen wohin er wolle, — und
seitdem er das höhnische Lächeln der Leute darauf gesehen. Es
gab Solche, denen es schon wie eine Ehre für die Müllerstochter
vorkam, daß sie nur mit einer so hohen Dame hatte in Vergleich
kommen können, — der Müller selbst sah es freilich anders an.

Marie erhielt Erlaubniß, ihre alte Pathin in K. zu be=
suchen, die war schwach und hinfällig, fast ganz erblindet, und
ein Besuch des stillen Mädchens war gar wohlthätig für sie.

Georg war so eilig als möglich mit seiner jungen Braut,
die noch immer mit unendlicher Sorgfalt gehütet und gepflegt
werden mußte, mit ihrer Mutter und all dem Gefolge nach
Italien gezogen. Wunderbar leicht hatte er sich an all den
fürstlichen Luxus seiner Umgebung, an die ehrfurchtsvolle
Bedienung der Domestiken gewöhnt, — hie und da war ihm
freilich noch, als sei er gleich der Aschenbrödel in diese glän=
zende Welt nur hineingezaubert und der prachtvolle Reise=
wagen werde sich unversehens in eine Nußschale mit Ameisen
verwandeln, aber der Traum war äußerst behaglich und er
hielt für das Beste, sich ihm ganz und gar hinzugeben.

Die Schwiegermama, die zu Zeiten noch immer Anfälle
von leidenschaftlicher, fast wahnsinniger Angst um ihrer Toch=
ter Leben hatte, und von Georg allein zu beschwichtigen war,
hatte eine für seinen Maßstab ungeheure Summe in seine
Hand gelegt, damit er sich rasch aller alten Verbindlichkeiten
entledigen könne. „Auf der Reise wird der Kourier die
Hauptausgaben bestreiten," sagte sie zu ihm, „versteht sich
von selbst, daß Sie unbeschränkt über meine Kasse verfügen;

wenn der Zeitpunkt kommt, wo mit meiner Tochter alles Ihnen eigen wird, das wissen wir ja noch nicht, vielleicht werden Sie mir auch dann die Verwaltung des Vermögens noch überlassen, da das meiste in Spanien steht, bis Sie unsre Sprache, unsre Papiere und das alles verstehen." Er sagte natürlich alles zu', es war ihm peinlich, über diesen Punkt zu reden; war's auch nicht eben unangenehm, wie ein Märchenprinz eine seidene Börse, mit wirklichem, wahrhaftem Gold gefüllt, in der Tasche zu tragen.

Der kostbarste Besitz, den er mit seiner Kur gewonnen, Maria selbst, war ihm noch am wenigsten eigen. Auch fürchtete er sich sehr vor allem, was das zarte Leben, das kaum dem Tode abgerungen war, hätte aufregen und dadurch gefährden können. Maria übte, wie von Anfang, einen tiefen Zauber auf ihn, und doch scheute er sich, ein Wort der Liebe auszusprechen, sie erschien mehr wie ein wunderbolles Kunst= gebilde, an dem er die Augen weiden mochte, denn wie ein lebendes, liebendes Wesen, das ihm als Weib und Hausfrau zu eigen werden sollte; er begnügte sich, sie mit immer inni= gerer, zarterer Sorgfalt zu umgeben und sie nahm es dank= bar hin mit der weichen, rührenden Sanftmuth Genesender. Sie fing an deutsch bei ihm zu lernen, gar zu lieblich klangen die heimischen Laute mit dem fremden Accent von diesen wei= chen Lippen, immer tiefer und klarer wurde das Licht dieser wunderbaren Augen, — immer ferner, immer blasser erschien die schmucklose Gestalt des Mädchens aus der Mühle.

Sie hatten ein reizendes Landhaus am Comersee ge= miethet. Maria ruhte auf weichen Polstern auf dem Balkon und Georg saß neben ihr; in all dem Zauberglanze des durchsichtig klaren italischen Himmels lag die Landschaft vor

ihnen, ein leichtes Lüftchen vom See her kühlte die Glut des
sonnigen Tages, — schön wie nie erschien Maria, wie sie so
balag, das Haupt zurückgelehnt; die glänzend schwarzen Haare,
die der grausamen Scheere hatten fallen müssen, umgaben in
kurzen Locken das schöne Angesicht und hoben wunderbar die
südliche Blässe der Züge. Mit der glückseligen Müdigkeit einer
Genesenden sog sie die köstliche Luft ein, die vom See herüber wehte, lächelnd, dankvoll blickte sie auf zu Georg, der
neben ihr stand, und verzückt in ihre leuchtenden Augen
schaute. „Hast Du mich lieb, Maria?“ fragte er zum erstenmal. Eine leichte Wolke zog über das schöne Gesicht, sie
legte die Hand über die Augen. Dann aber blickte sie auf
noch matt, und sah ihn mit lieblichem Lächeln an. „Das Leben
ist so schön,“ sagte sie leise, „Du hast mir's wieder gegeben;
ja, ich will Dein sein.“ Und zum erstenmal schlang er den
Arm um sie und ließ das schöne Haupt an seinem Herzen
ruhen; das volle, fast berauschende Gefühl seines traumhaften
Glückes kam über ihn, — und doch, warum kam ihm im
Augenblick des höchsten Jubels die oft gehörte, langvergeßne
Weise eines deutschen Liedes in den Sinn:

Sie hat die Treu gebrochen,
Das Ringlein sprang entzwei.

Er hatte ja nie förmlich Treue gelobt, so hatte er auch
keine brechen können, beredete er sich, und inniger und wär-
mer umschlang er sein wunderbares Lieb; — aber es war
doch wie Traum, nicht wie Leben.

———

An diesem selben Abend trugen sie in der stillen Gemeinde zu K. eine müde Pilgerin zu Grabe. Es war Mariens
alte Pathe, der nun wohl das Licht wieder aufgegangen war,
das ihren Augen lange schon erloschen gewesen. Es ist in

der stillen Gemeinde zu K. nicht Sitte, Trauerkleider an Be=
gräbnissen zu tragen und lauten Jammer hat man dort nie
gehört. Sie hatten dort lange schon gelernt, den Tod als
einen Heimgang anzusehen und sangen ruhig und gemüthlich:

> Eins geht hier, das Andre dort
> In die ew'ge Heimath fort. . . .

Um so auffallender war es, daß die junge Verwandte,
die ja nicht einmal lang um die Verstorbene gewesen, in so
gar schmerzlichen Thränen an dem Grabe stand. Ach, die
gute alte Pathe hatte nicht zuviel Theil an Mariens Thränen!
Es war all ihr lang zurückgehaltnes Herzeleid, ihr Scheiden
von Jugend und Liebe und Hoffnung, von Freude und Le=
bensglück, das aufwachte neben der Entschlafnen, die sie so
treu gepflegt, es war der tiefe, sehnsüchtige Wunsch: „o, dürft'
ich neben sie mein Haupt niederlegen und einschlafen und
nimmer, gar, gar nicht mehr aufwachen!“ Versunken in
diese Gedanken, in all dies zum erstenmal freigegebne Leid,
vernahm sie kaum die erbaulichen Worte der Leichenrede, die
sich über Leben, Leiden und Hoffen der Heimgegangenen aus=
sprach. Ein einziger Spruch von allem was sie hörte fiel
in ihr Herz und in ihr Ohr: „Unsre Trübsal, die zeitlich
und leicht ist, schaffet eine ewige und über alle Maße wich=
tige Herrlichkeit, uns, die wir nicht sehen auf das Sichtbare,
sondern auf das Unsichtbare. Denn was sichtbar ist, das ist
zeitlich; was aber unsichtbar ist, das ist ewig.“ Ach, ihre
Trübsal erschien ihr augenblicklich nicht zeitlich und nicht leicht,
und doch mußte sie an den Spruch denken und ihre Thrä=
nen flossen nicht mehr so heftig und gaben der frommen Ge=
meinde keinen Anstoß mehr.

Kaum vom Sarge zurückgekehrt, erwartete sie die trau=

rige Botschaft: „Jungfrau Marie, es ist ein Knecht aus Ihrer Heimath da, mit einem Wägelein, Ihr Vater hat Unglück gehabt und ist von einem wilden Farren gestoßen worden; er liegt auf den Tod." „Ein Unglück kommt nie allein," dachte Marie in trüber Resignation als sie heimwärts fuhr in die dunkle sternlose Nacht hinein, keine Leuchte als den Spruch in ihrem Herzen, den sie gar nicht vergessen konnte.

* * *

Wenn man die schöne Erde ansieht in all ihrer Herrlichkeit, wenn man hört und liest von all dem Prächtigen, Großartigen und Anmuthigen, das sie in den verschiedensten Gauen bietet, von Italiens lachenden Fluren, von den Schneebergen und smaragdgrünen Thälern der Schweiz, von Schottlands tiefblauen Seen und den wechselnden Ufern des Rheins, von dem Glanz, dem Leben, dem mannigfaltigen Verkehr unsrer Städte, und wenn man vielleicht daneben in irgend einen bescheidnen Erdwinkel, in eine Mansarde oder eine sonnenlose Stadtwohnung gebannt ist, — dann dünkt es uns wohl ein herrliches Loos, wenn uns nun auf einmal die Wahl gegeben wäre, unsern Wohnsitz zu wählen da, wo es uns eben am allerbesten gefiele, mit vollster, unbeschränkter Macht über den Dämon der Erde, das Geld, der ein so bequemer Diener und ein so tyrannischer Herrscher sein kann. Und doch kann diese unbedingte Freiheit auch recht peinlich werden, denn „leider oder zum Glück," es ist in der That oft recht schwer zu bestimmen, wo es am allerschönsten und am allerbesten zu leben ist.

Davon wußte auch Georg und die Frau Gräfin von Rovera zu sagen, die vor der Vermählung doch einen festen

Wohnsitz wählen wollten. Maria selbst gab keine Stimme dabei. Obgleich sie täglich mehr erstarkte, obgleich ein zartes Roth unter den bleichen Wangen durchschimmerte und ihre Augen tiefer leuchteten, so schien sie doch noch gar matt und lächelte beistimmend zu allem, was die beiden beschlossen.

Nach Spanien wollte die Gräfin entschieden nicht; auf das ererbte Schloß bei Pulverbingen zu ziehen, das mit so großen Kosten hergestellt worden war, dazu hatte Georg nicht Lust, er stimmte für dessen Verkauf; auch die Gräfin scheute den Ort, wo sie so schwere Angst erlebt. Italien bot zu wenig Comfort für den Winter, nach einer größern Stadt hatte Maria kein Verlangen, — es wurde endlich ein reizendes Landhaus am Genfer See gewählt, und während die Gräfin und Maria in einem Hotel der Stadt verweilten, besorgte Georg die Vollendung der innern Einrichtung.

Er freute sich ungemein seines praktischen Talents zum vornehmen Herrn; er, der in der etwas geschmacklosen und sehr lückenhaften Eleganz des Tannenhofs aufgewachsen war, dem der rothe Teppich und der ovale Spiegel bei Müllers lange Zeit als der schönste Zimmerputz erschienen war, der als Student daheim und auf Reisen sich mit dem Bescheidensten hatte begnügen müssen, — er besorgte und arrangirte jetzt Teppiche, Fauteuils, Divane und alle Erfordernisse des raffinirten und bequemen Luxus, als ob er sein Lebtage unter diesen Dingen gelebt. Selbst der gewiegte Kammerdiener der Gräfin, der ihm freilich bei den Anschaffungen unentbehrlich war, bewunderte den Geschmack und die Sicherheit seines neuen Herrn. Jetzt erst schien ihm sein Glück, das seither in den Lüften geschwebt, Fundament und Boden zu gewinnen, jetzt erst, auf diesem blauseidnen Divan, in dieser heimlichen Rosenlaube,

in diesem lauschigen Kabinet, konnte er sich Maria recht als Frau
an seiner Seite denken; der prachtvollste Flügel, die kostbarste
Laute wurden angeschafft, damit wollte er Maria überraschen
und hoffte dann wieder die wunderbaren Töne ihres Gesangs
zu hören, den er nur ein einziges Mal belauscht. Nie seit=
dem hatte er sie bewegen können, wieder zu singen; sie war
noch zu müde.

Es war ihm wohl bei dem geschäftigen Leben, das er
führte in der Stadt und außerhalb der Stadt, bis die Ein=
richtung vollendet war, bei den kleinen Ueberraschungen, die
er für Maria bereiten konnte, wenn auch von ihren eignen
Mitteln. Ihr gegenüber war es ihm nicht drückend, daß er
nur der Nehmende sein sollte; für niemand war das Geld
so gänzlich werthlos als für Maria. Entbehrt freilich hatte
sie es nie.

Was er beginnen wollte, wenn diese Geschäfte vollendet
waren, wenn er die schöne Blume aus der Fremde ganz sein
eigen nennen durfte, — das wußte er noch nicht. Als Arzt
practiciren, das ging nun einmal nicht für den Gemahl der
Gräfin von Rovera. Ein Landgut bewirthschaften, dazu hatte
er in seinem Leben nie Lust und Talent gehabt, es fehlten
ihm auch alle Kenntnisse dazu. Nun er wollte ja sehen:
zunächst richtete er sich das prächtigste Bibliothekzimmer mit
dem schönsten und bequemsten Schreibtisch ein, wo die Büsten
berühmter Dichter und Schriftsteller in Nischen zwischen
den schönen Bücherschränken standen, wo dunkelseidne Vor=
hänge das Licht dämpften und eine prachtvolle Hänglampe
das ganze Gemach angenehm erhellte, eh noch die kunstvolle
Lampe auf dem Schreibtisch angezündet wurde. Da wollte
er alte Lieblingsstudien wieder aufnehmen, zu denen ihm das
Brodstudium und seine beschränkte Lage nicht Zeit gelassen,

— es mußte sich alles finden. Wie oft hatte er sich gesehnt
nach Freiheit in all der drückenden Beschränkung seiner letzten
Jahre, nun hatte er goldne, unbeschränkte Freiheit mit seiner
Zeit, mit seinen Mitteln zu schalten, und darüber noch das
süße Feenkind, das alle Wundergaben in seinen Schooß
schüttete und sein eigen war in demüthiger Liebe. Die
Schwiegermama erschien ihm zu Zeiten in minder idealem
Lichte, — ihr Wesen kam ihm oft nicht ganz lauter vor, ihre
maßlose Heftigkeit konnte Grauen einflößen, — aber er hoffte,
es würde wenig Veranlassung mehr kommen, sie hervorzuru-
fen, und dann — sie, die stolze, reiche Gräfin gönnte ihm
mit Freuden ihr Kind und allen Glanz und alles Glück, das
sich daran knüpfte, während der Müller mit ihm gerechtet
hatte um einen zuviel ausgegebenen Groschen!

Sie hatten ihre neue Villa bezogen und die Schwiegermama hatte Georg reiches Lob gespendet über den Geschmack
und Comfort der Einrichtung. Georgs Papiere waren von
Haus gekommen, und der Hochzeitstag war festgesetzt, die
Gräfin und der Kammerdiener hatten alles Geschäftliche besorgt. Er saß in seiner reichen, schön eingerichteten Bibliothek,
er wußte noch nicht, wo er mit seinen Privatstudien beginnen
sollte, und ruhte indeß in behaglichem Nichtsthun, selbst seine
Gedanken ließ er lieber in unbestimmten reizenden Zukunfts-
planen schweifen, als daß er sie sich sammeln ließ in ruhigem
Ueberblick, da meldete ihm der Kammerdiener den hochwür-
digen Herrn Brion, den katholischen Vikar aus Genf. Der
Geistliche, ein feiner Mann von ruhigem, angenehmem Benehmen, stellte sich ihm als den Vikar vor, bei dem die Frau
Gräfin die Trauung bestellt habe. „Es sind bereits alle
Förmlichkeiten besorgt,“ sagte er, „Sie haben bloß noch als
letztes Erforderniß diesen Revers zu unterzeichnen, in dem

Sie sich verpflichten, die Kinder aus Ihrer Ehe katholisch erziehen zu lassen."

Daran hatte Georg bis jetzt nie gedacht, und unwillkürlich fuhr er von seinem Stuhle auf und zurück. „Ich glaubte hier von solchem Zwange frei zu sein . . .," sagte er betroffen.

„Von Zwang ist keine Rede," sagte der Geistliche mit seinem ruhigen, höflichen Lächeln. „Sollte diese Erklärung ein kleines Opfer für Sie sein, so war es vielleicht nicht vermessen von der Frau Gräfin, anzunehmen, daß Sie auch ein Opfer nicht zu theuer finden würden, um den Preis, den sie Ihnen unbedingt zu eigen gegeben."

„Es handelt sich hier nicht um ein persönliches Opfer," begann Georg.

„Gewissermaßen nicht," fiel der Geistliche ein; „es ist die Rede von Ihren künftigen Kindern; sollte es aber für diese ein Opfer sein, in dem Glauben ihrer Mutter erzogen zu werden, in der sie frühe schon werden das Urbild aller Lieblichkeit und Vortrefflichkeit verehren lernen?" Georg fand nicht gleich eine Antwort. „Ich konnte mir kaum denken," fuhr sehr ruhig der Vikar wieder fort, „daß Sie, verehrter Herr, es überhaupt für ein Opfer oder Unrecht ansehen können. Sind Sie, wie ich glaubte annehmen zu dürfen, ein Mann von philosophischer Bildung, dem die Confession überhaupt als die temporäre Form gilt, in die gewisse unvergängliche Wahrheiten sich gekleidet haben, — nun dann kann die Form, in der diese Ihren dereinstigen Kindern gegeben werden, von wenig Bedeutung für Sie sein. Sollten Sie aber," hier schwebte ein feines Lächeln um die Lippen des Priesters, „sollten Sie sein, was man einen gläubigen Protestanten nennt, nun, so ist für Sie die Seligkeit nicht durch die Confeſſion bedingt, ſondern durch den Glauben, deſſen Grundzüge Sie auch in unſrem Bekenntniß finden. Wenn unſre Kirche gewiß zu ſein glaubt, daß nur in ihr das Heil gefunden werden kann, ſo kann das für Sie, deſſen Confeſſion toleranter iſt, doch kein Grund ſein, Ihre möglichen Kinder von dieſer Kirche auszuſchließen und beshalb eine ganze ſchöne, reiche Zukunft hinzuwerfen. Uebrigens bin ich ſehr gern bereit, mit Ihnen in jede Erörterung über die Confeſſion, — denn um den Glauben handelt ſich's hier nicht, das ſehen Sie als Mann von Geiſt ſelbſt ein, — in jede Beſprechung einzugehen; es iſt gar keine Rede von Zwang oder Ueberliſtung."

Mit wahrer Beſchämung fühlte Georg, daß er ſeit dem, was er im Confirmationsunterricht gehört und ohne tiefes Nachdenken angenommen, gar nichts gethan hatte, um für ſich ſelbſt feſten Grund des Glaubens zu ſuchen, in dem er erzogen war. Die Bibel ſtubieren, — nun, das hatte er für eine Sache der Theologen gehalten! Es war etwas in ſeiner Seele, das entſchieden der durchaus materialiſtiſchen Richtung widerſtrebte, die gerade bamals in der Medicin anfing Platz zu greifen, es war ihm lieb geweſen, daß Marie frommen Herzens und von einer frommen Mutter erzogen war; er hatte auch im Sinn gehabt, als Hausvater einmal ordentlich mit ſeiner Familie zum Abendmahl und zu Zeiten zur Kirche zu gehen, aber zu ernſtem Nachdenken über ſeinen Glauben war er nie gekommen.

Das einzige was ihn noch zurückhielt, dem Prieſter zu willfahren, war der Gedanke: was Deine Väter erkämpft mit Gut und Blut, an was ſie ihr Leben geſetzt, das verſchleuderſt Du Deinen Kindern mit Einem Federzug? Und als er nun doch die Feder nahm, um den Revers zu unter=

schreiben, da mußte er, er wußte nicht wie, an die Worte
denken, die er als Knabe schon in einem Drama gelesen:

„Mit diesem Zug verpfänd' ich meine Ehre,
Mit diesem Zug verkauf' ich mein Gewissen.“

Das war aber Unsinn, von unten hörte er zum erstenmal
wieder seit lange die Zaubertöne von Maria's Gesang. — Sollte er zögern bei dem ersten Opfer, das er
zu bringen hatte, um dieses herrlichen Wesens willen? —
das erste Opfer? fragte sein Gewissen — er hatte unter-
schrieben.

Während sich so alle Wege für Georg ebneten zum
freudigen Ja, hatte Marie, nicht Maria, nur Marie, das
schlichte Müllerkind, in der Heimat draußen ein Nein gesprochen, das ihrem weichen Herzen wohl mehr gekostet, als
Georg seine Unterschrift. Ihr Vater war todt, sie wohnte
mit der Mutter noch in der Mühle bei Christian, ein junger
Pfarrer, der Neffe ihres lieben alten Schulmeisters, der frühe
zum Wittwer geworden, hatte um sie geworben, — ein redliches Herz, das ihr und der Mutter eine freundliche Heimat
bot. Marie hatte ihm gedankt, so herzlich und demüthig,
daß er sie im Versagen erst recht lieb gewann, „nimm mir's
nicht übel, Mutter,“ hatte sie diese gebeten, die in der Werbung des Pfarrers ein ungeahntes Glück sah, „siehst Du,
es wäre eine Sünde, Ja zu sagen mit einem andern Andenken im Herzen.“

„Und solltest Du das Andenken, das Dir nur zu Leid
und Aergerniß geworden, nicht ausreißen und von Dir werfen?“ fragte die Mutter.

„Liebe Mutter, Gott weiß, an den Gatten einer Andern

denke ich nicht mit einem Gefühl, das Sünde wäre, aber es ist mir immer, als komme eine Zeit, vielleicht nach langen, langen Jahren, wo ich Georg wiedersehen werde und wo er meiner bedürftig ist, wie, kann ich nicht sagen, krank und elend vielleicht, Du weißt ja, ich habe schon mehr solch eine Ahnung gehabt, die mich nicht getäuscht hat: damals, als ich mich mit Georg verlobt habe, hab' ich's im innersten Herzen schon gespürt, daß er mir nicht eigen bleibe. Siehst Du, Mutter, dann möchte ich freie Hand haben, daß ich ihn pflegen dürfte und ihm Gutes thun, und einstweilen wird mir ja der liebe Gott auch ein Tagewerk geben, daß ich nicht un= nütz bin."

Die Mutter ließ sie gewähren, obgleich sie wohl fühlte, daß sie selbst nicht lange mehr bei dem Kinde sein werde.

———

Die Villa am Genfersee war festlich geschmückt und nahm sich aus wie ein Feenpalast; morgen sollte die Trauung des jungen Paares sein. Alle Schwierigkeiten waren weggeräumt; was Georg in Geld= und Geschäftsangelegenheiten noch zu unterzeichnen hatte, das hatte er leichter und lieber gethan, als jenen Revers, den er sich aus dem Sinn zu schlagen suchte. Seiner Mutter hatte die Gräfin einen prächtigen Schmuck zum Gruße gesandt und sie zu einem spätern Be= such eingeladen, da jetzt, im Spätherbst, die Reise nach der Schweiz doch nicht angenehm sein würde.

Auch das junge Paar wollte keine Reise machen, — Maria war noch immer müde, obgleich nun mehr als ein Jahr vergangen war seit ihrem Unfall. Die Mama wollte gleich nach der Hochzeit für längere Zeit nach Spanien reisen, um ihre Angelegenheiten dort zu ordnen und darüber war Georg nicht eben bekümmert.

„Wirst Du kein Heimweh haben nach Deinem sonnigen Vaterlande, wenn die Mutter dorthin geht?“ fragte er zärt= lich Maria.

„O nein, es ist hier auch schön,“ sagte sie mit sanftem Lächeln.

Und es sollte recht schön werden, hoffte er, wenn er erst seine schöne Blume allein, ganz allein hegen und pflegen durfte! Die Mutter mit ihrem leidenschaftlichen Wesen, vor dem das zarte Kind selbst Furcht zu haben schien, die war gewiß allein das Hinderniß, daß sie noch nicht so recht frisch und freudig wieder aufgeblüht war.

Es war der Vorabend der Hochzeit. Die Gräfin war in die Stadt gefahren, um noch manches für ihre Abreise zu besorgen. Georg hatte heimlich einen Pavillon an einer ent= legenen Stelle des Gartens zu einem reizenden Blumentem= pel umgeschaffen, das obere Zimmerchen darin aber mit den schönsten Ansichten aus Spanien geschmückt; damit wollte er nach der Mutter Abreise Maria überraschen.

Nun ging er nach ihrem Zimmer, um sie zu einer klei= nen Fahrt auf dem See abzuholen, — da lagen in fürstlichem Glanz die Brautgewänder für morgen ausgebreitet, die schwere, schimmernd weiße Atlasrobe, der duftige Schleier mit der Krone von Myrthen= und Orangenblüthen, der Schmuck von Perlen und Brillanten, alles wie von Feen und Elfen zusam= men getragen.

„Die gnädige Comtesse sagten, daß sie eine Strecke weit mit der gnädigen Frau Gräfin fahren wollten,“ sagte ihm die neuangenommene Kammerfrau, „sie wollen nachher zu Fuß nach Hause gehen.“ Das war ein seltener Entschluß von Maria, die seit jenem Sturz all ihre jugendliche Keckheit verlassen zu haben schien. Er beschloß, sie aufzusuchen; sie konnte von der Landstraße aus nur Einen Weg gegangen sein, einen reizenden Fußpfad durch Gebüsch, den er sie früher schon geführt. Rasch ging er hinaus, um ihr dort zu begegnen.

Und er verfehlte sie nicht. Auf einer Bank unter Bäumen, auf einer leichten Anhöhe, die, lieblich abgegrenzt, einen Blick auf den blauen See und den Montblanc gewährte, wo er in den letzten Wochen einmal mit ihr gesessen, da ruhte sie wieder, innig angeschmiegt an einen fremden Mann, einen schönen jungen Mann mit schwarzem Bart und dunklem Angesicht, und sie blickte zu dem Fremden auf mit so strahlenden Blicken, wie Georg sie nie von ihr gesehen; ihr Auge hatte seinen Glanz, ihre Wange ihre Blüthe wieder, ihre Stimme so süßen, innigen Klang, — der dort war ein besserer Arzt, als der deutsche Mediciner.

Dunkelglühend vor Wuth und doch sprachlos, wie an allen Gliedern gelähmt, stand Georg hinter dem Gebüsch, durch das er heraufgekommen, und starrte auf das schöne Paar, das seine Nähe nicht ahnte. Sollte er hervorstürzen und den fremden Schuft zur Rechenschaft ziehen? — er war freilich nur mit seinem Spazierstöckchen bewaffnet; neben dem Spanier dort, — denn dafür hielt er ihn, lag, wenn ihn nicht alles täuschte, eine Pistole, eine seltsame Waffe zum Rendezvous mit einer Dame. Nun, die fürchtete er nicht; er fühlte in diesem Augenblick der Wuth Kraft genug in sich, den Burschen sammt seiner Pistole zu packen, zu erwürgen, in den See zu schleudern, — aber es war doch etwas in ihm, das ihn zurückhielt. Es war nicht Feigheit; es war der Blick auf Marias strahlendes Angesicht, der ihn mit Wuth und mit unsäglicher Trauer erfüllte und doch seinen Arm zurückhielt. Hatte er ihr Leben gerettet, um sie elend zu machen?

Er wandte sich und ging zurück mit Gefühlen unsäglicher Bitterkeit. So war sie, die er geliebt, verehrt wie ein höheres Wesen, so war sie eine Spanierin, wie man sie sonst geschildert, die den Geliebten einläßt, wenn der Ehemann den Rücken wendet, und die Madonna verhüllt, damit sie nicht zusieht? ein Weib aus dem Lande, wo die vermählte Frau noch eine Schutzwache braucht für ihre Tugend! Aber warum hatte sie ihn betrogen, ihn, den armen deutschen Doktor, der ihr ja nichts bieten konnte, als sein dummes, redliches Herz? — sein redliches Herz? Es war nur eine leise Stimme in seinem Innern, die so fragte, die ihn mahnte an eine Liebe, die auch er von sich geworfen, — die er betrogen, wollte er sich nicht gern sagen; der bittre, heiße Groll über die, die ihn so schmählich getäuscht, ließ keine andere Stimme laut werden. Fort wollte er, fort, diese Nacht noch, hinaus in die weite Welt, in den Tod vielleicht! Was kümmerte ihn das Leben? Oder wollte er den Morgen kommen lassen und die Stunde der Trauung und sie dann erst niederschmettern mit der Anklage ihres Verraths? Schonung war er ihr nicht schuldig, sie hatte ihn auch nicht geschont.

Er war zu müde an Seele und Leib, um überhaupt etwas bedenken oder unternehmen zu können; er warf sich angekleidet aufs Bett und lag schlummerlos oder in schweren, unheimlichen Halbträumen, die schlimmer sind als Schlaflosigkeit.

Der Morgen dämmerte; matt und schwer erhob er sich aus seiner dumpfen, unerquicklichen Ruhe, immer noch zu müde, zu betäubt, um einen Entschluß zu fassen. Die Trauung sollte früh stattfinden, auf acht Uhr war der Wagen bestellt, ber sie nach Genf in die katholische Kapelle führen sollte. Georg hatte den Kammerbiener fortgeschickt und saß, zerbrochen an Seele und Leib, in seinem Fauteuil, das prachtvolle Dejeuner in Silber unberührt vor sich. O, daß alles ein Traum gewesen wäre! Daß er auf seinem Rohrstuhl säße in seinem bescheibenen Doktorlogis zu Pulverbingen, und Frau Hartung träte ein mit der eingeschenkten Kaffectasse und dem Bröbchen! Er hätte freilich nicht mehr hinausziehen mögen, um Praxis zu werben, aber er war ja so jung gewesen, — jetzt freilich kam er sich alt vor, — gealtert in einer Nacht! — Das Warten wäre am Ende nicht so schwer gewesen im Gedanken an das sanfte Angesicht, dem ein helles Freubenlicht aufging, so oft er kam .... Das war nun alles vorüber.

Es klopfte leise an seiner Thür, — Maria trat ein im weißen Atlasgewand, noch ohne Schmuck und Schleier, etwas bleich, aber unaussprechlich lieblich; nie war ihm ihre Schönheit wunderbarer, zauberhafter erschienen. Sie setzte sich auf einen Stuhl ihm gegenüber und sagte mit der leisen und doch klaren Stimme, in den beutschen Lauten, die sie von ihm erlernt, die ihn so entzückt hatten, als sie sie zum ersten Male versucht: „Willst Du mich ganz ruhig anhören, Georg? Ich muß Dir viel sagen, aber ich will nicht lange Worte machen." Er nickte nur mit finsterem Blick, froh, daß er nicht reben burfte. „Es sind brei Jahre, daß mein Vater tobt ist," hub sie wieder an. „Er hat mich sehr lieb gehabt; warum er aber mit meiner Mutter nicht in Liebe leben konnte, weiß ich nicht; ich bachte oft, sein Freund, der Graf Fuentes, auf den er alles hielt, sei schulbig, daß er die Mutter nicht mehr liebte, und ich weiß nicht, ob der Graf ein guter Mann ist. Felix aber, sein Sohn, ist gut und ebel und wir haben uns immer lieb gehabt," — eine helle Röthe flog über das schöne blasse Gesicht; Georg sah nicht auf. „Als mein Vater starb, hat er der Mutter einen Jahrgehalt bestimmt, der nicht groß ist. Unser ganzes Vermögen aber, und das ist sehr viel, sollte vom Grafen Fuentos verwaltet und meinem Gatten überge= ben werden, wenn ich heirathe. Ich habe das früher nicht gewußt, den Felix aber habe ich lieb gehabt, schon als Kind, und wir haben uns verlobt im Hause seines Vaters. Meine Mutter war darüber sehr unglücklich und weinte, und sagte, sie werde arm und elend; Graf Fuentos sei ein böser Mann, ihr Feind, seine Güter seien alle verschuldet; wenn ich Felix Frau werde, so werde er das Meine nehmen und sie werde verlassen von ihrem einzigen Kinde. Ich wußte wohl, daß Felix gut war und sie nichts entbehren lassen würde, aber er war sehr jung und sein Vater heftig und gewaltthätig. So reiste die Mutter mit mir durch allerlei Länder, um mich von Felix zu entfernen, zuletzt nach Deutschland, wo uns das Gut zugefallen war, und sagte mir immer, Felix habe mich nie lieb gehabt, er habe nur meine Hand begehrt, weil sein Vater all mein vieles Geld brauche. Ich habe es nicht geglaubt, aber ich hörte gar nichts von Felix mehr und die Mutter that mir alles, alles zu lieb, was nur mein Herz begehrte.

„Da bin ich vom Pferd gestürzt, das weißt Du ja, und war so sehr krank, und habe lange nichts von mir gewußt; so oft ich aber aufblickte, habe ich Dich gesehen und Du hast mir jeden frischen Trank gegeben und die kühlen Tücher alle, die mir so wohl gethan haben an meiner heißen Stirn, und ich habe Dich sehr lieb gewonnen, aber nicht so wie Felix.

„Da sagte mir die Mutter, wie ich wieder etwas ver= stehen konnte, Du habest mich über alles lieb, und habest mich in dem schlimmen Fieber gepflegt mit Gefahr Deines eigenen Lebens; sie habe Dir versprochen, daß ich Dein werde, wenn Du mein Leben rettest; Felix wisse und wolle nichts mehr von mir; wenn ich wolle die Seine werden, so sei sie auf immer von ihrem Kinde getrennt und in Armuth verbannt.

„Da habe ich denn nachgegeben; ich war auch so müde und wußte kaum, was ich that; ich war nicht glücklich, aber ich wollte Dein treues Weib werden, weil Dir's die Mutter versprochen.

„Nun aber kam Felix, der mich schon lange durch alle Länder gesucht; gestern Abend, als ich spazieren ging, sah ich ihn zum erstenmal wieder. Er hat in Liebe an mich gedacht all diese Zeit, sein Vater ist indeß gestorben, und er will all unser Gut theilen mit der Mutter und sie in Liebe und Ehren halten ihr Lebenlang. Da habe ich vergessen in meines Herzens Freude, daß ich noch Deine Braut bin. Aber nicht wahr," — nie hatte sie in so innigen Tönen zu ihm gesprochen — „nicht wahr, Du gibst mich dem Felix? So lieb, wie er, kannst Du mich doch nicht haben; Du kennst mich nicht so lang und sprichst nicht unsre Sprache und bist nicht unsers Glaubens! — Nicht wahr, Georg? Felix sagt, wenn Du nicht anders wollest, so werde er kämpfen mit Dir um meinen Besitz, aber lieber Georg, das Herzeleid thust Du mir gewiß nicht an?"

Groll und Bitterkeit waren aus seinem Herzen gewichen, wie sie so einfach und offen ihr Herz und Leben dargelegt in dem mangelhaften Teutsch, das ihr so lieblich stand, — ein tiefes, unsäglich schmerzliches Herzweh war ihm geblieben.

„Thu wie Du willst, Maria, ich habe kein Recht an Dich," sagte er mit trauriger Stimme; sie segnen, wie ihn einst Marie, das konnte er nicht.

„Aber Du grollst mir nicht, und hast keinen Haß auf Felix?“

„Er hätte zu mir kommen und als Mann mit dem Manne reden können, eh er mir hinter dem Rücken die Braut gestohlen,“ entgegnete Georg finster, „aber ich will nicht mehr rechten, ich gehe noch heute.“

„Aber er wollte offen zu uns kommen, es war Zufall, daß er mir begegnete,“ versicherte angstvoll Maria. „O, versprich mir, daß Du nicht im Groll von uns gehst! nicht jetzt gleich in alle Weite, daß wir uns gar nicht mehr sehen können; bitte, versprich mir's!“

„Ich gehe zunächst nach Genf und bedenke dort meine nächste Zukunft; sehen wollen wir uns nicht mehr. Behüt' Dich Gott, Maria!“ Er gab ihr die Hand. Einmal noch sah er tief in das wunderbare Antlitz, einmal noch berührte er ihre Lippen, dann verließ er das Zimmer und das Schloß.

Der Zauber war vergangen, — der Feenwagen Aschenbrödels war zur Nußschaale geworden; ein einsamer Wanderer, ging er die Straße, die nach Genf führt; wohin weiter? Das wußte er noch nicht; er fühlte sich gänzlich rathlos, Muth und Thatkraft waren erschlafft und gebrochen.

Der Gräfin Kammerdiener hatte seine Wohnung in Genf erkundet; alle seine Effekten wurden ihm nachgesandt nebst einem französischen Brief der Gräfin, den er ungelesen zerriß. Was von Geld und Pretiosen dabei war, das sandte er zurück. Seine Kleider und die nöthige Summe für den nächsten Unterhalt behielt er; er fühlte, daß es kindischer Trotz gewesen wäre, als Bettler fortzuziehen. Soviel durfte er schon von der Gräfin annehmen für die Rettung ihres Kindes.

Er hatte noch Gelegenheit den Großmüthigen zu spielen,

denn so leicht und einfach, wie sich wohl Maria gedacht, ging
der Tausch des Bräutigams nicht vor sich. Georgs williges
Verzichten, die reichen Spenden der Mutter, der jetzt natür=
lich ein ebenbürtiger katholischer Schwiegersohn lieber war,
als der deutsche Doktor, und die emsigen Bemühungen des
katholischen Vikars ebneten endlich die Wege.

Der Geistliche hatte eine gewisse Zuneigung zu dem
Deutschen gefaßt und ihn achten gelernt, als er ihm im Auf=
trag der Gräfin eine glänzende Summe in zartester Form
hatte übergeben sollen, nur als Entschädigung für die Praxis,
die er um ihretwillen aufgegeben.

„Ich danke," hatte Georg kurz und entschieden gesagt,
„meine Dienste sind belohnt, die Praxis, die ich verloren, ist
nicht der Rede werth."

„Könnte ich nicht irgend welchen Planen für Ihre Zu=
kunft förderlich sein?"

„Ich habe keine Plane."

„Aber Sie sind jung, kenntnißreich, begabt, Sie können
nicht in diesem Hinbrüten verharren, zumal wenn Sie alle
Hilfe zurückweisen. Eine große, wissenschaftliche, nicht ganz
gefahrlose Expedition geht demnächst von Frankreich in den
Orient ab, und erstreckt sich vielleicht noch weiter, es wird
ein junger, gesunder Arzt zur Begleitung gesucht. Wie, wenn
meine Verbindungen dazu dienen könnten, Ihnen diese Stelle
zu verschaffen?"

Das war es. Fort, weit übers Meer, fort von allem,
was ihn an die Vergangenheit mahnte, an seine verlorne
Heimath, an sein verschleudertes Leben — fort in die weite,
weite Welt! Mit fast leidenschaftlicher Wärme bat er den

vielvermögenden Priester, sich für ihn zu verwenden und
wollte geduldig noch in Genf warten, bis es zur Entschei=
dung gekommen.

Er wandelte eines Tags in gedankenlosem Brüten im
Freien, all die Herrlichkeit der umgebenden Natur hatte noch
keine Sprache für sein Herz, aber andre, ernste Stimmen
waren in diesen stillen Tagen laut geworden in seiner Seele.
Hätte er diese herbe Täuschung erlebt, wenn er einfach
Treue gehalten hätte wie ein Mann? — Daß schlaue Be=
rechnung gewesen, was er bei der Gräfin für die glühende
Hingabe eines dankbaren Mutterherzens gehalten, das hatte
er wohl erkannt, aber Marias Bild stand wieder, wenn
nicht ohne Irrthum, so doch rein und ohne Flecken vor seiner
Seele.

„Prenez garde!" rief's, und, nicht eine schöne Reiterin,
wohl aber ein prächtiger Wagen, der anfuhr, zwang ihn, rasch
auf die Seite zu springen. Eine leichte weiße Gestalt in
Kranz und Schleier saß darin, er sah sie einen Augenblick,
— dann war die Erscheinung vorüber.

„Das war der letzte Akt des Drama's," sagte er mit
tiefem Weh.

Wenige Wochen nach dieser letzten Begegnung stand
Georg auf dem Verdeck des Schiffes, auf dem die Expedition
von Malta abfuhr. Er hatte niemand in der Heimath Lebe=
wohl gesagt, er konnte schreiben wie Childe Harold:

> Nun bin ich in der Welt allein,
> Auf weiter, weiter See;
> Was sollt' ich andern Seufzer weihn,
> Wenn keinen rührt mein Weh?

Willkommen Wind und Wogen ihr,
Und, — wenn die Fahrt vollbracht,
Willkommen Wüst und Höhle mir!
Mein Heimathland, gut Nacht!

———

Man hält den Frühling so recht für eine wanderlustige Zeit, die liebliche Zeit, wo die Blumen ihre Aeuglein wieder aufschlagen und das bedächtigere Laubwerk sich leise entwickelt in frischem Hoffnungsgrün, die fröhliche Zeit, wo die Bächlein wieder rinnen und die Kindlein sich sonnen, die gefährliche Zeit, wo nach dem alten Volkswitz, der Salat schießt und die Bäume ausschlagen.

Mich dünkt aber, im Frühling ist gut daheim bleiben, wenn einem irgend eine freundliche Heimath beschieden ist, eine Heimath mit einem Blick ins Grüne, mit einem Pfad hinaus ins Freie. Auch die einfachste Gegend ist lieblich zu beobachten, wenn sie so allmählig ihr Festgewand anlegt, es thut so wohl, die langverschlossnen Fenster zu öffnen für die laue Frühlingsluft und behagliche philisterhafte Spazier= gänge zu machen mit den Seinen an den grünenden Hecken vorüber, über den neubeblümten Rasen; Schneeglöckchen und die ersten Veilchen sucht man daheim, nicht auf Reisen.

Aber der Herbst ist eine wanderlustige Zeit! Die ersten goldnen Herbsttage, wo die Erde noch ihre schönsten Gewän= der anlegt wie eine Nonne vor der Einkleidung, ehe ihre gold= nen Locken unter der Scheere fallen und sie die glänzenden bunten Gewänder vertauschen muß mit dem farblosen Non= nenkleid. Im Herbst ist's lustig hinauszuziehen, so recht die letzte Schönheit des scheidenden Jahrs zu genießen in vollen=

Zügen und dann heimzukehren in eine trauliche, friedliche Heimath, wo ein gemüthliches Stübchen, wo warme Herzen und freundliche Augen unser warten.

Am Abend eines schönen Herbsttags schritt auch unter den reichgesegneten Fruchtbäumen, zwischen den vielgeschäftigen Menschen ein Wandersmann, der keine freundliche Heimath wußte, die sich ihm aufthun würde für die Winterszeit. Sein Angesicht war gebräunt von der Sonne ferner Länder und älter als seine Jahre; er trug selbst sein leichtes Reisegepäck und schien ziemlich planlos zu wandern, nicht mit dem geraden bestimmten Schritt dessen, dem ein gewisses Ziel im Sinne liegt, das er heute noch erreichen will. Die Gegend, durch die er ging, war eben nicht eine, wie sie Touristen aufzusuchen pflegen, es war ein Stückchen Schwabenland, wie man es an man=chem Punkt dieser schönen Gaue viel reizender und malerischer finden kann.

Zur Rechten lagen weitgedehnte Kornfelder, längst abge=mäht, nur blaßrothe Winden und verspätete Kornblumen blühten noch zwischen den Stoppeln, der Blick war begrenzt durch einen sanften Hügelzug. Zur Linken zog sich leise ab=wärts Wiesenland, nicht mehr bunt durchwoben mit Blumen wie das erste lustige Gras, aber in weichem stillem Grün, das dem Auge wohl thut, wie friedliche Entsagung dem Her=zen. Reiche Obstbäume faßten die Straße ein zu beiden Seiten, gebrochen und geschüttelt ward ihnen der reiche Segen abgenommen, lustige Kinder trieben sich unter den Bäumen umher, um aufzulesen, zu schmausen, und wieder schreiend davon zu springen, wenn der neckische Bursch, der oben zwischen den Aesten saß, ihnen ein paar Aepfel auf den Rücken warf.

Der Wandrer war Georg Rau und die Gegend war

nicht all zu fern vom Hofe seines Vaters, aber er war nicht eingekehrt in seiner alten Heimath.

Er kehrte von langen und mannigfaltigen Wanderzügen zurück, er hatte sich nach Beendigung seiner Reise noch in Frankreich aufgehalten, um ein Werk über die Expedition vollenden zu helfen. Nun hatte er sein kleines Vaterland wieder aufgesucht, obwohl er jetzt auch in der Fremde vielleicht eine sichere Existenz gefunden hätte, — warum? das wußte er selbst kaum, hatte er doch nichts mehr dort, das er sein eigen nennen konnte!

Bei seiner Abreise vor drei Jahren hatte er niemand Kunde von sich gegeben und spät erst, von der Reise aus, seiner Mutter geschrieben. Ihre Briefe hatten ihn nicht getroffen und erst bei seiner Rückkehr hatte er erfahren, daß sie mit ihrem zweiten Gatten nach Amerika ausgewandert sei.

Nach langem Bedenken hatte er sich entschlossen, bei einem alten Universitätsfreund, der Arzt in der kleinen Stadt unweit der Mühle war, nach der Familie des Müllers zu fragen. Er hörte, der dicke Christian habe, noch sehr jung, eine rüstige Wittwe geheirathet und hause mit ihr auf der väterlichen Mühle, die Wittwe des alten Müllers sei mit der Tochter in die Brüdergemeinde zu K. gezogen und dort vor einem Jahr gestorben, die Tochter lebe nicht mehr in K., so viel er gehört; man sage, sie habe einen Pfarrer geheirathet, bei dem Pfarramt zu K. werde er dies gewiß leicht ermitteln können.

Georg hatte nicht weiter nachgefragt. Er war nun auf dem Weg nach einer kleinen Stadt, wo man einen Arzt suchte, er wollte, wenn es ihm gefiel, sich dort niederlassen; so viel er für sich allein nöthig hatte, dachte er wohl leicht dort

zu erwerben, und es verlangte ihn nach Arbeit, nach einem
Beruf.

Da er nicht zu eilen brauchte, hatte er sich Zeit zur
Wanderung genommen, jetzt war er müde, die Sonne neigte
sich und er sah noch keinen Ort in der Nähe. „Wie weit
ist's bis zum nächsten Dorf, wo man gut übernachten kann?“
fragte er einen Mann, der seine Aepfel auf einem Handkarren
vor sich schob.

„Nach A.? da ist's noch gute dreiviertel Stunden.“

„Das ist weit,“ sagte der müde Reisende, „geht Ihr
denn auch noch bis dahin mit Euren Aepfeln?“

„Ich? nein, ich geh da 'nunter auf den Hof, aber da
ist kein Wirthshaus.“ Und er schob seinen Karren seitwärts
ab, einen lockenden grünen Pfad zwischen Hecken, der
hinunter auf den Hof führte, dessen weiße Häuser hinter grü=
nen Bäumen vorschimmerten.

„Arabische Gastfreundschaft, wo man jeden Fremden in
sein Zelt läßt, herrscht nicht in meiner lieben Heimath!“
dachte Georg, — er erwog nicht, daß der Bauer wohl gar nicht
so keck gewesen wäre, den seinen Herrn zu sich einzuladen,
an einem schönen Abend, wo er noch eine Stunde guten Wegs
hatte in ein Wirthshaus, daß bei uns die Bauern keineswegs
auf unvorhergesehene Gäste eingerichtet sind, und die Fremden
in der Regel nicht damit zufrieden wären, Kameelsmilch zu
trinken und sich auf einer Matte auszustrecken, wie im Zelt
eines Arabers.

Georg aber hatte gelernt, sich auf Reisen zu behelfen,
die Landstraße lag mit einemmale so langweilig und staubig
vor ihm, seine Müdigkeit nahm zu, der Hof schien so ein=
ladend herauf zu winken, daß er beschloß, es doch zu ver=

suchen, dort ein Nachtquartier zu finden. „Mag sein, ich finde dort ein Glas Milch und einen Altvaterstuhl zum Ausruhen," dachte er, „im schlimmsten Fall lasse ich mich auf irgend einem Ochsenwagen zum nächsten Wirthshaus führen." So ging er den Weg hinunter, auf dem der Bauer schon verschwunden war.

Die wenigen, stattlichen Häuser des Hofs lagen einzeln in Gärten oder Gehöften, reichlich umgeben mit den Spuren landwirthschaftlichen Betriebs. Ein viel kleineres Häuschen stand seitab von den andern in einem Obstgarten, der mit einer niedrigen, sauber gepflegten Hecke eingefaßt war. Gerade dies kleine niedrige Häuschen war das einladendste, es war schneeweiß getüncht, mit spiegelhellen Fenstern und grünen Fensterladen, rings um das Haus das lieblichste Blumengärtchen, dessen blühende Levkojen und Reseden herrlichen Duft ausströmten. Unter der Linde vor der Pforte, die das Häuschen überragte, stand eine Bank und ein Tischchen. Auch vor den Fenstern waren Blumenbrettchen, und ein Kanarienvögelchen, schon ein seltener Gast auf dem Dorfe, hüpfte in seinem Käfig dazwischen.

Von allen Hütten und Palästen, die er je gesehen, war keine Behausung auf der Welt Georg noch so freundlich erschienen, wie dies Häuschen; wenn auf der weiten Erde noch der Friede wohnte, so mußte es hier sein. Kecklich öffnete er das Pförtchen in der Hecke und schritt auf die Hausthür zu, die sich leicht öffnete.

Die Hausthür war aber zugleich die Zimmerthür, unmittelbar aus dem grünen Gärtchen, aus Gras und Blumen trat man in die helle Stube, durch deren Fenster der letzte Sonnenstrahl hereinfiel, und die den halben Raum des Häus-

chens einnahm. Ein Altvatersessel stand am Fenster, in dem
saß ein alter Mann, dessen schneeweiße Haare unter einem
schwarzen Sammtkäppchen vorsahen, ein schlankes Mädchen
in grauem Kleid mit gescheitelten blonden Haaren saß auf
einem niedrigen Stuhl ihm gegenüber und las ihm vor; auf
dem Tischchen zwischen beiden lag eine Landkarte und ein
dickes Buch. Das Mädchen blickte verwundert auf, als die Thür
aufging, ein Paar klare braune Augen schauten den Eintretenden an, fest und tief, nicht wie man einen Fremden, nein, wie
man einen Langerwarteten ansieht. Leisen Schrittes kam sie
ihm entgegen, bot ihm die Hand und sagte mit dem herz-
innigen Ton, den er nie ganz vergessen: „Grüß Dich Gott
Georg, bist Du einmal gekommen?"

„Marie, Du bist's. Marie?" rief er wie im Traum,
„wie kommst Du hieher, und wie konntest Du wissen, daß
ich komme?"

„Es ist mir immer so vor gewesen," sagte sie mit ihrem
alten traulichen Lächeln, „Du werdest noch einmal da zur
Thür hereinkommen, und werdest froh sein, daß Du mich findest.
Ich bin hier schon lang bei meinem alten, lieben Lehrer." „Der
Herr Doktor Rau," stellte sie ihn jetzt dem alten Schulmeister vor, der nicht recht wußte, was vorging, und sich etwas
mühsam von seinem Sitz erhob. „Du wirst Dir ihn wohl
noch denken, den Georg vom Tannenhof, weißt Du?"

„Ach ja wohl," sagte der alte Mann, „kann mir ja
Ihre Eltern selig noch wohl denken, aber wie kommen Sie
denn da her, auf unser Höflein? Das hat ja der Franzos
in den Kriegszeiten nicht einmal gefunden!"

„Das erzählt Ihnen der Herr Doktor, so lang er sich
ein bischen erfrischt." Marie eilte hinaus und kam bald zu-

rück mit einem steinernen Krüglein, dazu brachte sie ein
kristallhelles Glas und schön weißes Brod auf einem grü=
nen Porzellanteller. „Wir haben einen guten,“ rühmte sie
lächelnd, als sie ihm den goldklaren perlenden Wein einschenkte,
„der Großpapa, — ich heiße ihn jetzt so, weil ich meinen
eignen nie gekannt habe, — der Großpapa trinkt wenig, da
muß er guten und reinen Wein haben.“

Da saß Georg auf Mariens Stuhl dem alten Mann
gegenüber, behaglich, als ob er jeden Abend da sitze und er=
quickte sich und ließ sich von dem Schulmeister erzählen. wie
er zum Dienst zu alt geworden sei und von seinem lebigen
Bruder das Häuschen hier ererbt habe. „Da hab' ich mich
zuerst plagen müssen mit einer bösen, alten Haushälterin,“
klagte er ihm, „und es sah bei uns aus, daß es eine Schande
war, da mein braves Weib gestorben war. Nun starb aber
auch die Müllerin in K. und wie ich bei ihrer Leiche war,
hab' ich dem lieben Kind der Marie geklagt, wie ich so allein
sei auf der Welt, und sie ist zu mir gekommen und bei mir
geblieben. Herr Doktor, was das für ein gesegnetes Kind
ist, das weiß der liebe Herrgott allein.“

Während der Alte kein Ende finden konnte im Lobe
seines Lieblings, waltete Marie braußen in der kleinen Küche,
zu der eine Thür und ein Schiebfensterchen von der Stube
führte; ihr kleines Dienstmädchen war vom Brunnen heimgekom=
men und hocherstaunt, einen fremden Gast vorzufinden. Draußen
kochte und prasselte das Festmahl, Suppe und Pfannkuchen,
und dazwischen wandelte Marie geräuschlos aus und ein, deckte
den eichenen Tisch in der Mitte des Zimmers, sagte den Weiben
mitunter ein freundliches Wort und bat sich aus, daß der
Herr Doktor erst von seinen Reisen erzähle, wenn sie auch da sei.

Wie war es dem Georg doch auf einmal so ganz unbeschreiblich wohl geworden! So daheim hatte er sich ja in seinem ganzen Leben noch nicht gefühlt.

Das war keine künstlich gemachte Rücksicht und Freundlichkeit Mariens, unter der sich die verhaltene Bitterkeit eines gekränkten Stolzes birgt; es war die lautere Güte treuen Herzens, das nie eine Bitterkeit genährt, oder das sich jeden Stachel ausgezogen in der Kraft frommer Hingebung.

Wie gemüthlich saßen sie zu Drei um den Tisch mit der ringsum laufenden Fußbank, die ihn an die Tafel in der Mühle erinnerte, wie fand er Marien so blühend in unverwelkter Lieblichkeit, wie zerrannen jetzt erst wie Nebel alle die Bilder, die ihn berückt und beglückt und so unaussprechlich elend gemacht hatten!

„Aber wo finde ich ein Unterkommen für die Nacht?“ fragte Georg, als er der Mahlzeit mit bestem Appetit alle Ehre angethan, „darf ich hier in Großpapas Armsessel bleiben? Ich kann überall schlafen.“

„Ei nein, wir haben ein Gaststübchen“, rühmte Marie mit Stolz, „oben neben Großvaters Schlafstube und meinem Alkoven. Der Herr Pfarrer, Großvaters Neffe, kommt manchmal hieher, auch die Frau und die Kinderlein haben uns schon besucht.“

Und es war ein ganz komfortables Gaststübchen; das Mühlenmariele hatte immer gewußt, was sich schickt. Georg schlief darin herrlich bis an den lichten Morgen, wo er in die sonnige, grünumrankte Stube trat, in der Marie bereits auf dem Tischchen am Fenster auf schneeweißer Serviette ein lockendes Frühstück bereit hielt.

„Haben Sie gut geschlafen?“ fragte der heitere alte

Mann, ganz stolz und vergnügt, einen Gaſt zu haben. Ja, das hatte er! ſo ſüß war ſein Schlummer geweſen, ſeine Träume ſo friedlich und ſein Erwachen ſo friſch, — ſeit ſeinen Knabenjahren hatte er ſo herrlich nicht geruht.

Drei Tage ſüßer Raſt gönnte er ſich auf dem Hof, und Marie führte ihn all die ſtillen, friedlichen Wege, die ſie ſonſt allein oder mit dem alten Schulmeiſter wandelte, zwiſchen den grünen Wieſen und hohen Kornfeldern hin, an dem klaren Bach und in dem kleinen Buchenwälbchen.

Da legte er ſeine ganze Vergangenheit, jede Verirrung und jede Täuſchung ſeines Lebens vor ihrer klaren Seele nieder, und es that ihm wohl, es zu thun. Marie hatte keine Beichte und keine Abbitte verlangt. „Ich habe Dir längſt vergeben," ſagte ſie mit ſchweſterlicher Innigkeit. „Ich weiß, daß Du mir nicht haſt weh thun wollen und daß Du da= mals geglaubt haſt, Du könneſt nicht anders. Wenn Du im Irrthum geweſen biſt, ſo haſt Du Dir ſelbſt am weheſten damit gethan."

„Aber ich habe Dir doch weh gethan, Marie, Du haſt doch gelitten?" fragte er; — er wollte nicht, daß ſie ihn zu leicht verſchmerzt.

„Ich bin ſehr traurig geweſen, lieber Georg, und recht unglücklich, bis ich gelernt mit bemüthigem Herzen ſprechen: „Siehe ich bin des Herrn Magd; die Magd hat Kindes= recht erlangt," fügte ſie leiſe hinzu, und das Licht des ſüßen, tiefen Gottesfriedens, der all ihr Weſen umfloß, brach klar und voll aus ihren freudigen Blicken.

„Ich habe es immer gewußt," hub ſie wieder an, „daß Du einmal wieder kommen werdeſt. Freilich bildete ich mir immer ein, Du kommeſt krank und müde und hilfsbedürftig, und ich habe nur deshalb eine Freude gehabt, mein Elterngut zu sparen. — Aber das brauchst Du nun nicht."

„Das brauch ich nicht!" rief Georg. „Wohl habe ich keine Schätze gesammelt auf meinen Reisen und kehre nicht viel reicher zurück, als ich gegangen bin, doch fühle ich Kraft in mir und Muth, meine Zukunft auszubauen. Aber arm bin ich doch, arm an Frieden und Herzensfreude, und ein Herz brauch' ich, das mir mein Haus zur Heimath macht. Nicht wahr, Marie, Du hast verziehen? und wenn ich mein Haus gegründet habe, so darf ich Dich einführen als mein bestes Gut?"

Da schüttelte Marie leise den Kopf. „Du weißt ja," wiederholte sie, daß ich Dir nie etwas nachgetragen habe. Sieh, ich will für Dich sorgen wie eine Schwester; es freut mich von ganzer Seele, wenn Du all das Meine mit mir theilst wie ein Bruder, denn der meine braucht es nicht; wenn Du nicht eine andere Frau wählst, so will ich einmal zu Dir kommen und Dich pflegen, wenn wir alt genug geworden sind, und will bei Dir bleiben bis zum Tod, aber......"

„Mein Weib willst Du nicht werden, das habe ich ver= scherzt," sagte Georg mit bitterer Traurigkeit.

„Sieh," fuhr Marie leiser fort, und ein tiefes Erröthen zog über ihr Angesicht, „zur Frau sollst Du mich nicht wäh= len, weil Du es für Pflicht hältst gegen die Marie, der Du einmal verlobt gewesen und die Du verlassen hast, auch nicht, weil Du nun müde bist von der Welt und ausruhen möch= test bei einem eigenen Weibe. Deine treue Schwester will ich sein, für Dich sorgen und für Dich leben so viel ich kann, aber Deine Frau kann ich nur werden, wenn Du gewiß weißt, wenn Du mir vor Gott bekennen kannst, daß Du

mich über alles lieb haſt, nächſt dem lieben Gott, daß Du
Dir keine Freude auf Erden benken kannſt ohne mich, und
kein Leid, das Du nicht tragen könnteſt mit mir, und bis
Du das weißt, mußt Du zuvor wieder in der Welt leben
und mußt Dein eigen Herz prüfen.

So ſtolz war die bemüthige Müllermarie und ſie blieb
bei ihrem Worte, auch beim Abſchied, wo Georg ſo gern
eine Gewißheit mitgenommen hätte.

Als er aber wiederkehrte nach Monben und ihr ſagte,
daß er einen nützlichen, lohnenden Berufskreis gefunben, das
eigne Brod, auf das der Müller ſelig ſo großen Werth gelegt, als er ſie vor Gott verſichern konnte, daß er kein Gut
auf Erden ſo innig begehre als ihre Liebe, als ihr frommes,
treues Herz, das ihm helfen möge, ſeinen Weg zum Himmel
zu ſuchen, da konnte ſie in ſeliger Demuth ſagen: „Ich bin
des Herrn Magd, mir geſchehe wie Du geſagt haſt.“

Marie wollte den alten Lehrer ſo bald nicht verlaſſen.
„Haſt lange genug gewartet,“ ſagte ſie ſcherzend zu Georg,
„nun warte noch ein Weilchen länger, der Großvater kann
nicht ſein ohne mich.“ Warten wollte aber der Georg nicht
mehr, der Alte ſollte die neue Heimath ſeiner Marie theilen,
und er willigte ein, um kein Hinderniß zu ſein für ihr Glück.
Dazu kam es aber nicht. Wenige Tage nachdem er ſie in
ſeinem ſchönſten Staat zum Altare geleitet, fanb ihn das
Enkeltöchterlein, das bis zu ſeiner Ueberſieblung bei ihm
bleiben ſollte, entſchlummert in ſeinem Lehnſtuhl. In ſeiner
Bibel, die vor ihm lag, war das Kapitel aufgeſchlagen von
Moſes, der vor ſeinem Tobe noch hinüberſieht in das Land
der Verheißung.

Von Gräfin Maria hat Georg nichts mehr gehört; nur

wie im Traum schweben manchmal jene Tage voll Glanz
und Glück und Herzeleid an ihm vorüber. An Mariens Seite
aber hat er das Beste und Schönste gefunden, was ein
Mann auf Erden begehren kann: einen Beruf, in dem er oft
im Schweiß seines Angesichts, aber im Segen arbeitet mit
seiner gottgeschenkten Kraft, eine Heimath, auf die er sich freut,
so oft es himmelwärts geht, die ihm die Erde lieb macht und
die ihn doch lehrt in fröhlicher Hoffnung aufsehen zum Himmel.

Taube Blüthen.

Taube Blüthen nennen wir am Baume die kleinen, ver=
kommenen Blümchen, die nie zur rechten Entfaltung ihres
Blüthenlebens kommen, die abfallen, ohne den Keim zur
Frucht zurückzulassen, die vergebens entstanden und ver=
gangen sind.

Auch das Menschenleben hat seine tauben Blüthen, Räth=
sel, welche schwachen oder grübelnden Gemüthern leicht zum
Stein des Anstoßes, zum Grund des Zweifels werden können.

„Wir begreifen,“ — so hören wir sagen — „daß die
liebliche Blüthe abfallen muß, um der Frucht Raum zu geben,
wir begreifen auch die Blumen, die nie Früchte tragen oder
Nutzen bringen, ihr Lebenszweck ist die Schönheit, sie haben
Herzen und Augen erfreut durch Duft oder Farbe; selbst das
unscheinbare Blümchen am Rain, das Kinderhand im Spiel
gepflückt, hat Vergnügen gemacht, die Blume der Wildniß
noch, die kein Menschenauge erblickt, sie hat Honig gegeben
für das Bienchen draußen, ein Ruheplätzchen für den irren
Schmetterling, und sie selbst hat geblüht und sich gelabt in
Sonnenschein und Morgenduft, — die alle haben nicht ver=
gebens gelebt. Aber Blüthen in der Natur und im Men=
schenleben, die kein Herz beglücken, kein Auge ergötzen konn=
ten, deren Dasein für sie selbst nie Genuß und Freude war,
die nie etwas sein oder thun konnten für Andere, — wozu
waren die erschaffen? Wenn es einen allweisen, allliebenden

Vater gibt: warum hat er einen so matten Funken Seiner
allbelebenden Kraft auf diese armen Wesen fallen lassen, zu
wenig zum Leben, zu viel zu der glücklichen Unbewußtheit
der Pflanze oder des Steins, die uns wenigstens nicht weh
thun, auch wenn wir keinen Zweck ihres Daseins erkennen?

Das gläubige Gemüth ist gewiß, daß der Herr einst
Antwort geben wird auf diese Frage, oder daß vielmehr
Freunden und Feinden dereinst die wunderbare Harmonie all
Seines Thuns so klar erscheinen wird, daß sie hinfort nicht
mehr fragen. — Einige solcher tauben Blüthen habe ich am
Wege aufgelesen, und ich möchte zeigen, wie weit mir auch
hier schon die Bedeutung ihres farblosen Daseins klar geworden.

1.

Es war eine schwache Knospe, die abgefallen ist, ehe sie
geblüht, aber sie schien in ihrem ersten Aufkeimen zu lauter
Lust und Herzensfreude geschaffen: das erste Kind einer
glücklichen Verbindung, mit Sehnsucht erwartet, mit Thränen
des Dankes und der Freude begrüßt.

Wie wunderbar und wie lieblich kam das kleine Wesen
den Eltern vor, wie schienen ihnen die Aeuglein schon so
klug und in dem runden Gesichtchen die Familienähnlichkeit so
ausgeprägt! Vater und Mutter waren gesund, glücklich be=
gabt an Geist und Körper, verbunden in herzlicher Liebe, in
einträchtigem Glauben und Streben, in innigem Verstehen,
da mußte ja dieser erste Sprosse ein halbes Wunder werden
an geistiger und leiblicher Blüthe!

Und sie saßen an der Wiege und wurden nicht müde,
das schlafende Gesichtchen zu studiren, in dem andere Leute
eben nur ein sehr gewöhnliches Menschenkind erblickten, sie
machten im Scherz glänzende Plane, wie lieblich dieß Mägd=

lein erblühen werde und wie es dereinst alle Herzen gewin=
nen müsse. — Es ging sehr langsam mit dem Erblühen.
Das erste Lächeln, auf das die Mütter so sehnlich hoffen,
das sie oft so wunderbar bald schon erblicken, wollte nicht
recht kommen, das Kind spielte nicht mit den Händchen, wie
andere, das „Krägeln," jene lieblichen halbbewußten Töne, die
der Sprache vorangehen, so süß dem Mutterohr, — sie ließen
sich nicht hören, das Kind gab kaum ein Zeichen, daß es die
Mutter kannte.

Fremden fiel das bald auf, sie bemerkten den todten
Blick, die ausdruckslosen Züge des langsam wachsenden Kind=
leins; die Mutter wollte es nicht sehen, sie wollte nicht,
daß ihr Kind nicht sein sollte, wie andere Kinder; gern wollte
sie, ja gern verzichten auf Schönheit und glänzende Gaben für
den Liebling, es sollte sich nur entfalten wie das gewöhnlichste
Kindlein, nur lernen und leben, und sich seines jungen Lebens
freuen! „Es ist nur etwas langsam in seiner Entwicklung,
weil es körperlich so viel zu leiden hat," vertröstete sie sich.

Ach, und sie wußte es doch wohl! Das Mutterauge sieht
schärfer und tiefer, als ein fremdes, und was uns Mutter=
blindheit scheint, ist oft nur ein Vorhang, den die besorgte
Liebe sich selbst vor eine Wahrheit zieht, die ihr allzu weh
thun würde. Sie sah es wohl, daß dieß Kind nicht war
wie andere, und ihr Herz zog sich schmerzlich zusammen,
wenn sie Kinder sah, um Monate jünger und doch blühender,
lebensvoller und geistig aufgeweckter, als ihr armes Mägd=
lein, das vom Schlummer nur erwachte zu unruhigem
Aechzen.

Sie sah es und sie wollte lange nicht, daß es so sei,
ihr Herz erhob sich in heißer Bitte, in ungeduldiger Klage,
aber zum Murren wurde die Klage nicht, sie fragte nicht:

Herr, warum hast du uns das gethan? sie lernte ihre Seele stillen vor Gott. Wenn die dankbare Freude, einem ange= sehenen, geachteten, geistig begabten Geschlechte anzugehören, sich zu verzeihlichem Stolze gesteigert hatte, so ward ihr Herz jetzt allmälig gar stille und demüthig, sie fühlte erst recht, wie so gar nichts unser eigen, wie wir alles, alles von Gott empfangen haben, und es ward ihr gegeben, mit neidlosem Herzen auf andere Kinder zu sehen, die glücklich und fröhlich heranwuchsen.

Die Freude an dem Kinde war zu Leid geworden. Der unaussprechliche Jubel, mit dem Eltern jeden Tag eine neue Entdeckung machen, einen neuen Faden finden zu dem Bande, das das Kind an's Leben knüpft und an's Elternherz, die Hoffnung, daß das gebundene Leben doch noch sich befreien, noch erwachen werde in der kranken Hülle, schwand mehr und mehr, nur das Leid war geblieben um das getäuschte Hoffen, nur Sorge und mühevolle Pflege bei Tag und Nacht, denn das arme kleine Geschöpf wurde mehr und mehr kränklich und leidend, und — die Liebe war geblieben: geduldige, selbstvergessene, hingebende Liebe, der nicht eine Freude, nicht ein Dank, nicht ein Lächeln zum Lohne wird, und die doch un= ermüdet bleibt in zarter Sorge, innig und klagelos, Liebe, die allein aus dem reinsten Quell der Gottesliebe stammt.

„Und wenn es ein elendes Kindlein bleibt, schwach am Körper und arm am Geiste, übersehen, gemieden von den Frohen, Blühenden und Lebensvollen, es soll doch reich sein in unserer Liebe, und was seinem armen Leben werden kann, das wollen wir ihm geben!" Zu diesem Gelübde gaben sich die Eltern die treue Hand, in diesem Vorsatz fanden sie Frieden.

Das arme Kind sollte nicht lange dieser Liebe genießen,

die es doch wohl unbewußt empfand, wie ein krankes Vöge=
lein das Sonnenlicht; die trüben Aeuglein schlossen sich für
immer, die Mutter, die es nie hatte schmücken dürfen für
ein fröhliches Maienfest, hüllte es in sein weißes Sterbe=
kleiblein, und es that ihr wohl, die stillen Züge unter den
lieblichen Blumen zu sehen, die ihr Kindlein im Tode schmück=
ten, das im Leben sich keiner Blüthe hatte freuen dürfen.

„In unseres Vaters Hause sind viele Wohnungen," da
mag es auch noch mildere Himmelsstriche geben, wo geschlos=
sene Knospen, die keine Erdensonne entfalten konnte, sich öff=
nen dürfen in Licht und Freude. Andere fröhliche, gesunde
und glücklich begabte Kinder sind in dem Hause, aufgeblüht,
aus dem man jenen kleinen Sarg getragen, heiteres Lachen und
Scherzen füllt seine Räume; mit inniger Freude sehen die Eltern,
wie junges, frisches Leben um sie aufblüht, wie neue geistige
Elemente die traute Heimat beleben und sie selbst jung er=
erhalten und heiter. Das kleine Grab braußen liegt stille
und Niemand weiß mehr, wen es deckt.

Niemand? — Doch ja, ein Vater= und ein Mutterherz
weilen in stiller Wehmuth an der vergessenen Stätte, sie
kommen nicht oft dazu, den kleinen Hügel zu besuchen und
zu bepflanzen; das Leben macht so viele Ansprüche. Aber
wenn sie mit tiefem, demüthigem Danke ihre Kinder erblühen
sehen, gesund an Geist und Körper, wenn sie gelernt haben,
jede kleine Freude unmittelbar aus Gottes Händen zu neh=
men, wenn sie streben, sich immer fester, immer inniger zu
gründen im Glauben an die ewige Liebe, in deren unermeß=
lichem Reiche nichts verloren geht und nichts vergeblich ist;
wenn so alle ihre Freude gehoben und geheiligt worden ist
durch frühes Leid mit Gott getragen: — so sind das alles
Blumen von jenem kleinen Hügel, unter dem das Kindlein

schläft, das vor Menschenaugen abgefallen ist als eine taube Blüthe.

2.

In einem bitter= armen Hause, das kaum Raum und Brod hat für seine gesunden Kinder, ist neben diesen eines jener armen verkürzten Wesen aufgewachsen, die uns komisch erscheinen würden, wenn es nicht so unendlich traurig wäre, die edle Menschengestalt, das schöne Menschenantlitz, das Ebenbild Gottes, in so jämmerlicher Karrikatur zu sehen.

Groß und plump, mit ungefügen Gliedern, die zu kei= nerlei Gebrauche tauglich sind, ohne die leiseste Fähigkeit, Etwas zu begreifen oder zu thun, mit einem gesunden Appetit, der zwei Taglöhnern Ehre machte, scheint das unglückliche Wesen nur gerade zur Plage der Eltern geschaffen zu sein, die mit saurer Mühe das Brod für die gesunden Kinder erwerben und sehnsüchtig warten, bis diese im Stande sind, auch nur das Salz zu ihrer ärmlichen Suppe mit zu ver= dienen. Fast ist es Schade um den schönen Namen Marie, den das arme Geschöpf führt, das mit stierem Blick und blö= dem Lachen auf der Bank vor der Thüre sitzt, wohin sie am Morgen der Vater getragen. Gar mancher Vorübergehende seufzt bei sich: „Wozu ist denn auch die erschaffen! wie sind doch die armen Leute gestraft mit der Kreatur!“

Die armen Leute selbst scheinen nicht so zu denken, es hat sie noch Niemand klagen hören über diese wahrhaft schwere Heimsuchung. Der Vater muß früh fort an die Arbeit, die Mutter hat nicht viel Zeit, sich um die Blödsinnige zu be= kümmern, aber so oft sie an ihr vorbeigeht, hat sie ein freund= liches Lächeln, ein gutes Wort für sie oder steckt sie ihr ein Stückchen Brod, eine Kartoffel oder ein wenig dürres Obst in die Hand und freut sich des beifälligen Lachens, mit dem jederzeit der kleinste, wie der größte Bissen aufgenommen wird: „du liebe Zeit, sie hat ja sonst nichts Gutes!" sagt sie entschuldigend zu den Nachbarsweibern, denen das Luxus dünken könnte, „man muß ihr zu lieb thun, was man kann."

Gegen elf Uhr scheint sich einiges Leben in den stumpfen Zügen der Blöden zu regen und mühsam dreht sich der un= gefüge Kopf nach der Seite des engen Gäßchens, von wo der Weg aus der Schule führt. „Wer ist z'erst bei der Marie?" hört man den kleinen Christian von ferne schreien; „ich! ich!" rufen dreierlei Stimmen, und in athemlosem Wettlauf rennen drei Buben und ein Mädchen herbei, triumphirend hält sich das erste an der Schürze der Marie, die in unartikulirten Tönen ihre Freude zu erkennen gibt.

Selten kommt eines der armen Kinder nach Hause, ohne etwas für die Marie mitzubringen, sei es ein Apfel oder ein Stückchen Oelkuchen, das sie von einem wohlhabendern Kamera= den erbeutet, sei's ein Streifen buntes Papier, ein Bildchen oder nur ein farbiger Glasscherben. „Die Marie versteht's gerade nicht, aber es freut sie doch!" belehren sie einander mit überlegener Einsicht, und die Blödsinnige ist vergnügt dar= über, spielt eine Weile damit und läßt es dann fallen. „Und sie weiß, was zum Essen ist und was zum Spielen," rühmt Christian als einen Beweis ihres Verstandes, „sie hat nur ein einzigs Mal einen Glasscherben in's Maul geschoben; es gibt viel rechte Kinder, die das noch nicht wissen: der Schuh= macherin ihr Kätherle hat einmal, wie's dunkel war, ihren Brei auf den Kopf geschmiert, statt in den Mund!"

Die Kinder wissen wohl, was jetzt die Marie will, wenn sie den Kopf nach einer andern Seite dreht; „sie merkt's! sie merkt's!" rufen sie wieder, als ob sie eine besondere Probe

von Scharffinn abgelegt hätte; auf dieser Seite steht nämlich
ein Kinderwägelchen, das der Vater selbst ziemlich roh zu=
sammengezimmert, gerade stark genug, um die plumpe Gestalt
der Blödsinnigen zu tragen.

Nun handelt sich's darum, einen mitleidigen Nachbar
oder Vorübergehenden zu gewinnen, daß er die Schwester
hilft in's Wägelchen heben, denn die Kinder, selbst wenn die
Mutter mithilft, kommen damit nicht zu Stande. „Sie ist
gar schwer, wie der schwerst' Mann," sagt Bruder Gottlieb
wichtig, als ob sogar das noch eine Art von Ruhm wäre.

Nun aber lacht die Blöde und die Kinder mit, wenn
sie im Wägelchen sitzt; zwei schieben und zwei ziehen, und
je schneller es geht, je ärger das mangelhafte Fuhrwerk über
die Steine holpert und poltert, besto lauter und fröhlicher
wird das Lachen, als ob da ein besonderes Glück eingekehrt
wäre; unermüdet ziehen und schieben die kleinen Buben und
nur die mächtige Stimme des Vaters vermag sie zum Essen
zu rufen.

Wer aber auch sonst mit Ekel und Widerwillen sich von
der Blödsinnigen abwendet, der muß doch eine Freude haben,
sie zu beobachten, wenn sie den Vater kommen hört, dessen
Schritt sie aus allen kennt, besser als die gesunden Kinder.
Da lacht das ganze Gesicht, da versucht sie die lahmen Arme
zu heben, um ihre Freude auszudrücken, und einmal, meint
man, müssen die Freudentöne, die sie ausstößt, zum wirk=
lichen menschlichen Laute werden. Der Vater ist ein rauher
Mann, aber diese rührende Freude des armen Geschöpfes ist
der beste Beweis, daß sie, die er mit seinem sauren Schweiß
nähren muß, ohne je den kleinsten Dienst, die geringste Hilfe
von ihr hoffen zu dürfen, daß sie nie ein hartes Wort,
eine rohe Begegnung von ihm erfahren durfte; — er lacht

selten, aber sein Auge wird oft feucht, wenn er seine arme Marie liebkosend auf den Kopf patscht, wie unbegreiflich auch Andern h i e r eine Liebkosung erscheinen mag.

Der Vater trägt ohne Mühe die schwere Last hinein und setzt sie an den Tisch, den sie abermals mit wohlgefälligem Lachen begrüßt. Es geht oft schmal her an dieser Tafel, auch sind die Kinder des Hauses keineswegs Engel und man hört manchmal schreien: „Der Christian hat mehr als ich! Die Hanne hat schon zweimal gehabt und ich erst einmal! Der Peterle hat von mei'm Brod genommen!" wie denn solch mißtönendes Konzert zu Zeiten von Kindern sehr gebildeter Häuser aufgeführt wird, die ganz und gar keinen Mangel leiden. Aber wie sparsam auch die Bissen sein mögen, die Marie hat jederzeit ihren Teller voll. „Seht, ihr seid gesund, ihr könnt laufen und springen," stellt die Mutter den Kindern vor, „ihr könnt euch an allerlei freuen, die Marie hat gar nichts auf der Welt, was sie freut als das Essen!" Und die Kinder sehen das vollkommen ein, nicht ein einzig Mal hat Eins von dem Antheil der Schwester begehrt oder neidisch darnach gesehen.

Auch mit der Kleidung der Familie ist es überaus sparsam bestellt: geflickt werden die Kleider, aber auf dieselbe Couleur kann man durchaus keine Rücksicht nehmen; die Beinkleider der Buben sind oft eine wahre Musterkarte, und an dem Werktagsröckchen der Hanne ist der Urstoff kaum mehr zu erkennen; die Ellbogen der Wämser werden nach guter alter Sitte mit ledernen Herzen etwas gesichert und Schuh und Strümpfe im Sommer nur am Sonntag getragen; die Marie aber hat jederzeit ein sauberes Gewand von starkem Barchent, im Winter sogar von grobem Biber und gute Schuhe und Strümpfe. „Nu das kommt mir unnöthig vor, Nachbarin," meinte die Schlosserin von drüben, „bei dem „Dakel" (Cretin) — Sie nimmt mir's nicht übel — ist's ja doch nicht angelegt, da würd' ich das neue Zeug doch lieber an meine gesunden Kinder wenden." „Sieht Sie, Nachbarin," entschuldigt sich die arme Frau, indem sie die Kränkung verbeißt über diese verächtliche Benennung ihres armen Kindes, „so ein arm' Geschöpf ist ohnedem von Jedermann gering angesehen und die Leute haben einen Daulen*) davor, da will ich sie doch ordentlich kleiden, daß ihr Anblick nicht noch widerlicher wird; meine Andern sind gesund und sauber, gottlob! und wenn sie groß gewachsen sind, so fragt kein Mensch mehr, was sie als klein zerrissen haben; und die Marie merkt's, sie merkt's, Nachbarin, wenn sie ein neu Gewand an hat, sie streicht dann ganz vergnügt daran hinunter."

„Nun, es ist schön von Euch, daß Ihr's so geduldig annehmet," sagte die Nachbarin mit der rücksichtslosen Gerabheit, mit der das Volk wunde Flecke berührt, „eine schwere Heimsuchung bleibt's doch, so ein Kind zu haben!"

„Mag sein, Nachbarin," gibt die Mutter zu, „aber das Aergste ist's noch lang nicht. Da hat der Herr Regierungsrath drüben einen Sohn, das ist ein schöner junger Herr, stattlich und wohlgestalt mit seinem guten Verstand. Von dem haben sie aber nichts als Jammer, seit er zum Stubieren fort ist: das eine Mal kommt er heim mit einer Schmarre im Gesicht, das andere Mal kommt er gar nicht; Schulden soll er haben, daß es ein Graus ist, und kein Examen kann er nicht machen. Nein, Schlosserin, so bittre Thränen, wie ich die arme Frau habe weinen sehen, da drüben an dem hintern Fenster=

---

*) Ekel, Widerwillen.

lein, das zu uns herüber geht, so hat mich meine arme Marie noch keine gekostet. Unser Leib ist eins von Gottes eigener Hand, das ist leichter zu tragen."

„'s ist wahr," gab die Schlosserin zu, „Ihr könnet nichts dafür, wiewohl's auch Leute gibt, die meinen, man müsse sich besonders versündigt haben . . . . ."

„Hat mir auch gewurmt im Anfang," sagte die Mutter, „wie ich gesehen hab', daß das arme Ding nicht wird, wie andere Leute, aber da verdank' ich's dem lieben Heiland tausendmal, daß er das Wort von dem Blindgebornen gesprochen hat: ‚Es hat weder dieser gesündigt, noch seine Eltern, sondern daß die Werke Gottes offenbar würden an ihm.' Wie nun der liebe Gott an dem armen Tropfen dereinst sein Werk offenbaren wird, das ist Seine Sache, da brauch' ich mich nichts darum anzunehmen."

„Ist Alles noch gut, so lange Ihr lebet," war wieder das Bedenken der Nachbarin, „aber wenn Ihr vor dem Mädle sterben müßtet . . . ."

„Am liebsten möcht' ich sie freilich einmal mit mir nehmen," sagte die arme Mutter mit nassen Augen, „aber das weiß ich auch, so lang meine Andern ein Stück Brod haben, so lange kriegt die Marie auch ihren Theil daran. Ich hab's ihnen schon oft gesagt: wer einmal die Schwester nimmt, der übernimmt den Segen mit ihr. Und sie haben's auch schon miteinander ausgemacht: der Christian der lernt ein Handwerk und nimmt sie zu sich, die Andern legen dann zusammen zu einem Kostgeld, so thun Alle etwas an ihr."

Ein Segen unter dem niedrigen Dache ist in Wahrheit dieß arme Geschöpf, das so Vielen erscheinen könnte als ein Fluch; wenn auch nicht ein Segen, der sich zählen und messen läßt. Ein Segen ist schon die Uebung uneigennütziger Liebe, und selbst in den kümmerlichsten Zeiten haben die armen Leute das Vertrauen auf Gottes Durchhilfe nicht ver= loren, „der liebe Gott thät's doch der armen Marie nicht zu Leid, daß wir Noth leiden müssen," war ihr getroster Glaube, „die kann ja nichts dazu thun."

„Ich möchte so gern auch oft ein besondres Gebet sprechen für unser armes Kind, beim Morgen= oder Abendsegen," hatte die Mutter einmal ihrem Beichtvater geklagt, „aber ich finde kein paßliches Gebet, den Habermann und das Starkenbuch habe ich schon aus und ein gesucht, aber da kommt nichts für unsere Umstände." Der Geistliche setzte ihr ein kurzes Gebet auf, das wurde nun mit besonderer Andacht jedesmal nach dem Abendsegen gesprochen: „Lieber Heiland, nimm unter die Flügel Deiner ewigen Erbarmung auch unser armes Kind, das Herz und Hände nicht zu Dir erheben kann. Dein Geist wolle sie vertreten mit unaussprechlichem Flehen und Seufzen. Uns aber laß nicht müde werden in Geduld und Liebe, auf daß wir freudige Herzen haben am Tage Deiner Zukunft, wenn uns Dein verborgener Rath bereinst offen= bar wird."

Und so oft sie diese Worte sprechen und hören, zieht durch die einfältigen Herzen eine Ahnung der seligen Zukunft, wo auch die ängstlich harrende Kreatur wird erlöst werden zu der herrlichen Freiheit der Kinder Gottes.

Und wenn diese taube Blüthe einst abfallen wird vom Lebensbaume, können wir dann sagen, daß das arme Wesen, das nie ein Lebensgefühl gekannt, das nie geblüht und keine Frucht getragen, können wir sagen, daß es vergebens gelebt?

3.

In golbener Sommerfrüh führten sie einen Sarg hin=
aus, reich bedeckt mit Blumen und Kränzen, all das traurige
Schwarz war überkleidet mit der bunten Herrlichkeit, ein Zug
blühender junger Mädchen folgte dem Sarge; es war ein
Mägblein von sechzehn Jahren, das sie zur Ruhe geleiteten.

Sechzehn Jahre! wer benkt sich da nicht eine liebliche
Rosenknospe? ein blühendes, fröhliches Geschöpf, so recht in
der erften, hellen Luft und Freube des Daseins, und blickt
mit tiefer Wehmuth der Schlummernben nach, die so frühe
scheiben mußte, so lange ihr das Leben noch so schön war.

Ach, dem ist nicht so, und wer das Kinb gekannt hat,
der seufzt: wie gut hat's boch der liebe Gott gemacht, baß
er das arme Geschöpf heimgerufen hat!

Wer den Werth des Lebens nur in bem sucht, was er
genoffen und was er gethan hat, für ben ist bieß Leben ein
vergebliches gewesen, denn die, die sie nun einsenken unter
bem Gesang:

Ei wie so selig schläfest du
Nach manchem schwerem Stanb,

die hat nichts genoffen hienieben und nichts gethan, — sie
hat nur gelitten. Doch nein, das wäre zu viel gesagt, sie
hat auch geliebt und hat Liebe genoffen, barum ist sie freilich
kaum eine taube Blüthe zu nennen. So früh hatte die Lei=
bensschule begonnen für bie arme Gertrub, baß sie sich nie
einer Zeit erinnerte, wo sie gesunb und fröhlich gewesen wäre,
nie einer Stunde ganz frei von Schmerzen. So lange sie
wußte, lag sie im Bette oder saß im Lehnstuhl, gekrümmt,
gelähmt, von Gliederweh ober von Bruftschmerzen gequält.
Die Mutter wußte wohl, baß sie einft ein liebliches kleines

Kindlein gewesen, weiß und roth mit blauen Aeuglein, den klaren blauen Augen, die auch bis zum Tode noch die einzige Schönheit des schmerzverzogenen Gesichtchens blieben. Aber früh hatte das Leiden angefangen: die englische Krankheit, und wer weiß, was für andere Krankheiten noch, hatten gar bald das zarte Kind befallen, und das einzige Wunder war nur, wie es so lange hatte leben können.

Und doch hat sie nicht geklagt und doch hatten die schmalen Lippen ein Lächeln, die blauen Augen einen freundlichen Blick für Jeden, der an ihr Schmerzenslager trat. Nicht einmal hatte sie gefragt: „Mutter, warum muß ich so viel leiden?" sie fragte nur: „Mutter, warum sind denn alle Leute so gut gegen mich?" und wenn die Mutter fragte: „Warum klagst Du denn nie, arme Gertrud, wenn Du so viel Schmerzen hast?" da antwortete sie lächelnd: „ei, das wäre langweilig für Euch, wenn ich immer seufzen wollte, da käme Niemand mehr gern zu mir! Dir allein sag' ich's wohl, Mütterlein," und sie ließ das müde Haupt an der Mutter Brust sinken: „Du bleibst doch bei mir."

Die Mutter freilich, die wachte über ihr mit doppelter Liebe und war unermüdet, alles aufzufinden, was ihr Leiden lindern, die einförmigen Tage erheitern konnte; fröhlich konnte nun die arme Kranke wohl nicht sein und ein lautes Lachen hatte man nie von ihr gehört, aber heiter konnte sie werden und ihr Lächeln hatte etwas unbeschreiblich Liebliches, wenn es einem auch die Thränen in die Augen trieb.

Auch einförmig dünkte ihr das Leben nicht, das Andern so unendlich trostlos erschien; sie erlebte gar viel und mancherlei: eine neue rosenrothe Bettdecke schon war ein erfreuliches Ereigniß, alle kleinen Familienfeste wurden vor ihrem Bette gefeiert, sie selbst mit ihren schwachen Händchen ordnete die Geburtstagsbescherung und lächelte glückselig über die Ueberraschung des Beschenkten. Zu Ostern wurden die bunten Eier in ihrem Stübchen versteckt, sie saß dann meist schneeweiß angekleidet in dem bequemen Lehnstuhl, den ihr die Großmutter geschickt, und vergaß für eine Weile ihre Schmerzen in dem Interesse, mit dem sie den kleinen Geschwistern zuschaute beim Suchen, bis endlich die verborgenen Schätze gefunden waren. Auch für sie selbst fanden sich immer noch kleine Ueberraschungen, obschon all der Schmuck des Lebens, all die kleinen Bedürfnisse, um die sich Mädchenwünsche sonst drehen, für sie nicht vorhanden waren. Sie brauchte kein neues Kleid, keinen Sommerhut mit Rosabändern, keine künstlichen Blumen und seidenen Schleifen, kein Sonnenschirmchen, kein Arbeitstischchen mit zierlichem Geräth, — aber sie brachten ihr schöne Blumengläser mit immer frischen Blumen, Kleinigkeiten zum Schmuck ihres Zimmers, ein goldgelbes Kanarienvögelchen in einem glänzenden Käfig, hübsche Bilder und Bücher. Vor allem Bücher! Da glänzten ihre blauen Augen und das lieblichste Lächeln erhellte ihr mattes Gesicht, wenn ein neues Buch kam; „ach lieber Gott," konnte sie aus tiefster Seele sagen, „wie gibt es doch so viel Gutes und Schönes!"

Aber all diese kleinen Freundlichkeiten können doch nur kurze Sonnenblicke werfen in ein so trauriges Dasein, von ihnen konnte das Friedenslicht nicht ausgehen, das über diesem kranken Antlitz lag. Es war auch nicht immer so gewesen. Die Krankheit hatte früher noch Zwischenräume gelassen, in denen die Hoffnung auf Gedeihen und Genesung wieder auflebte, und die Mutter hatte Liebe und Zärtlichkeit, hatte aufopfernde Pflege für sie, — Ergebung in des Kindes Leiden hatte sie nicht. Sie wollte dieß Leben gewaltsam dem

Leiden abringen, sie gebrauchte Aerzte, Hausmittel, Wunder=
männer, Kuren aller Art, in jede setzte sie wieder ihre Hoff=
nung und weckte diese Hoffnung bei dem Kinde selbst; sie
kaufte ihr hübsche Kleider und legte sie bereit, daß sie darin
ausgehen könne, wenn es nun bald besser werde, sie erzählte
ihr von allen Freuden der Welt, die für die Gesunden blü=
hen, um sie zu erheitern und ihre Hoffnung zu beleben, —
vergeblich; auf gute Tage folgten wieder schlimme Wochen
und Monate, sie mußte Kleid und Hütchen wieder in den
Kasten tragen, damit ihr Anblick das arme Kind nicht be=
trübe. Das Alles erhielt die Kranke nur in peinlicher Auf=
regung und die Mutter war nahe daran, die Vorsehung an=
zuklagen, die dem armen Kind auch nicht die kleinste Freude
gönne; Gertrud selbst wurde mitunter verstimmt und übel=
launig, verbittert gegen die Frohen und Gesunden.

„Wir wollen beten, Gertrud, recht ernstlich beten,“ sagte
endlich die bekümmerte Mutter, „ach, ich habe ja so oft schon
vergeblich gebetet um Deine Gesundheit, nun wollen wir es
miteinander thun; ist ja doch verheißen in der Bibel: wenn
Zwei unter euch Eins werden um was sie bitten wollen von
meinem Vater, das wird er euch geben — so muß er's doch
gewähren.“ Und sie beteten heiß und inbrünstig, Mutter
und Kind; von der Zeit an begann Gertrud, deren Geist
sich unter allen Leiden früh entwickelt hatte, selbst in dem
heiligen Buche zu lesen und zu forschen, aus dem sie gerne
bis jetzt den einzelnen Geschichten und frommen Sprüchen
gelauscht hatte.

Auf kurze Besserung folgte wieder ein trauriger Rückfall.
Mit unsäglicher Herzensbitterkeit saß die arme Mutter, als
der heftige Anfall vorüber war, an dem Schmerzenslager
des Kindes: „es ist alles vergeblich,“ sagte sie mit tonloser

Stimme und ihr trüber Blick sah erstaunt auf dem blei=
chen Gesichtchen ein so liebliches, friedevolles Lächeln, wie
nie zuvor.

„Ist Dir's besser, arme Gertrud?" fragte sie.

„O viel besser in meinem Herzen," sagte die Kranke
leise, „es war nicht vergeblich gebetet, Mutter."

„Aber Du bist ja schwächer als je, Du armes Kind!"

„Der Herr hat mir doch keinen Stein gegeben für
Brod," sagte Gertrud mit sanftem Lächeln, „ich weiß nun,
daß er mir etwas Besseres geben kann, als Gesundheit, es
ist mir so wohl im Herzen, o Mutter, jetzt kann ich gerne
warten, bis ich gesund werde, oder — bis ich heim darf."

„Aber Er hat unser Gebet doch nicht erhört!" warf die
Mutter ein, die für das sanfte, geduldige Kind noch viel
heißeres Mitleid fühlte, als zuvor für das klagende.

„Wir haben nicht so gebetet, wie der Heiland selbst, mit
dem Schlusse: nicht wie ich will, sondern wie Du willst!"
sagte Gertrud, die in den letzten Tagen gar viel über das
alles nachgedacht.

„Aber der Herr hat alle Kranke geheilt, alle! kann er
das nicht jetzt noch?" beharrte die Mutter mit dem Eigensinn
eines kranken Herzens, während es ihr doch süß und wunder=
bar klang, sich trösten, ja belehren zu lassen von dem Kinde,
das so schwach und hilflos vor ihr lag.

„Das war ja zu der Zeit, wo sie alle noch nicht wuß=
ten, daß es der Herr war," sagte Gertrud mit der zweifel=
losen Sicherheit eines gläubigen Herzens, „da mußten sie
Ihn erst erkennen lernen; wir wissen das jetzt alles gewiß
und brauchen kein neues Wunder mehr, wir können wohl
Geduld haben, wir sind ja sicher, daß ein seliger Himmel auf
uns wartet."

Und dieser süße Friede blieb dem Kinde eigen durch alle Leidenstage, die sie noch zu durchleben hatte; jetzt erst, nun sie ihre Seele und all' ihr schmerzliches Geschick ganz in Gottes Hand gelegt, fand sie auch die Fähigkeit, sich am Kleinsten zu freuen, und die Geschwister, die sonst nur aus Pflichtgefühl mit einer gewissen Scheu sich der kranken Schwester genaht hatten, fühlten unbewußt die reine höhere Lebensluft, die das kranke Kind umwehte, und ihr Stübchen wurde allmälig der liebste Sammelplatz der kleinen Familie.

Arbeiten konnte sie selten; die wenigen Kleinigkeiten, die ihre verkrümmten Fingerchen mühsam zu Stande gebracht, wurden mit bewunderndem Jubel aufgenommen und wie Kleinode verwahrt. „Das hat unsere Gertrud gemacht!" rühmten die Geschwister und konnten nicht begreifen, daß Andre nicht in gleiches Erstaunen über diese kümmerlichen Arbeiten geriethen. Aber lernen wollte sie, mehr als für ihre schwache Kraft zuträglich war; mit ihren hellen klugen Augen sah sie so verständig in die Augen des Lehrers, machte so eingehende, ernste Fragen, daß der meinte: man muß sich wahrhaftig zusammennehmen bei dem kleinen Mädchen." Man gestattete ihr nur wenige Lehrstunden mit Rücksicht auf ihre zarte Gesundheit, aber sie hatte so gut Zeit zum Nachdenken und that das in jedem etwas schmerzfreien Augenblick. „Warum plagst Du Dich denn mit Lernen, Gertrud?" fragte der Bruder, dem Grammatik und Wörterbuch keineswegs als Genußmittel erschienen, „Du brauchst's ja nicht, Du kommst doch nicht unter die Leute, an Deiner Stelle thät' ich nur unterhaltende Geschichtenbücher lesen!"

„Weißt Du", sagte Gertrud, „ich habe einmal gelesen, all' unsere Stunden seien Fruchtkörner, uns gegeben, daß sie verarbeitet werden zu Brod, das uns nähre und stärke in Zeit und Ewigkeit, da denke ich denn, wenn ich gar nichts thue, so ist's, wie wenn ich das Korn auf den Boden werfen würde, wo es verdirbt, darum will ich lieber probiren, Brod daraus zu gewinnen."

Neben all' der kindlich rührenden Freude, mit der sie an den kleinsten Gaben des Lebens sich ergötzen konnte, lebte eine tiefe, geduldige Sterbenssehnsucht in dem Kinde; das war natürlich, aber es ist nicht so bei allen Leidenden; Gertrud jedoch war ganz und vollkommen daheim mit ihren Gedanken in der seligen Heimat, die sie erwartete, war fertig in jedem Augenblick zu gehen! Und doch wurde sie nicht so bald gerufen!

Der Tod kehrte ein in dem Hause, er nahm nicht das müde, sterbensfreudige Kind, die Mutter war es, die heim= gerufen wurde inmitten ihres Tagewerks, die mit schwerem, sorgenvollem Herzen den Kreis ihrer Kinder überblickte, vor allem ihr Schmerzenskind, dem sie noch so nöthig war. „O, ich wollte, ich könnte Dich mit mir nehmen!" seufzte sie aus tiefstem Herzen, wenn die arme Gertrud sich mühsam an ihr Lager geschleppt hatte und durch die strömenden Thränen sie so innig liebevoll ansah. „Bitte Gott, daß ich bald kom= men darf!" war alles, was Gertrud erwidern konnte. So wie die Andern konnte sie nicht klagen und jammern an der Leiche der Mutter, sie mußte es ihr gönnen, daß sie schon heim durfte, Sterben dünkte ihr so schön! Sie klagte nie über das Vermissen all' der kleinen Liebesdienste, die ihr die Mutter geleistet, auch war ein freundlicher Wettstreit unter den Geschwistern, sie nichts vermissen zu lassen, und das kranke, schwache Kind wurde allmählig zur geistigen Autorität des Hauses. „Gertrud ist so gescheidt," wurde oft mit Stolz von ihr gerühmt, wenn sie einen Ausspruch Gertruds erzählten.

In Gertruds Stübchen wurde die Morgen= und Abendandacht
gehalten, Getrud überhörte geduldig alle Schulaufgaben und
half nach bei Aufsätzen. „Zu viel darfst Du mir nicht hel=
fen,“ meinte zwar die Schwester, „weißt, was Du mir sagst,
ist gleich so schön, dann merkt der Herr Maier, daß ich's
nicht selbst gemacht!“ Alle kleinen Anliegen und Sorgen des
mutterlosen Hauses wurden Gertrud vorgetragen, weil Ger=
trud so gescheidt war! „Sagt mir's nur am Abend,“ bat
sie, „dann kann ich mich bei Nacht darüber besinnen.“ Das
arme Kind genoß selten eine Stunde ruhigen Schlafs! Und
am Morgen hatte sie sich dann besonnen, gab lächelnd ihre
Meinung ab, und freute sich innig, wenn ihr Rath gut und
brauchbar gefunden wurde. Sie redete nicht viel von der
verstorbenen Mutter, aber sie schien in stetem Verkehr mit
ihr zu leben, in geduldiger Hoffnung, ihr bald zu folgen;
nichts machte sie betrübt, als die Bemerkung des Doktors,
die sie einst gehört: daß Leute wie sie steinalt werden können.

Eine zweite Mutter kam in das verwaiste Haus, ein
jugendlich anmuthiges Gesicht beugte sich über die arme
Kranke und versprach ihr, mit mütterlicher Treue ihrer zu
pflegen. Sie hat Wort gehalten und mit inniger Liebe
rankte sich das schwache Pflänzchen an der neuen Stütze em=
por. Mit frischem Muthe begann die junge Mutter allerlei
Versuche, dem Kinde aufzuhelfen — es war vergeblich, aber
Gertrud empfand die Liebe darin und schmiegte sich glück=
selig an die schöne, junge Mutter, wenn sie hie und da an
ihrer Seite in's Freie fahren durfte. „Es ist so schön, daß
Du da bist,“ sagte sie, „so haben wir eine Mutter im Him=
mel und eine auf Erden, und wenn ich sterbe, so sind die
andern nicht allein.“

Es blieb nicht lange so. Die junge, blühende Frau

mußte ein neues Leben mit ihrem eignen erkaufen, und das leidensvolle Dasein der armen Gertrud sollte noch nicht enden! Sie war fast noch schmerzlicher betrübt, als bei dem Tode der ersten Mutter, sie konnte es dießmal viel schwerer begreifen, warum es so kommen mußte; „aber ich werde es bald erfahren," sagte sie endlich in stiller Ergebenheit.

Allzu lange durfte sie nicht mehr warten, doch sie mußte noch den Kelch des Leidens bis auf die unterste Hefe leeren. Aber sie blieb geduldig und ergeben, freudig in ihren lichten Augenblicken, in seliger Erwartung des nahen Zieles.

Die schönste der Blumen, Grandiflora, die Königin der Nacht, die nur wenige Stunden inmitten der Nacht ihre stille Schönheit enthüllt, schließt die weißen Blätter über dem goldnen Kelch, ehe sie welkt, und nie hat ein irdischer Morgen ihre strahlende Lieblichkeit gesehen.

Diese Blüthe, deren verborgene Schönheit kein irdisches Auge gesehen, schloß sich auch noch vor dem Welken, ihre letzten Stunden waren unbewußt, unbewußt wenigstens der Leiden, der schweren Kämpfe, welche endlich die schwache Hülle sprengten; ob die Seele in diesen dunklen Stunden geheime Zwiesprach gehalten mit dem Herrn, der ihr nun die Pfor= ten der ewigen Heimat offen hielt — wir wissen es nicht.

Wird sie nun wohl ihr trübes Dasein beklagen, wird sie eines der jungen Wesen beneiden, die in frischer Blüthe und gesunder Kraft, in fröhlichem Genusse des jungen Lebens, in heiterer Erwartung künftiger Freuden neben ihr aufgeblüht sind? — ich glaube nicht.

„Ach, wie gut ist's, daß der arme Tropf endlich ge= storben," meinten so Viele, „wozu hat sie aber gelebt? War doch ihr Leben nichts als ein Leiden für sie selbst und eine Plage und Mühe für Andere!"

Die werden nicht so fragen, die den verborgenen Reich=
thum dieses Herzens, den tiefen Frieden dieses leidensvollen
Daseins erkannt, die nicht, denen an diesem Schmerzenslager
die Wahrheit einer höhern Welt klar geworden, die an diesem
stillen Grabe um Kraft gebetet, auch solchen Frieden zu er=
ringen.

Sie hat nie geblüht in Lebenslust und Freude, sie hat
nie wirken und schaffen können für sich und Andere — eine
taube Blüthe in Menschenaugen, und doch hatte der Herr
den Keim zu köstlicher Frucht in sie gelegt.

Margarethens Sylvesterabend.

Es ist selten, daß ein neues Jahr in finstern, stürmischen Nächten seinen Einzug hält. Wenigstens so weit ich zurückdenken kann, kam es meist in einer klaren, sternhellen, schneekalten Nacht. — Eine solche war denn auch heute, — nicht zu rauh, eben die frische belebende Kälte, in der man sich gern ein Weilchen umtreibt, und die uns doch die warme Stube nachher recht lockend und behaglich macht.

Die Straßen waren ziemlich belebt, und aller Orten schien sich eine fröhliche Neujahrsfeier vorzubereiten. Muthwillige Burschen mit Pistolen und alten Büchsen rotteten sich zusammen, um der klugen Polizei zum Trotze das Neujahr anzuschießen, unaufhörlich schellten die Glöcklein der Kaufladen und Konditoreien: Punscheſſenz, Arrak, Orangen, feines Backwerk für elegantere Zirkel, — Kaffee und Brezeln für einfachere Kreise wurden noch geholt; alle Wirthschaftslokale waren erleuchtet, da und dort rauschte schon Ballmusik, zu Fuß und zu Wagen kamen wohlverhüllte Damen an, und verrätherisch schimmerten die lustigen Ballgewänder unter dem dunkeln Ueberwurf.

Auf dem Marktplatz fing bereits Publikum dritter Klasse sich zu sammeln an; es war seit alter Zeit so, daß junge Leute aller Art hier den zwölften Schlag der großen Rathhausglocke erwarteten, um sich dann, so geräuschvoll als möglich, das neue Jahr abzugewinnen, das heißt, dem Andern zuerst „Proſit Neujahr!" zuzurufen. Dieser Zeitpunkt war zwar

noch fern, der Zeiger stand noch nicht einmal auf neun; aber
wer übrige Zeit hatte von dem jungen, warmblütigen Volk,
der fand die Promenade jetzt schon vergnüglich. Mit vor=
nehmen Köpfchen schnurrten die Bürgerstöchterlein an Dienst=
mädchen und ehrsamen Handwerksgesellen vorüber, hatten
dagegen viel zu kichern und zusammenzuflüstern, wenn ein
Trüppchen lustiger Studenten ihnen im Vorbeigehen neckische
Worte zuwarf, oder Miene machte, sich dem Zuge anzuschließen.

Ganz oben, im Dachstock eines der hohen Häuser auf
dem Marktplatz, blinkte ein bescheidenes Lichtlein hinter ge=
schlossenen Jalousieen auf das leichtsinnige Treiben herunter,
— es brannte in dem Stübchen der Frau Margarethe Hauser,
einer vielgesuchten Pflegerin für Kranke und Wöchnerinnen
in der Stadt.

Das Stübchen war gar behaglich, und es war der Frau
Margarethe nicht übel zu nehmen, daß sie so recht geruhig
auf dem alten Lehnstuhl in der warmen Ofenecke sitzen blieb,
und sich wenig kümmerte um den fröhlichen Tumult auf der
Straße. Auf dem Tischlein vor sich hatte sie den alten Arnd
aufgeschlagen, an dessen frommen Betrachtungen und anmuthi=
gen Bildern sie sich immer wieder auf's Neue erbaute.

Ein gewisser bescheidener Luxus zeigte sich in dem Stüb=
chen: zwischen den zwei Fenstern der Vorderwand stand ein
Sopha mit zitzenem Ueberzug, davor ein alterthümlicher,
eichener Tisch mit schweren, gedrehten Füßen, zur Seite
eine gebohnte Kommode mit Aufsätzen, oben mit blauen Meiß=
ner Tassen und einem Napoleon und Papagei von Gyps
verziert, die einträchtig neben einander standen; Frau Hauser
war weder für den einen noch für den andern besonders ein=
genommen, aber aus Pietät für den seligen Hauser, der sie
einst gekauft und aufgestellt hatte, ließ sie sie stehen.

Das Bücherbrett mit ihrer kleinen Bibliothek, meist geistliche Bücher, stand über dem reinlichen Bett im Alkoven; daß zwischen dem ehrwürdigen Scriver, Hiller und Spener ein altes Commersbuch stand, hätte Niemand der respektablen alten Frau zugetraut; auch die grüne Studierlampe nahm sich auf ihrem Tischchen etwas leichtfertig aus und wurde ihr von Basen und Nachbarinnen als ein Hochmuth ausgelegt.

Frau Margarethe schien aber weder leichtfertige noch hochmüthige Gedanken zu haben, wie sie so da saß, recht andächtig in das oft gelesene Buch vertieft; eben hatte sie unter den Gleichnißbildern eines aufgeschlagen, das nach der Umschrift darstellt: „Eine Hand so Zwiebeln schneidet,“ mit der Unterschrift: „Nicht ohne Thränen.“ — „Nicht ohne Thränen,“ sagte sie vor sich hin und nickte nachdenklich mit dem Kopf dazu, „ja wohl nicht ohne Thränen.“ Sie war so in ihre Betrachtung versunken, daß sie nicht einmal hörte, wie ihre Nachbarin, die Wäscherin vom Hinterhaus, in ihr Stübchen trat, — ohne zu klopfen, denn „bei Nacht klopfen die Hexen an,“ ist die Volksmeinung.

„Wollt nur mein Lämplein bei Ihr anzünden, Nachbarin; hab keine so Dinger, so Zündhölzer mehr im Haus; so ein Büchslein ist auch viel leichter verlegt, als vor Zeiten ein ordentliches Feuerzeug.“ „Sitzt Sie nicht ein bischen, Nachbarin?“ fragte Frau Hauser, obschon sie lieber allein geblieben wäre; „Sie wird's Sitzen schon leiden können.“ „Da hat wieder Sie Recht, Nachbarin,“ sagte die Wäscherin, sich auf einen Stuhl niederlassend, von dem sie ohne Umstände die Katze mit einem Puff vertrieb; „zu waschen gab's zwar heut' nichts, auf's Neujahr richten die Leute doch nicht gern eine Wäsche an; war nur im Putzen bei Professor Bullers, damit die faule Rike gewiß auch auf dem Markte herumscharmuziren kann." „Nun, so hat Sie doch auch noch einen Verdienst·vor den Feiertagen," warf gutmüthig Frau Margareth ein. „Da hat wieder Sie recht," gab die gestrenge Frau Metzger zu, „aber ich sag' nur: wenn's uns, oder meinet= wegen mir allein — Sie hat ja nicht gedient — aber wenn's mir in meinen Diensten passirt wär, daß ich in der Neu= jahrsnacht auf dem Marktplatz hätte 'umspazieren wollen, meine Frau selig, weiß Sie, die selige Kreuzwirthin, der alte Drach', — ja, ich weiß nicht, was sie mir gethan hätt'; die eiserne Kachel an den Kopf werfen, wäre noch das Höflichste gewesen." „Nu, ist gut, daß die Frauen nicht mehr so bös sind," sagte beruhigend Frau Hauser; „die Rike ist ein junges Mädle, der ist auch ein Vergnügen zu gönnen; uns selbst gelüstets nicht mehr zum Spazieren, nicht wahr, Nach= barin? wir sind froh, wenn wir am warmen Ofen sitzen dürfen." „Ja, ja, ist schon wahr, da hat wieder Sie recht," bruttelte die Wäscherin; „nun, Ihr Geschäft ist mehrentheils in der Stube; wäre aber doch nicht mein Geschmack, bei den Kranken zu wachen, ich habe doch zuletzt meine Nachtruh nach dem Waschen, wenn's auch oft nur die halbe Nacht ist; wird Ihr b'rum auch wohlthun, daß Sie einmal über die Feiertage daheim bleiben kann." „Freilich, es ist seit Jahren das erstemal, und wenn das liebe Büblein bei Stadt=Pfarrers nicht gestorben wäre, so wäre ich noch nicht daheim," sagte Margareth mit einer Thräne im Auge; „o, Sie weiß nicht, Nachbarin, wie man eine Liebe faßt zu so einem Kindlein, ich meine oft noch bei Nacht, ich müsse zu ihm hinüber sehen! Giebt freilich oft auch schlimmere Nächte bei Kranken!" — „Ja, ja, muß aber jetzt doch heim," sagte die Wäscherin, so gern sie sonst Krankengeschichten hörte, „habe der Magd drüben versprochen, ich wolle für sie einheizen, wenn ihr Herr heimkommt, der alte Bruttler von Doktor, der doch nirgends hingeht; hätt' sonst auch gar kein Licht mehr angezündet. Gut' Nacht, Hauserin!"

Frau Margareth blieb zurück und schickte sich an, zu Bette zu gehen, sie hatte niemand, dem sie das Neujahr abgewinnen konnte, nur fiel ihr noch ein gar schönes Lied zum Jahresschluß ein, das ihr der fromme Herr Pfarrer, den sie in der Schwindsucht verpflegt, eigenhändig aufgeschrieben hatte; sie schloß, um es zu suchen, die unterste Schieblade ihrer Kommode auf, wo sie all ihre Heiligthümer verwahrte.

Sorgfältig geordnet lagen da gar mannigfaltige Gegenstände aus alter und neuer Zeit; sie blieben oft lange unberührt, da Frau Margareth durch ihren Beruf monatelang fern gehalten sein konnte. Es waren Andenken von Kranken, die sie verpflegt, kleine Jäckchen und Mützchen von Kindlein, die der Tod ihrer Sorge entnommen, ein Leintuch und ein feines, langes Hemd, das sie schon seit Jahren bereit gelegt für ihr eigenes Begräbniß, — nur das Gedicht wollte sich nicht gleich finden.

Aber etwas ganz Anderes als das fromme Lied des geistlichen Herrn hatte die Hand der alten Frau gefaßt, einen ganz leichtfertigen Gegenstand, eine rothe Studentenmütze, — ein Cereviskäppchen mit einer gewaltigen Trobbel! — und Frau Margareth ließ die Schieblade offen stehen mit all den Heiligthümern und setzte das Mützchen vor sich auf den Tisch, und sah es an mit seltsamem Lächeln, bis ihr die Augen übergingen, bis sie den Kopf auf den Tisch legte in heißem Weinen.

Es war kein bittres und trostloses Weinen, es waren Thränen, wie sie als alte Jugendfreunde gar selten noch einkehren bei dem Alter, recht junge Thränen, die das Herz leicht machen, die den Schleier wegziehen, mit dem man vergangene Tage sein sachte zugedeckt hat, und sie mit einem Male wieder frisch und lebendig vor die Seele stellen.

Die Mütze hatte nicht einem Sohne der Frau Margareth gehört; — sie, die so viele fremde Kinder gepflegt, hatte nie ein eignes Kindlein auf den Armen gewiegt; — — aber ein andrer, ein längst vergangener, ein langeverhüllter und doch unvergessener Sylvesterabend war mit diesem Anblick wieder vor ihrer Seele aufgetaucht.

————

Es war in derselben Stadt gewesen, — Frau Margarethens Leben hatte nicht viel äußern Wechsel erfahren, — auch damals war sie in einer bescheidenen bürgerlichen Stube, statt des zitzenen Sophas nur mit einem hölzernen Kanapee versehen. Und die respektable Frau Margarethe Hauser war damals Schlosser Müllers Gretchen gewesen, eine recht frische, rosige Knospe, ein unbefangen, bescheidenes Kind, häuslich fleißig, und im Stillen daheim erzogen. Die Mutter hatte streng darauf gesehen, das Mädchen fern zu halten von all dem Verkehr mit Studenten, der den Bürgertöchtern einer Universitätsstadt leicht einen gewissen Bildungsgrad, aber auch eine bewußte Koketterie gibt, die sie verdirbt für das schlicht bürgerliche Leben. Darum war es ihr auch recht gewesen, daß seit Jahren schon der vermögliche, ledige Sedlermeister das hübsche obere Quartier ihres Hauses bewohnte und sie nicht genöthigt war, es an Studenten zu vermiethen. Seit einem Vierteljahr aber hatte der Meister, dem das Treppensteigen gar schwer fiel, sich ein eigen Häuschen in der Nachbarschaft gekauft und die Schlosserin hatte nicht hindern können, daß ihr Mann die zwei hübschen Zimmer an einen

Studenten vermiethete, und einiges Vergnügen machte ihr's,
daß sie die Stuben neu tapezieren und hübsch meubliren
durfte; sie zeigte des „Herrn" Zimmer recht wohlgefällig
ihren Nachbarinnen. Es war so weit auch ein recht ordent=
licher Herr, vornehmer Leute Kind, die Frau Mama hatte
ihm selbst seine Sachen eingeräumt, hatte bei dieser Gelegen=
heit einen Besuch in des Schlossers Stube gemacht und ihren
Eduard der Sorgfalt der Hausfrau recht empfohlen. Gut
war es vielleicht für die Ruhe der vornehmen Mama ge=
wesen, daß die Schlosserin das schöne Gretchen für die Zeit
des Einzugs zu des Müllers Base geschickt hatte, um bei
der Hopfenernte zu helfen; ganz beruhigt über die ordentlichen
Leute reiste die Frau Oberfinanzräthin ab.

„Nun siehst, Weib, daß es nichts so Arges um einen
Studenten ist," meinte der Schlosser nach einigen Wochen,
als der neue Hausgenoß nach einem freundlichen Gespräch
mit dem Meister unter der Thür der Werkstatt eben die
Straße hinauf ging; „es ist ein ganz gemeiner Herr, manier=
lich und freundlich, kommt zur Zeit heim, geht in seine
Stunden und zahlt gewiß auch ordentlich." — „Hab' nichts
entgegen, wenn nur das Mädchen nicht wär! Ich bedien'
ihn zwar ganz allein, laß sie niemalen in seine Stube; aber
siehst du denn nicht, daß er sie auf Wegen und Stegen be=
gegnet und grüßt? und in das Mädchen, die ja sonst still
ist, ist jetzt eine Lust und ein Leben gefahren, daß man sie
nicht mehr kennt." „Ach was!" sagte der Schlosser, „solche
Geschichten bilden sich die Weibsleut' ein, Ihr müßt gesorgt
und gejammert haben: guckt man nicht nach Eurem Mädle,
so ist's lez (unlieb) — guckt man nach ihr, so ist's wieder lez;
Ihr heult bis sie einen Mann hat, und hat sie einen, so
heult Ihr erst recht. Laß Du's in Gottesnamen gehen, und

hüt' nicht zu viel; das Mädchen muß lernen ihren Weg in Ehren gehen und mit allerlei Leuten verkehren." — „Nun ja, ich will nichts gesagt haben, gar nichts," sagte die Mutter, „aber umsonst reb't er nicht so mit ihr, und zieht die Kappe ab, wie vor einem Fräulein, und hat ihr neulich ein Sträuß= lein offerirt, will aber nichts gesagt haben, gar nichts, kein Brösamle nicht...; wenn nur der Seckler drüben nicht so gar kränklich wäre, und so viel älter als das Mädchen, — rechtschaffen ist er, und das Häusle hat er, auch das Gütle, sie könnten ein Schwein halten, nichts desto schö= ners, — und gern hat er sie, — ich wär soweit wieder ruhig; aber sie ist doch noch so gar schrecklich jung......, will aber gar nichts gesagt haben; im Gegentheil."

Sylvesterabend kam; die Mutter hatte es rundweg ab= geschlagen, als Gretchens Freundinnen sie auf den Markt= platz abholen wollten. „Der Nachbar Seckler kommt her= über und wir trinken einen Kaffee zusammen, ich habe einen dicken Kuchen gebacken, daß wir auch eine Lustbarkeit haben; das Fortlaufen taugt nichts," war ihr kurzer Bescheid, und Gretchen hatte sich ohne Murren darein gefügt.

So saßen sie denn nun um einen eichenen Tisch, der jetzt noch die Stube der Frau Margarethe zierte; den Ehren= platz auf dem hölzernen Kanapee nahm der Nachbar Seckler, der ehemalige Hausbewohner, ein, ein kränklich und gutmüthig aussehender Mann mit einem bleichen, etwas aufgebunsenen Gesicht; er hatte sich seiner kränklichen Umstände wegen zu dem Luxus eines blaugewürfelten Schlafrocks aufgeschwungen, den er als ein höchst elegantes Kleidungsstück zu diesem fest= lichen Abend ohne Bedenken trug; der Schlosser neben ihm, dessen männlicher Schritt und aufrechte Haltung den ehe= maligen Soldaten verkündeten, hatte sich möglichst sauber ge=

waschen und das gestrickte grauwollene Hauswamms angelegt; er war ein langer, hagerer, robuster Mann, versicherte aber immer, daß ihm vom russischen Feldzug ein Butzen geblieben sei, und er nicht zu alt werde; auch die allzeit geschäftige Hausfrau hatte sich mit dem Strickzeug zur Ruhe gesetzt, und nun erschien Gretchen mit dem glänzend braunen Kaffeegeräth, — Gretchen, frisch und hell, ein Maienröslein mitten im kalten Winter.

Der dicke Kuchen war wie ein Taufstein so groß. Der Lehrling, der am Ofen saß, hatte sich mit seiner Portion schon davon gemacht, um an dem Gassenunfug Theil zu nehmen. Eben kam Gretchen endlich dran, für sich selbst in die hübsche blaue Tasse einzuschenken, die sie einmal zum Hochzeitstrauß erhalten, da flog die Thür auf und mit einem heitern: „Guten Abend beisammen!" stürmte im Sammtrock und rothen Cereviskäppchen der Student herein, — ob jemand das helle, lichte Freudenroth auf Gretchens Wangen gesehen, weiß ich nicht. — Frau Müller erhob sich etwas ceremoniös: „Befehlen Sie etwas, Herr Henrichs? ich wußte nicht, daß man heute einheizen soll!" Man soll auch nicht einheizen, und ich befehle auch nichts!" rief fröhlich der Studio, „ich bitte nur um ein Täßchen von Ihrem Kaffee, Frau Müller, und um ein Stückchen von dem gebackenen Mühlrad da, — es ist ungemüthlich, heut Abend allein zu bleiben." Und in freier, doch nicht unbescheidner Weise schob er zwischen die Mutter und Gretchen einen der hölzernen Stühle, deren Lehnen künstlich gewundene Schlangen bildeten. Halb geschmeichelt, halb beunruhigt, sagte Frau Müller: „Aber das ist nicht Ihnen Ihr Ernst, Herr Henrichs; heut sind ja die jungen Herren überall beisammen, im Kreuz ist Commers und in der Krone ist Ball." „Wollen

Sie mir's übel nehmen, wenn ich nicht zu Ball und Com=
mers gehe?" sagte mit einer Röthe leichter Verlegenheit, die
ihm gut stand, der junge Mann, „ich war sonst gewohnt,
den Neujahrsabend mit meiner Mutter zuzubringen." Das
bewegte der Frau das Herz, und der Schlosser rief erfreut: „Das
ist schön, junger Herr, daß Sie mit uns vorlieb nehmen; so
freut mich's; Sie werden dafür einmal recht schöne Neujahrs=
abende im eignen Hauswesen erleben, wenn Sie ihn in
der Jugend nicht so in Rausch und Bausch zubringen." In
dem Augenblick reichte Gretchen dem Studenten die blaue
Tasse, die zum Glück noch unbenutzt war; seine schwarzen
Augen sahen tief, tief in ihre blauen; die Liebe, die junge
frische Liebe, die da kommt ungesucht, unbegehrt und un=
bewußt, zog in ihr junges Herz, und mit ihr der volle
Glaube und die süße Hoffnung, alles müsse gut gehen,
und da war kein Fragen, wie und warum?

Unbewußt, — denn Gretchen verlebte den Abend wie
in einem goldnen Traum. Es war über sie gekommen wie
ein unerhörtes, nie geahntes Glück; — daß er, der schöne,
gescheidte, vornehme Herr, dem alle Freude und Lust offen
stand, — daß er einkehrte in ihrer niedern Stube und unter
ihnen vorlieb nahm, — ach, Gretchen war bescheiden, aber
sie hätte denn doch kein Mädchen sein müssen, wenn sie nicht
gefühlt hätte, es geschähe ihr zu lieb, — sie fragte, sie dachte, sie
sorgte nicht; sie fühlte sich nur glücklich, unaussprechlich glücklich.

Bei Kaffee und dickem Kuchen blieb es aber nicht allein;
Henrichs brachte die Theemaschine aus seinem Zimmer, um Punsch
zu brauen, er brachte ganze Düten feinen Confekts, das er in
zierlicher Ordnung auf die Platte zu den Resten des Kuchens
legte. Die Mutter folgte ihm mit bedenklichen Blicken, wenn er
so mit dem beglückenden Aussehen, das sehr schwer zu unter=

brücken ist für Einen, der etwas bringt, womit er Andre zu
überraschen gedenkt, immer wieder neue Vorräthe holte, —
der Nachbar, der nur nicht daran gedacht hatte, auch etwas
zum Abendschmaus beizutragen, sah etwas verlegen und un=
behaglich aus; nur der Schlosser nahm diese ungewöhnliche
Generosität in jovialer Weise auf. „Was unter den Augen
von Vater und Mutter geschieht, ist nichts Unrechtes," flüsterte
er beruhigend seinem Weibe zu; und als später die Punsch=
gläser dampften und der Student fröhliche Gesundheiten aus=
brachte, da schwanden allmählich alle Bedenklichkeiten, selbst
der Seckler brachte einen Toast aus auf alte Freundschaft
und gute Nachbarschaft, der Schlosser kam mit oft vorgetrag=
nen Schaubergeschichten aus dem russischen Feldzug, ohne zu
bemerken, daß Gretchen dazwischen heiter auflachte über aller=
lei, was Henrichs ihr in's Ohr flüsterte; ihre Wangen glüh=
ten wie Purpursammt, ihre unschuldigen blauen Kinderaugen
leuchteten in heller junger Freude.

„Es geht ein Lumpibus an unsrem Tisch herum," rief
der Student mit Einemmale und erklärte, was das zu be=
deuten habe: — daß Jedes ein Liedchen nach eigner Wahl
singen müsse. Zu sprachlosem Erstaunen der Schlosserfrau
ließ sich der Nachbar Seckler im blauen Schlafrock gar nicht
lange bitten, sondern stimmte mit einem zierlichen Schnörkel
und etwas schätteriger Stimme an:

> Freut euch des Lebens,
> Weil 'noch das Lämpchen glüht,
> Pflücket die Rose,
> Eh sie verblü=hü=hü=hüt.

Auch der Schlosser mit seinem gewaltigen Baß sang ein
altes Kriegslied mit dem Refrain:

> Rosen so roth wie eine Glut
> Das bedeutet Soldatenblut.

Nun kam die Reihe an Gretchen, die aber wurde glut=
roth; sie hatte in der Schule gut singen können und dort
allerlei schöne Lieder gelernt, jetzt aber wollte ihr kein einzi=
ges davon einfallen. „Ei so mach! sing's nächst' best' Schel=
menliedlein!“ rief der aufgeheiterte Schlosser. „Fällt Ihnen
gar nichts ein?“ fragte Henrichs, sie mit unverholnem Wohl=
gefallen betrachtend: da kam ihr, sie wußte nicht wie? ein
Reimlein zu Sinn, das sie seit ihrer Kinderzeit nicht mehr
gesungen:

> Dort drunten im Thäle
> Lauft's Wasser so trüb,
> Und i kann dir's net sagen .....

Da blieb sie aber stecken und brachte nicht weiter über
ihre Lippen. „I hab di so lieb,“ ergänzte der Student und
sing ohne weitere Aufforderung seine Reihe an mit dem
Schluß eines Volksliedes, indem er, mit leuchtenderen Augen
als zuvor, Gretchens gesenkte Blicke suchte, und leise unter
dem Tisch ihre Hand faßte:

> Bald gehst du in dein Kämmerlein
> Und betest still, du Reine mein;
> O bete auch für meine Ruh!
> Mein ganzer Himmel bist ja du.

„'s ist an der Frau Mutter,“ sagte der Nachbar, „und
sie darf sich nicht weigern, ich hab's gehört, daß sie einmal
eine der besten Kirchensängerinnen gewesen sei.“ „Schelmen=
liedlein habe ich niemals gelernt,“ sagte die Schlosserin mit
einem Ernst, der nicht so recht in die fröhliche Stimmung
der Andern passen wollte, „aber ich will singen, was ich noch
kann;“ und mit einer noch vollen und schönen Stimme hub
sie das alte Kirchenlied an:

> In allen meinen Thaten
> Laß ich den Höchsten rathen.

Die Andern, zuerst etwas stutzig über einen so ganz ver=
schiedenen Klang, stimmten bald auch mit voller Stimme in
den Gesang ein, selbst der Student, dem das vielleicht zwei
Stunden vorher noch unendlich komisch erschienen wäre, sang
in gutem, herzlichem Ernst mit; Gretchen aber war es, als
ob all die stürmischen Wellen, die in der letzten Stunde ihr
junges Herzchen fast zum Zerspringen geschwellt hatten, sich
unter den Tönen des frommen Liedes glätteten und ebneten
zu einem ruhigen, klaren Strom; all die halbbewußten Träume
und Wünsche, das Glück und das Bangen versenkte sie in
diesen Strom. Und als sie so recht aus voller Seele den
Schluß mitgesungen hatte:

> So sei nun Seele seine
> Und traue dem alleine,
> Der dich geschaffen hat.
> Es gehe wie es gehe.
> Dein Vater aus der Höhe
> Weiß allen deinen Sachen Rath.

war ihr ganz still und selig zu Muthe; da faltete sie
unwillkürlich die Hände zu stillem Gebet, als eben jetzt die
zwölf bedeutungsvollen Schläge vom Thurme erschollen. Mit
vollem, klarem Blick begegnete sie Eduards Augen, als er ihr
gute Nacht wünschte und ein glückseliges Neujahr; — und
sie wußte am andern Morgen nicht mehr, ob ihr Wachen
schöner gewesen sei oder ihre Träume.

Die Gedanken reisen schnell, — in weniger als einer
halben Stunde hatte Frau Margaretha schon jenen glückseli=
gen Neujahrsabend wieder durchgelebt, jeden Blick, jedes
Wort, — ach, und so viel schöne liebe Grüße und Blicke und
Worte, die jenem Abend gefolgt waren, und noch Einen
Abend, den schönsten und traurigsten von allen, wo die stille

Liebe zum erstenmal Worte gefunden hatte, den ersten und einzigen, wo sie sich getroffen hatten, ganz heimlich und allein in dem alten steinernen Gartenhaus im großen Baumgarten, den Abend, ehe Eduard nach dem Willen seiner Mutter ab= reisen mußte auf eine fremde Universität.

„Ich weiß alles, wie es ist," sagte Eduard, als er die Hand des zitternden Mädchens in der seinen hielt; „sie wol= len es nicht haben; Deine Mutter in ihrer übermäßigen Rechtschaffenheit hat die meinige gewarnt, und so wurde ich mit einemmale überrascht mit der Erfüllung meines lange vergessenen Wunsches, nach Berlin zu gehen, und der Vor= mund schreibt mir viel Schönes über die Opferwilligkeit mei= ner Mutter; aber nur Geduld, es ist nicht zu lange, so darf ich selbst über mein Schicksal entscheiden....." „Doch nicht ohne Deiner Mutter Segen?" fragte Gretchen erschrocken, in kindlicher Scheu die großen blauen Augen zu ihm erhe= bend. „O nein, nein, Kind," beruhigte er sie, „die Mutter versichert ja wieder und wieder, daß sie einzig mein Glück wolle; sie will nur nicht glauben, daß Du mein Glück seiest, — wenn sie aber sehen muß, daß dem doch so ist, daß wir uns treu geblieben, dann, Margaretha, meine süße Perle, — wir leben nicht mehr in den alten grauen Zeiten, wo man Herzen gebrochen hat um Standesunterschiede, — mein Großvater selbst, der Obertribunalrath, war eines Bäckers Sohn, — und mein Gretchen wird eine Perle sein für jeden Stand; komm, Kind, laß uns hier das heilige Wort der Treue aus= tauschen!" „Nein, o nein!" bat Gretchen ängstlich, „ohne Elternsegen ist kein Glück dabei! Du mußt ganz frei bleiben; ich bleibe Dir getreu, das weiß ich wohl; Du aber darfst thun, was Du willst. „Nun, so bleibe ich Dir auch getreu, und Du darfst auch thun, was Du willst!" rief Eduard lachend.

Sonst waren keine Gelübde ausgetauscht, keine Ringe gewechselt worden an jenem Abend, sie waren geschieden in all dem süßen Weh, dem vollen, seligen Glauben der Liebe.

———

Und Jahre flogen vorüber an der alten Frau, während sie so da saß, vor sich das rothe Mützchen, das er an jenem Neujahrsabend getragen und das er zurückgelassen, — Jahre, in denen sein Bild der liebe lichte Hintergrund von all ihrem Denken und Thun, von all ihrem Arbeiten und Ruhen gewesen war.

Er war nicht oft gekommen in diesen Jahren. Zweimal nur hatte er flüchtig eingesprochen in der alten Universitäts-stadt, einmal in den Ferien, und dann noch einmal, eh er eine große Reise antrat mit einem jungen Prinzen, der aus besondrer Zuneigung den Bürgerlichen zu seinem Reisebeglei-ter erwählt hatte. Eduards Mutter hatte klug zu arran-giren gewußt, daß er nicht öfter zum Besuche kommen konnte, im Uebrigen hatte sie nie mit ihm über seine Herzensgeschichte gesprochen, sie war sogar seinem Vertrauen ausgewichen und drückte zu den beiden Besuchen ein Auge zu; die Frau Ober-finanzräthin war als eine sehr gescheidte Frau berühmt.

„Thut gar nichts," erwiederte sie, als Eduards Vor-mund mit bedenklicher Miene ihr mittheilte, daß Eduard bei seinen alten Philistersleuten und deren hübschen Tochter einen Besuch gemacht; „thut gar nichts, Herr Präsident; ich habe mir erlaubt, wie mir als Mutter zusteht, in Eduards Papie-ren ein wenig nachzusehen; er korrespondirt nicht mit ihr, aber er macht überschwengliche Gedichte an sie, und betet das Mädchen an, wie einen Engel; eine Liebe dieser Art ist eher ein Sporn, als ein Hemmniß für seine Karrière, sie bewahrt vor vielem. Eine Bekannte von mir, eine gescheidte Frau und Wittwe, hat für ihren studirenden Sohn absichtlich eine

Jugendliebe arrangirt, weil der Bengel ohne Vater sonst nicht zu bändigen gewesen wäre."

Diese beiden Besuche waren kurz gewesen, doch reich genug, um Gretchen neuen Stoff zu langen glückseligen Träumen zu geben. Nur das zweitemal, — das konnte sie nicht verschmerzen, daß er sie da gerade mit der Mutter am Waschzuber getroffen hatte! Sie war freilich immer und überall sauber und reinlich gekleidet, aber, sie hatte ihm ja nicht einmal gleich die Hand geben können, und sein feiner schwarzer Anzug hatte doch gar zu sehr gegen ihr Kattun= kleidchen abgestochen! — Er war lieb und herzlich gewesen, als er mit ihr und dem Vater nachher im Zimmer saß, aber doch blieb ihr von diesem letzten Besuch ein peinlicher Ein= druck zurück, den sie lange nicht verwinden konnte.

Armes Gretchen, Du hast richtig gefühlt! der Mensch ist von äußern, von augenblicklichen Eindrücken abhängiger, als er selbst geglaubt; und wer weiß, welch elegante, feen= hafte Erscheinungen vor dem Auge des jungen Mannes vor= übergehen werden, gegen die die aufgeschürzte Gestalt des Bürgermädchens am Waschzuber, wie hell und blau auch ihre Augen, wie frisch und roth ihre Lippen waren, doch nicht recht Stand halten kann.

Gretchen quälte sich nicht zu lange mit diesen Gedanken; die Hoffnung, die süße, goldne Hoffnung tauchte wieder auf. Sie erfuhr, daß Eduards Mutter um diesen Besuch gewußt habe; und welche glückliche Aussicht knüpfte sie an dies stille Gewährenlassen der stolzen Frau, wie heilige Vorsätze faßte sie, wie sie als liebende, demüthige Tochter der Mutter des Geliebten dienen wolle und ihr Herz und ihre Liebe gewin= nen! — und das Herz der alten Frau klopfte noch einmal, wenn sie an die selige Erwartung, an das schüchterne Bau=

gen dachte, mit der sie eines Tages die stattliche alte Dame in die bescheidne Stube der Eltern hatte eintreten sehen.

Sie war sehr freundlich, die Frau Oberfinanzräthin, sehr herablassend gegen das arme Gretchen, und sprach außerordentlich verständig. „Ich weiß, mein liebes Kind, daß mein Sohn, wie das bei jungen Leuten oft so geht, großes Wohlgefallen an Ihnen gefunden, ich habe in Wahrheit nichts gegen Sie, liebes Kind, ich respektire auch Ihre rechtschaffenen Eltern, — aber, — Sie wissen, jeder Stand legt Pflichten auf, — ich glaube, daß eine erzwungene Verbindung außer Ihrem Stande auch nicht zu Ihrem eignen Glück ausfallen würde, — und Sie würden gewiß nicht darauf bestehen wollen, selbst wenn Sie ein Recht dazu hätten, eine solche durchzusetzen, wenn es dem Glücke meines Sohnes störend in den Weg träte, eine Last, ein Hemmniß auf seiner Laufbahn würde, ... Sie haben kein schriftliches Eheversprechen?“ Das arme Gretchen war seither stumm und lautlos da gesessen, die Hand auf dem armen Herzen, das ihr so weh that; nun erhob sie doch ihr Haupt und sagte, ritterlich kämpfend mit ihren Thränen: „ich habe das nie gefordert, aber ich habe Eduard, — Herrn Henrichs, tausend und tausendmal in meinem Herzen Treue versprochen.“ „Und gehalten, Frau Oberfinanzräthin,“ fiel hier die Mutter ein, die Zeugin der Unterredung war, „ich kann Ihnen sagen, mein Gretchen hat schon recht gute Anstände abgeschlagen . . . . . .“ „Das bedaure ich sehr,“ schnitt Frau Henrichs ihr die Rede ab, „verlangt hat dieses Opfer niemand, es wird auch ferner nicht verlangt werden. Sie sind ein verständiges Mädchen,“ wandte sie sich zu Gretchen, „Sie werden die Gesinnung meines Sohns am besten aus der Stelle seines Briefes ersehen, die ich Ihnen hier mittheile,“ und sie legte selbst einen Brief

Eduards in die zitternde Hand des Mädchens. Gretchen kannte seine Hand wohl, er hatte nicht mit ihr korrespondirt, er hatte der Mutter sein Wort gegeben, es nicht zu thun, aber sie bewahrte kleine Blätter, die er zurückgelassen, Gedichte, die sie nie gewagt hatte, auf sich zu beziehen, — und mit dieser Hand geschrieben waren die Worte, die hier vor ihr standen wie in Flammenzügen, so daß sie sie in ihrem Leben nie mehr vergessen konnte.......

„Sie mögen recht haben, liebe Mutter; wenn man älter wird, lernt man das Leben und seine Verhältnisse vielfach anders ansehen; ich selbst wußte nicht, daß mein väterliches Vermögen durch die Studienkosten so ganz aufgezehrt ist und sehe allerdings den Zeitpunkt noch gar nicht voraus, wo mir möglich sein würde, ein unbemitteltes Mädchen heimzuführen. Auch gestehe ich, daß ich seither den Werth einer gebildet erzogenen Frau, die Annehmlichkeit und die Vortheile einer angesehenen Familie habe schätzen lernen; — aber, — trotz dem allem, liebe Mutter, obgleich ich kein bestimmendes, bindendes Versprechen gegeben, fühle ich mich doch durch meine Ehre gebunden, und nie, so lange Margarethe Müller sich nicht selbst losgesagt, so lang sie nicht in andrer Weise gut und passend versorgt ist, werde ich mich als frei betrachten, als berechtigt, an eine andre Verbindung zu denken....“

„Haben Sie gelesen?“ fragte Frau Henrichs mit weicherer Stimme als zuvor, indem sie das todtenbleiche Gesicht, die bebenden Lippen des Mädchens sah. „O ja, ich danke Ihnen,“ sagte Gretchen tonlos und ließ sie den Brief aus ihrer Hand nehmen. „Meine Mittel sind selbst beschränkt,“ sagte die Dame zu der Schlossersfrau gewendet, „aber wenn ich irgend etwas thun könnte, eine passende Heirath Ihrer Jungfer Tochter zu befördern,....“ „Dank' Ihnen, Frau

Oberfinanzräthin," sagte die Mutter, „wir können zur Noth unser Mädchen noch versorgen, wenn wir auch keine vornehme Braut hätten aussteuern können." Und die Frau Oberfinanzräthin ging.

Sechs Wochen darauf war Gretchen, die nun allmählich zur Margareth wurde, mit dem Nachbar Secklermeister Hauser verlobt; warum sie so bald eingewilligt, und wieviel sie der Entschluß gekostet, das wußte Gott im Himmel allein. Der Seckler war so vergnügt darüber, als seine kränklichen Umstände es nur immer zuließen und versicherte die Mutter: „ich hab's immer gewußt, Nachbarin, daß es einmal so kommen werde, nur so bald hätte ich mir's noch nicht geschätzt; aber sie soll's gut bei mir haben, so viel an mir ist."

Gar einförmig wurden die Erinnerungen der Frau Margareth, als sie einmal an diesem Punkt angelangt war, — eine gleichmäßige Ebene, sachte, sachte hinabsteigend, ihr Mann war mehr und mehr schwächlich und krank geworden; wie sie Jahrelang gedulbig neben seinem Lehnstuhl gesessen, so saß sie viele Jahre gedulbig neben seinem Bett, sie hob und legte, tröstete und pflegte ihn. „Gott hätte es nicht besser mit mir machen können," versicherte sie oft die Mutter, die Einzige, mit der sie noch von den alten Tagen redete, „ein junger lebenslustiger Mann hätte nicht mehr für mich getaugt, dem Hauser sein stilles Wesen ist eben gut für mich und dem kann ich doch noch etwas zu liebe thun."

Der vielen schweren Tage, der langen, langen, schlaflosen Nächte gedachte sie jetzt nicht mehr, sie dachte nur der Segensworte ihrer sterbenden Eltern und der Nacht, wo sie zum Letztenmal mit ihrem seligen Mann gebetet hatte; er hatte ihr die Hand gegeben und gesagt: „Unser Herrgott wird Dir's noch vergelten, was Du an mir gethan hast," und diese Worte hatten einen friedlichen, tröstlichen Eindruck in ihrer Seele zurückgelassen.

Ihr Herz und Sinn war gar stille geworden in den langen Jahren an dem stillen Krankenbett, wo die Welt und ihr Treiben nur so fern an ihr vorüber zog. Von Eduard Henrichs hatte sie einmal gehört, daß er mit einer vornehmen Dame verheirathet sei; wenn sie ihrem Mann die Zeitung vorlas, so las sie da je und je seine Beförderung zu einer höhern Stelle, — es klang ihr wie aus einer fremden Welt, sie betete nur darum, daß sie ihn im Himmel einmal wieder sehen dürfe.

Sie war sehr allein, als man ihren Gatten zu Grabe trug, die Eltern, denen sie ein gutes, treues Kind geblieben war, waren noch vor ihm gestorben. Sie war nicht arm, aber sie war nicht gewöhnt für sich allein zu leben und zu sorgen, so gab es sich fast von selbst, daß sie Krankenwärterin wurde, zuerst bei guten Freunden, dann wurde sie weiter und weiter gesucht; Frau Margaretha Hauser war wirklich eine Berühmtheit in ihrem Fach geworden.

Es war denn doch spät geworden über dieser Wanderung in vergangene Tage; Frau Margarethe gedachte nicht den Schlag zwölf abzuwarten, ruhige Nächte waren ein so seltner Genuß für sie. So öffnete sie denn den Alkoven, damit sich das Bischen Wärme hübsch hineinziehe, und schickte sich an zu Bette zu gehen. Ihr junges Glück und Herzeleid legte sich allmählich wieder zur Ruhe in ihrer Seele, und sie fühlte das harmlose Behagen, mit dem sie immer wieder nach längerer Abwesenheit ihr eigen Stübchen, ihr eigen gutes Bett in Besitz nahm.

Sie hatte das Mützchen wieder verwahrt in der Kom=

mode, wo unter Andrem auch, sorgsam eingewickelt, versiegelt und überschrieben, sechs silberne Löffel lagen, ein Hochzeit= geschenk der Frau Oberfinanzräthin; sie hatte sie nicht zurück= senden wollen, aber sie hatte sie nie berührt, nach ihrem Tode sollten sie Eduard Henrichs oder dessen Erben zugesandt werden. Eben legte sie auch die sauber gefältete, weiße Haube sorgsam in ein andres Fach, — da schellte es draußen, hell und durchbringend, es war ein wohlbekannter Ton. „'s ist der Hauserin ihr Glöcklein," sagte die Familie im zweiten Stock, die der Ton einen Augenblick vom Glühwein aufge= scheucht hatte; „'s ist nur der Hauserin ihr Glöcklein," sagte der alte Junggesell im ersten, und zog sich die warme Decke besser hinauf.

Margarethe kannte den Ton am besten, sie war nicht nervös und war gewohnt, ihr eignes Behagen zu vergessen. „Komme gleich!" rief sie aus dem Fenster und hatte schnell die wollene Haube aufgesetzt, das warme Umschlagetuch um= genommen, ihre Kasten verschlossen, ihr Laternchen angezündet und die Lampe ausgelöscht. „Sie ist's, Bärbel?" fragte sie unten die Hausmagd von der Krone, die noch athemlos vom schnellen Lauf vor der Hausthür stand, „was gibts denn bei Euch, gerade heut Nacht?" „O Frau Hauserin," leuchte die Magd, während sie mit ihr vorwärts schritt, „Gottlob, daß Sie da sind, man hätte schon früher nach Ihnen schicken sollen, aber die Frau ist eben nicht dazu gekommen vor Gethu'; bei uns gehts gräulich her; der Ball und der Lärm und der Punsch und der Glühwein, und oben der kranke Herr, der geschrieen hat im Trillirium!" — „Ein fremder Herr, und was fehlt ihm?" „Ach, 's ist ein vornehmer Herr, ein Justizrath oder was sonst von der Versuchungs= (Untersuchungs=) Commission, wo hier war. Der Herr wollte gestern schon fort, ist aber krank worden am Tubus oder so, und heut ist's schrecklich." — Sie waren am Haus angekommen, der Oberkellner, der eben mit fliegenden Haaren und wehender Serviette aus dem untern Zimmer stürzte, erkannte die Krankenwärterin und flüsterte: „Nur leise, ganz still, Frau Hauser! Die Herrschaften im Haus dürfen nicht gestört werden. Sie können den kleinen Laufjungen mit hinauf nehmen, daß er besorgt, was Sie brauchen; nur daß hier Niemand etwas merkt." — Im untern Wirthszimmer, wo sie vorbeischritt, saßen alte Herren, die sich schon ein nettes Sylvesterzöpflein angetrunken; sie stießen unaufhörlich mit einander an, und sangen: „Es kann ja nicht immer so bleiben . . . . .," wobei sie nie weiter kamen als: „hier unter dem wechselnden Mo=ho=ho=hond." Eine Treppe hoch rauschte ihr die prächtige Tanzmusik entgegen, blendender Lichtglanz strömte aus der offnen Thürspalte, luftige, weiße Gewänder, blendende Nacken, mit Perlen geziert, blumengeschmückte Lockenköpfchen schimmerten durch, — Margarethe ging vorüber, ohne den Kopf zu wenden, hinauf nach Nro. Zwölfe, wie der Keller noch nachrief.

In Nro. Zwölfe brannte ein Licht bei dem Bette des Kranken, der sich in wilder Unruhe auf seinem Lager wälzte; die Wirthin, mit einer langen Kerze in der Hand, rannte rathlos vor der Thüre hin und her, ein Zimmermädchen schleppte fort und fort noch Betten herbei, um den Kranken zu bedecken, als wüßte sie ihm keine andere Gutthat anzuthun, obgleich schon qualmende Hitze im Zimmer herrschte. „Gottlob, die Frau Hauserin!" riefen Magd und Wirthin erleichtert mit Einer Stimme, bei Margarethens Anblick. „Sie können sich das Drangsal gar nicht vorstellen," hub die Wirthin das alte Klagelied an, „die vielen Leute und der Ball, und dieser Herr, — mit dem's zuerst gar nicht gefähr-

lich schien, und auf einmal ist's so gekommen, und merken
soll's kein Mensch, und," flüsterte sie leise, „sie sagen, es ist das
Nervenfieber; ich kann schier nicht hinein, mein Mann wüßte
sich ja fast nicht zu helfen, wenn ich wegstürbe aus dem
Geschäft..." „Gehen Sie ruhig, Madame Greiner," sagte
Margarethe, „war der Doktor da?" „War da, kommt wieder,
ist selbst pressirt, hat Tropfen verordnet," beschied sie die
Wirthin im Hinuntereilen.

Geräuschlos trat Margareth in's Zimmer, schloß sorgsam die Laden und ließ die Vorhänge herab, damit das Ge-
tümmel von unten weniger heraufbringe; dann entfernte sie
das Gebirge von Betten von dem bewußtlosen Kranken, und
öffnete vorsichtig ein Nebenzimmer, um die erstickende Hitze
zu mildern. Nun schüttelte sie mit leichter Hand die Kissen
des Lagers zurecht, half dem Kranken, der in diesem Augenblick
alles mit sich anfangen ließ, zu einer bequemern Lage, und
reichte ihm die vorgeschriebenen Tropfen.

Der Kranke, wenn auch nur halb bei Bewußtsein, schien
doch mit Wohlgefühl die verständig pflegende Hand zu empfinden, bis er wieder in heftiges Delirium verfiel, bei dem
auch die erfahrne Margarethe rathlos stand.

Der Arzt kam wieder: „Nun, so ist doch jetzt ein vernünftiger Mensch auf dem Platz!" sagte er zu der ihm wohl-
bekannten Margareth, indem er des Kranken Puls fühlte,
bei dem eben ein ruhiger Augenblick eingetreten war. „Der
Fall ist bedenklich, ich fürchte, hoffnungslos," flüsterte er ihr
zu, „ich bin froh, daß Sie da sind, denn lange kann ich
nicht bleiben, — ein andrer, dringender Kasus, ein neuer
Weltbürger, Sie verstehen mich, — das Leben muß dem
Tode vorangehen; hier ist nicht viel mehr zu machen, veritabler
Typhus, obwohl er hier ganz vereinzelt auftritt und sonst in

diesem Alter selten ist; es scheint, die Kraft war hier lange gespannt und aufgerieben durch anhaltende geistige Arbeit, so ist's oft bei Beamten, — keine Widerstandskraft da." Er gab Margarethen genaue Vorschriften und schickte sich an, wieder zu gehen. „Hat man den Angehörigen des Herrn etwas gemeldet?" fragte Margareth. „Zweifle, ob es die Wirthin gethan, und ich habe, weiß Gott, nicht Zeit," sagte rathlos der Doktor. „Darf ich zu einem Geistlichen schicken?" fragte sie etwas schüchtern. „Immerhin," meinte der Doktor ziemlich geringschätzig, „verderben wird's nichts mehr; ob der Kranke noch was versteht, ist die andre Frage; der Pfarrer könnte dann auch die Familie benachrichtigen, den Namen weiß die Wirthin. Ich komme wieder, sobald ich kann; es wird vielleicht nach der jetzigen Betäubung noch ein Zustand klaren Bewußtseins eintreten, das aber wäre dann wohl der Vor= bote des nahen Endes."

Eilig ging der Doktor die Treppe hinab, und Margarethe, nachdem sie den Knaben zum Geistlichen geschickt, blieb bei dem Kranken, — sie fürchtete sich schon lange nicht mehr, allein an einem Sterbebette zu stehen; — es war, als ob ihre sanfte, erfahrene Hand die wilden Wogen der Krankheit zu beschwichtigen verstände, sie deckte ihn leicht und sorgsam zu, schlang kühlende Tücher um die glühende Stirn, und als seine wilden Phantasieen wieder begannen, setzte sie sich an's Bett, legte leise ihre kühle Hand auf die fieberheiße des Kranken und summte halblaut eine Schlummerweise, deren beruhigende Macht sie früher schon erprobt. Und die unru= higen Träume und Phantasieen wurden ruhiger, während die stillen, blauen Augen der alten Frau ruhig und fest in seine unstät rollenden blickten. Und siehe! das Gesicht des Kranken, obwohl durch Fieber und Todeskampf verstellt, kam der guten

Margareth nicht so ganz fremd vor; eine Ahnung durchfuhr blitzartig ihre Seele, eine Ahnung, die sich ihr bald, durch Worte des Phantasirenden, als vollste Wahrheit bestätigen sollte, — aber sie nicht aus ihrer Fassung, nicht aus ihrer geheiligten Wärterinrolle zu bringen vermochte.

„Gretchen," sagte er unter Anderm, „so, Gretchen, Du kommst auch? Warum siehst Du so traurig aus? Weißt, Du bist ja einmal so lustig gewesen? Komm nicht mehr, Gretchen; ich habe ja Hochzeit gehabt, weißt Du? — Sie hat schönere Kleider als Du, — ja, aber sie ist doch nicht so schön, — kalt, kalt!" — und er hüllte sich schaudernd in die Decke. — Und Margarethens Hand zuckte nicht; ruhig, leise, leicht wie immer that sie dem Kranken die kleinen Dienste zu seiner Erleichterung; nur inniger und tiefer blickte sie ihn an, als wollte sie ihm mit diesem Blick in die Seele gießen, wie innig, wie von ganzem Herzen sie ihm ver= geben habe.

Und als er aufhörte zu reden und sein Schlummer ruhi= ger wurde, da ward der alten Frau eigenthümlich wohl zu Muthe, wie sie so an seinem Lager saß, ihre Hand in der seinen, den stillen Blick auf die zerstörten Züge des alternden Mannes geheftet. So war sie noch einmal allein mit ihm, ganz allein auf der Welt, — es war ihr einen Augenblick, als sei sie sein Weib und sitze hier in ruhiger Pflege des geliebten Gatten.

Ihrer Pflicht vergaß sie darum nicht im mindesten, und die stille, allgegenwärtige Aufmerksamkeit auf die klein= sten Bedürfnisse, auf die leiseste Bewegung des Kranken, diese Eigenschaft, die sie immer auszeichnete, schien sich noch zu verdoppeln.

Endlich erwachte der Kranke und seine Augen sahen mit

bewußtem Ausdruck um sich, er blickte Margareth nachdenk=
lich an: „Wo bin ich denn?“ fragte er, indem seine Augen
im Zimmer herumstreiften. „Sie sind hier in T. krank ge=
worden, wo Sie eine Untersuchung gehabt haben,“ berichtete
ihm Margareth. „Ah so?“ sagte er, sich müde zurücklegend,
während Margarethe mit einem kühlen Trank seine heißen
Lippen netzte. „Und ich bin ganz allein und fremd hier?“
fragte er wieder. „Nicht ganz,“ sagte Margarethe mit leise
bebender Stimme, „aber bleiben Sie nur ruhig, Sie sind
sehr krank.“

Der Kranke aber schien unruhiger zu werden, je mehr
ihm das Bewußtsein wiederkehrte. „Sehr krank bin ich?“
fragte er mit eigenthümlichem Tone. „Ja, sehr krank,“ sagte
Margarethe sanft und fest, „aber es ist auch möglich, daß
Ihnen Gott durchhilft.“ „Es ist möglich, nur möglich?“
fragte er wieder mit durchbringender Stimme, richtete sich
auf trotz seiner Schwäche und faßte Margarethen am Arm,
„wo ist der Arzt, und was sagt er?“ „Er wird bald wie=
derkehren,“ sagte Margareth, die, selbst mit dem Tode lange
vertraut und ohne Scheu davor, sich nie zu den frommen
Lügen an Kranken= und Sterbebetten hatte verstehen können,
die Viele für Pflicht halten, „aber er hält Ihre Krankheit
für sehr bedenklich.“ „So?“ sagte er mit demselben selt=
samen Ton und schien in tiefes Nachsinnen zu verfallen, wäh=
rend Margarethe still betete.

Es ist eine eigne Sache um die Todesfurcht. Daß wir
sterben müssen ist die gewisseste aller Gewißheiten; wir sind
damit vertraut seit wir leben und denken, wir denken daran,
wir reden davon mit romantischer Sehnsucht oder mit über=
müthigem Leichtsinn in der Jugend, mit lebensmüdem Ver=
langen oder mit vernünftiger Ergebung in spätern Jahren,

wir können für den Fall unsres Todes sorgen und überlegen, ruhig und kühl, und doch gibt es Augenblicke, wo der Gedanke: du mußt sterben, und was dann? die stärkste, die ruhigste Seele mit namenlosem Grauen erfüllt, wo wir den Tod als den König der Schrecken in seiner ganzen furchtbaren Gestalt ahnen. Wohl der Seele, die ihre Lampe brennend erhalten hat für diese Stunde des tiefsten Dunkels! Wohl auch der Seele, die sich durch dies Grauen noch treiben läßt zu der ernsten Herzensfrage:

Wen suchen wir, der Hilfe thut,
Daß wir Gnad' erlangen.

Es gibt freilich Viele, die eine solche Umkehr und Einkehr in der letzten Stunde als „Galgenbuße" verachten, obgleich der Herr auch dieser Buße einen wunderbaren Trost gegeben in dem seligen Wort: „Heute wirst du mit mir im Paradiese sein." Es hat auch Viele gegeben mit so starkem oder so leichtem Sinn, daß sie ruhig, festen Schrittes der Stunde des Todes entgegengetreten sind, ohne daß wir hoffen dürften, der Glaube an Den, der dem Tode die Macht genommen, habe ihnen geleuchtet durch das finstre Thal. Der Herr allein kennt die Herzen, und es sei ferne, daß wir richten wollten; aber wir lesen auch von Einem, der, so viel wir wissen, ohne schwere Schuld, in Freuden gelebt hat und leicht gestorben ist, und da er nun in der Hölle und in der Qual war, da hub er seine Augen auf. Laßt uns nicht verächtlich auf den blicken, der hienieden noch lernt, seine Augen aufzuheben, und sei's in der letzten Stunde: „Etliche werden selig werden durch Furcht." Aber, um eine langbekannte Wahrheit und ein altes Gleichniß zu wiederholen: wartet nicht, die Fackel anzuzünden, die Euch über den dunklen Abgrund leuchten soll, wartet nicht, bis ihr am Rande des Abgrunds seid! Es möchte sein, daß ihr hinabstürzet, eh ihr Zeit dazu gefunden.

Der sterbende Mann hier hatte ein rechtschaffenes Leben gelebt, all seine häuslichen und bürgerlichen Pflichten erfüllt, er hatte als Justizbeamter verstockten Sündern einbringlich, selbst mit einer gewissen Salbung zureden können, er war, wenn er eben gut Zeit und Muße dazu fand, im Tempel gestanden mit dem ernstlich gemeinten Gebet: „Ich danke dir, Gott, daß ich nicht bin wie dieser Einer," im Gedanken an die Hefe der Menschheit, mit der ihn sein Beruf zusammen= führte; nichts auf der Welt hatte ihm weniger Kummer nnd Anfechtung gemacht, als die Vergebung seiner Sünden. Warum ergriff denn der Gedanke an die unmittelbare Nähe des Todes sein Herz mit so unaussprechlichem Grauen?

Margarethe hatte schon in manch sterbendem Auge gele= sen, auch von diesem verstand sie die stumme Sprache, und während wie ein bittrer Hohn die verworrenen Töne der Musik von unten herauf drangen, hub sie mit ihrer ernsten, sanften Stimme die Worte des uralten Kirchenliedes an:

<blockquote>
Mitten wir im Leben sind
Von dem Tod umfangen.
Wen suchen wir, der Hilfe thut,
Daß wir Gnad' erlangen? —
Heiliger Herre Gott, heiliger, starker Gott,
Heiliger, barmherziger Heiland, du ewiger Gott,
Laß uns nicht versinken in des bittern Todes Noth,
Erbarme dich unser!
</blockquote>

Wo waren all die schönen starken Worte von der Freiheit des Geistes, von der Würde des Mannes, von dem guten Ge= wissen, mit dem er vor Gott und Menschen treten könne? Aus der tiefsten Seele des geistesstarken Mannes rang sich das Geständniß: „ich habe nichts gethan, mir mein Kindes=

recht dort oben zu sichern" und tröstlich wie aus Engelsmund klangen ihm aus dem Munde der einfältigen alten Frau di Worte: „aber der Herr hat es gethan;

All Sünd' hat er getragen,
Sonst müßten wir verzagen."

„Ich habe kein Recht daran," tönte wieder des Kranken schwache Stimme, „das Kreuz war mir ein Aergerniß und eine Thorheit." „Was der Herr uns gibt, ist Gnade und kein Recht; wir brauchen ja nur Glauben." „Was ist Glauben?" stöhnte der Kranke, vor dessen verdunkelten Sinnen nur Eine grauenvolle Wahrheit klar stand: „nun ist's Ernst mit dem Tode." „Glauben ist unsre zitternde Hand, die sich in Gottes starke Rechte legt," sagte Margarethe mit den Worten eines alten Kirchenlehrers, indem sie an dem Sterbebette niederkniete und ein einfaches Gebet aus vollem Herzen sprach. Und, — was den Weisen und Klugen verborgen geblieben, das hat der Herr den Unmündigen geoffenbaret, — ihrem schlichten Worte ward es gegeben, einen ewigen Trost und eine selige Hoffnung in die Seele des Sterbenden zu bringen. — Sie harrte so sehnsüchtig auf den Geistlichen, er kam lange nicht, . aber die Züge des Kranken waren ruhig geworden, er sah sie mit einem freundlichen, friedevollen Blick an.

„Haben Sie keine Botschaft an die Ihrigen," fragte Margarethe zögernd, „wenn es dem Herrn gefallen sollte,....." „Grüße meiner Frau und meinen zwei lieben Kindern," sagte der Kranke mit schwacher Stimme, „ich weiß nicht, — ich habe Julien vielleicht nicht Liebe genug gezeigt, — es war nicht alles, wie es sein sollte, — sie soll verzeihen." — „Wenn unser Herr Pfarrer kommt, haben Sie nichts dagegen, das heilige Abendmahl zu empfangen?" „Nein, o nein," sagte der Kranke mit aufleuchtendem Blick, — „wie lange schon hatt' ich es daheim verschoben, — mit den Meinigen, —" murmelte er vor sich, „und nun allein, unter Fremden!" Da faßte sich Margarethe Muth: „Nicht ganz unter Fremden," sagte sie, leise zu ihm gebeugt, — „ich bin einmal das Gretchen gewesen." — „Das Gretchen, Du?" fragte der Kranke, den jetzt, an der Pforte der Ewigkeit nichts mehr heftig erschüttern konnte, „und Du weißt es, daß ich der Eduard bin?" „Ich habe Sie bald erkannt." „Und Du hast alles verziehen? Daß ich Dich vergessen und verlassen? Es ist schon lange," sagte er müde, wie halb im Traum, aber er hielt gern ihre Hand in der seinen. „Alles," sagte Margareth aus voller Seele, „ich habe für Dich gebetet, jeden Abend." — —

Sie hörte Geräusch außen, der Knabe kam endlich mit dem Geistlichen, er hatte lange keinen gefunden, da der Erste, zu dem er gegangen, krank war. Er brachte nach Margarethens Bitte die Abendmahlsgeräthe mit.

Noch Ein Lichtblick, Ein Funken seiner alten geistigen Kraft kehrte vor dem Erlöschen in Eduards Seele zurück, als er mit Margarethen das heilige Mahl empfing und mit klarem Auge und aufmerksamem Ohr den Worten des Geistlichen folgte.

Dann legte er sich zurück, wie ein müdes Kind, und winkte leise mit der Hand, daß Alle gehen möchten, nur Margarethens Hand behielt er fest in der seinen und sagte leise: „Bleib Du da, es wird so dunkel."

Und Margarethe blieb da; er hatte keine Wünsche, keine Bedürfnisse mehr, ruhig saß sie an seinem Lager, die stillen Augen auf den Frieden seiner Züge geheftet und mit leiser Stimme betete sie:

Wenn meine Kräfte brechen,
Mein Athem geht schwer auf,
Und kann kein Wort mehr sprechen:
Herr, nimm mein Seufzen auf!

Es schlug zwölf Uhr, von drunten hörte man Gläser=
geklingel und lautes Rufen von Hoch und Profit! die Trom=
petenmufik blies schmetternden Tufch, vom Thurm tönte die
Mufik, — es störte ihre Ruhe nicht, störte nicht mehr den
Frieden des Sterbenden, deffen Seele den geheimnißvollen
Pfad antrat, auf dem uns kein treues Herz mehr begleiten
darf, den nur Einer erhellen kann: der Erstling unter denen,
die da schlafen.

Wie lange sie so gesessen, wußte Margarethe nicht; erst
als der Arzt wieder eintrat, fühlte sie, daß die Hand, die sie
in der ihren hielt, ganz erkaltet war. Leise breitete sie ein
Tuch über das erblaßte Angesicht, der Friede des Todes
hatte über die gefurchten Züge wieder etwas von dem Aus=
bruck des Jünglingsantlitzes zurückgeführt; aber diefer Todes=
friede war ihr zu heilig, als daß sie gewagt hätte, ihn mit
ihren Lippen zu berühren, — sie nahm die kleine Bibel zur
Hand, die sie stets auf ihren Krankengängen bei fich führte,
und schickte fich an, Wache zu halten bei der Leiche. — —

Der Geistliche hatte der Familie Nachricht gegeben. Die
Frau Oberjuftizräthin mit einem Sohne und einer Tochter
kam in tiefer Trauer; eine hagere Frau mit etwas trockenem,
ungemüthlichem Aussehen. Sie schien sehr betrübt, fragte
aber nicht viel nach den Einzelheiten der letzten Lebens=
stunden ihres Mannes. — Es war ein stattliches Leichen=
begängniß, wie es einem geachteten und angesehenen Manne
ziemte. Freunde und Verwandte aus der Refidenz kamen
dazu, auch die angesehensten Männer der Stadt gaben

dem Fremden die letzte Ehre und fuhren mit ernsten Gesichtern hinter dem Leichenwagen her. Sie kamen von dem schnellen Todesfall auf die Untersuchung zu reden, die den Verstorbenen hieher geführt, auf den gelinden Winter und allerlei gleichgiltige Dinge, und erst als der Wagen an der Kirchhofspforte hielt, fiel ihnen wieder ein, daß sie einen Todten zur Ruhe geleiteten.

Nach der Wartefrau fragte Niemand mehr; die anständige Belohnung, die sie erhalten, legte Frau Margareth in ihr Kästchen für arme Kranke. Für sich nahm sie nichts mit nach Hause, wo sie stille, andächtige Todtenfeier hielt, nichts als ein Löckchen von den spärlichen ergrauten Haaren des Todten, die sie fortan verwahrte bei dem rothen Stubentenmützchen. —

Etwas stiller war Frau Margareth geworden seit dieser Neujahrsnacht; aber freundlich und friedevoll war ihr ganzes Wesen noch mehr als zuvor, so daß den Kranken besser wurde, wenn sie nur in's Zimmer trat.

Es kann durch ein ganzes Menschenleben das Gefühl von etwas Unfertigem, einem unausgesprochenen Wort, einer ungelösten Aufgabe, mit uns gehen; — Margarethen war sie nun gelöst, ihr Tagewerk war erfüllt, sie hatte nichts mehr zu fragen und nichts zu klagen, nur warten mußte sie noch.

Das Grab des Fremden hielt sie sorgsam schön grün wie ein Gärtchen, mit den Gräbern ihrer Eltern und ihres Mannes, und es brachte sie in keinen Konflikt der Pflichten; sie wußte nichts mehr von unglücklichem Leben und von getäuschtem Hoffen, sie hatte Frieden gefunden über ihr Bitten und Verstehen.

Die drei Schwestern,

ober:

Der Herr behütet die Einfältigen.

Gar manchmal dünkte mir im Laufe dieses unvollkomm=
nen Lebens, als sei es fast noch leichter bei eignem Mißgeschick
Geduld und Gottvertrauen zu bewahren als bei dem Andrer.

Bei eignem Leib fühlen wir meist bald den Schaden,
den die schmerzhafte Kur heben soll, wir ahnen den verborg=
nen Segen, den es mit sich bringt, wir haben zu denken und
zu suchen, bis wir den Friedensweg finden, auf den der dunkle
Weiser zeigen will.

Aber es dünkt uns fast lieblos und pharisäisch, diese
Gedanken auf Andre anzuwenden, die in Sorge und Noth
sind, während wir uns behaglich und glücklich fühlen; wie
man mit geheimem Selbstvorwurf in bequemem Wagen vor=
beifährt an denen, die sich im Schmutz der Straße abquälen
mit Wind und Regen. (Eine Ungleichheit, die übrigens selt=
ner wird, weil die gewaltigen Schienen der Eisenbahn ebnend
darüber hinziehen.)

Vor allem hat mich das Geschick meines Geschlechts
oft betrübt und bekümmert, und ich hätte beinah auf den
vermeßnen Wunsch der Fischersfrau in dem alten Mährchen
verfallen können, die „werden wollte als wie der liebe Gott,"
nur damit ich so viel armen Mädchen hätte eine friebliche
Heimath geben können, die, oft ohne daß sie eine frohe Ju=
gend gekannt, mühsam ohne Liebe und Freude, ohne Hei=
mathgefühl, ihren Weg durch die Welt suchen müssen.

Unsre Zeit sucht freilich dem Schaden abzuhelfen, Frauen=
schutzvereine, Frauentage, Frauenzeitungen bilden sich, die für
die Frauen das Recht der Arbeit, selbstständige Stellung und
lohnenden Beruf fordern. Wie weit sie helfen können, wage
ich nicht zu entscheiden, jeder männliche Beruf kann nun ja
doch nicht zugänglich sein für Frauen; einen weiblichen Arzt
oder Richter kann ich mir so wenig vorstellen als einen weib=
lichen Schmiedknecht und da, wo bis jetzt den Frauen ein
männlicher Beruf angewiesen wurde, als Lehrerinnen, Tele=
graphinnen 2c. 2c. war es meist, wo man einen Mann nicht
genügend bezahlen mochte. Wir wollen gerne thun, was wir
können, um das Loos unsrer Schwestern befriedigend zu
machen, wo wir's nicht können, da gilt's auch für Andre
„geduldig sein und auf die Hilfe des Herrn hoffen," höher
zu blicken und tiefer, als auf die kurze Spanne Zeit, die uns
vor Augen liegt.

Recht zum Troste für mein ungeduldiges Herz, das sich
zu tief bekümmerte über fremde Sorge und Leiden, die es
nicht heben konnte, ward mir die Geschichte von drei Pfarr=
töchtern kund, die mit keinem andern Kapital durch die Welt
gekommen sind, als mit einem einfältigen Sinn und from=
men Herzen.

Mit ganz und gar keinem andern; denn mit all den
Mitgaben, die sonst bei Frauen einigen (wenn auch schwa=
chen) Ersatz bieten für Geld und Gut, mit Schönheit, An=
muth, Talent, Handfertigkeit, waren sie in keiner Weise be=
dacht worden, es waren das Luxusgegenstände für sie, an die
ihnen nicht einfiel, Ansprüche zu machen.

Sie waren aufgewachsen in der Stille eines verborgnen
Pfarrdörfleins, dessen Gegend schon eine überaus einfache
war, den Schwestern, wie dem Vater selbst, war aber nie

eingefallen, nach einer schöneren zu verlangen. Das Pfarr=
haus stand inmitten des Dorfes mit Aussicht auf verschiedene
Dunglegen der Nachbarn, ein kleines Gemüsegärtchen zur
Seite, darin gelbe Rüben und Petersilie, Salat und Schnitt=
lauch in ziemlich gebeihlichem Zustand sich befand, auch Rin=
gelblumen, rothe Tulpen und weiße Narzissen, zur Zierrath,
alljährlich wieder aufgingen ohne besondere Verpflegung. Das
Gärtchen lag sehr offenherzig vor den Augen des gesammten
Publikums, lauschige Plätzchen zu stillen Mädchenträumen,
schattige Lauben zu heimlichem Geplauder hatten die Schwe=
stern nicht darin, begehrten es auch nicht, denn sie hatten
nichts still zu träumen und nichts heimlich zu plaudern.

Ein neuer Kritiker hat es sehr unwahrscheinlich und auf=
fallend gefunden, daß in Erzählungen die Eltern, namentlich
die Väter der Heldinnen, meist schon im Greisenalter auftre=
ten; unsrem Herrn Pfarrer, dem Vater der drei Schwestern,
ist das nun nicht übel zu nehmen, denn er war schon in sehr
reifen Jahren gewesen, als er in den heiligen Ehstand trat.
Zwar hatte ihm seine Mutter zum Heirathen zugesprochen,
so bald er die Pfarrei Walbangenloch erhalten hatte — bei
deren Bewerbung er wenig Rivalen gehabt, — aber er meinte
damals, „es würde ihn doch geniren, wenn so ein frembes
Frauenzimmer um ihn herumliefe,“ und das war gut für die
Mutter selbst, denn als bald darauf ihr Mann, der Hut=
macher Pommer, zu seinen Vätern versammelt wurde, so fand
sie und der Sohn es äußerst behaglich, daß sie zu ihm zog,
seine Haushaltung führte und seine wollenen Wämmser und
baumwollenen Schlafmützen strickte, auch ihm nach väterlicher
Weise allsonntäglich Sauerkraut, Dienstags Linsen und Frei=
tags Erbsen kochte.

Sie hatte ein frommes Gemüth, die alte Pfarrmama,

auch der Pfarrer war unbeirrt geblieben von „Philosophie und loser Lehre der Menschen;" er diente seinem Herrn in Einfalt des Sinnes mit aufrichtigem Herzen, und seine Mutter vergoß jedesmal Freudenthränen, so oft sie in dem vergitterten Pfarrstuhl saß, daß Gott sie die Ehre und Freude habe erleben lassen, ihren leiblichen Sohn auf der Kanzel zu sehen. Außer der Hausandacht, die sie alle Morgen und Abend mit der Magd hielten und an der Theil nahm, wer eben zufällig in's Pfarrhaus kam', spielte auch der Pfarrer alle Sonntag Abend einen Choral auf dem etwas heiseren alten Klavier, das ihm schon sein Vater selig in der Auktion eines alten Schulmeisters gekauft hatte, und die Mutter sang dazu mit etwas zitteriger Stimme, aber aus der Tiefe ihres andächtigen Herzens.

Umgang mit der Nachbarschaft pflegten sie gerade nicht, die Frau Pommerin hatte gar kurze Füße und das Gehen geschah ihr sauer; der Pfarrer ging zu seiner Erheiterung jeden Jahrmarkt in die Oberamtsstadt, besorgte da, was seine Mutter für nöthig erachtete, auch alle vier Jahre Biber zu einem neuen Flaus, und versäumte nie, von jedem Markttag seiner Mutter eine Laugenbrezel mitzubringen, später, als ihre Zähne gar zu schlecht wurden, sogar ein Biskuittörtchen, das die alte Frau zu ihrem Schlückchen Wein mit dankbarem Herzen verzehrte.

Manchmal meinte sie freilich, es wäre doch schön, wenn ihr Andreas heirathete, damit sie auch Enkelein erlebt hätte, aber Andreas meinte: „weiß Sie Mutter," — er nannte sie noch Sie nach alter Weise, — „so gewiß kann man's doch nicht wissen bei einer Schwiegertochter, ob Ihr gerade ganz zusammenpasset und Kindergeschrei macht den alten Leuten Ohrenweh." „Das ist auch wahr," sagte die Mutter, „wenn Du zufrieden bist, so bin ich's auch."

Als aber die alte Frau auf ihrem Sterbebette lag und ihr Stündlein nahen fühlte, da war's ihr denn doch leid, daß sie ihren Andreas so allein auf der Welt zurücklassen sollte. „Hör', lieber Andreas," sagte sie, „es ist nicht recht von mir gewesen, daß ich Dir nicht mehr zum Heirathen zugeredt' habe; ich hätte bedenken sollen, daß eine alte Frau nicht ewig lebt; zu spät ist's aber nicht, Du bist noch ein Mann in Deinen besten Jahren, zweiundvierzig, da fangt der rechte Verstand erst an, ‚wer als ein Bub heirathet, bleibt sein Lebtag ein Bub,‘ sagt man."

„O Mutter, red' Sie nicht so viel, es nimmt Ihr den Athem," bat der betrübte Sohn. „Werd doch auch für Dich mein Bischen Athem noch übrig haben," sagte die getreue Mutter, „gelt, Du thust mir die Liebe und nimmst eine Frau? ein lediger Pfarrer ist nichts nutz."

„Wird mir wohl sauer geschehen, aber Ihr zu lieb will ich's ja thun," sagte der Pfarrer, „nur weiß ich nicht, woher Eine nehmen."

„Nun wenn Dir sonst Keine einfällt, so nimm 's Abler= wirths selig seine Mine, die hat's bös bei ihrer Schwester und ist eine brave Person; wenn Du eine fürnehmere kriegst, ist mir's auch recht. Jetzt kann ich nicht mehr, jetzt sprich mir den Segen." Und der Pfarrer segnete mit vielen Thrä= nen sein sterbendes Mütterlein ein, und fühlte sich nach ihrem Tode gar einsam und trübselig in dem öden Pfarrhaus.

Ablerwirths selig seine Mine führte er heim, schon weil sie zunächst gelegen war; sie war eine rechtschaffene Person und fleißig, aber besonders „weltbös" war sie just nicht; von „Bildung, Geschmack und Delikatesse" war auch hinfüro keine Rede im Pfarrhaus. Etwas kouragirter war die junge Frau, — die übrigens nur im Vergleich mit der „gar alten"

jung heißen konnte; sie zog schöne Schweine groß und unter=
hielt einen reich bevölkerten Hühnerhof; im Dorf zeigte sie
sich so wenig hochmüthig, daß man ihr bald die Würde ver=
zieh, zu der sie sich aufgeschwungen; die Leute meinten, eine
„g'meine“ Frau sei man ja schon im Pfarrhaus gewöhnt.
Mit umliegenden Pfarrfamilien pflogen sie noch weniger Um=
gang als zuvor, die Frau Pfarrerin hatte auch keine Zeit
dazu, da sie im Lauf von vier Jahren ihren Ehherrn mit
drei Töchtern beschenkte, wobei derselbe sich vorkam wie Vater
Abraham. „Ist auch gut, daß es Mädchen sind,“ bemerkte
er gelassen, „mit Buben ist's immer schwer bis man weiß,
was aus ihnen machen; Mädchen, die stehen geradezu in des
lieben Gottes Hand.“   Es war ja noch nicht die Zeit, wo
man auch bei Mädchen darauf sinnen mußte, sie für einen
besondern Beruf herzubilden. — Solche Berufswahl für
ihre Töchter wäre den guten Pfarrleuten schwer gefallen,
geschah es ihnen doch schon sauer, einen Namen für die Jüngste
zu wählen, nachdem die ältern mit den Namen der Mutter
und Großmutter, Mine und Christine versorgt worden waren.
„Philippine hat meine Base selig geheißen,“ fiel endlich die
Pfarrerin ein, „und wenn sie nicht vor ihrem Mann, dem
alten Anwalt gestorben wäre, so hätten wir sie geerbt, und das
wäre unsern Kindern doch recht wohl gekommen, weil von
meinem Vater her so wenig übergeblieben ist; meinst nicht,
wir wollen sie Philippine heißen?“

„Hab' nichts dagegen,“ sagte der Pfarrer; „Geld und
Gut ist zwar nicht die Hauptsache, unser Herrgott kann un=
sern Kindern durchhelfen ohne das, aber wohl gekommen
wär's ihnen immerhin;“ und so wurde die Jüngste Philippine
getauft zu Ehren der Base, die sie beinahe geerbt hätten. ·
Wie sich das Pfarrhaus bescheidentlich erwiesen, so zeig=

ten auch die Pfarrjungfern, als sie zur Schule kamen, keine Art von Ueberhebung. Zwar wurden sie höflichkeitshalber als die Ersten gesetzt, aber sie meinten keineswegs, daß sie die schönsten Schriften geschrieben und die schwersten Exempel gerechnet haben müssen, das überließen sie getrost den Andern und wenn der Schulmeister am Ende ärgerlich rief: „ei, ei, Jungfer Mine! dreimal sieben ist einundzwanzig und nicht siebzehn," so sagte sie mit dem gutmüthigsten Lächeln, „glaub's Ihnen gern, Herr Schulmeister;" oder wenn er sagte, „aber Jungfer Christine, ist das gerad geschrieben?" so gab sie ganz bereitwillig zu, „nein, Herr Schulmeister, ein bissele krumm." Böse werden konnte man ihnen nicht, sie waren stets so überaus zufrieden.

Spinnen lernten sie bei der Mutter recht ordentlich, „Schustersbräht und Sackleinwand könnte man alleweil schon davon machen," meinte diese, Stricken bei der Jungfer Beate, der Stricklehrerin im Dorf; Christine brachte es sogar soweit, daß sie sich ein Namentuch nähen konnte, und zur Verzierung darauf noch ein Obstkörbchen mit gelben und rothen Aepfelein. Mehr von den Fortschritten ihrer Töchter konnte die Pfarr- frau nicht erleben, sie starb bei einer großen Nervenfieber- epidemie, eh ihre Aelteste zwölf Jahre alt war.

Der Pfarrer vertrauerte sie aufrichtig und hielt ihr Ge- bächtniß in Ehren; an eine zweite Heirath zu denken, fiel ihm gar nicht mehr ein, und als seine Nachbarin im Jammer sagte: „aber Herr Pfarrer, was soll aus Ihren drei Mäb- chen werden?" so antwortete er getrost: „das weiß der liebe Gott viel besser als ich."

Seine Mädchen ließ er aufwachsen, nicht gerade wie die Lilien auf dem Felde, denn für's erste hatten sie nicht viel Lilienähnliches, und für's andre mußten sie denn doch, gut oder schlecht, nach und nach die bescheidne Mahlzeit kochen, und nothdürftig nähen und flicken, aber im Uebrigen beküm= merte er sich um ihre Erziehung und Ausbildung nicht viel mehr, als um die seiner Ringelblumen im Garten, die alle Jahre von selbst wieder wuchsen. Das einzige was er sie lehrte, das waren schöne Gebete, Bibelsprüche und Lieder, die mußten sie ihm alle Sonntag aufsagen; auch sangen sie alle Tage zu ihrer gemeinsamen Morgen= und Abendandacht mit heller, wenn auch nicht besonders melodischer Stimme ein frommes Lied zusammen und erbauten sich gegenseitig daran; die Leute vom Dorf meinten: „schön thut's grad nicht, wenn unsre Pfarrjungfern singen, aber Ernst ist's ihnen, unser Herrgott wird's auch so annehmen.“

Das wäre nun alles schon gut so fortgegangen: Mine war die Köchin und kochte wohl oder übel ihren einfachen Küchezettel, der etwa fünf Gerichte enthielt, vom Anfang bis zu Ende. Daß es fein gekocht sei, ließ sich schwer behaupten, aber gegessen wurde es, und wenn Philippine, das Nesthäck= chen einmal bemerkte: „ich meine, die Spatzen seien arg schwer,“ so gab Mine gutmüthig zu: „'s ist wahr, schwer sind sie, die Eier sind gerade aus,“ und Christine sagte: „aber sie halten dann auch länger im Magen,“ womit sich die Fa= milie wieder beruhigte. Christine konnte noch am leiblichsten das Nöthigste nähen und zusammenflicken, obwohl die alte Dorfnähterin meinte, an die Nahtstiche der Pfarrjungfer könnte man Pfannen aufhängen; beim Flicken mache sie Git= ter wie an einem Gartenhaus und klopfe es nachher mit dem Kehrwischstiel; genug, sie waren damit zufrieden und wenn der Papa in seinem geflickten Werktagsrock spazieren ging und man die Flicken von Weitem sah, so meinte Christine wohlgefällig: „man sieht's doch, daß wir den Papa ordentlich

verforgen und nicht zerriffen gehen laffen." Philippine war
die Pflegerin des Schönen, obgleich dies in überaus befcheid=
nem Maße im Pfarrhaus vertreten war; das Henkelglas,
darauf „Wandle auf" nebft ziegelrothen Röslein und hand=
feften Vergißmeinnicht in ftarken Farben aufgetragen war, —
Papa hatte ihr's einmal vom Markte gebracht, — füllte fie je
nach der Jahreszeit mit Ringelblumen, Ritterfporn oder
Aftern und ftellte es mitten auf den viereckigen Eßtifch,
fchmückte auch die Kommode mit etlichen gemalten Porzellan=
taffen und einer alten rothlackirten Zuckerbüchfe, fo daß Mine
mit beifälligem Lächeln fagte: „ja, die Kleine, die will's eben
immer fchön haben."

Des Pfarrers Befoldung war äußerft mäßig, aber fie
reichte aus; wie? befann fich niemand. Es wurden weder
Einnahmen noch Ausgaben aufgefchrieben; das Befoldungs=
geld wurde in ein Schiebfach in des Papa's Schreibtifch
gelegt und daraus nahm man, fo lang da war. Ging es
zu Ende, ehe wieder Befoldung kam, fo konnte man auch ein
paar Tage ohne Geld leben; ein Bischen Fleifch im Rauch,
ein paar Eier in der Speifekammer und etwas Brod in der
Tifchlade war fchon vorhanden. Wollte das Geldfchiebläbchen
fich immer noch nicht wieder füllen, fo nahm der Pfarrer
einen von den drei Lammdukaten, die die Mädchen von ihrem
verftorbenen Onkel, feinem einzigen Bruder, als Pathengefchenk
erhalten und brachte fie dem alten Merkes, dem einzigen
Kaufmann des Dorfs, der in feinem Wohnftübchen zugleich
feinen befcheidnen Spezereihandel trieb. „Könnten Sie mir
vielleicht den Dukaten auswechfeln, Herr Merkes?" fragte
der Pfarrer in gleichgültigem Ton, als ob es eben eine Lieb=
haberei von ihm fei, Dukaten wechfeln zu laffen, denn es
fchickte fich doch nicht zu zeigen, daß der Pfarrer in Geldver=

legenheit sei. „In alleweg, Herr Pfarrer," sagte dienstfertig der alte Merkes und zählte fünf Gulden sechsunddreißig Kreuzer auf den Tisch." „Wäre mir aber lieb, Herr Merkes, wenn Sie vielleicht den Dukaten indeß zurücklegen wollten," sagte der Pfarrer beim Abschied ebenso gleichgültig, „könnt' ja doch sein, daß ich ihn später gern wieder einwechseln möchte." „Soll geschehen, Herr Pfarrer," sagte der Krämer und legte ihn in ein besondres Schächtelein, „steht jederzeit wieder zu Diensten." Gewöhnlich reichte dann schon die Münze vom ersten Dukaten, bis wieder Besoldung kam oder der liebe Gott eine Taufe oder Leiche in's Dorf schickte, ob= wohl diese sehr gering honorirt wurden. Manchmal gings auch noch an den Dukaten der Christine und in besonderen Fällen, wenn etwa der Pfarrer einen Rock hatte anschaffen müssen, oder neue schwarze Hosen, sogar an den der Kleinen. Sobald aber die Besoldung kam, war es sein Erstes, die Dukaten beim alten Merkes wieder zu holen. „Will's doch, glaub' ich, wieder einwechseln," meinte er so en passant, „es ist immer auch kommod, wenn man für einen Nothfall ein Bischen Gold im Haus hat." „Steht zu Diensten, Herr Pfarrer," sagte der Alte, holte die Dukaten aus dem Schäch= telein und sah gutmüthig lachend dem Pfarrer nach, wenn er so zufrieden mit dem geborgnen Schatz seiner Kinder davon zog. Dies Manoeuver war schon manch liebes Mal vollführt worden, und der Pfarrer sagte oft: „es ist ein wahrer Segen in dem Pathengeld, wie oft hat's uns geholfen und ist immer wieder da." Und die Schwestern freuten sich überaus, daß ihr Besitz solche Wunder thun könne.

So wären die Viere vergnüglich und zufrieden ihren Lebensweg mit einander getrottelt und hätten nichts Besseres begehrt, auch die Gemeinde hatte sich an ihren Pfarrer ge= wöhnt; sie wußten so allmählich jeden Sonntag voraus, was für eine Predigt kommen werde, denn der Ideenreichthum des guten Pfarrers war nicht sehr groß, aber es ging ihm

von Herzen, und das fühlten die Leute; auch mit den Töch=
tern waren sie zufrieden: „schön sind unsre Pfarrjungfern
grad nicht, aber sauber,“ meinten sie, „Jungfer Mine ist so
stattlich wie ein Kasten und die Jungfer Philippine hat
rothe Backen wie Ackerschnallen, und christliche Jungfern
sind’s auch.“

Aber es nimmt alles ein Ende; auch der zufriedene Zu=
stand im Pfarrhaus zu Waldangenloch, obgleich er möglichst
lange gewährt hatte. Denn der Pfarrer war nahe an achtzig
und hatte noch nie einen Vikar gebraucht, als er unerwartet,
ohne lange Krankheit heimgerufen wurde. „Der liebe Gott
wird’s wohl machen mit euch,“ sagte er mit seiner brechen=
den Stimme, als er die drei Töchter gar bitterlich weinend
an seinem Bette sah. „Fürchtet euch nur nicht; „Was unser
Gott erschaffen hat, das will Er auch erhalten,“ und in die=
sem Glauben schlief er getrost ein.

Die Schwestern waren nun freilich gar sehr betrübt,
sie weinten zusammen recht herzlich, wenn sie so miteinander
allein in der Pfarrstube saßen; aber es war ein lauteres
pures Herzeleid, ohne Dorn und Stacheln. Sie plagten sich
mit keinen Gedanken: wie es hätte vielleicht anders kommen
können, was man etwa an dem Kranken versäumt habe, oder
ob er denn nicht auch früher einen bessern Dienst hätte er=
langen können. „Schön ist’s eben doch, daß der Papa immer
hier geblieben ist,“ sagte Mine, „daß man ihn neben die
Mama selig hat begraben können.“ „Und er ist doch lang
gesund gewesen,“ rühmte Christine; „wie hat ihm nicht erst
vor vierzehn Tagen noch das Sauerkraut geschmeckt.“ „Und
an dem Nelkensträußlein, das ich ihm heraufgebracht, hat er
auch noch gerochen,“ sagte Philippine; und so rühmten sie den
Papa selig, seine schönen Predigten und sein glückliches Leben,
bis sie wieder in’s Weinen kamen.

Dem Amtsverweser, der nun einzog, räumten sie be=
reitwillig des Papa’s Stube ein, kochten ihm nach bestem

Wissen und waren verwundert, daß es ihm nicht allezeit so gut schmeckte wie dem Papa selig. Ein Netz nach ihm auszuwerfen, der Gedanke kam nicht in ihre einfältige Seele; als die Frau Schulmeisterin gegen Jungfer Mine bemerkte: „Wenn aber der Herr Amtsverweser an die Jungfer Philippine käm' und sie noch Frau Pfarrerin hier würd', das wär' doch schön;" da lächelte die getreue Schwester freilich wohlgefällig, sagte aber: „'s kommt mir gar nicht so vor, Frau Schulmeisterin," und als eines schönen Tags eine Braut des Amtsverwesers mit ihrer Mama Besuch im Pfarrhaus machte, da kochte ihnen Jungfer Mine einen Kaffee mit Gelberüben so gut sie's verstand, und sagte gelassen: „Hab's gleich gedacht, daß der Amtsverweser an eine Andere kommt."

Der Onkel, von dem die wunderthätigen Lammbukaten stammten, war lange schon todt, sein Sohn, der einzige Verwandte der drei Schwestern, war Pfarrer in Guggenbühl; er hatte nicht zur Beerdigung kommen können, aber er besuchte nachher seine verlassenen Basen, um zu hören, welche Plane sie für ihre Zukunft entworfen. Ja Plane hatten sie ganz und gar keine; sie hatten sich noch gar nicht darüber besonnen, was sie denn anfangen wollten, wenn sie das Pfarrhaus verlassen müßten. Die Theilungsbehörde hatte leichte Arbeit gehabt; nachdem alles gehörig bereinigt und bezahlt war und in Rechnung genommen, was etwa aus dem einfachen Hausgeräth gelöst werden könne, blieb für die Schwestern so viel, daß sie nicht ganz hundert Gulden jährlicher Einkünfte zusammen hatten. Der Vetter hatte selbst ein kinderreiches Haus und war nicht in der Lage, ihnen eine Heimath zu bieten. „Ja, meine lieben Bäschen, was wollt ihr denn thun, wenn der Dienst wieder besetzt wird?" fragte der Pfarrer rathlos. „Weiß noch nicht," sagte Jungfer Mine, „der liebe Gott wird's wohl machen mit uns, hat der Papa selig gesagt." „Gewiß," sagte der Pfarrer ungeduldig, „aber ein Bischen selber regen muß man sich doch auch, mit dem

Dasitzen und Zuwarten fliegen einem keine gebratenen Tau= ben in Mund."

„Wir begehren auch gar keine gebratenen Tauben," ver= sicherte Christine gutmüthig, „wir bitten nur um unser täg= lich Brod, und das wird uns der liebe Gott ja geben, wir wollen auch gern etwas arbeiten."

„Nun, wie wär's, wenn Du, Bäschen Mine, vielleicht eine Stelle als Haushälterin suchtest, Christine etwa in einem Nähtereigeschäft unterkäme und Philippine . . . ."

„Ja," sagte Mine, die noch die Ueberlegteste war, „dem Papa habe ich schon die Haushaltung geführt, aber sonst bin ich noch in keiner gewesen und Christine hat wohl viel daheim genäht, aber ich weiß nicht, ob man's nicht draußen anders verlangt." — Der Pfarrer, obgleich er keine Nähmamsell war, hatte doch schon heut Mittag das gräuliche Flickwerk an dem Tischzeug angestaunt, und fürchtete fast, man möchte es brau= ßen anders verlangen.

„Und unsre Kleine," hub Mine wieder an, „die haben wir alles gelehrt, was wir selbst können, aber das ist eben nicht sehr viel." „Nein, nicht sehr viel!" seufzte der Pfarrer im Stillen, rathlos, wie den drei guten Bäschen zu hel= fen sei.

Da streckte ein Nachbarjunge seinen struppigen Kopf zur Thüre herein: „En schöna Gruß von meiner Muatter, und obet b'Jungfer Mine mi net a Bißle b'hören woll, ich kann meine Fragen noch net in b' Konfirmationsstund." „Komm nur her, Friederle," sagte Mine, der's ein Bischen bang ge= worben war bei dem Verhör des Vetters, und sie überhörte den Friederle seine Antworten; ohne in's Buch zu sehen, konnte sie ihm nachhelfen und die angegebnen Schriftstellen sagen, daß sich der Pfarrer verwunderte. Da es bei dem hartnäckigen Friederle zuerst nicht recht vorwärts wollte, half auch noch Philippine, und als er zuletzt die schwierige Ant= wort ohne Anstand aufsagte, lehrte sie ihn noch einen schönen

Liebervers, so daß der Junge ganz vergnügt über seine Ge=
lehrsamkeit abtrottelte.

„Aber ihr könnet's ja wie Schulmeister, Bäschen!"
sagte bewundernd der Vetter. „Ja, Sprüche und Lieder hat
uns der Papa selig viel gelernt," sagte Christine geschmeichelt;
„noch als er krank war, haben wir ihm immer hersagen
müssen, und unsre Kleine, die weiß noch am meisten."

Da ging dem Pfarrer mit Einemmal eine lichte Idee
auf. Sein Dorf war arm, und viele der Einwohner, die
nicht eigne Güter hatten, suchten ihren Erwerb auswärts,
so daß die kleinern Kinder gar verwahrlost und verlassen
herumliefen und meist schon in ganz verdorbnem Zustande zur
Schule kamen. Er hatte oft schon an eine Kleinkinderschule
gedacht, aber die Sache war ihm zu umständlich erschienen:
jetzt aber, — sicherlich zeigte ihm der liebe Gott hier einen
Ausweg für die armen Mädchen. Er sagte noch nichts von
seiner Idee, er beschenkte die Basen indeß mit Zucker und
Kaffee, sie rühmten dabei dankbar, daß die guten Leute im
Ort sie haben noch nie Mangel leiden lassen, „allemal wenn's
aus ist, bringt ein Mädchen eine Milch, oder ein Weib einen
Korb Kartoffeln, oder die Nachbarin ein Schüsselchen Mehl,"
erzählten sie vergnügt, und „der Herr Amtsverweser gibt
uns ein Kostgelblein," ein Kostgeld hätte freilich die be=
scheidne Kost der Jungfer Mine wohl kaum ausgetragen.

„Macht euch nur keine Sorgen," tröstete sie der Pfarrer
beim Abschied, „der liebe Gott wird schon einen Weg zeigen."
„Das habe ich ja auch alleweil gesagt," sagte Christine ver=
gnüglich; sich Sorgen zu machen, war ihnen gar nicht eingefallen.

* * *

Das Gnadenquartal war um, die Schwestern hatten
das Pfarrhaus zu Walbangenloch verlassen müssen. Sie
waren mit vielen Thränen geschieden; die Leute vom Dorf
gaben ihnen das Geleit und hatten die große, alte Kloster=
truhe, die hinten auf Ochsenwirths Wagen stand, noch reich=

lich gefüllt mit Schmalztöpfchen und Mehlsäckchen, mit dür=
rem Obst und geräuchertem Fleisch, in die neue Haushaltung
der Pfarrjungfern. Denn die Pfarrjungfern zogen nicht in's
Blaue hinein, der liebe Gott hatte gesorgt und durch den
Vetter zu Guggenbühl ihnen wieder ein Plätzchen bereiten
lassen. Der Ochsenwirth führte sie sammt ihrer Habseligkeit
mit seinem eignen Fuhrwerk fort und ohne Arg saß Jungfer
Mine und Christine einträchtig beisammen auf des Papa
Kanapee, das vorn auf dem Wagen angebracht war; der
Kleinen hatte man hinten zwischen den Betten einen kommo=
den Sitz gemacht. „Das ist wahr,“ hatte Mine vor dem
Aufsteigen unter ihren Thränen gesagt, „wir bringen doch
unsre Sachen recht und gut fort, drei gute warme Betten,
Gottlob und Dank dafür!“ Dann aber faltete sie ihre
Hände und sprach andächtig: „der Herr behüte und bewahre
unsern Ausgang und Eingang.“ „Von nun an bis in
Ewigkeit,“ vollendeten die zwei Andern und die Leute, die
herumstanden, legten die Hände zusammen und sagten Amen.
Dann stiegen die Pfarrjungfern hinauf und fuhren getrost
mit einander in die Welt hinaus, die ihnen unermeßlich groß
und weit vorkam von Walbangenloch bis Guggenbühl.

Nicht weit vom Rathhaus in Guggenbühl steht das
Häuschen, das sich die alte Schulzin einmal zu einem Ruhe=
sitz erbaute und darin sie auch ihre Tage beschlossen hat.
Ihr Sohn war nicht wieder Schultheiß geworden, aber er
war ein reicher Bauer und wollte sich das Häuschen auf=
bewahren, bis er einmal seinem Sohn ‚abgebe.‘ Das
Haus war seither leer gestanden, da Jeder in Guggenbühl
schon seinen ‚Unterschlauf‘ hatte; auch hielt der Besitzer nicht
viel vom vermiethen, er meinte, ein Haus vermiethen sei wie
Seife herleihen; an einem Haus sei bald mehr verdorben,
als die paar Gulden Miethe eintragen. Des Pfarrers Vor=
schlag, er soll es zu einer Kleinkinderschule hergeben, kam
ihm zuerst erstaunlich unnöthig vor; „'s ist vorher schon zu

viel mit dem Lernen bei den großen Kindern, man werde schäz' wohl, auch noch mit den Kindbetterkindlein buchstabiren anfangen." Als aber die kleinen Kinder seines armen Nachbars einmal, als sie allein gelassen waren, ein schönes Feuerchen in seiner Scheune anzündeten, was er noch zu guter Zeit entdeckte, da meinte er, „da soll doch das Wetter drein schlagen," — was unter diesen Umständen ein sehr überflüssiger Wunsch war, — jetzt müsse etwas geschehen, daß die Kinder aufgehoben werden.

So waren denn in kurzer Zeit die drei Pfarrjungfern in dem Häuschen eingerichtet, für das der Bauer nicht mehr als fünf Gulden jährlich Miethzins verlangte. Zimmermöbel und Küchengeräth brachten sie aus ihrer Heimath mit; für die ersten Tage waren sie Gäste im Pfarrhaus, bald aber eröffneten sie mit Beihilfe des getreuen Vetters ihre Kinderschule, zwar nicht nach Fröbels Methode, aber doch nach ihrer eigenen. Es war viel Aufhebens im Dorf von der neuen Anstalt; daß die Unternehmerinnen Pfarrtöchter waren, so ehrbar schwarz gekleidet, mit so ehrlichen breiten Gesichtern, „so schön wie 'ne Uhrentafel," das brachte sie im Dorf bald in Kredit: Früh Morgens, wenn der Gänshirt ausfuhr, wurden auch schon die Kleinen zusammengetrieben und trippelten in die große Stube zu ebner Erde, wo sie freundlich von den Schwestern empfangen wurden. Der Apparat war kein so reichlicher und mannigfaltiger wie in einem Fröbel'schen Kindergarten: mit Stäbchen, Papierstreifen, Quadraten, Bällen und Kugeln, daran dreijährige Kinder allmälich die Gesetze des Weltalls erlernen sollen, nein, er bestand nur aus einer Sammlung schöner „Helglein", Bildchen aus der heiligen Geschichte, die der Pfarrer gestiftet hatte; so ein Bildchen wurde den Kindern vorgezeigt und Philippine, die am besten damit umgehen konnte, erzählte in gar schlichten Worten den Kindern die Geschichte dazu.

Von den schönen Reimen der Fröbel'schen Gärten:

> Wir haben froh uns hier gefunden,
> Der Lebenstrieb hält uns verbunden,
> Beschäftigung ist unsre Lust,
> Mit ihr kommt Freude in die Brust

wußten die Jungfern dazumal noch gar nichts, es waren die uralten Reimlein:

> Engelein komm,
> Mach mich fromm,
> Daß ich einmal zu Dir
> In Himmel 'nauf komm

und

> Ich bin klein,
> Mein Herzlein ist rein,
> Soll niemand drin wohnen,
> Als Jesus allein

mit denen sie den Kurs begannen, und allmählich zu andern Sprüchlein und Liedern übergingen. War auch ein Grasplätzchen hinter dem Haus, wo sich an schönen Tagen die Kleinen umtreiben durften; an Gesellschaftsspielen hatten die Schwestern freilich für die Kleinen auch nicht viel Auswahl, „Schlupferles" und „Fangerles" waren fast die einzige Abwechslung; hie und da „Ringe, ringe Reihe," wobei die guten Jungfern in aller Herzensfreude mit den Reihen schlossen und sich mit unterduckten, wenn Alle schreien: „Musch, Musch, Musch."

Im Dorf waren sie bald beliebt, „gemeine, niederträchtige Jungfern," rühmte man von ihnen, und freute sich, daß die Kleinen so gern hingingen und so gut bei ihnen aufgehoben waren. Das Honorar, einen Batzen jeden Monat für das Kind, kam freilich den ärmern Einwohnern schon sehr hoch vor, eine Gans hütete doch der Ganshirt um einen halben Kreuzer per Woche; doch trat bei den Aermsten die Gemeindekasse ein und die Schwestern freuten sich allemal sehr am Schluß des Monats, wenn sie ihr Schächtelchen voll Kreuzer und Groschen zählen durften. Wie sie damit aus-

reichten, das freilich ist ihr Geheimniß, über dessen Lösung
sie sich selbst gar nie besonnen haben; genug es reichte, und
war von Hunger und Kummer nichts zu sehen in ihren ver=
gnüglichen Gesichtern.

Am Sonntag waren sie Mittags Gäste im Pfarrhaus,
und sie freuten sich allemal auf das gute Sauerkraut; wir
wollen sie nicht verachten darum, es haben schon Naturen
von höherem Schwung mit Vergnügen an eine gute Mahl=
zeit gedacht; für Pfarrers war's auch eine Freude zuzusehen,
wie's ihnen so gar wohl schmeckte. Nach der Kinderlehre,
die sie auch getreulich besuchten, und nach dem Kaffee, wäh=
rend dessen sie sich oft vergnüglich in die Augen schauten,
gingen sie wieder heim, setzten sich bei gutem Wetter auf die
kleine Bank hinter ihrem Häuschen, das grüne Rasenplätzchen
vor sich und lasen noch eine Predigt des Papa selig; sie be=
saßen sie alle in sauberem Manuscript, dann noch manchmal
ein Besuch im Dorf, ein Plauderstündchen mit einer Nach=
barin und schließlich sangen sie ihr Abendlied, mit Beglei=
tung des heiseren Klaviers und gingen im Frieden ihres Her=
zens zur Ruhe.

Waren sie in Betreff ihrer Sonntagsmahlzeiten un peu
gourmandes, — was ja sogar Rousseau seiner Julie gestat=
tet, — so waren sie Werktags um so genügsamer, denn um
zwanzig Batzen per Monat kann man nicht viel Kuchen und
Pasteten backen, aber — es reichte doch jedesmal; hie und
da brachte eines der Kinder ein paar Eier von seiner Mutter
oder kam eine dankbare Mutter mit einer Milch: „weil ihr
Jakobele heut so gar ein schön's Versle aufgesagt hab';" es
wurde kaum ein Schwein im Dorf geschlachtet, von dem die
„braven Jungfern" nicht ihren Tribut erhalten hätten, —
kurz, sie legten sich jeden Abend gesättigt nieder und wurden
nicht müde zu wiederholen: „Gott Lob und Dank, der Papa
selig hat doch Recht gehabt, es ist noch immer für uns ge=
sorgt worden."

Aber auch bies friebliche Glück ſollte keinen Beſtanb haben. Nach viel ungeſtörten Nächten geſunben Schlafes kam eine Schreckensnacht für die Schweſtern unb für das ganze Dorf. Der Blitz hatte eingeſchlagen, der Sturm trieb die Flamme weiter unb ein großer Theil des Dorfes ging in ber Einen furchtbaren Nacht zu Grunbe.

Geweckt vom Flammenſchein unb Jammergeſchrei, hatten die Schweſtern ſich eilig angekleibet unb waren auf die Straße geſtürzt, betäubt, rathlos, wie auch wohl klügere Leute von ſolch jähem Schreck werben. Da ſah Jungfer Mine ein ſchreienbes Kinb an bem niebrigen Fenſter eines Nachbar= hauſes. „O bas iſt Peterle, mein armer Peterle,“ rief ſie mitleibig unb nahm das Kinb in ſeinem bünnen Hemblein auf bie Arme; „nimm mich auch mit, Jungfer Chriſtine,“ rief ein anbres kleines Mägblein, bas verſcheucht unb verloren herumirrte, unb ſo, ſie wußten nicht wie, hängten ſich ba unb bort ben Schweſtern ſo kleine Kreaturen an, bie im allgemeinen Tumult aus ihren Betten unb Häuſern geflüch= tet waren.

Das Feuer wüthete furchtbar, die Löſchanſtalten waren mangelhaft unb nicht viel Waſſer in ber Nähe; boch wurbe gegen Morgen die Flamme gebämpft, aber es war ein troſt= loſer Morgen. Jetzt erſt, neben allem Jammer um die Zer= ſtörung, ſuchten Eltern unb Kinber ſich wieder zuſammen; es waren viel Verletzte, boch fanb man keine Leiche: alte, hilfloſe Leute unb Wiegenkinber waren alle noch gerettet wor= ben; aber viel größere Kinber, zwei=, breijährige wurben ver= mißt, unb es erhob ſich unter ben Müttern ein Jammerge= ſchrei: „o mein Peterle! Wo iſt aber mein Mabele? Ach, man hätt’ beſſer nach .ben Kinbern ſehen ſollen!“ Da kam mit einemmal Schulmeiſters großer Sohn geſprungen unb ſchrie: „Da ſinb ſie ja All in ber Kirche!“ Die Leute eilten hin, die Kirche war unverſehrt geblieben, die Kirchthür ſtanb offen, noch vom Sturmläuten in ber Nacht; vorn auf ben

Stühlen saßen die drei Pfarrjungfern beisammen und um sie
her ein Häuflein ihrer kleinen Schüler, zum Theil sehr dürf=
tig, zum Theil gar nicht bekleidet; die Schwestern waren mit
ihnen dicht zusammengerückt und hatten alle entbehrlichen
Kleidungsstücke um sie gewickelt; einige der Kleinen schliefen
in ihren Armen und sie winkten „bsch, bsch,“ als die auf=
geregten Leute herein kamen. Das „Bscht“ half nichts, mit
lauten Freudenrufen begrüßten die Mütter ihre Kindlein. „O
Mabele, Gott Lob und Dank, daß Du da bist!“ „O mein
Frieberle! Gucket, er hat noch das Kugele in der Hand, wo
er mit g'spielt hat beim Einschlafen!“ „Aber wie kommt's
denn, daß ihr da seib bei den Jungfern? Ach lieber Gott,
wie gut ist's, daß euch nicht nichts geschehn ist!“ Wie es
gekommen, daß all die Kindlein sich zu ihnen gefunden, das
konnten die Schwestern selbst nicht sagen, „aber wir haben
gedacht, die Kirche werde doch gewiß nicht verbrennen,“ sagte
Christine, „so sind wir da hinein gegangen mit den Kindlein
und haben sie ein Bischen warm gehalten und haben gebetet
mit ihnen, daß der liebe Gott dem Feuer nicht wolle zu viel
Gewalt lassen. Und wie sie geweint haben und sind hungrig
worden, da hat ihnen Philippine ein Liedlein gesungen und
sie sind fast Alle eingeschlafen.“

So hatten die Schwestern in der Einfalt ihres Herzens
die Kindlein behütet und ihre Habe brennen lassen. „Das
war recht dumm,“ sagte einige Leute vom Dorf, die keine
eignen Kinder hatten, „die Kinder haben ja laufen können,
die wären schon davon gesprungen, hätten sie doch ihre Betten
geflüchtet! Wenn man so wenig hat, da wird man auch noch
Kinder hüten, während dem 's brennt!“

Die Schwestern aber lasen aus den Haufen geretteter
Sachen das Wenige heraus, was von ihrem Besitzthum da=
bei war: einige Stücke Betten, einige Kleider, einen alten
Garnhaspel, das heisere Klavier, von dem kein Mensch wußte,
wie das herausgekommen war, und, — was sie mit höchster

Freude begrüßten: des Papa selig seine Predigten! „Da ist
nicht mehr viel von Ihren Sachen," sagte mitleidig der Schult=
heiß; Jungfer Mine aber faltete die Hände zusammen und
sagte: „Der liebe Gott hat's gethan." „Aber was fangt man
an," sagte wieder rathlos das Ortsoberhaupt; „Ihr Häuslein
ist abgebrannt, an eine Kleinkinderschul ist gar nicht mehr zu
denken, wüßt' nicht, wo die Leute den Batzen noch auftreiben
sollten! und im Ort ist kein Platz mehr . . ." „Der liebe
Gott wird schon ein Plätzchen für uns finden," sagte Chri=
stine getrost; „das hat ja schon der Papa selig gesagt," voll=
endete Philippine.

Nun, inzwischen wurde Rath geschafft so gut möglich;
die drei Schwestern wurden auf dem Dachboden des Pfarr=
hauses nothdürftig untergebracht, das mehr von Löschversuchen
als vom Brand gelitten. Betten gab's nicht mehr viel, aber
mit Hilfe der Pfarrerin, die nichts von ihrer Habe verloren,
machten sie sich schon ein Nestchen zurecht. „'s ist ja so ein
Glück, daß 's Sommer ist," sagte Christine vergnügt, und sie
beteten ihren Abendsegen in der Dachkammer, wo die Sterne
hereinschienen, so andächtig, als vorher in ihrem Schlafkäm=
merlein, und ließen sich keine Sorge für ihre Zukunft drücken.

„Höret, da kommt etwas Prächtiges für Euch," sagte
der Pfarrer nach etwa 8 Tagen, während der die Schwestern
genügsam das spärliche Brod getheilt hatten, das ihnen das
Pfarrhaus bot, bis alles wieder ein wenig geordnet war; sie
hatten inzwischen der Pfarrfrau ihre Kinder gehütet und ihre
Strümpfe geflickt so gut, oder so bös sie's konnten und ge=
duldig gewartet, bis sich ein Thürlein für sie aufthun werde,
weshalb sie auch gar nicht sehr verwundert waren, über die
Mittheilung des Pfarrers.

„Nun, es ist zunächst nur ein Obdach," sagte dieser,
„und nur für die Sommermonate, aber später wird gewiß
auch weiter gesorgt werden." „O freilich," sagte Mine beruhigt.

„Die Frau Professor Müller in N. hat von unsrem

Unglück hier gehört und daß ihr euer Obdach verloren habt; da sie nun mit ihren Kindern im Sommer auf dem Land wohnt, der Herr Professor aber wegen seiner Geschäfte in der Stadt bleibt, so will sie euch für den Sommer gute Wohnung in ihrem Haus einräumen, und ihr habt nichts zu thun, als Acht zu haben auf das Haus und die Hausthüre, daß der Herr vom Läuten an der Hausglocke nicht gestört wird, sonst wird sich ja wohl auch noch ein kleiner Verdienst finden; da ist ja nun für die nächste Zeit schön gesorgt!" Und vergnügt rüsteten sich die Schwestern zur Abreise; „der Papa selig hat's ja gesagt! Es kommt immer wieder gut."

Derweil bereitete die gute Frau Professorin, die so ganz zufällig von der Noth der Schwestern gehört, diesen ein ganz freundliches Asyl in der großen obern Gaststube ihrer Stadt= wohnung, — es war noch die gute Zeit, wo man sich eine ordentliche Haushaltung ohne Gaststube gar nicht möglich vorstellen konnte. Auch im Wohnzimmer richtete sie ihnen behagliche Plätzchen am Fenster, damit sie hübsch Acht haben könnten auf die Hausthür; sie freute sich recht, den armen, obdachlosen Geschöpfen, wenn auch nur für eine Weile, ein so gutes Plätzchen öffnen zu können.

Aber die Jungfern kamen lange nicht; man forschte bei dem Pfarrer zu Guggenbühl nach, — dort waren sie glück= lich fortbefördert worden auf dem Wägelchen des Müllers; ein Kanapee hatten sie diesmal nicht mitzunehmen gehabt, sie hatten bis zu einem nahegelegenen Dorf bei N. fahren wollen und von dort mit Botengelegenheit an's Ziel; man glaubte sie dort längst angekommen. Auf näheres Nachfor= schen gestand endlich der Müllerbub, der zugleich Kutscher war, daß er unterwegs in einem Dorf das Fuhrwerk umge= worfen habe; ‚die Jungfern seien bös herausgefallen, todt sei aber keine gewesen, er hab' glaubt, sie seien schon lange dort.‘ Der Pfarrer schrieb in das Dorf, wo das Unglück geschehen, und erhielt einen ganz vergnügten Brief von Jungfer

Mine: „es ist uns ganz gut gegangen, obwohl der Knecht uns umgeworfen hat (wir haben ihm versprochen, wir wollen's nicht verrathen), ich habe nur den Fuß ein Bischen verstaucht und Christine den Arm und Philippine hat sich ein Loch in den Kopf gefallen, aber es heilt alles leicht zu; eine brave Wirthin hat uns aufgenommen, und die Frau Pfarrerin von hier hat uns Essen geschickt; wir gehen jetzt bald, so bald der Bote wieder fährt."

Am kommenden Sonntag kam der Professor zu seiner Familie, um den freien Tag dort zuzubringen. „Nun, Deine Jungfern sind jetzt angekommen," sagte er seiner Frau.

„Ach so! Nun, wie sind sie denn? und haben sie recht Acht auf das Haus, daß Du nicht so oft gestört wirst?" „Ich glaube ja, es wird wenigstens nicht mehr am Haus geläutet," sagte der Professor, „gesehen hab' ich noch nicht viel von ihnen, sie scheinen aber vergnügt."

So ging denn am Montag die Professorin zur Stadt, um zu sehen, wie das Haus von ihren Gästen behütet werde; der Professor war ausgegangen. Aber siehe da, die Hausthür stand weit offen, es hätte jedermann Gelegenheit gehabt, sich mitzunehmen, was da zu finden war und keine Jungfern weit und breit. Etwas rathlos, was mit ihren Thürhüterinnen geworden sei, schaute die Professorin aus dem Fenster; siehe, da kamen drei Frauenzimmer Hand in Hand höchst vergnüglich über den Marktplatz hergewandelt und schritten auf das Haus zu. „Ach, sind Sie die Jungfer Pommerinnen?" fragte sie. „Ja freilich, und Sie sind gewiß die Frau Professorin, die so gütig ist und uns aufgenommen hat!" entgegnete Mine höchst freundlich.

„Sie sind lang nicht gekommen?" hub die Frau Professorin an. „Ach ja, es ist uns ja zu all dem Unglück hin unterwegs noch so gut gegangen; vorgestern sind wir ganz ohne Unfall angekommen und haben so ein gar nettes Stüblein hier."

„Was haben Sie denn soeben für einen Ausgang gemacht?" „Oh, wir haben nur miteinander um einen Kreuzer Pomade geholt," sagte Christine; „die Kleine geht nicht
gern allein aus, und mich haben sie auch nicht allein daheim
lassen wollen."

„Ja, — aber, — Sie hätten doch die Hausthüre nicht
so offen lassen sollen," sagte die Professorin, die den arglosen
Mädchen keinen Vorwurf machen wollte, „man hätte ja so
leicht stehlen können." „O, stehlen thut man gewiß nicht
bei Ihnen, und so am hellen Tage," sagte Philippine, „da
thäte man's ja sehen." „Nun, nun, ein andermal schließen
Sie doch das Haus zu," sagte die gutmüthige Frau, und
half ihnen, sich ordentlich einzurichten. Daß der Herr Professor in keiner Weise durch Ansprüche der Schwestern an
seine Unterhaltung gestört sein werde, hatte er bald zu seiner
großen Beruhigung bemerkt, und so hausten sie in höchstem
Frieden und Stille nebeneinander.

————

Die Frau Professorin hätte ihren Gästen gern auch zu
einem Nebenverdienst geholfen, fand aber bald, daß ihre
Kenntnisse in Handarbeiten überaus gering waren. Nun
kam aber damals gerade die Mode in Schwang, alte Seiden-
fleckchen aller Art und Farbe zu zerzupfen, die gezupften
Fäden wurden mit Baumwolle gesponnen und ein Zeug daraus gewoben, der mehr dauerhaft sein sollte, als er schön
war; — es gehörte das auch zu den Ersparnissen, wie sie
von Zeit zu Zeit auftauchten und deren Profit ein äußerst
zweifelhafter ist; ein alt schwäbisches Wort bezeichnet solche
Gewinne als „Lieschingsnutzen", (von welchem profitablen
Liesching die Benennung stammt, weiß ich nicht); aber man
hatte doch, indem man die alten Flecke verwendete, das beruhigende Bewußtsein, daß man eine nützliche Handlung ver-
übte. — Es gab Familien, in denen eine wahre Manie auf
Seidenflecke ausbrach; alte Kontuschen, langgesparte Pracht-

stücke von Urgroßmüttern wurden geopfert und ich habe ganze
Geschlechter gesehen in den farblosen Stoff gekleidet, der, wie
das todte Meer, eine ganze Welt voll Pracht und Eitelkeit
verschlungen hatte, ohne daß mans ihm ansah. Das war nun
eine Arbeit, die zur Noth jedermann versehen konnte; die
Frau Professorin suchte alsbald etliche alte seidene Schürzen
und zerrissene Ueberzüge von Sonnen= und Regenschirmen
hervor und übergab sie den Schwestern zum zerzupfen, die
gewonnene Seide wollte sie ihnen dann lothweise bezahlen,
und freute sich schon, ihnen den kleinen Erwerb zuzuwenden.
„Wenn Sie dann fertig sind, so bringen Sie sie mir an
einem Sonntag in's Landhaus, nur müssen Sie dann das
Haus hübsch abschließen," sagte sie ihnen.

„O freilich," versicherte Jungfer Mine bereitwillig, und
sie hausten wieder im Frieden weiter in ihrem Kämmerlein,
vergnügt mit der neuen Beschäftigung.

***

Am Sonntag Nachmittag war die Professorfamilie im
Garten versammelt. „Mama, es kommen Besuche," sagte der
Knabe; „es werden Schauspielersleute sein," meinte das Mäd=
chen, mehr erbaut als ihre Mama über diese Aussicht.

Ach nein, Schauspielerinnen waren es nicht, es waren die
unverstelltesten Menschenkinder auf der Welt, unsre drei Pfarr=
jungfern mit ganz freudestrahlenden Angesichtern, allerdings
in einem etwas seltsamen Aufzug. Außer ihren lila Zitzklei=
dern, in denen sie noch den Papa selig vertrauert hatten und
den dünnen Sommershawls, die ihnen der Vetter Pfarrer
aus den Beiträgen für die Abgebrannten verabfolgt hatte,
trugen sie noch seidene Hüte von absonderlicher Form: Mine
als die Aelteste und Gesetzteste, trug einen schwarzseidenen Hut,
gefertigt aus ein paar alten Staatshosen vom Vater der
Professorin; Christine hatte aus einem Regenschirmüberzug
ein grünseidnes Prachtstück zu Stande gebracht und solches
mit einem rothen Wiegenband, das noch des Professors Wiege

geschmückt, ausgeputzt. Philippine aber, die Kleine, hatte ein ganz schalkhaftes, schäferartiges Hütchen aus einem Sonnen= schirmüberzug, das eine Art Schneppe in's Gesicht bildete, auch war es noch mit ein paar Punzelrößlein ausgeputzt, die sich an einem alten Aufsätzlein vorgefunden hatten, das sich unter den Seidenresten befand.

„Du lieber Gott, meine Flecken!" rief in unwillkürlichem Erstaunen die Professorin aus.

„Ja nicht wahr," sagte Christine ganz beglückend, „das hätten Sie gar nicht gedacht, daß die alten Flecke noch solche schöne Hüte geben!" „Ich hätt's auch nicht geglaubt," sagte Mine; „aber die Christine, die hat's so schön hingebracht!" „Es freut Sie gewiß recht," sagte die Kleine triumphirend. „Base Pfarrerin sagte, wenn wir in eine Stadt kommen, so werden wir uns neue Hüte anschaffen müssen, und die haben uns jetzt gar nichts gekostet! Deswegen wird's keine sünd= liche Eitelkeit sein." „Und sie thun's für Sommer und Winter, weil's seidene sind!" rühmte Christine.

„Gezupfte Seide werden Sie jetzt keine haben," sagte die Professorin, die's nicht über's Herz bringen konnte, ihnen die unschuldige Herzensfreude zu dämpfen. „O freilich, wir haben alle Restchen aufgezupft," sagte Mine und brachte noch ein Päckchen hervor; die gutmüthige Frau bezahlte sie ihnen, als ob die schönen Hüte auch noch zum Opfer gefallen wären, und die Schwestern zogen am Abend höchst vergnügt ab mit ihrem Staat und mit ihrem Gewinn und dankten den braven Leuten und dem lieben Gott für den frohen Sonntag, den sie wieder hatten verleben dürfen.

Wie allmälich der Herbst nahte, wurde der Professorin bang, was sie mit ihren Gästen beginnen sollte. Ihre Stadt= wohnung wurde durch eigne Hausgenossen und erwartete Gäste reichlich besetzt, — sie hatte freilich von Anfang an den Schwestern das Asyl nur für kurze Zeit angeboten, nur bis sie irgend eine bleibende Unterkunft hätten; aber diese

hatten sich seither so höchst zufrieden angesiedelt, ihre bescheid=
nen Mahlzeiten in der Küche der Professorin gekocht, — der
Herr speiste im Gasthof, — und nie mit einer Sylbe der
Möglichkeit gedacht, daß dieser Zustand ein Ende nehmen
könnte, so daß es der gutherzigen Frau kaum möglich war,
ihnen zu sagen, daß sie sich nach einer anderen Unterkunft
umsehen müßten.

Mit recht schwerem Herzen wandelte sie in nächster Woche
zur Stadt, um doch die Schwestern vorzubereiten, und sie
wurde betrübt, als sie die alten, vergnügten Gesichter
begrüßten. „Jetzt denken Sie nur, wie's uns wieder so gut
geht!" hub Mine an, „wir haben ja wohl gedacht, daß Sie
auf den Winter Ihre Stube wieder selber brauchen werden,
aber wir wußten nicht, wo wir dann hätten hin sollen, und
wir wollten derweil gerade nicht sorgen, weil der liebe Gott
noch allemal geholfen hat. Da schreibt jetzt unser Vetter
Pfarrer, ob wir's denn wissen, daß wir noch von unsrem
Papa selig her das Burgerrecht und den Genuß eines Güter=
stückleins in der Stadt Schneckenburg haben? Das haben
wir gar nicht gewußt; mir ist's erst wieder eingefallen, daß
der Papa oft davon gesagt hat, und dort sei nun gerad eine
ganz wohlfeile Wohnung frei mit zwei Stüblein bei einem
Seifensieder, wo andre Leute wegen dem Geruch nicht gern
hinziehen; uns macht das aber nichts aus, und wir können
einziehen, wenn wir nur wollen." „Ja, uns geht's allemal
wieder so gut," sagte Philippine. „Gott sei Lob und Dank,"
fügte Christine hinzu und faltete die Hände.

Gerührt und erfreut, daß auch ihr die Sorge um die
Schwestern abgenommen wurde, eh sie recht zu sorgen be=
gannen, half ihnen die Professorin, im Verein mit andern
gutherzigen Leuten zu bequemem Abzug und zu ordentlicher
Einrichtung in der neuen Heimath. Die Jungfern mit ihren
vergnügten Gesichtern waren so gar niemand lästig gefallen;
ihre verlassene Lage war allmälich bekannt worden, so

wollte Jedes gern etwas zu ihrer neuen Haushaltung bei=
tragen; da fand sich eine alte, abgängige Kommode auf einem
Dachboden, dort ein paar Stühle, die Frau Oberbürgermei=
ster stiftete sogar ein Kanapee mit zerrißnem Polster und der
alte Kaufmann Schnepf in der Nachbarschaft, bei dem die
Schwestern ihre bescheidnen Einkäufe gemacht hatten, verehrte
ihnen außer einigen Düten Zucker und Kaffee, Reis und
Gerste, noch einen Zitzüberrock seiner verstorbenen Frau, wel=
cher, da selbige in ihrem Fett erstickt war, so vollständig weit
war, daß Mine und Christine daraus einen Ueberzug über
das Kanapee zu Stande brachten.

Noch eh die Professorfamilie vom Lande nach der Stadt
übersiedelte, zogen die drei Schwestern ab, mit einem Herzen
voll lauterer Dankbarkeit und Freude, daß sie überall so gute,
brave Menschen gefunden und daß der liebe Gott immer wie=
der für sie sorge; was ihnen allein ein Bißchen leid that,
das war, daß ein Fuhrmann ihre Möbeln aufgepackt hatte
und sie mit dem Postwagen nachreisten; sie wären so gar
gern wieder auf ihrem Möbelwägelein, flott auf dem zitzenen
Kanapee sitzend, miteinander abgefahren.

In Schneckenburg, — bitte es nicht im geographischen
Handbuch zu suchen, — begannen die Schwestern ihr fried=
liches Dasein wieder mit neuem Vergnügen. Die Fenster
ihrer zwei Stüblein gingen in einen Hühnerhof, dessen Ein=
wohner sie bald alle persönlich kannten; so oft Philippine,
die als die Kleinste den Tisch abräumen mußte, das Tisch=
tuch ausschüttelte, kamen die zwei andern herbei, um sich mit
zu freuen, wie das Geflügel gackernd und schnatternd von allen
Seiten zusammensprang, und Mine sagte jedesmal dankbar:
„seht, wir haben immer noch übrig für die Thierlein!“

Es war in der größern Stadt etwas theurer zu leben,
und doch ging's so von einem Tage zum andern und war
immer etwas da, ohne daß sie viel sorgten. Sie hatten Be=
kanntschaft mit den kleinen Kindern der Hausbewohner ge=

macht, die hie und da zu den „braven Jungfern" gingen und
Verslein bei ihnen lernten; dafür that ihnen die Hausfrau
auch wieder einen Gefallen. Die Vorräthe, die sie von dem
guten Herrn Schnepf erhalten, zeigten sich fast so dauerhaft,
als das Oelkrüglein der Wittwe von Sarepta; auch Base
Pfarrerin spendete eine Sendung getrocknetes Obst, kurz sie
waren, wie Mine oft mit dankbarem Herzen rühmte, „noch
nie hungrig zu Bette gegangen."

Aber frierend, — der erste Winter, den sie in Schnecken=
burg verlebten, war gleich ein grausam kalter; ihr kleiner Holz=
vorrath, den sie sich auf dem Wochenmarkt gekauft, war nicht
so dauerhaft, wie die Düten des Herrn Schnepf und eines
Morgens, als Christine wie gewöhnlich zuerst aufgestanden
war, um Kaffee zu machen, kam sie traurig wieder herein:
„höret, Schwestern, das Hölzlein ist ganz gar." „Kann man
kein's kaufen?" fragte Philippine. „Um weniger als einen
Gulden kann man hier nicht Holz kaufen," sagte Mine, die
die Kasse führte, „und achtundvierzig Kreuzer haben wir noch."
„Was fangen wir an?" fragte rathlos die Kleine. „Nun,"
schlug Christine vor, „Milch und Brod haben wir noch, das
essen wir zum Frühstück, dann wollen wir recht beten, daß
der liebe Gott wieder hilft; nähen wollen wir, so lang wir
können und wenn's uns zu arg friert, so liegen wir in's Bett."
„Gott Lob und Dank, daß wir so gute Betten haben," sagte
Christine. So genossen sie ihr kaltes Frühstück; die Kleine
hatte fast Lust, gleich wieder ein Bischen in's Bett zu liegen,
um sich zu wärmen für die Arbeit; da klopfte es; ein Die=
ner des Bürgermeisters trat ein. Die Schwestern hatten zu
unschuldige Herzen, um an einer amtlichen Person zu erschrecken
und fragten nur verwundert, was er wolle?

„Der Herr Bürgermeister haben bei der Verrechnung
gefunden, daß Sie, die drei Geschwister Pommer, die Ihnen
zustehende Burgergabe an Holz noch nicht erhalten haben;
brunten habe ich nun ein Klafter Holz und bitte um Em=

pfangsbescheinigung." Die schrieb ihm Jungfer Mine mit zitternder Hand, dann baten sie den Hausherrn, unten zu helfen, den Gottessegen vor ihrer Thür abzuladen; dann aber gingen die Schwestern in ihr Stüblein zusammen und was sie sonst nur am Sonntag thaten, sie sangen zusammen aus vollstem Herzen ihren Lieblingschoral: „Wer nur den lieben Gott läßt walten;" und ob ihr Gesang auch keine menschlichen Zuhörer angelockt, er hat den Engeln im Himmel gewiß lieblich geklungen.

Aber blau waren ihre Angesichter und steif ihre Hände, als der Choral schloß mit den getrosten Worten:

Denn wer nur seine Zuversicht
Auf Gott setzt, den verläßt er nicht.

„Jetzt heizen wir aber ein?" fragte Philippine. „Die Scheiter sind so groß," sagte in einiger Verlegenheit Mine, „wir können kaum ein's herauftragen und in den Ofen sind sie viel zu lang und selber spalten können wir's doch auch nicht." „Aber ein Staatsholz gibt das, wenn's gespalten ist!" rühmte Christine.

Da klopfte es wieder. Diesmal war's kein Amtsbote, sondern ein elender, bleich und schlotterig aussehender Handwerksbursche. Bereitwillig ging die mildherzige Mine nach dem leichten Geldschächtelein. „Wenn's nur was Warmes hätten, Madame," sagte der Bursche, „mich friert's in allen Gliedern; bin im Krankenhaus entlassen worden und hab heut noch nichts Warmes gekriegt." Christine hatte eben in einem ungebrauchten Ofenloch noch einen Haufen Reisach entdeckt und schlug vor, sie wollen einen guten Kaffee machen und sich selbst und den armen Menschen damit erquicken. Das geschah; Milch kaufte man bei der Hausfrau und das Frühstück wurde mit großem Appetit verzehrt; mit Herzenslust sahen die Schwestern, wie's dem Armen schmeckte und nickten einander heimlich vergnügt zu.

„Jetzt vergelt's Gott viel tausendmal," beschloß dieser seine Mahlzeit, als er den letzten Tropfen aus dem irdenen Schüsselchen ausgestrichen hatte und sagte seufzend, „indem er aufstand: „wenn ich jetzt nur ein Unterkommen gefunden hätt', bis die ärgste Kälte vorbei wär', dann könnt' ich doch wieder weiter kommen; eine Heimath hab' ich nicht mehr, bin aber guter Leute Kind; ein Färber meines Handwerks; nur das lange Kranksein hat mich so 'runter gebracht; meine Schwester aber ist eben in Dienst eingetreten bei einem Fabrikherrn in der Schweiz, wenn ich bis dorthin komme, so thät' ich bei dem gewiß auch Arbeit finden, aber jetzt kann ich bei der Kälte nicht weit."

Da kam der Jungfer Mine eine nationalökonomische Idee; „wie wär's, guter Freund, könnt Ihr auch Holz spalten?"

„Warum nicht, wenn ich's Geräth dazu habe? nur wird's am Anfang etwas langsam gehen, weil ich noch so ‚lieberlich' (schwach) bin."

„Nun, Ihr könnt' Euch ja Zeit nehmen," meinte die gute Mine und alsbald suchte sie mit den Schwestern Bett= stücke zusammen, aus denen sie dem armen Burschen in einem leeren Hinterkämmerlein ein ganz ordentliches Lager zurüsteten. Der Hausherr lieh eine Axt und Säge her und bald hatten sie doch so viel gespaltnes Holz, daß sie eine behagliche Stube wärmen und ein frugales Mahl kochen konnten, von dem auch ihr Gast satt wurde.

Die Schwestern waren im hellen Glück über die profi= table Einrichtung, die sie getroffen hatten. „Sonst ist das Holzspalten so theuer," rühmten sie dem Hausherrn, „und der gute Mensch da ist noch so vergnügt und dankbar, wenn er's nur umsonst thun darf. Und Sie sollten sehen, wie's ihm schmeckt! Das ist eine tägliche Freude!" Der Hausherr lachte. „Na, das ist eine theure Freude! Ich bin froh, daß wir hin= ten hinauswohnen, so darf ich doch das miserablige Holz= gespält nicht mit anhören, 's wird mir schwabbelig, wenn ich nur einmal sehe, wie lotterig das geht, und bis Sie den da 'rausfüttern, da hätten Sie drei rechte Holzspälter drum haben können." „O nein, das Essen spürt man gar nicht," versicherte ihn Christine, „wir brauchen nicht weiter, und der Mensch erholt sich zusehends." Das war richtig! in vier Wochen etwa war zum Entzücken der Schwestern das wunderbarliche Holz nett und klein gespalten, das ein Holzspälter vom Fach in Einem Tag geliefert hätte; — der Hausherr hatte hie und da noch geholfen, — und trotz dieser anstrengenden Arbeit und bei der überaus einfachen Kost, die er mit den Schwestern theilte, war der elendige Handwerks=bursche doch so gediehen, daß er getrosten Muthes seinen Wanderstab weiter setzen konnte. Der Mensch sah sonst nicht sehr weichherzig aus, aber er konnte vor Weinen fast nicht reden, als er sich von den Schwestern verabschiedete. „Gott vergelt's Ihnen viel tausendmal, was Sie an mir gethan," stammelte er, „und wenn mir der liebe Gott noch eine beson=dere Güte thun will, so verhilft er mir, daß ich Ihnen ein=mal etwas vergelten darf."

Auch den Schwestern war's gar betrübt zu Muthe, als ihr Hausgenosse schied und Jungfer Mine wäre fast auf die luxuriöse Idee gekommen, ihn als eine Art Jokey zu behal=ten; sie meinte, es hätte doch allerlei Geschäftlein für ihn gegeben.

Wäre freilich kaum an der Zeit gewesen, einen Jokey anzustellen; das schmale Einkommen der Schwestern wollte immer weniger reichen, hie und da hatten sie Strümpfe zu stopfen oder zu sticken für Dienstmädchen, aber das brachte gar wenig ein und es waren nur einfältige Kinder vom Lande, die ihnen Arbeit brachten, den Stadtmamsells arbei=teten sie zu grob. „Freilich," gab Christine gutmüthig zu auf diesfallsige Bemerkungen, „wir haben's nicht besser ge=lernt, der Papa selig hat keine Gelegenheit gehabt." Nun kam eine neue Sorge dazu, wenn sie überhaupt zum Sorgen wären aufgelegt gewesen. Der Sohn des Seifensiebers ver=

heirathete sich und die zwei Stübchen, die die Schwestern
bewohnten, wurden dadurch unerläßlich nöthig. Die Haus=
frau, die die braven Jungfern gar lieb gewonnen hatte,
grämte sich mehr darum als diese selbst. „Wo nehmen wir
aber eine geschickte Wohnung her für Sie?“ fragte sie rath=
los; „es wird wohl in diesem Frühjahr viel gebaut, aber
bis jetzt ist die Miethe theuer, und viel bezahlen können Sie
nicht.“ „Nein, das können wir nicht,“ gestand Mine. „Ich
weiß noch gar nicht, wo wir etwas finden,“ klagte die Haus=
frau wieder, „und acht Tage nach Jakobi muß mein Fritz
einziehen.“ „Der liebe Gott wird schon sorgen,“ sagte
Philippine hoffnungsvoll. „Und wir sind ja begnügsam,“
meinte Christine. Das waren sie, aber ein Obdach mußten
sie doch haben, und Jakobi kam herbei, ohne daß man wußte,
wo sie hin sollten. „Ein Dachkämmerlein gibts doch gewiß
für uns,“ tröstete Christine, als Mine doch anfangen wollte
zu sorgen. „Oder ein Gartenhäuschen,“ meinte die Kleine,
„’s ist ja schön warm Wetter.“ „Ja, das ist wieder ein
rechtes Glück,“ rühmte Mine; „wenn wir auch einmal in’s
Unglück kommen, so ist’s erst nicht so schlimm.“

Da kam die Hausfrau freudebestrahlenden Gesichts; „nein
aber, was das für ein Glück ist!“ „Nun was?“ fragten die
Schwestern erwartungsvoll. „Da ist ja vorgestern die alte
Frau Spezialin gestorben....“ „Das ist aber kein Glück?“
bemerkte zweifelnd Christine. „O, sie ist ja sechsundachtzig
Jahr alt gewesen,“ entschuldigte die Hausfrau. „Ihr Sohn,
der Herr Doktor von Sulzbach, ist bei mir gewesen, ich habe
als ledig lang dort gedient und kenne den Herrn gut; der
sagt, sie können jetzt unmöglich die Theilung vornehmen, seine
Frau liege im Wochenbett, bei seiner Schwester sei bald Hoch=
zeit im Haus und der jüngste Sohn ist im Ausland und es
gibt da gar viel zu theilen. Weil sie nun doch das Logis noch
zahlen müssen, so wollten sie am Liebsten alles beisammen
lassen, wenn sie eine vertraute Person hätten, die im Haus

wohnte; die Magd will gleich heirathen. Da hab' ich ihm
gesagt, keine vertrauteren Personen als wie Sie, könne er gar
nicht finden und wie Sie so brav seien; dem Herrn Doktor
ist's recht und seiner Schwester und Sie können gleich nach
dem Begräbniß einziehen. Ihre Sachen stellt man auf den
Boden, in der Frau Spezialin Haus ist alles genug, und der
Herr Doktor sagt, was von Schmalz und Mehl und so noch
im Hause ist, das können Sie aufbrauchen, da hab er nichts
dagegen; nicht alle reichen Leute sind so gutmüthig; aber sie
erben auch viel mehr als sie gewußt, man sagt, die alte Frau
hab' noch eine Schachtel Kapitalbriefe versteckt gehabt."

So war nun alles im Reinen und die Hausfrau er=
baute sich mit, als am Abend das heisere Klavier wieder
ertönte und die Schwestern aus ihrem Lieblingslied den Vers
anstimmten:
> Denk nicht in Deiner Drangsalshitze,
> Daß Du von Gott verlassen bist.

In der anständigen Wohnung der alten Frau Spezialin
lebten sie sich denn gar behaglich ein; die Speisekammer und
Küchenvorräthe, die ihnen der freigebige Erbe überließ, reich=
ten für ihre bescheidnen Bedürfnisse fast den ganzen Sommer,
so daß sie ihr ‚Geldlein‘ sparen konnten. Das Hausgeräthe
und die Betten schonten sie auf's Beste und kein Dieb und
Räuber nahte dem friedlichen Asyl, darin sie nicht müde
wurden Gott zu danken, daß er wieder so gesorgt für sie.

Leider aber dauerte die Herrlichkeit abermals nicht lange;
vor Martini mußte die Wohnung geräumt werden und dies=
mal war's bedenklicher, da der Winter vor der Thür war
und die Kälte schon begonnen hatte, und nirgends eine kleine
Wohnung frei, wie die Schwestern sie brauchten. Mine hatte
an einigen Orten nachgefragt; „'s geht nirgends," sagte sie,
„die Leute sind überall brav, und wollten uns gern aufneh=
men, aber wohlfeiler können sie's nicht geben, und viel zahlen
können wir nicht." „Ich bin jetzt nur begierig," sagte

Philippine unschuldig, „wo diesmal etwas für uns her=
kommt?“ Da klopfte es wieder. „Es bedeutet allemal etwas
Gut's, wenn's klopft bei uns,“ hatte einmal Christine gesagt.

Diesmal war's der Werkmeister Ziller, ein angesehner
Burgersmann, der den Schwestern seinen Besuch machte.

„Sie wissen ja wohl,“ sagte er nach kurzem Gruß, „daß
ich ein neues Haus gebaut habe. „Ach ja, das schöne Haus
vor dem Thor,“ sagte Christine; die Schwestern waren hie
und da daran vorbei spaziert und hatten das Haus betrachtet,
etwa wie des Königs Schloß, so bewundernd und so fern.
„Das Haus wäre nun fertig und unser Herr Oberamtsarzt,
der mir auch der liebste Miethsmann wäre, will's ganz neh=
men, aber der ist so närrisch mit der Gesundheit (wissen Sie,
's ist sein Fach), und will nicht im Winter einziehen, bildet
sich überhaupt ein, es sei ungesund, in ein neues Haus zu
ziehen, wo noch niemand gewohnt. Nun könnt ich schon
Leute kriegen, die mir derweil einziehen, aber solche, die mir
das schöne, neue Haus verderben würden und doch lasse ich einen
so guten Miethsmann nicht gern hinaus, wenn ich auch vor=
her Schaden habe. Da habe ich gedacht, — Sie sind ja
schon in gesetztem Alter und nicht schwächlich, — wenn Sie
wollten inzwischen mein neues Haus beziehen, es sollte Sie
nichts kosten; ich wollte Ihnen noch so etwas Zimmerspäne
und Gerünzel lassen, mit dem Sie nach und nach die Zimmer
heizen könnten, daß alles hübsch auftrocknet bis zum Frühjahr;
so würde mir doch nichts verdorben in dem schönen, neuen
Haus und Sie hätten einstweilen einen Unterschlauf.“

„O freilich,“ sagte Mine höchst vergnügt, „uns thut das
Bischen Feuchte gewiß nichts; jetzt ist ja wieder so schön
gesorgt!“

War nun freilich nicht so gemüthlich in dem leeren neuen
Haus, das ihre Geräthschaften nur dürftig füllten; wie in
dem alten eingewohnten Stübchen der Frau Spezialin; aber

die Schwestern waren doch dankbar für das schöne Quartier
und die prächtige Aussicht, wie sie sie nie gehabt; auch sind
sie gesund geblieben und haben gewissenhaft die neuen Räume
der Reihe nach durchbewohnt; die Tapeten sind getrocknet,
und der Herr Oberamtsarzt mit seiner Familie durfte im
Früling beruhigt einziehen.

Die Mansardenstübchen, die sich jetzt für die Schwestern
fanden, waren freilich nicht so schön hell wie die neuen Zim=
mer, auch nicht so behaglich wie die Stuben der Frau Spe=
ziälin, hatten auch nicht den Vorzug, daß sie unentgeltlich
waren, wie diese beiden Wohnungen. „Aber man ist so nah
beieinander, und man wird nicht so bald wieder fort müssen,“
war das Gute, daß sie diesem Aufenthalt nachzurühmen wußten.

Nur das Geldlein! Das wollte eben troß Bürgerstück
und Stadtholz nicht gut reichen, da die neue Wohnung theurer
war, als die bei Seifensieders; vor der Hand gings ja wohl,
wenn aber die Schwestern gelernt hätten zu rechnen und zu
zählen, so hätte ihnen bange werden müssen auf künftige
Tage; das Einkommen war gar zu klein!

Der Winter in der kalten, dunklen Mansarde war aber
doch etwas trübselig vergangen, und das Geldlein sehr ge=
schmolzen. Andre sorgten mehr um die armen Pfarrjungfern
als sie selbst. Da kam Christine eines Morgens höchst ver=
wundert herein: „höret, da ist ja ein Brief an uns, und
nicht vom Vetter Pfarrer, sondern aus der Schweiz! Das wird
ein Irrthum sein.“ Aber da stand doch deutlich: „An die drei
Jungfern Pommer, Pfarrerstöchter, bei Seifensieder Buzen=
maier in Schneckenburg.“ So öffneten sie denn den Brief
und lasen mit Erstaunen:

„Meine liebwerthen Frauenzimmer!

„Wenn dieser Brief Sie gesund und wohl antrifft, so
wird es mich freuen; was mich anbelangt, so geht mir's

bereits wie dem König David: ‚ich bin nicht werth der Treue und Barmherzigkeit, die der Herr an mir gethan.‘“ „Das ist ja Erzvater Jakob gewesen,“ korrigirte Christine. — „Ich bin so in der Elendigkeit zu Ihnen gekommen und wäre bereits Hungers gestorben,“ fuhr Mine zu lesen fort, „wenn Sie mich nicht zum Holzspalten angerichtet und als wie einen leiblichen Bruder versorgt hätten.

„Und bin ich dazumal glücklich bis hieher gekommen, wo meine Schwester im Dienst gewesen ist bei dem Fabrikherrn Walter und Komp., ist aber keine Kompagnie da, er hat’s allein. Und vor anderthhalb Jahr ist die Frau gestorben und da meine Schwester vorher schon über alles ist gesetzt gewesen, so hat ihm der liebe Gott das Herz gelenkt, nämlich dem Fabrikherrn (er macht in türkisch Garn), daß sie jetzt die Frau ist vom Haus und ist in einem großen Reichthum, wo ihr der liebe Gott ein bemüthiges Herz erhalten wolle; und ich habe die Aufsicht in der Fabrik; es ist eine große Färberei, wo ich bereits nach allem sehen kann und bin ich nicht gesonnen zu heirathen, von wegen der Schwächlichkeit, indem meine Schwester für mich sorgt.

„Mein Schwager, der auch vom niebrigen Stande ist, hat bereinst klein angefangen und war einer Wittfrau Sohn gewesen, mit einem Bleichgeschäft, dasjenige er auch beibehalten hat, und steht ein kleines Haus auf einer Insel mit einem Gärtlein, daß jemand darin wohnen kann und die Aufsicht haben; das Geschäft besorgt aber der Bleichknecht. Da hat nun mein Schwager gesagt, wenn er eine brave, bedürftige Wittfrau wüßte, so könnte die ihr Lebtag umsonst in dem Bleichhäuslein wohnen, zum Dank, daß ihn der Herr so gesegnet. Und hierauf habe ich ihm gesagt, daß Sie keine Wittfrau seien, aber bereits drei ledige Frauenzimmer, und wie Sie Barmherzigkeit und Treue an mir gethan haben. Und so ist’s ihm auch recht und Sie können einziehen allhier in dem Bleichhäuslein, wenn Sie wollen, und sollen Ihr

Lebenlang unvertrieben sein, indem daß mein Schwager es schriftlich machen will. auch nach seinem Tod, wiewohl er übrigens ein rüstiger Mann ist, und verbleibe Ihr getreuer
Johann Jakob Kinzeler
„unsre Abreß ist Herrn Walter und Komp. St. Gallen.“

Dort haben denn auch die Schwestern schließlich ihre friedliche und freundliche Heimath gefunden. Philippine hat Ringelblumen und Astern in dem Gärtlein gepflanzt, Mine gekocht und Christine geflickt; die Fabrikkinder aber haben Sprüche und Lieder bei ihnen gelernt und ihr ehmaliger Holzspalter ist ihnen bis zu seinem frühen Tode treu ergeben blieben.

Auch an ihre Thüre hat, obwohl spät, der stille Bote geklopft, und auch der hat „was Gutes“ gebracht, wie früher Christine gemeint; er hat sie zu der Ruhe geführt, die denen beschieden ist, die lautern und einfältigen Herzens sind, und auf ihrem Sterbebette noch hatte Mine mit dankbarem Munde bekannt: „der Herr hat uns niemalen verlassen, der Papa selig hat Recht gehabt.“

In alten Zeiten hat man jeder Geschichte eine Moral beigefügt, damit der geneigte Leser sich nicht die Mühe nehmen durfte, sie selbst heraus zu suchen. Soll nun diese wahrhaftige Geschichte auch eine solche haben, so sei es ja nicht die, daß fromme Eltern ihre Töchter sollen aufwachsen lassen wie das liebe Gras auf der Wiese, gleich dem Pfarrer zu Walbangenloch. Nur wenn sie das Ihrige redlich gethan und dennoch ihre Kinder mit stiller Sorge betrachten, so möge sie ihnen zurufen: „So denn Gott das Gras auf dem Felde also kleidet, wie wird er vielmehr euch thun? o ihr Kleingläubigen!“